S7系列之

黑灵

墨熊 著

HEI LING

重庆出版集团 重庆出版社

图书在版编目(CIP)数据

S7 黑灵 / 墨熊著. —重庆: 重庆出版社,2012.12
ISBN 978-7-229-05851-7

Ⅰ.①S… Ⅱ.①墨… Ⅲ.①长篇小说—中国—当代
Ⅳ.①I247.5

中国版本图书馆 CIP 数据核字(2012)第 262496 号

中国科幻基石丛书
S7 系列之黑灵
HEI LING
墨 熊 著

出 版 人:罗小卫
责任编辑:张立武
责任校对:郑小石
装帧设计:尚品视觉

重庆出版集团
重庆出版社 出版
重庆长江二路 205 号 邮政编码:400016 http://www.cqph.com
重庆出版集团艺术设计有限公司制版
自贡兴华印务有限公司印刷
重庆出版集团图书发行有限公司发行
E-MAIL:fxchu@cqph.com 邮购电话:023-68809452

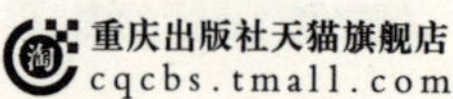

全国新华书店经销

开本:880 mm×1 230 mm 1/32 印张:14 字数:312 千
2013 年 1 月第 1 版 2013 年 1 月第 1 次印刷
ISBN 978-7-229-05851-7
定价:29.00 元

如有印装质量问题,请向本集团图书发行有限公司调换:023-68706683

写在“基石”之前

●姚海军

“基石”是个平实的词,不够“炫”,却能够准确传达我们对构建中的中国科幻繁华巨厦的情感与信心,因此,我们用它来作为这套原创丛书的名字。

最近十年,是科幻创作飞速发展的十年。王晋康、刘慈欣、何宏伟、韩松等一大批科幻作家发表了大量深受读者喜爱、极具开拓与探索价值的科幻佳作。科幻文学的龙头期刊更是从一本传统的《科幻世界》,发展壮大成为涵盖各个读者层的系列刊物。与此同时,科幻文学的市场环境也有了改善,省会级城市的大型书店里终于有了属于科幻的领地。

仍然有人经常问及中国科幻与美国科幻的差距,但现在的答案已与十年前不同。在很多作品上(它们不再是那种毫无文学技巧与色彩、想象力拘谨的幼稚故事),这种比较已经变成了人家的牛排之于我们的土豆牛肉。差距是明显的——更准确地说,应该是“差别”——却已经无法再为它们排个名次。口味问题有了实际意义,这正是我们的科幻走向成熟的标志。

与美国科幻的差距,实际上是市场化程度的差距。美国科幻从期刊到图书到影视再到游戏和玩具,已经形成了一条完整的产业链，动力十足；而我们的图书出版却仍然处于这样一种局面：读者的阅读需求不能满足的同时，出版者却感叹于科幻书那区区几千册的销量。结果，我们基本上只有为热爱而创作的科幻作家，鲜有为版税而创作的科幻作家。这不是有责任心的出版人所乐于看到的现状。

科幻世界作为我国最有影响力的专业科幻出版机构，一直致力于对中国科幻的全方位推动。科幻图书出版是其中的重点之一。中国科幻需要长远眼光，需要一种务实精神，需要引入更市场化的手段，因而我们着眼于远景，而着手之处则在于一块块“基石”。

需要特别说明的是，对于基石，我们并没有什么限定。因为，要建一座大厦需要各种各样的石料。

对于那样一座大厦，我们满怀期待。

目录

CONTENTS

序:鬼啸无声

尸横遍野。

虽然身经百战,但他那颗因屠戮而麻木的心还是在不住的颤栗——浮现在眼前的惨景,飘荡在空中的恶臭,笼罩在耳畔的死寂,无一不让他震撼,无一不让他胆寒,无一不让他忧心忡忡。

“不过是一座小城……”

他揪着眉头,喃喃自语,策马扬鞭。

扭曲的尸体纠结在一起,从视野的尽头延伸到视野的尽头,铺满了整片荒原。腥臭的血染红了坐骑的膝,越是接近城门,尸骸越是密集,几乎已经没有落蹄之处。突然,战马停下了步子,无论怎么抽动缰绳,大呼小喝,都没办法再驱使这头畜生向前一步。

他不想责怪自己的坐骑,因为他注意到,就连盘旋在天空中的饥饿鸦群,也不愿靠近城门,只是躲在远处默默地觅食。

是恐惧——动物本能所赋予的、身为被捕食者的恐惧,让战马和乌鸦对前方的血海望而却步。这种恐惧弥漫在空气中,说不清道不明,看不见摸不着,却浸透心肺,刻骨铭心,仿佛战死者的怨灵般挥之不去。

全军覆没。

无论是敌是我,偌大的战场上,竟找寻不到一个活口,甚至连马匹都未能幸免,横七竖八地倒了一地。实在让人无法理解,究竟是怎样惨烈的激战,才能造出这一番修罗地狱般的光景?

一阵冷风啸过,残破的战旗呼啦啦地舞动起来,打破了周遭死一般的寂静,这才让他从遐想中突然醒觉。

“哲别……”他握拳连着干咳了几声,“……这次你损失了多少人。”

身后的武人策马向前:“巴纳吉的鹰师,3 100 人,还有2 900匹战马……”这位背着长弓的将军捋了捋下巴上浓密的髮须,“就回来 12 个。”

这个回答让他凝铁般坚毅的脸上浮现出一丝浅浅的涟漪,沉默许久之后,他又轻声问道:

“守军呢?城里的百姓呢?”

“本来就没几个守军,都是些残兵败将。至于百姓……按照探子的说法……”哲别轻勒缰绳,胯下的坐骑用力跺了一下左前蹄,“都在这儿了。”

“哈!”他一声苦笑,“你是想说,这座城市的平民在得知他们国家的军队已经被我消灭之后,还携家带口和你的鹰师拼了个同归于尽?”他扭过头,冷峻的脸上写着淡淡的愠怒,“与战无不胜的蒙古铁骑拼了个同归于尽?”

“整个城市的百姓足有五六万,数量悬殊太大了。而且这些人……这些人不是普通的平民。”

“武装民兵?”

“不……”哲别喉头微动,“仔细看尸体,大汗……仔细看。”

他低下头,又扫视了一圈地面:

"怎么?"

"逃回来的士兵说,这些人拿着铁铲,草叉,锄头,甚至空着手……被斩断了胳膊的,就用腿踢,手脚都断的,就用牙咬,即便面对装甲骑兵阵列的冲锋,也悍不畏死,寸步不退。"

确实,诚如哲别所言,地上的尸体大多扎堆,每位蒙古士兵和战马的旁边都围了一大圈敌军,这些人无不伤痕累累,有的甚至可以用"血肉模糊"来形容,他们纠缠在一起,垒了一层又一层,很难想象当时战场上到底发生了什么。

"不只是城外,大汗,城里的战况更惨烈,连妇孺老妪都……"

"这个国家已经亡了!你明白吗!它已经亡了!"他愤怒地冲哲别大吼一声,"它的军队被我消灭!它的城市被我摧毁,它的王室抛下了自己的子民!逃去了西方!"他指着城门口,"要是它的百姓果真如此彪悍,又怎么会亡国!又怎么会被我打败!"

"也许是……是突厥人的某种巫术?也许是吃了什么药?"哲别摇摇头,"要不然就是中了邪?或者被鬼附了身?"

明知道自己的将军不是在开玩笑,但他还是被逗乐了:

"鬼附了身?全城的人?"他笑道,"那得要多少只鬼啊。"

"对不起,大汗,"哲别也跟着笑了起来,"我随口乱说的。"

"无论如何,战死的都是你的兄弟,"他话锋一转,"我想你有义务给他们一个交代。"

"当然,大汗,我一定会找到真凶……"哲别恶狠狠地咬了咬牙,现出一副"表决心"的夸张模样,"不管是人是鬼,对着太阳起誓,我会让它付出代价。"

"我则会尽全力支援你的行动,人员、马匹、钱粮战具,任何需要的东西——"他颇豪气地挥了挥手,却也难掩脸上的焦急,

“无论是什么，无论多少，只要能查出这些突厥狗到底使了何种手段，我什么都允你。”

“用不着大汗费心，我相信只要找对了人，很快就能解开这里的谜团。”哲别顿了顿，换了一种试探似的语气，“再说对花剌子模的入侵马上就要开始，东边又要提防金国的冬季反攻，粮草和人马什么的，还是先紧着前线吧。”

他调过马头，与哲别侧身相对。

“不会有什么入侵了，”他的声音很轻，却带着不容置疑的威严，“你的部队立即调往南线，与忽而戈的军队一起扫平契丹残党——斩草除根，必要时连小孩也全部杀掉，省得他们长大以后害人……我可没工夫天天应付那些要来寻仇的猪猡。”

“等等，大汗，”哲别一愣，“你的意思是说……对花剌子模的进攻取消了？”

“难道是我表达得还不够清楚？那好，我就再说一遍……”他又干咳了一声，不过这次是为了润嗓子，“在你弄清楚这里发生了什么之前，我决定推迟对花剌子模帝国的入侵。”

“不行啊！大汗！不行！”哲别涨红了脸，显然是激动了起来，“西辽的公主逃去了花剌子模，我们刚刚才有了宣战的借口，怎么能……怎么能就这么算了？”

“借口这种东西，可有可无，袭击商队什么的，随便找一个不就好了。”

“但我们不是已经万事俱备了吗？怎么能因为一个小城的战役就……”

“花剌子模！”

他突然横起马鞭，轻轻抽在哲别的背上，而后又指向城门口——那几乎已经被尸体塞满的城门口：

“比西辽还要大！比金国还要大！像这样的小城市，它疆下何止百十？而你呢？哲别？你手里有几个鹰师？”

“我……”将军欲言又止。

“你什么时候能找出真相，我们就什么时候开始进攻。”他临走时留下的最后一句话，让哲别思虑良久。

“五年也好，十年也好……想征服整个地平线，你必须首先学会忍耐。”

这一天，是1218年的12月3日，距离他——成吉思汗发动“花剌子模歼灭战”，还有整整三个月。

1　一个普通的案子

800 年后。

2018 年，南京，某个十月的清晨。

有生以来头一回，林飞羽在上午 9 点之前后悔了两次。

首先是“今天出门带了钱包”。

除了夏季炎热冬季酷寒且几乎没有春秋季之外，林飞羽觉得南京这城市还算不错——既有现代化的高楼大厦，也有古色古香的流水人家；既有灯红酒绿的纸醉金迷，也有风韵儒雅的文化古迹；既有老实巴交，甚至是有点呆的可爱市民，也有防不胜防、令人咬牙切齿的公交车小偷。

小偷？偷了林飞羽的钱包？不可思议吗？的确是不可思议——连林飞羽自己都不敢相信，以身手矫捷、感觉敏锐而名扬特勤七处的他，竟然会被潜伏在公交车上的“基层摸包人员”给占了便宜。

神乎其技啊！神乎其技！捶胸顿足之余，林飞羽突然有了种“虎落平阳”的感觉——没错，这小子是个高手！如果有机会——虽然比较渺茫，林飞羽还真想与他面对面地交流交流、切磋切磋，说不准还是个搞谍报工作的人才。

但相对于惺惺相惜的豪情，现在充斥着林飞羽胸腔的依旧是不可宣泄的懊悔——他实在闹不明白，为什么自己偏偏在今天早上会带着钱包出门？

为什么？

只是因为这个新买的LV钱包价值3 500人民币？想带出来显摆一下？还是因为一时找不到零钱？想要偶尔刷一次那几乎从来不用的公交卡？

都没有道理，完全没有。归根到底，唯一的解释就是“天意”，是冥冥之中出现的某种“神秘力量”，让林飞羽突然的脑子搭错了筋，在错误的时间、错误的场所带上了一件错误的东西。

但是光凭着这个解释，林飞羽可没办法为自己手里的600毫升可口可乐支付三块钱——而更糟糕的问题在于，他还很手贱地扭开了瓶盖，喝了一口。

现在，看着报亭里表情淡定、嗑着瓜子的壮实大婶，林飞羽一筹莫展。

他把右手从风衣的口袋中取了出来，在思考了无数种可能的解决方法之后，林飞羽摸了摸束在后脑勺的马尾辫，用可怜兮兮的语气说了一句这辈子最无奈的话：

“大姐，能不能跟您商量个事儿……”

就在这个报亭的500米开外，二级警督谭天方正在处理他人生中最离奇的一个案子——至少是到目前为止的人生中，最离奇的一个案子。

作为南京市刑侦大队的中坚骨干，谭天方可谓是个小有名气的传奇角色。他33岁，从警11年，转战大江南北，经手的案子数以百计，大多是一些——按照圈内的话说——“上档次”的事件，无论起因是入室行窃还是淫虫上脑，最终的案情报告里总会出现一条或者几条人命。

至于破案率？虽然具体的数字不方便公布，但一个年轻的警校毕业生可没法靠写报告就升到二级警督——在10年这个说短不短、说长不长的时间里。

简而言之,谭警督对于死人流血什么的早已经是见怪不怪——本地的、外省的,中国的、外国的,美貌的、丑陋的,男人女人、老妪小娃……基本上什么样儿的都见识过了,刚开始还会被某些高超或者变态的犯罪手法所震撼,但现在,恐怕就算是开膛手杰克来中国旅游,他也就只是会微微一笑,坦然以对。

而且客观地说,在中国,“高超或者变态”的犯罪手法也就是这么回事,至少在现在的谭天方看来,都谈不上什么“创意”,大部分的杀人无非是“胆汁型犯罪”——张三一怒之下抄起酒瓶,打爆了李四的头,诸如此类。

至于南京?不吹牛地说,在这座民风淳朴、治安稳定的城市,谭警督还没遇到过对手。有些事件——比如08年的“灭门惨案”,他只用了一个小时就锁定了元凶,剩下的只不过是发发通缉令而已。

但是今天,身为“知名官方侦探”的本能让他有种预感,手头上的这个案子可能非比寻常。

他单手托腮,站在豪宅的前庭中央,看着警员和鉴定小组在身边来来往往,一语不发,完全沉浸在自己的思维世界之中。

直到一个警员走到身前,摆出一脸忧心忡忡的表情,他才猛然回过神来,轻描淡写地吐出了三个字:

“又怎么?”

“谭队,有位年轻人要见你。”

“另一个目击者?”谭天方突然眼睛一亮,“在哪?”

“被我们挡在大门口了,”警员扶了扶帽沿,“好像……好像不是目击者。”

也不知有没有听清警员的最后一句嘀咕,谭天方大步流星地穿过了庭院，推开紧闭的铁门，刚好与“那位年轻人”打了个照面。

在多年以后那本卖出100万册的回忆录里，谭天方详细描述了他与林飞羽初见时的情景，不过基于出版商的要求，和某种旁人难以揣测的目的，他做了相当多的添油加醋，以至于读者根本无法从字里行间透析到真实的林飞羽——当然，这都是无关紧要的后话了。

要说第一印象，那么谭天方只能用一个词来形容面前这位穿着黑色风衣、束着马尾辫、头发微卷、双手还插在口袋里的帅小伙。

“哪儿来的‘文艺青年’？”——这样想着的时候，谭天方伸出右手，用虎口捂住嘴唇上沿，看上去像极了是在思考的样子，其实是为了掩饰自己或不屑或惊愕或尴尬的神情——他自小学三年级开始，就有这习惯了。

“您就是谭队长？南京的福尔摩斯？”对方颇优雅地向前伸出右手，慢条斯理地率先开口道，“久仰大名了。”

警督看了一眼伸到自己面前的右手，愣了一下——

从这个可疑男子刚才五秒钟的言行举止来看，谭天方至少能得出两个最简单的推理：一，他认识自己；二，他能找到自己。而无论是其中的哪一个，都不像字面意义上那般容易实现，亦就是说，这个长着一副“会被富婆包养”模样的小白脸，很可能是来自于某个“有关部门领导的公子哥”——说不准还是来视察工作的。

得出了这个结论的同时，谭天方也就有了相应的对策——他露出微笑，像是遇到老熟人似的用力握住林飞羽的右手：

“什么福尔摩斯啊，都是乱说的，您……请问您怎么称呼？”

对，怎么称呼，这才是一个职业侦探应该表现出来的提问技巧——权贵和平民在对待自己的头衔时，会有截然不同的态度，即便在用词上没什么差异，玄妙的表情变化、语气中的细微波动，都会被有经验的高手抓住，是为破绽。

但至少是今天，林飞羽不打算拐弯抹角、故作高深："时间紧迫，我们就开门见山好了。"他抽回右手，转而从大衣的内袋里摸出一本像是学生证的东西，摊到警督的面前，"我叫林飞羽，隶属于国家安全保卫局第七特勤处，编号0079527，您可以立即打电话查询我的身份，也可以把时间省下来，开始进入正题。"

听到这番自我介绍，守在一旁的两名年轻警员显然是吃惊不小，他们情不自禁地拉长了下巴，面面相觑。但谭天方好歹也算见过世面，他面不改色气不喘，只是静静地观察着，等待对方说完最后一个字。

自始至终，林飞羽的脸上都保持着淡淡的笑意——不是那种虚伪的装模作样，也不像是训练出来的冰冷刻板，他笑得如此自然而真诚，反而让谭天方有些困惑。

警督捂住嘴巴，扫了一眼证件照，又看了看眼前打扮得像"地下摇滚乐队成员"般的奇怪男子，实在难以把他和"国家安全保卫局"这几个字联系在一起。

而且他还叫"林飞羽"？他竟然叫"林飞羽"！

这么个听起来像是琼瑶笔下言情小说男主角似的名字，完全和"特工"这个身份格格不入，除了有些矫揉造作之外，还浸透着一股不成熟的酸劲儿，无论出现在哪里，恐怕都会给人留下"不太靠谱"的第一印象。

但是同时，直觉又告诉谭天方，这个小伙并没有说谎。如果硬要找理由的话，恐怕只能用上"气质"这个虚无缥缈的词语——没错，一股说不清道不明的气质正透过林飞羽那从容不迫的神情挥发出来，不是优雅，不是高贵，与一般的“桀骜不驯”也有很大区别——不，不是桀骜，不是那种年轻人所特有的故作矜持与自我陶醉，而是某种更加深邃、更加复杂的东西——它们被掩饰得很好，如果不是阅人无数，恐怕连谭天方也嗅不出来。

想到这里，警督不禁紧了紧眉头，他伸出手，很干脆地接过林飞羽的证件：

“我不明白……林先生，你说你是国家级的特工……”谭天方这时才收起笑容，一本正经地道，“那么这里面有个逻辑上的问题……如果正在执行某个机密任务，你应该不会向我亮明身份；如果不是在执行任务，你应该更没有必要向我亮明身份。”

“我听说过您的事迹，警督，您不喜欢乱七八糟的人插手自己的案子，”林飞羽耸耸肩，“所以为了合作愉快，我觉得我有必要首先表示诚意。”

即便不用什么神奇的推理，也可以分析出林飞羽话中的两个潜台词——第一，我知道你的底细；第二，你还不知道我的。

但只是这种程度的暗示，还吓不倒谭天方——

“哦——原来如此，你是为了这个案子而来的啊……”警督用右手捂住嘴巴，抹了抹唇角，“国家安全保卫局什么时候也关注起这种谋财害命的普通刑事案件了？还是说其中有什么……国家机密之类的？”

“我说，”林飞羽故意扭头看了一眼身后街对面的中餐馆，“在大马路边上讨论机密，貌似不太合适吧？”

谭天方犹豫了几秒，稍稍推开了身后的大门，露出一道小缝：“进去说吧。”就在林飞羽刚刚跨过门廊的刹那，警督突然转过身，把手里的证件丢给一名警员，用极快的语速轻声令道，“核实一下这个人的身份，把结果发到我手机上。”

前庭的两座花坛算不上有多气派，放眼望去，里面也只是栽种了一些不值钱的普通花草，与亿万富翁的身份相比，这间豪宅给林飞羽的第一印象，显然有些寒酸了。

“这就是地产大亨的品味吗?”林飞羽似是发问，似是自语，“花坛的面积都比我家要大啊。”

“那我得说，你家的房子可真够小的。”

说完这句话，谭天方看了一眼林飞羽——刚好与对方的视线相迎。

“这就是现实，警督——”林飞羽与他相视而笑，“我们的工资也跑不过房价啊。”

警督附和着干笑了两声，有些尴尬地把目光移向一旁的大宅。

单看外表，眼前这栋两层结构的大宅并没有什么特别之处——青砖绿瓦，明窗阔门，虽说有那么点民国风的味道，但这里毕竟是南京而不是东京，就算是窨井盖，仔细瞧瞧，也总会琢磨出那么点民国风来。唯一让林飞羽觉得可以拿出来说道的，恐怕就是布满墙面的爬山虎了——这些藤蔓错落纠结，杂乱无章地缠绕在一起，点缀在严肃的建筑风格与压抑的都市背景之间，让整个建筑陡然变成一种仿若仙境的妙处。

从居住的角度来说，这栋豪宅的选址并不理想——它到鼓楼市民广场的直线距离只有500米，外墙东侧是新建的高层小区，西侧则是热闹非凡的CBD商圈，门口更是有一条主干道经过，车水马龙。

不过，恐怕也正因为此，住在这里才更能显示出主人的身价。毕竟，在南京市中心地带买半亩地的钱，已经足够在苏北农村盖上一个村子了。

“户主是叫宋健发吧?‘梦想乡’集团的创始人?”

“这种程度的信息，”谭天方一脸严肃地答非所问，“你们特工用不着找我这个小警察来确认吧。”

“说了你可能不信，谭警督……”林飞羽一声轻叹，“第七特勤处现在的工作人员，可能还没你办公室的人多。而且个个都还忙得死去活来，连和我说句话的工夫都没有。”

“恕我直言，林先生，我以前从没有听说过第七特勤处，是新成立的部门吗？”

“抱歉，虽然我觉得不是很有所谓，”林飞羽颇有礼貌地微微欠身道，“但确实有纪律让我无法回答您的这个问题。”

“哦，可惜了，我原本还想打听一下你们部门究竟负责什么类型的案件呢……”谭天方不温不火的语气里带着明显的试探，“看来也是不会有答案了。”

一次非常有艺术的试探——如果林飞羽能够给出所谓的答案，那么就等于回答了如下三个对谭天方而言至关重要的问题：其一，这个案子的本质是什么；其二，国家安全保卫局会对这个案子干预到什么程度；其三，警方在这个案子里将会扮演怎样的角色。

“警督……”林飞羽眯着眼睛，微微笑了起来。

“嗯？”

“正如传言所说，你果然是个辣手神探呢。”

看着林飞羽有些诡异的笑容，谭天方本能地有些不自在，也就在这时，他的衣袋突然微微震颤起来。

面不改色地掏出手机，掀开翻盖，一条简短的讯息映入警督的眼帘——

“经国家安全保卫局驻南京联络处的核实，林飞羽出示的所有资料均真实有效，但联络处没有接到他今天出任务的报告。”

“那正好，林先生，你想听听我这个‘好侦探’的推理吗？”

“现在就来？”林飞羽故作惊讶地叹道，“你的意思是这案子已经告破了？”

谭天方不慌不忙地将手机收好：“我们早上七点接到报案，现在的时间是——”他抖了一下袖子，看了眼腕表，“八点五十，特勤七处介入得这么快，如果不是巧合，那就只能说明，你的部门在监听我们警方的通讯。”

“唔，我更喜欢用‘信息共享’这个词。”

“因此我估计，你的工作应该和刑事侦破有关，也就是说，”警督用手在两人之间比画了几下，“咱俩很可能是同行。”

“警督，”林飞羽笑道，“这就是你推理出来的结论？”

他有意将“推理”这两个字念得很重，就像是在挑衅似的。

“是推理，但还不是结论，”警督针锋相对地回以微笑，“由于缺乏证据，你可以将我刚才的话当成是一种‘假设’。”

“好一个假设……”

林飞羽扭头看了看大宅敞开的玄关，一个警员正从里面走出来：

“那么警督，您对眼下这个案子有什么‘假设’吗？”

“完全没有，”谭天方摇了摇头，“我正想听听你们大内密探的意见呢。”

“‘天山西路9号’，”林飞羽顿了顿，“您对这个门牌号码有什么印象吗？”

警督一声哼笑：“不就是这里吗？”

随着语调变得沉重，林飞羽的神情也突然严肃了起来：

“建于民国21年，最早是国民党考试院副主席潘俊豪的宅邸，在他暴毙之后，房子被卖给了扬州来的家具商人徐伟。1937年，日军攻占南京，徐伟虽然出逃，但留下来的仆役遭到凌辱和杀害。1944年7月，军统开始执行‘晴空行动’，伪政府的机要秘书张信平是这次暗杀任务的目标之一，他最终死在这栋房子的厕所里，但军统却否认是他们下的手。新中国成立后，房屋由军区后勤部的李秋少将接手，至于他的命运……”林飞羽有意顿了顿，“比较曲折，反正最后也是死在这里，究竟是寿终正寝还是自杀，至今也没有确切的答案，不过比起前面那些死者，好歹还留了全尸，可以风光下葬。”

谭天方习惯性地捂住嘴巴，稍微思考了几秒：“莫非你是想要告诉我，这屋子是栋凶宅？”

“凶宅？这提法不错，”林飞羽点点头，“我不懂如何鉴定凶宅，但我懂‘概率’——一间屋子在100年不到的时间里出了四起命案，而今天是第五起，你不觉得这实在太频繁了吗？”

“在没有找到确凿的证据之前，”谭天方皱着眉头摆着手，一副斩钉截铁的模样，“应该将案情孤立判断，而且一个连环杀手要在差不多100年的时间里保持作案的体力和动机，根本是不可想象的事情。”

“你刚才还在说凶宅……”林飞羽“咯咯”地笑了起来，“现在怎么又变成连环杀手了？”

“抱歉，我活在现实中，”警督摊开双臂，“我没有心情去考据一栋房子的历史，也从来就不相信这世上有什么凶宅，在我看来，如果同一个地方不停有人死于非命，那‘连环杀人犯’是唯一科学、合理的解释。林先生……”不知为什么，谭天方似乎有些激动的样子，“我听说过有这样一些政府部门。”

“相信我，警督，我比你更讨厌将简单的东西复杂化，”林飞羽顿了顿，“如果有证据表明这只是一起单纯的入室杀人案，我马上就会从您的面前消失，毕竟——”他笑着耸耸肩膀，“处理这种事情，您是数一数二的专家，而我只是个业余选手。”

“我没有要赶你走的意思，林先生，”不得不承认，对方的最后两句话让谭天方很是受用，“只是我以前从没和国家安全保卫局的人合作过，也不懂什么规矩，如果有冒犯的话还请你多包涵了。”

“能与大侦探合作，已经是无上的荣幸了。”林飞羽笑着，朝五步开外的豪宅正门比出左手，“现在，可以让我看看现场了吧？”

谭警督耸耸肩：“刚才也没人拦着你。”

林飞羽不再回话，而是一本正经地从风衣的侧袋中取出一副简易橡胶手套和一双塑料鞋套，用力抖开之后，仔细地穿戴上。进屋之前，他还刻意低头扫了一眼地面，似乎是很小心要避开什么东西的样子。

使用不甚专业的道具，但好歹还有点常识——这样想着的谭天方摸了摸下巴，跟着林飞羽跨过了门槛。

那是红木的镶边门槛——在现代城市居家的装潢中，已经很难看到这种设计，如果不是为了显阔或者防水，那多少可以说明大宅的主人还算比较“传统”。

也或许是某种“迷信”？林飞羽以前见过类似的伪信仰者，他们在装修的时候请大师来看风水，在入住的时候请道士来驱邪，每天出门进门都要朝走廊上的关二爷拜他一拜，这种现象，在暴发户身上还算比较常见。

但很显然，这栋屋子的主人可不是什么暴发户。

精织的羊绒地毯、光洁的大理石地砖、华美的水晶吊灯……无论是摆放在楼梯扶手边的青花瓷瓶，还是挂在墙上的油画彩绘，每件家具，每件陈设，每件……哪怕是最不起眼的小饰物，都透出一股子雍容华贵的感觉。

品味——没错，再也没有比它更合适的词语了。

与有些诡异的门槛相比，正厅的布置完全是一派大气的西式风格，华美而不失典雅，艳丽而不落俗套，仅仅是这一个房间，就可以想象出豪宅主人的品味与格调……当然，从某种角度来说，还有财富。

无意中看到了步入正厅的林飞羽和谭天方，一名穿戴齐整、魁梧高大的警官连忙迎上前来：

"谭、谭队！"浑厚粗悍的嗓音里，带着明显不属于本地人的北方腔调，"有、有有有什么指示？"

站到面前的时候，林飞羽才发觉这真的是一位大汉——接近两米的个头，宽阔壮实的肩膀，匀称挺拔的身线，如果不是穿着警服，他很容易让人产生"是不是运动员啊"这样的揣测。

当然，他下巴上稀疏的胡楂，好像睡不醒似的小眯眼，外加怎么听都感觉像是有点结巴的口齿，多少也让林飞羽对他"刑警"的这个身份抱有微微的怀疑。

"给你介绍一下，"谭天方一步上前，走到两人之间，抬手拍了拍大汉的肩膀，"这位是许扬洋警官，刑侦大队的副队长，智商142的破案大师。他是我最得力的助手，也是现场勘察的专家，要是没有他，好些案子恐怕到今天都还没有头绪呢。"

被称为许扬洋的高大男子突然昂起下巴，向林飞羽立正行礼，"领导早！"

"不，抱歉，"林飞羽尴尬地摇摇手，"我不是来视察工作的，我……"

"他叫林飞羽，"谭警督接过话茬，面对许扬洋道，"来自国家安全保卫局第七特勤处，今天和我们一同参与本案的侦破。"

许扬洋咧开了嘴，露出一口漂亮的白牙："国国、国家安全保卫局的啊！幸会。"

"林先生，要看现场的话，你就和他沟通吧，"谭天方朝大厅里的另外两名正在忙碌的警员比了比，“挖掘线索不是我的强项，但在这里的都是高手，有什么要求的话，只管提，好吧？”

满脸和气地说完话之后，警督便抽身离去，只留下有些莫名的林飞羽和自己的副队长面面相觑。

应付领导也好，敷衍同行也好，谭天方的绝招就是把他丢给许扬洋——这位面相憨实、看起来呆呆笨笨的大汉是个深藏不露的“交际花”，这辈子都没和哪怕一个人红过脸，而且更重要的是，他深知谭天方那不太招人喜欢的执拗脾气，懂得利用自己装傻充愣的特长，为警督解决一些……公务之外的麻烦。

“您要看看现场？”面对着林飞羽，许扬洋清了清喉咙，首先打破了沉默，“跟我来就行了。”

“唔，也不用特意看，我跟着你们随便走走就行，”林飞羽低头看了一眼地面，“需要穿鞋套吗？”

“暂时不用，大部分脚印已经采采集完毕，”许扬洋摸了摸脑门，“不过也请您……最好不不要乱走。”

坦率地说，林飞羽对这个叫“许扬洋”的大块头挺有好感，除了憨厚可爱的相貌，他身上还流露出一股与生俱来的乐观——对于常年奋战在社会阴暗角落的刑事侦缉人员来说，这可是种非常难得的个性。

而且，作为国家级神探谭天方的得力干将，他一定有什么了不得的过人之处。

“那是什么？”正这样想着的时候，林飞羽无意中瞥见了楼梯口的一溜红迹，虽然面积不算大，但在杏黄色的绒毯上却显得格外醒目，“血？”

眼看林飞羽就要上前，许扬洋连忙抬手拦住他：“别别别过去，那边要先保持原状。”

原状——林飞羽这才注意到，楼梯上的绒毯有几截铺得不是很平整，或者确切地说，是被什么东西给弄皱了。

“血迹还在化验，”许扬洋补充道，“但根据我的推推理，应该是属于第三被害人的。”

林飞羽扬眉：“‘第三被害人’？”

“要我跟您先说一下目目前的案情吗？”

“不，先不用……”林飞羽抬手示意，目光却始终盯着眼前的楼梯，“……第一和第二个被害人呢？”

许扬洋朝身后指了指：“在在警局的验尸房。”

“我是想问……”林飞羽转过身，一脸凝重地仰头看着对方，“他们是在哪儿被人变成尸体的？”

“哦，卧室……另外，‘被人变成尸体’这说说法不对，现在自杀他杀还不好确定。”

林飞羽一愣：“卧室？睡觉死——”

“卧卧、卧室。”许扬洋颇淡定地点了点头。

每次结巴的时候，他总会伴随着一个眉头跳跃的表情，这多少为许扬洋的谈吐增添了一分喜剧色彩。但一向以挖苦别人为乐趣的林飞羽此时却怎么也笑不起来——说不上为什么，冥冥之中，他觉得这个案件将会变得非常棘手——

而且很快。

一分钟后，一楼卧室。

林飞羽走到门口，刚好与一个手持相机的警员擦身而过，他让出路来的时候，与对方的眼神交接，两人无言地相互点头致意。

“小王！”许扬洋对卧室内的另一名警员唤了一声，那人从地板上起身，走到他跟前，斜了林飞羽一眼：

“许队？怎么了？”

“你你先出去一会儿，顺便把最初的现场照片拿拿、拿几张过来，要带尸体的。”

林飞羽并不是第一次接触“有过死人”的场景——事实上他见过的尸体说不准比谭天方和许扬洋加一块儿还要多些，但在这个被称为“案发现场”的房间面前，林飞羽还是感到胸口一阵压抑。

并不单纯是因为视觉上的冲击，而是一种整体的气氛——一种被“死亡”所笼罩的感觉。

即便是按照“有钱人家”的标准来看，这也是一间非常大的卧室。双人床的床头紧靠着房间的西墙，两边各有两米左右的空间，分别放着床头柜、木椅和衣橱之类的日常陈设，在另一侧的墙上——也就是林飞羽的右手边，则挂着一台可能是62英寸的巨大液晶平板电视。乳白色的窗帘仍然紧紧合着，从天花板上垂下，盖住了整个墙面，窗外晨日的阳光也被薄纱筛成一道道细细密密的线，均匀地投在了房间的中央。

然后，是血迹。

触目惊心的血迹，几乎玷污了眼前的每一样物品，床单、绒被、地板、墙面，就连那超薄液晶电视的屏幕，也被四道平行的红线所贯穿，看样子就像是有一只沾满鲜血的手从上面抹过。

林飞羽皱着眉摇了摇头：

“就这还不好确定自杀他杀？”他朝地面指了指，“自杀的人能搞成这样？”

“谁谁知道？”许扬洋耸耸肩，“尸检出来之前，我我们还不好下结论。”

仔细想来，这倒也算是种严谨的态度，无可指责。

“我可以进去看看吗？”林飞羽扭头问道，“就两分钟。”

“请，”许扬洋向前抬了抬手，“我陪您一起，别别踩着线。”

当林飞羽小心翼翼地跨进房间时，一股难以名状的恶臭扑面而来，越是接近床的位置，这种怪味儿就越是明显，他不禁揪起了脸。

“是呕吐物，”许扬洋注意到了林飞羽表情上的细微变化，“已经被送去试验室化化化验了。”

“呕吐，”林飞羽顿了顿，“在哪儿？”

“好几处，”看上去就像是在敷衍似的，许扬洋朝床上、地上和身后各比画了几下，“量都不大。”

地上的白线勾勒出一个倒地的人的轮廓，它一臂向前，一臂弯曲，似乎是要抓握前方的什么东西。从角度和位置来看，液晶电视屏幕上的血痕应该就是他倒下之前留下的。

“这个，”林飞羽用下巴朝地面比了比，“第一被害者？”

“从确认死亡的时间上说，暂定是第一被被被害者，”许扬洋顿了一下，“但具体结论还还要看尸检。”

“有呕吐物的话，是不是存在中毒的可能性？”

“这，这个也要看尸检报告再说。”

“另外，还有一个严重的问题……”林飞羽昂起头，视线在房间内扫视一周，“你们怎么确定这里就是第一现场？”

血迹、尸体，还有不知缘何撒在地上的呕吐物，无论怎么看，这里似乎就是惨剧的发生地——但是同时，这些也都可以伪造，并且可以伪造得很好。而站在罪犯的角度，无论基于任何理由，闯入卧室将主人杀死都是一件应该速战速决的事情，把现场搞得如此混乱血腥，既无必要，也非常冒险。

“我们不确确定，”许扬洋认真地摇摇头，“要看尸检。”

“这也要尸检？我……”就在林飞羽准备发点牢骚的时候，刚才被许扬洋支走的警员又出现在了门口，他故意干咳了一声，将两人的注意力吸引了过来。

“许队，你要的照片。”

许扬洋一个大步上前，从警员手中接过照片，转身伸直胳膊，就送到了林飞羽的面前。

身高臂长真是方便啊——林飞羽一边感叹着，一边接过了照片，叠在手里细细察看起来。

但仅仅是翻过几张之后，身体里泛起的异样冲动让他连忙捂住了嘴，慌慌张张地夺门而出，一口气就跑出了庭院，在马路边呕吐起来。

林飞羽杀过人——还不是一两个人，也看过许多凄惨而恐怖的尸首，虽然谈不上已经习惯，但至少应该不会被血啊脓啊伤口啊内脏啊什么的给恶心到。他万万没有想到，自己竟然会在一起“普通的案子”里表现得如此脆弱，会在一群“普通的警察”面前丧尽颜面。

看着谭警督递纸巾时那张强忍住笑意的脸，林飞羽有气无力地翻身坐到了路牙边上，他两腿叉开，身体微倾，就像是一个正在醒酒的醉汉。

“没事儿，我刚入行的时候也常这样。”谭天方带着有些得意的神情，蹲到林飞羽的身边，他从兜里掏出一盒金南京，先是抽出一根叼在嘴上，又摸出一根递到林飞羽的面前。

“不，谢了……我戒了……”林飞羽苦笑着摆摆手，“真的。”

“起码你还懂得不要吐在现场，”谭天方掏出打火机，慢悠悠地给自己点上烟，“比上个月我带的那些新人要好多了……”

林飞羽不想争辩，他更关心另外一件事——只不过是几张惨死的可怕照片而已，拍摄角度也没有什么特别之处，身经百战的自己为什么会反应这么大呢？

也许是因为空气中难闻的臭味？也许是因为屋子里压抑的光线？也许是因为……早上出门时在地摊上吃的那碗肥肠面？

“对!”仿佛是找到了挽回颜面的救命稻草,林飞羽突然抬起头来,双眼放光,“肥肠面！就是肥肠面!”

“啊?”谭天方一愣,“什么面?”

“一大清早的吃什么肥肠面啊……”

林飞羽一边嘟囔着,一边摇了摇脑袋。

有生以来头一回,他在上午 9 点之前后悔了两次。

2 干预

2018 年 10 月 7 日，上午 10 时 09 分。

南京市公安局，地下一楼，验尸间。

谭天方保持着单手托腮的姿势，已经有足足十五分钟了。他和林飞羽并肩而立，紧靠着白墙站好，望着五步开外的法医和盛尸台上的三具尸体，屏息凝视。

"我说，林，"在沉默了许久之后，谭天方突然小声问道，"你知道死刑的意义吗？"

"死刑？"双手环抱于胸前的林飞羽偏过头，"你指枪决还是注射？"

"随便，都一样。"

"从节约国家财政的角度来说，"林飞羽撇了撇嘴，"我支持枪决。"

"不，我是说你的看法，你自己的……"

林飞羽抖了一下嘴唇，欲言又止，在他思索的时候，法医突然兀自开口道：

"伤口编号十三，锐器割裂，切口长度 88 毫米，深度 13 至 20 毫米……"

这个穿着白大褂、戴着粉红色口罩的女人顿了顿，慢慢直起腰，“位置很危险，但没有破坏内脏，不是致命伤。”

平静的口吻，如此坦然而淡定，就好像是在讨论上周末公映的文艺电影。

“我没有看到录音机，”林飞羽好奇地小声问道，“她在说给谁听呢？”

“顾丽娜喜欢用录音笔，方便随身携带。”

“随身携带？”林飞羽干笑了一声，“说得好像她经常遇到尸体。”

“确实——”谭天方笑着点点头，“她是经常遇到。”

“我记得南京这里可没多少杀人案。”

“她的真正职业是南京大学医学院的博士，”警督摊开手，“解剖学……或者什么之类的学科吧，我也不是很清楚。”

“唔……”林飞羽点点头，“有恋尸癖的女人可不多见。”

“小声点，别让人家听到，”谭天方习惯性地捂住了自己的上嘴唇，“给她一支圆珠笔，她就能在 10 分钟内把你大卸八块。”

看上去是在开玩笑，但他并没有吹牛，“用圆珠笔肢解尸体”的说法也并不是只有警督一个人知道。顾丽娜身为一个兼职法医，能够获得全警局上下的一致敬重，从某种意义上也得益于这个“典故”。

“你刚才谈到了死刑？”有些被吓着的林飞羽摸了摸自己的心口，忙岔开话题道，“什么意思？”

“我还在警校的时候，坚决反对死刑……”谭天方顿了顿，“罪犯有忏悔的权利和义务，将他一枪击毙，我觉得反而是对受难者的不公。”

“挺有道理，那么现在呢？”

“现在？”警督朝前方的盛尸台努了努下巴，“我现在知道，有的罪犯，穷其一生也不会忏悔……”他笑得有些苦涩，“处决他不是为了报复，也不是为了杀鸡儆猴，而是为了防止出现更多的受害者。”

林飞羽看着盛尸台上血肉模糊的女体，赞同似的点点头：“而且有的罪行也不应该被原谅。”

说话间，被称为顾丽娜的法医突然停止了手上的动作，她放下工具，直起腰，走到洗手池旁，用小拇指勾住口罩的沿，轻轻拉下，俯身吮了一口台子上的咖啡色软杯饮料，发出一声绵长的“嘘”。

“她在吸……”林飞羽指着法医的背影，用颤巍巍的嗓音小声问道，“她在吸珍珠奶茶？”

“嗯，”谭天方斜了他一眼，“吸珍珠奶茶，怎么了？”

“……你手下奇人不少啊，”林飞羽皱着眉道，“身高两米智商142的结巴，一边解剖尸体一边喝……喝珍珠奶茶的医学博士，下一个是什么？会形意拳的特种部队士兵吗？”

“哦，我这边还真有个退伍的特种部队士兵，要我去问下他会不会形意拳吗？”

“算了，”林飞羽摆摆手，“当我没问。”

顾丽娜漱洗完毕，卸下大褂，扯掉橡胶手套，迈着款款莲步，朝两人这边走来。她约莫三十五岁上下，眼袋很重，头发也略显凌乱，表情更是一副睡不醒的样子，但除此之外，这位法医——或者说，这位博士的身段相貌还算说得过去，如果稍微打扮一下，再换件像样点的衣服，说不准还是位大美人。

“啊——谭老大，”她的语速非常快，但声音有些沙哑，“你什么时候来的？”

“不到半个小时吧，”谭天方冷冷地回道，“不要说你一直没发现我们啊。”

“我这人一遇到尸体就认不出活人了，抱歉，”顾丽娜像是开玩笑似的挥了挥手，随后，她的目光移向林飞羽，愣了几秒，“这是你亲戚？”

“不。”谭天方摇摇头。

“那是——”顾丽娜伸出食指，朝天花板戳了戳，“‘上边’的人？”

“也……不算是吧。”

“哦，那很高兴认识你，”顾丽娜面无表情地对林飞羽道，“我是谭老大的普通朋友，案情什么的请不要来问我，谢谢。”她转向谭天方，“现在我要出去吃点东西，如果化验结果出来了，请按编号放在尸体旁边，谢谢。”

“你这都结束了？”警督情不自禁地看了一下腕表，“一个小时？三具尸体？”

“细节什么的都还没有开始搞……”顾丽娜挠了挠乱蓬蓬的长发，“不过大体的死因我已经知道了，想听听吗？”

谭天方与林飞羽交换了一下眼神，点了点头：

“麻烦你了，娜姐。”

“哼，”顾丽娜没好气地转过身，走回到盛尸台前，“昨晚在1912喝酒的时候，我就预感早上会有麻烦事儿，没想到又是你这边，还一次三个——看来是约好了路上斗地主也有个伴呵。”

林飞羽在看到第一具尸体的时候，他本能地咽了咽喉咙，眉头紧蹙——不知为什么，他又想到了早上吃的“肥肠面”。

“第二被害者，”顾丽娜拿起手边的文件板看了一眼，“李晓雯，女性，35岁……哦，和我年纪差不多嘛，真羡慕，嫁了个好男人啊……”

正如博士所描述的那样，这是一具女性的尸体，体型中等，身材姣好，白皙的皮肤上，布满了大大小小、横七竖八的创口，数量惊人，但都不是很深，看起来像是用刀一道一道刻出来的。

这血肉模糊的女体，不禁让林飞羽回忆起卧室内的场景——那满地满墙的红渍，多半也就是她留下的吧？

“死因是失血过多——至少目前看来是失血过多。”顾丽娜轻叹了口气，将双掌撑在盛尸台上，身体向前微倾，“没有致命伤，单纯从‘放血’的角度来说，凶手还刻意避开了动脉……按照这些伤口的深度，我猜她至少流了半个小时的血才失去意识。”

“你说‘凶手’？”

“啊！差点忘了！”面对林飞羽疑惑的目光，顾丽娜连忙起身指了指谭警督，“‘自杀’还是‘他杀’得由这位老大说了算，抱歉。”

“我还从没听说过哪个人能把自己割成网兜的……”谭天方神色凝重地掩着嘴道，“不用瞎猜了，这是谋杀案——起码这个女人是被谋杀的。”

“凶器呢？”林飞羽指着尸体，“能搞成这样，一定不是把大刀。”

“谁告诉你是刀了？”顾丽娜突然露出有些诡异的笑容，她顺手抄过镊子，从盛尸台边上夹起一根大约十厘米长的棒状金属物，小心翼翼地托住，移到两个男人眼前。

“一根……”林飞羽看着这血迹斑斑的金属棒，有些不敢相信地道，“锉子？”

“确切的说，是一根指甲锉，就是我们平时修手修脚的那种。”

林飞羽靠上前来，仔细地端详了这根“指甲锉”一番：“你确定这就是凶器？”

“从伤口的形状和长度来说，是的。”顾丽娜有意顿了一下，继而看着谭天方道，“啊，当然！是不是凶器得由这位老大说了算，抱歉。”

警督捂着嘴巴，不言不语，似乎是陷入了沉思。

“死亡时间呢？”林飞羽继续问道，“准确的。”

“四五个小时之间，错不了的。”女博士颇自信地道，“也就是今天早晨五六点钟的样子。”

不等林飞羽接着发问，谭天方突然插话道：

“第一被害者呢？那个男人。”

“如果你说的是宋健发，”顾丽娜放下镊子，走到另一具赤裸的身体旁，“那这位就是了。”

没有血渍，没有伤痕，也没有任何打斗过的迹象，这个老男人的尸体看起来如此平常无奇，就好像是因为中风而死在自家床上一样。

“他送来时就这样？”林飞羽皱着眉道，“还穿了条内裤？”

“我们发现他时，他面朝下倒在自己的卧室里，头冲着门……”谭天方把头转向林飞羽，“我想你已经看过地板上画的白线了，林先生。”

“对于这个可怜的大富豪，我只能说很遗憾，”顾丽娜耸耸肩，“我实在不知道他是怎么死的。”

“这可不像是你会说的话啊，”警督显得有些惊讶，“娜姐。”

“这位也不是一般的大耳朵老百姓啊，老大，”顾丽娜用力敲了敲盛尸台的边角，“这是宋健发，市政协委员，在没有得到检察院的授权之前，我可不敢随随便便就把他大卸八块……”

“授权？”林飞羽饶有兴趣地道，“像这种恶性案件的尸体解剖也需要检察院点头？”

“原则上，解剖尸体要经过家属同意，”谭天方苦笑道，“但问题是，宋健发的父母已经过世，他的老婆孩子也都躺这儿呢。

而且，被娜姐‘处理’过的尸体，遇害者家属一般都……都不太‘喜欢’，宋健发也是个有头有脸的角色，我不想在这上面惹麻烦。”

“你看，现在又来怪我的手法野蛮，”顾丽娜耸耸肩，“如果你们肯多花一点点儿钱配一台最新的扫描仪，我连刀子都不用动呢。”

“喂喂喂喂，”谭天方猛地摇了摇手指，一副受了惊吓的样子，“150万元人民币可不是‘一点点儿钱’啊，别说得这么轻松，我们公安局又不是银行。”

林飞羽没有兴趣加入这斗嘴似的争论，而是绕着尸体踱了一圈：

“他的面色很糟糕，就像是见了鬼一样，”他似自言自语，“肌肉也僵得厉害，这应该不会是自然死亡的面相吧？”

“自然死亡也可以有很多种‘面相’，抱歉。”顾丽娜咂了一下嘴巴，“我的初步判断是心脏衰竭，但确切的结果还要等化验。”

“退一万步说好了，我们推定他是自然死亡……”林飞羽一边比画着一边道，“设想一下，一个三十五岁的漂亮女人在卧室里，被凶手用一柄指甲锉千刀万剐，而她的老公——一个身价百亿的老男人却穿着内裤，面朝下趴在地板上‘自然死亡’了……”他摇摇头，“这是不是太过离奇了？”

“我听说过比这更离奇的案子……但不是在南京……”谭天方板起脸，沉默了几秒，“细节我们等会开会时再讨论，娜姐，第三个死者呢？”

“更离奇，”顾丽娜笑道，“宋家的大公子摔死了——自杀。”

“自杀？”林飞羽愣了一下，“这有什么离奇的？”

“对，自杀一次当然不离奇，只是——”故弄玄虚似的，顾丽娜把“是”这个字拉得像歌剧演员那样长,“——连续自杀两次才把自己给摔死,我觉得就很离奇了。”

“两次?”

异口同声之后,林飞羽和警督你看看我,我看看你,一脸错愕。

半小时后,会议室。

谭天方喜欢这个地方。

每当有案件发生,刑侦队的精英们……或者说“奇人”们就会在这里汇聚一堂——理清线索,布置任务,各抒己见。这些人中有结巴有快嘴,还有闷着头抽烟不说话、只要一说话就基本上解决问题的绝顶高手。

会议桌上散着照片和文件,这是在短短几个小时内搜集到的和案件有关的全部资料,就行动的速度而言,全国恐怕很难再找到能够与之相媲美的刑侦团队了。

“效率,黄金72小时”——这个词一直是谭天方信奉的破案铁理,真正的线索并不会随着时间的推移而浮出水面——它们本来就在那儿,越早发现,就能越快地找到真相,也就越能容易地抓到凶手。这不仅是他本人的原则,更是整个“奇人队”的信条。

今天,这些“奇人”又被谭天方召集了起来,按照往日的席位,驾轻就熟地围成一圈,而那个坐在警督身边的陌生面孔,也因此而显得更加突兀。

“这位是林飞羽同志,”谭天方冲身旁比了比,“国家安全保卫局第四特勤处的大内密探——”

林飞羽忙更正道:“第七特勤处。”

“第七特勤处的探员,专程来协助我们侦破本案……”谭天方似乎是觉得还没说到位,略作停顿之后补充道,“他是自己人,大家和平时一样就好了。”

“等等,老大,”顾丽娜突然抬手发问,“他是国家安全保卫局的人?你为什么刚才不告诉我?”

“你也没有问,对不对?”

“这个第七特勤处是国家安全保卫局的什么机构?我怎么从来没有听说过?”

谭天方叹了口气:“哪个国家安全保卫局的机构是你听说过的?”

女博士昂起下巴,若有所悟地“哦”了一声,然后双手抱臂,重新坐正身子,恢复了刚才的姿势。

“出于坦诚互信的原则,我不介意透露自己的身份,”林飞羽环视长桌一周,“正如谭队长所言,我来自一个影响力和名气都很小的国家安全保卫局部门——所谓的第七特勤处。”他顿了顿,迎着一片期待的目光微微笑道,“我们部门负责处理在全国各地发生的‘第四类事件’……当然,必要的时候,也执行一些境外任务。”

“对不起,打断您一下,请定义‘第四类事件’。”

插话的女孩戴着金丝边框的眼镜,穿着崭新笔挺的警服,坐在林飞羽的正对面,她长了一副小家碧玉似的娇俏面庞,却有着两根威风凛凛的吊睛眉,显得英气十足。

“请问你是?”

“陈曦,我的助理,”谭天方介绍道,“负责档案的搜集和整理,照片什么的也是由她来负责归类。”

难怪会对“第四类事件”这个词如此敏感——这样想着的林飞羽点了点头:

“你似乎对我的工作很好奇?”

“我只是对‘第四’好奇而已。”女警官不卑不亢地回道。

“我对国家安全保卫局的档案分类规则一知半解，”林飞羽耸了耸肩，“因此也无法告诉你为什么我的工作被排在‘第四类’，但我确信前面三类的内容一定都是保密的。”

“那么你的呢？”

林飞羽欲言又止，侧身看了看谭天方，警督则冲他点点头，小声道，“老实说，我也很想知道。”

林飞羽清楚，现在这种局面，要么什么也不说，要么就得说实话。

“‘第四类事件’包含四个主要的分支，”他收起笑容，将双肘架在桌面上，张开右手的四根手指，神色凝重地道，“第一，”他缩拢食指，“方式未知的大规模杀伤性武器袭击。”

随着林飞羽刻意的停顿，会议现场的气氛一下子就紧张了起来，这回轮到谭警督和他的手下们面面相觑了。

“我……我不明白您的意思，”长桌对面的女警扶了扶镜框，“能解释一下吗？”

“第二，”林飞羽斜了她一眼，没有回答，而是依次收起剩下的三根指头，不紧不慢地道，“对国家有重大意义、未分类属的战略资源；第三，崇拜并挖掘超自然力量的非法结社及类似组织；第四，会造成巨大恐慌与伤亡的非常规刑事案件。”全部说完之后，他向椅背一靠，双掌交叠，十指相扣：

“至于这些条目详细的解释，我只能说抱歉，我认为字面上已经表达得很清楚了。”

“啊……听起来不妙啊，”顾丽娜故作忧郁地叹了口气，“不论怎么想，我们眼前的这个案子都只能归类为‘会造成巨大恐慌与伤亡的非常规刑事案件’……是吧？”

“和案子无关，我在意的是这间房子——”

林飞羽侧过身子，指着背后白板上的照片：

“天山西路9号，即便把时间跨度拉大到一个世纪来计算，在这里被害死的人也实在是太多了。我不信天，不信命，也不信百分之百的机缘巧合，因此我出现在这里，在这个会议室里……”

他用双掌撑住桌面，俯身向前：

“诸位，你们是来寻找答案的，而我是来寻找问题的，如果在你们寻找答案的过程中，我没有发现任何问题，那么这个案子就不会被归为‘第四类事件’，我会兴高采烈地离开这里，不多说一句话。”

“那么如果……”陈曦顿了顿，“你发现了问题呢？”

林飞羽面无表情地盯着这个女警，足足五秒之后才开口回道：

“每一次我发现问题，都意味着更多更大的麻烦，因此相信我……”他有意压低了嗓音，“我比你们中的任何一个，都更希望‘不要发现问题’。这样的话，我呢，就可以白领几天的工资，你们呢，也可以和爱人孩子继续好好生活下去。”

眼见房间里的火药味越来越浓，谭天方决定赶紧把会议的内容拉回到正题上来，他起身拍了拍林飞羽的肩：

“相信我，林先生，这里的每一个人都会尽力配合你的调查——来，先坐。”

落座的同时，林飞羽伏在警督耳边小声嘀咕了一句：

“我能感觉出来，您的队伍不好带啊……”

谭天方用手遮住自己苦笑的唇角，心想“你小子更难伺候”，然后润了润嗓子：

“我们抓紧时间，按照老规矩，先把案情梳理一遍，”他顿了一下，对林飞羽道，“林先生，如果你发现什么‘问题’的话，可以随时打断我们。”

林飞羽没有出声，而是微笑着做了一个“请”的手势。

“首先是时间，”警督加快了语速，点了点桌子，“老王，报案的记录时间是几点？准确的。”

被唤作“老王”的警员叼着根烟，闷在桌角，和任何一名与会者都保持着一定距离，从入席开始就额首低垂，不言片语，直到谭天方发问，他才开口应道：

“早上七点零七分，”和形象截然相反的是，“老王”有着一口相当洪亮阳刚的好嗓子，“值班110接到报案后，巡警于七点二十分到场。”

“哈！新记录！他们竟然花了十三分钟才赶到现场！”谭天方闷哼了一声，摇了摇头，“报案人的身份是？”

“宋家的女仆，”老王继续道，“刘思含，二十一岁，苏州人，现在已经被我们保护了起来。”

“接下来是地点，”警督又敲了两下桌子，“许扬洋？”

“有有！”

“案发现场在哪里？”

“第、第一和第二被害人死在他们自、自己的卧室，第三被害人死死在后庭。”

“死亡时间和原因！”谭天方转向女博士，“娜姐！现在的结论是什么？”

“第一被害人宋健发，死亡时间是今天早上五点到六点之间，初步推定的死亡原因是心脏及肾脏功能衰竭，体内肾上腺素含量超标但未到致死量，”顾丽娜还是那副不温不火、不紧不慢的态度，“第二被害人李晓雯，死亡时间为今天早上五点到六点之间，死因是锐器创口导致的失血过多。第三被害者宋刚，死亡时间为早上六点二十五分，死因是高处坠落导致的颈骨断裂……”

"等等，"林飞羽突然抬手插话道，"为什么这个人的死亡时间能精确到分钟？"

"是我告诉她的，"陈曦忙接过话茬，从手边的资料袋中抽出一张照片，推到林飞羽面前，"后庭里的监控摄像机拍下了全过程，早上六点十分时，宋刚第一次从阁楼坠落，摔在花坛边上，折断了右腿，然后从后门爬回屋内……"

林飞羽拿起照片看了一眼，在那模糊的黑白影像中间，确实是有一个人形的"物体"趴在地上，右下角则标出了"AM 6:25"这个时间。

"……十五分钟后，"陈曦继续道，"他第二次从阁楼的窗口坠落，这次头部朝下，就再也没有动过。"

"死亡原因是因外力造成的脊椎骨错位，"顾丽娜补充道，"俗称'摔断了脖子'。"

林飞羽死死盯着照片，眉头紧锁。

"目击者呢？老王？"谭天方又轻轻敲了一下桌子，"到目前为止只有一个吗？"

"连上那个报案的女佣人，一共是两个，"老王放下了嘴里一直叼着的、没有点燃的烟，坐正身体，"早上八点半，一名青年在案发后接近现场，神色可疑，我们拦下了他问话，他说他晨练时曾路过现场，看到有人从二楼掉了下去。他在门口站了几秒，又敲了敲门，无人回应，便离开了。"老王顿了顿，"监控探头的录像证实了他的话，他敲门的时间是六点十二分。"

警督眉头一皱："他现在人在哪里？"

"就楼下，正录口供呢。"

"很好，先不要放他走，我有话要问他。"谭天方点了点头，"然后，被害者的资料搜集得怎么样了？小陈？"

"都是些名人，我查到的东西可能还没从百度那里搜来的多，”陈曦摇了摇手里的文件袋，抛在桌上，“等这个会议一结束，我就发动人海战术，先从亲戚朋友和商务伙伴那边开始调查，希望能挖到一点特别的情报。”

“先拣基本的说吧，”警督有些不耐烦地摆摆手道，“年龄，性别，职业这些准确无误的信息。”

“明白……”陈曦清了清嗓子：“第一被害人宋健发，55 岁，男性、汉族，‘梦想乡’集团的创始人及现任董事长，中国财富排行榜第 49 名，亿万富翁，主营事业是房地产，市政协委员。最近两年投资的其他项目都不是很成功，为此董事会对他也颇有微词。”

“亿万富翁……嗯，”谭天方仰起脖子，盯着天花板呆看了两秒，继而又迅速坐正，“你继续。”

“第二被害人，李晓雯，35 岁，女性、汉族，无职业，宋健发的第二任妻子，十五年前与他结婚并育有一女。”

“等等，你说是第二任妻子？”警督突然双眼放光，“那他的前妻呢？在哪儿？”

“死了，二十年前就死了。”

不知为什么，顾丽娜“啧”了一声，碎碎念似的憋出一句“好男人啊”。

“第三被害人……”陈曦等了几秒，见无人再说话便继续道，“宋刚，28 岁，男性，宋健发的长子，在‘梦想乡’集团担任公关部经理助理，也被许多分析家认定是该企业的继承人。”

“宋刚？等等，”林飞羽突然想起来了什么似的，“我好像在哪里听过这个名字。”

“你——应该听过，”陈曦故意拉了个长音，“今年年初，‘梦想乡’集团设立了一个慈善基金会，宋刚不仅是主席，还带头捐赠了四百万元人民币……别问我他从哪里赚来的这些钱，这我真的查不出来。”

“哈，我想起来了，”林飞羽点点头，“就是那个宋刚啊……我记得好些领导还接见过他，说还要授予他什么什么青年慈善大使的头衔，一时的风云人物呢。”

“在我们国家啊，有公益心的富人太少了，”身旁的警督补充道，“出现一两个年轻有为的好苗子，当然要大肆宣传一番。”

“高、富、帅。”林飞羽顿了顿，“结婚了吗？有没女朋友？这个总能查到吧？”

“未婚，而且从理论上讲应该没有女朋友，至少目前没有，”不知为何，陈曦笑了起来，“他在上个月还参加过电视相亲节目，搞得人们以为他准备进军娱乐圈了。”

“哪个相亲节目？”顾丽娜好像突然来了兴趣，连眼神都一扫之前的萎靡不振，闪闪发光起来，“难不成是江苏卫视搞的那个什么‘百分之百’现场直播的破烂玩意儿？”

“对，”陈曦面无表情地点点头，“就你参加的那个。”

林飞羽看得出来，在场的每一个人都憋住了笑，只有顾丽娜自己一脸尴尬地摇了摇头，“我是被人忽悠的，真的……”

“好了好了，题外话到此为止，我们抓紧时间……”谭天方干咳了一声，“像宋刚这种富二代不可能没有女人——对象也好，知己也好，婚约者也好，情侣也好，炮友也好，小陈你负责把她给我挖出来，有几个挖几个。”

“明白。”

“下面是嫌疑人的分析，老王！”警督左手握拳叩了叩桌面，“监控录像看得怎么样了？”

老王掐灭刚刚才点上的烟，抬头回道：“目前只看了从 10 月 7 号凌晨零点到早上 7 点的录像，一共有四个摄像头。正门一个，后庭一个，主屋一楼走廊一个，二楼走廊一个。”他歇了口气，“六点零五分，二楼走廊出现女佣刘思含的影像，然后30秒后出现在一楼走廊，按照她的证词，是从自己的卧室出来，前往一楼位于主屋东侧的厨房，为全家人做早餐。”

“早上六点……”谭天方眉角微扬，“这是她每天的习惯？”

“是的，宋家一般在六点四十五准时起床，她每天必须在此之前完成打扫和做早饭的工作，”老王继续道，“六点十分，后庭的摄像头拍到宋刚坠落，跌在花坛边沿，但由于角度问题，没有拍到他是如何摔下来的。与此同时，正门拍到了那个晨练的男子，他在马路上观察了大约两分钟后，敲了敲门，见无人回应便回去了。”

“为什么会无人回应？”警督不解地道，“那个女佣呢？”

“男子敲门的时候，她应该还在厨房，而且从录像来看，那人并没有按门铃，我估计……”老王像是在斟酌用词似的，沉默了片刻，“我相信刘思含应该没有听见。”

“继续。”

“大约六点零五分，宋刚从地上爬了起来，他腿部明显受了伤，但还是一瘸一拐地从后门走进屋内，并于一分钟后出现在一楼走廊上，我看到他手脚并用地爬上了楼梯，进入二楼走廊，回到自己的房间，之后就再没有出现在屋内。”老王顿了顿，“从理论上说，他应该是经由自己房间内的扶梯爬进了阁楼，然后又在六点二十五分的时候从窗口坠落——头朝下坠落。”

林飞羽若有所悟地点点头：老王刚才的话也可以解释为什么第一次坠落的时候，宋刚没有出现在镜头中——他本人的房间就直接与阁楼相连！

“大约六点五十的时候，”老王继续道，“女佣出现在一楼走廊西翼，她连续敲了几次宋健发卧室的门，都无人回应。然后又上了二楼，发现宋刚卧室的房门大开，而且其中无人，于是又转身去敲宋旋的门……"

一个新名字！林飞羽像是被电到了似的身体一颤：

"等下，你们说宋旋？这是什么人？"

"宋建发与李晓雯的女儿……"陈曦皱着眉头，指着桌上的文件袋道，"你不看资料的吗？而且我刚才也提到了不是吗？"

仔细想来，刚才在介绍李晓雯时是有"十五年前与他结婚并育有一女"这么一句。林飞羽有些尴尬地拿起文件袋，从里面抽出一摞纸来——通常情况下，他在"插手"某个案子之前都会阅读详细的案情报告，并设法从国家安全保卫局调来对解决事件有帮助的一切讯息，但是今天，根本就还没有什么"案情报告"之类的东西，完全是一片空白，更毋用说是查找相关资料了。

"是怪我忘了说，"谭警督按下林飞羽手里的文件，"在你来之前，那孩子就已经被送去医院了，我今天会去看她，到时候再了解她的具体情况吧，现在，先让我们把会开完。"他转向老王，"你刚才说到哪儿了？女佣敲宋旋的门？"

"对，"老王点点头，"她敲了几次，自己就推门进去了。大约一分钟后，刘思含又一人出来，关好了门，下楼。这时候的时间是七点零三分，她从正门出屋，从大门外的信箱处取得报纸和牛奶，大约十五秒后，她的身影又出现在后庭。可能是因为看到了宋刚的尸体而受到惊吓，手里的奶瓶和报纸都坠落在地，之后她从正门返回屋内，用自己的手机报了警。"

"嗯……有一些疑点，"谭天方低头沉思了几秒，像是在自言自语似的小声喃道，"没关系，没关系，我会亲自审这个女人，"他猛地抬起头来，"还有其他嫌疑人的线索吗？"

"没有了……至少是从昨天凌晨 12 点到今天早上 7 点之间，监控录像能给我们提供的信息也就只有这么多了。"

“扩大观察的时间！扩大问讯的范围！”警督突然提高了嗓门，“我要知道最近一个月他们家的人员流动情况！有谁来访问过，有谁来住过，有谁离开过！全部！所有的！”

老王轻轻吸了一口气：“了解。”

“还有电话！小陈你有查吗？”

“电信那边还没联系，”陈曦顿了顿，“中午之前一定会给你结果。”

“现场物证的搜索呢？许扬洋？有没发现什么异常的脚印和指纹？”

“没、没、没有。”

“凶器呢？那个锉刀上有什么发现？”

“也、也没有，”许扬洋颇严肃地摇了摇头，“只发现了宋健发和李晓雯的指纹。”

“案发现场的布置呢？门、窗户、地板、天花板……总会有破绽的，你不是常对我这样说吗？‘总会有破绽的’。”

“窗户只、只能从内部打开，而且没没有被破坏的迹象，卧室的门也是被反反锁的……”

“就没有一点线索？”

“没没有，真没有。”

一间“密室”——林飞羽本能地想到了这个词，顿时觉得本来就一团雾水的案情正有逐步“恶化”的趋势。

“同志们啊，同志们……”警督仰起头，满面愁容地长叹了口气，然后猛一击掌，一副语重心长的模样，“不用我强调，你们也应该知道今天这个案子的重要性，一个著名的企业家、慈善家在自己的豪宅里被人灭门，而且各个都死状奇特……”他一边点着桌子一边道，“无论能不能抓到凶手，无论有没有凶手，我们都必须给出一个交代，大家明白了吗？”

除了林飞羽，在座的每一个人都点了点头——只是幅度各有不同而已。

“接下来，我明确一下现在的任务……”谭天方用左手捂住嘴巴，停顿了几秒，“娜姐，你马上去解剖尸体！我给你授权！出了问题我负责！大卸八块也好，千刀万剐也好，务必搞清楚这三人到底是怎么死的，嗑了药，服了毒，还是中了邪，无所谓——总之得给我个确切的说法。”

“很好……”顾丽娜脸上飘出一丝诡异的笑，“就等你这句话了。”

“许扬洋，你回现场继续勘察，给我在那儿挖地三尺！我不相信这世上有什么滴水不漏的犯罪，总归会留下什么痕迹。”

“明明明、明白！”

“小陈，继续调查一些和宋家有关的人际资料，”谭天方点了点桌子，“尤其是亲戚朋友，秘密情人和生意上的竞争对手这三类，就算是硬着头皮，也要给我从里面选出五个最有可能实施谋杀的名字来。”

“了解。”

“然后是老王，我需要得到宋家四口连上女仆在内，最近一个月的行程，接触过什么人，遇到过什么事儿，找出里面最可疑的报告给我。”

老王板着脸，颇沉重地点了点头——显而易见，即使是对他这样一个老江湖来说，“最近一个月”也是件不轻松的任务。

“好，那就先到这儿吧，有什么新发现立即通知我。”谭天方正欲利索地起身走人——就像平时那样，突然发觉似乎有什么不妥，于是又重新坐定，非常客气地对林飞羽道：

“那林先生，你看，还有什么要补充的吗？”

“补充不敢讲……”林飞羽点头应道，“只是对这个案情还有点迷糊,我能用自己的方式复述一遍吗?”

从对方凝重的神色中读出了一丝蹊跷,谭警督习惯性地捂住了嘴:

“……请。”

“被害者一共是三人,”林飞羽伸出三根手指,平摊在桌面上,用极少见的认真语气慢慢说道,“地产巨鳄、‘梦想乡’王朝的统治者宋健发。他那个又帅又有钱又心地善良的好青年儿子宋刚。还有他那位年纪轻轻就什么也不用做,在家里享尽荣华富贵的二老婆李晓雯——我说的没错吧。”

“还有宋家的千金,”谭天方补充道,“虽然没有生命危险,但也不能排除她是被害者之一。”

“‘被害’,嗯,警督,你用了一个很有趣的词。”虽然语气里有些调侃,但林飞羽却一点也不像是在开玩笑的样子,“在一个拥有五百万人口的大城市的中心地带,有一座装着四个摄像头、并且被柏油马路环绕的古宅,古宅的男女主人在自己那上了锁的卧室里睡觉,然后一个把胃吐空之后倒在地上心脏麻痹而死,另一个则赤身裸体,躺在床上被人凌迟。”

警督敏锐地理解了林飞羽的言下之意,于是在对方停顿的间隙接过话茬:“而且,他们的大公子在几乎同一个时间点上跳楼身亡……你想说的就是这些吧?”

林飞羽点点头:“‘死亡’是一回事儿,‘被害’则是另一回事,这不只是‘自杀他杀’的简单问题,我更关心的是‘死法’。”

谭天方咽了咽喉咙:“‘死法儿’?”

“老实说吧,警督,你以前遇到过类似的案件吗?类似的死亡方式?”

“莫名其妙的案子我遇到过不少,”谭天方抹了抹上嘴唇,“但像今天这个死法的——嗯,确实没有。”

“警督，论侦破经验，我远远不如你，但要是谈到‘死法’，”林飞羽微微一笑，“我可见过太多稀奇古怪的死法了，其中有一些会让我的工作看起来就像是在和超自然力量打交道。”

顾丽娜打着颤音地“哦”了一声：“如此说来，你的工作还包括降妖除魔咯？”

“降妖除魔？那可用不着麻烦国家安全保卫局——闹鬼的房子，找城管来拆掉，盖上喷泉！”像是被激怒了似的，林飞羽突然拧起了眉头，加重了语气，“害人的怪物，叫偷猎者来打死，卖给广东人做菜！下降头的大仙，抓起来关进疯人院，电他个两三天，包管治好！”他一声轻叹，“有时候我在想，要是这个世界真有鬼那该有多好，要是真让我遇见那该有多好，如此一来，我就可以心安理得地把全部责任推到科学无法解释的‘神秘力量’上……但很遗憾，迄今为止，在一件件案子的背后，我都只能看到一张张丑恶的人脸，我不得不发挥想象力，用尽各种办法，把他们揪出来，把他们消灭掉——而这，才是我的工作。”

在说“消灭掉”这个词组的时候，林飞羽流露出了一瞬间的杀气，这让在座的每个人都明确地意识到，他真的不是在开玩笑——而所谓的“消灭”，恐怕也正如字面上的意思那样残忍直接。

“抱歉，林先生，不是我有意打断你，”谭天方“嗯嗯”地干咳了一声，“我们偏离正题了。”

“那就回到刚才的话题——”林飞羽扭过头，冷冷地盯住警督的双眼，“还记得我说‘我见过太多稀奇古怪的死法’这句吗？”

“怎么？有什么问题吗？”

“如果有这么一种‘死法’，连我都没有听说过，那它就是个大问题了。”林飞羽顿了顿，稍稍往前凑了两三寸，“而现在，谭警督，你遇到的就是这样一个大问题。”

“我，”谭天方迎着对方的视线，也向前靠了这么两三寸，“不怕。”

“你不怕，是因为你不知道要怕，”林飞羽细声慢语，“但是我怕，而且怕得要死。”

“那么林先生，”警督阴着脸，用只有两人能听见的声音小口喃道，“你可以选择从外面把门带上。”

“不，恰恰相反，谭警督，”林飞羽微微一笑，“正因为害怕，所以我才义不容辞……”在众人有些不解的注视之下，他缓缓起身，“依据目前所掌握的线索，我有足够的理由认为，今天发生在天山西路9号的案子属于‘第四类事件’，国家安全保卫局第七特勤处将对本案的侦破进行全面干预，”他看了看长桌远角的老王，又看了看端坐在自己对面的陈曦，“所有和本案相关的材料、消息和情报，从现在开始列为二级国家机密，所有本案的知情人员——包括在座的各位，都将接受第七特勤处专案小组的监督——也就是我的监督。”

一本正经的神情，似曾相识的话语，谭天方仿佛又看到了以前那些“外行领导内行”、嚣张跋扈的上级的影子——好吧，姑且承认这位林飞羽探员好像还有那么点刑侦经验，但这段“宣言”又是个什么意思？

“不好意思，林先生，这是我的案子，”警督歪着上身看着林飞羽，“你可不能就凭一句话把它带走。”

“这当然是你的案子，警督，我说了，我只负责监督，从破案到抓人，还是由你的人来做，”林飞羽顿了顿，“哦，如果你的意思是说，想要一份‘官方授权文件’，那么我保证你在五分钟之内就会收到。”

“那我就不明白了，如果什么事都是由我的人做，你这个

‘监督’又干什么呢?”

“‘会造成巨大恐慌与伤亡的非常规刑事案件’,还记得这个定义吗?警督?”

谭天方点点头:“啊。”

“‘恐慌’与‘伤亡’已经不可避免,”林飞羽用大拇指撞了撞自己的胸口,“特勤七处的作用在于,去掉这句话中的‘巨大’。”

3 不要恐慌

上午11点23分。

坐在副驾驶席上的林飞羽,正盯着手机屏幕上的文字发呆。

"虎龙网手机报特大快讯,今晨著名企业家宋健发在家离奇裸死,警方已介入调查"——他不知道究竟是谁构思出来这么个灭绝人性的标题,但是得承认,还挺有吸引力。

在某些百姓眼里,"保密"是"知情权"的反义词,是黑箱操作与幕后交易的催化剂,他们觉得,一个好的政府一定是什么事儿都拿出来跟老百姓商量的政府——就算不商量吧,起码也得让他们都知道有这么回事儿才行。

显然,他们是大错特错了。

国家机密自不当说,有时候就算是一个普通的刑事案件,也有不得不保密的理由——罪犯也许会因为一个电视新闻而警觉,民众也许会因为一个小道消息而发狂,尤其是当案子太过离奇恐怖并且侦破无望时,谣言和恐慌可能会造成比案件本身更恶劣的社会影响。

但是现在,讨论这些已经没了意义,案子已经不知被谁、用什么方式曝了光,林飞羽似乎已经能够想象出从新浪微博到成人论坛里的各种转帖了——同情哀号的，仇富叫好的，各种各样路过打酱油的……对，肯定还有柯南柯北之流跳出来为众人答疑解惑的所谓“民间侦探”。

想到这里，林飞羽不禁把牙齿咬得咯咯作响，同时攥紧了手机的外壳，一副像是要把它捏爆了的样子。

“怎么了？”在等红灯的间隙里，手握方向盘的谭天方斜了他一眼，“出了什么状况吗？”

“没，垃圾短信而已。”林飞羽干脆利落地合上翻盖，将手机塞回风衣的口袋，露出那标志性的微笑——只是和之前相比，这笑容显得十分勉强。

今天第二次，警督的座车在天山西路9号的正门前停了下来。林飞羽离开了副驾驶席，钻出身子，稍稍伸了个懒腰，然后拉开后门，从里面迎出一位长着小圆脸，衣着朴素，身材略微有些丰满的年轻女人。

这就是刘思含——与林飞羽想象中“亿万富翁家里的女佣人”不同，她看起来非常“大众”，是那种你逛一次超市就能遇上一打的普通女孩。也许是因为经历了一上午的讯问，比起今天早些时候，她的脸色显得更加疲惫，但同时，也少了些忐忑与局促——至少说话不打颤了。

“7点零3分的时候，你在这里的信箱拿取牛奶和报纸，”板着面孔的谭天方，上来的第一句话就直入主题，“然后按道理，你应该原路返回，进入主屋。”他指着豪宅敞开的正门，“但是十五秒后，你却出现在后庭，然后发现了宋刚的尸体。”

“我已经说过了，”刘思含有些不耐烦地摇摇头，“每天拿完牛奶，我都会从后门回屋子。”

“起码你没对我说过……”谭天方用右拳托住下巴，“对了，为什么你每天都要这样绕一下？”

女佣轻轻叹了口气:“我要把牛奶放进厨房的冰箱,厨房离后门更近。”

“这我就不明白了哦,如果只是为了节约时间,”警督向前凑了一步,“从正门穿过走廊再到厨房,不是更近吗?”他有意顿了顿,“要不我们试着走一下?”

“不、不用了……”刘思含稍稍别过头,想要避开对方锐利的眼神,却正好与穿着黑色长风衣、一看就不像是善主儿的林飞羽四目交投,“……我只是每天都习惯这样走而已,没什么特别的原因。”

“习惯。”谭天方若有所悟地“嗯”了一声,“能帮我们重现一下当时的情景吗?”

“重现?”

“对,从你取牛奶开始,到报警的全过程。”

“为……为什么?”女佣警觉地皱起了眉头,“你们……”

“别误会,只是单纯的取证而已,”警督笑道,“我知道你今天很累很辛苦,但也请体谅我们的工作,好吧?”

刘思含默不作声地走上前,伸手打开信箱,装模作样地在里面摸索了两下,然后转过身面对谭天方和林飞羽:

“就这样?”

这个邮箱居然没有上锁——警督眯了一下眼睛,一番思索后点了点头,摊手做了个“请”的姿势,“继续。”

跟随着女佣有些不太情愿的脚步,林飞羽和谭天方鱼贯穿过正门,进入前庭。

“怎么?”注意到警督的愁眉不展,林飞羽小声问道,“你怀疑她?”

“为什么不?”谭天方头也不回地应道。

“我觉得她不像。”

警督斜了林飞羽一眼：

“我也觉得她不像。”

后院的布局与前庭几乎完全一致，两块正方形的花坛一左一右，把主宅的出口和连接它的石子路夹在中间。不过这两块花坛的面积似乎更小，约莫二十五平方米的样子——当然，在城市的中心地带，这样面积的花坛已经很是奢侈了。一些低矮的灌木栽种其间，每一个看起来都很平常，好像随便在哪条大马路边都能见到，但又都经过了精心的修剪，连成一片之后，便有了相当好看而养眼的“形”。

刘思含在左边的那个花坛前停下脚，朝地上指了指，那怯生生的样子，仿佛还对早上看到的惨景心有余悸——当然，在林飞羽看来，这也有可能是装出来的表演。

花坛的缘角上还残留着血渍，地上也用白色记号笔画出了一具扭曲的人形，光是看到这让人不悦的残影，林飞羽似乎就已经能想象出当时所发生的一切——从楼上坠下，头部磕中花坛的角，当场脑浆四溅，肢体瘫软……一个商界冉冉升起的新星，一个在镜头前侃侃而谈的慈善大使，一个举手投足都优雅潇洒的富二代，就这样惨死在自己家的后庭中央。

“然后呢？”谭天方继续追问着女佣，就好像对方是真的嫌疑犯一样，“你跑回了正门？报了警？用自己的手机？”

刘思含连着点了几次头。

“既然已经回到了屋子，为什么不用电话报警？既然你带着手机，为什么不立即用呢？”

“呃，我……”刘思含慢慢皱起了眉头，一副张口结舌的样子，“我、我不知道……”

看到平日里熟识的人在面前惨死——任何一个没有经过训练的正常人，在那种时刻都会因为恐惧而头脑一片空白，以至于做出连自己都难以解释清楚的事来——而且它们中的大部分还都无法被记住。

就和害怕时人会肌肉紧张，因而瞬间爆发力增强一样，“遗忘”也是一种大脑的保护反应，只不过前者保护的是肉体，而后者保护的是精神。

“把不愿意回忆起来的事情，统统忘掉”——这也许是人类从自我意识萌发开始，最早出现的心理本能，那么以此为切入点进行判断，刘思含“记不起来了”的行为，应该恰恰是一种“正当的反应”吧？

这样想着的林飞羽，悄悄把视线从眼前有些惊慌失措的女人身上挪开，移向谭天方的侧脸。

警督依旧是一副疑虑重重的模样，那认真的表情，简直就是在与某个难缠的犯人对质——显然，他还没有排除女佣的嫌疑。

“嗯，”过了片刻，谭天方抬起方才微低的视线，盯着刘思含道，“跟我随便聊聊，你觉得宋家人怎么……”

话才问到一半，一个警员插到林飞羽和谭天方之间，手里还捧着一小叠看起来像是表格的文件：

“谭队，这是你要的国庆出游记录，老王整理好了，叫我送来。”

谭警督斜了一眼有些好奇的林飞羽：“挑重点直接念好了，刚好有证人在。”

“是，”警员放正表格，润了润嗓子，“首先是9月30日晚上7时50分，宋家四口抵达南京禄口机场，搭乘南方航空CZ363号航班，经广州转机后，于当地时间10月1日凌晨1时54分，降落在曼谷的素万那普机场。”

至少对林飞羽来说，这可是从未了解到的新信息，因此他听得格外认真。

“不是7点35分的航班吗？”警督眉头一紧，“老王一开始是这样报告的。”

“哦！我们向机场确认过了，航班因为天气原因推迟了15分钟。”

“一家四口出门的时候……”警督又把目光投向刘思含。“你在家里吗？”

“当然。”女佣点点头。

“在离家之前，宋家人做了什么？”

“做什么？吃饭咯，整理行李咯。”

“是你做的饭吗？”

“对，还有夫人……平时她都帮我做饭。”

谭天方朝警员使了个眼色：“你继续。”

“宋家在泰国一共逗留了七天，由于不是跟旅行团出游，所以我们暂时还无法掌握到具体的行程，”警员顿了顿，面露难色，“如果要和泰国方面进行联络和确认，恐怕……恐怕还需要一段时间。”

“智能手机，数码相机，微博……”警督双手抱臂，“先从这些科技产品开始吧。照片也好，文字也好，总归能找到些蛛丝马迹。”

“我倒是听说他们要去普吉岛，”刘思含突然插话道，“好像是少爷的提议。”

“去泰国玩一星期的人，没有理由不去普吉岛，”谭天方冷冷地道，“不过还是感谢你提供的线索……对了，他们出游的七天，你一直在家吗？我是指——在这里？”

“嗯，我本来打算回老家一趟的，没买到车票，就算了。”

谭天方若有所思地将头偏向一边，捂住唇角：“那么，他们的返程时间呢？是什么时候?”

“7 号晚上,”先是和警员异口同声,但刘思含马上就闭上了嘴,“7 号晚上 8 点 45 分下的飞机,具体什么时候到家……”

女佣即刻接过话题道:“大概 10 点的样子,10 点不到。”

“回来得很晚啊……”警督似自语道。

“对,老爷他们稍稍整理了一下东西,洗了个澡就都睡觉了。”

“第二天就发生了惨案,也就是今天……”警督的脸上满是疑云,“他们回来后有什么异常吗?”

“没有,绝对没有!”刘思含头摇得像拨浪鼓,“他们高兴得很呢,连小姐都非常开心,还给我带了礼物呢。”

“游客”这个词对特勤七处来说并不陌生,林飞羽遇到过好几个在旅途上不“好好生活”,遭遇不测的案例——他们打扰了不该打扰的人,或是冒犯了不该冒犯的东西。那些藏在人烟罕至之地的“神秘力量”,总是喜欢找爱瞎逛的游客的茬——尤其是那些平素就有“猎奇心理”、偏好刺激的所谓“探险者”,更是特别容易被人家给就地“猎奇”了。

但活蹦乱跳地平安到家之后才离奇遇害,这不仅闻所未闻,而且就道理上说也不容易讲通。

更何况,从一般的逻辑上去推理,就算是宋健发作为一个人生的赢家,已经没有什么追求了而想要通过冒险来寻求刺激,也不会带着妻儿老小一起去泰国乱来吧?

“好的,你辛苦了,先下去吧,”谭天方拍了拍警员的肩膀,“跟老王说,争取今天晚上把宋家在泰国的行程给我搞出来,起码要有个大概的路线图。”

“明白!”

“那么林先生,”毫无前兆地,警督突然转身对林飞羽道,

"您还有什么要补充的吗?"

一开始有些不知所谓,但林飞羽马上就理解了对方的言下之意:"唔,是有几个小问题得请教这位——怎么称呼来着?"

"刘思含。"女佣有些乏力似地叹了口气。

"刘小姐。"林飞羽颇有绅士风度地点头示意,"麻烦你了。"

"那么我先去一趟证物鉴定科,一会儿回来,"谭天方朝大宅比了比,"许扬洋还在现场,有什么情况你可以先去找他。"

"你……"林飞羽一愣,"你去哪儿?"

"证物鉴定科。"

"那我也……"

谭天方看了一眼女佣:"你不是还有问题要找刘小姐吗?"

林飞羽大有一种"啊!上当了"的感觉:"唔。"

"放心,"临走之前,警督用力拍了拍林飞羽的胳膊,"有什么新发现,我会打电话告诉你的——大家自己人,自己人。"

虽然码不清谭天方的真实想法,更无法理解他刚到现场就走人的行为,但不管怎么说,现在的林飞羽可以自由行动了——从某种角度上说,这正是他求之不得的局面。

那么,这所谓的"调查",究竟要从哪里入手呢?林飞羽经手的案件里,玄奇吊诡的不在少数——这也正是他的工作之一,而其中的绝大部分在确定了"并无大碍"之后,最终都交给了警方,真正需要特勤七处来解决的,只是极少数而已。因此,无论是探案推理还是挖掘线索,可都不是林飞羽的强项。

此时此刻,他理所当然地回忆起了冷冰——他的这位导师同样不是专业的刑侦人员,但无论是面对多么复杂的案件,冷冰总能从容不迫地理出头绪,进而找到问题的关键。

"喂!这位警察大哥……"刘思含有些不满的呼喊,打断了林飞羽的沉思,"你到底还有什么要问的啊?"

“唔，对的，”林飞羽挠了挠头，“是还有一些小问题。”

女佣双手抱臂，摆出一脸“那就快问啊”的表情，不无尴尬的林飞羽把目光转向一旁的大宅，这也让他突然有了“灵感”——

“不介意的话，先带我参观一下宋家大宅吧。”

“哦！这没问题！”

对于这个要求，刘思含的反应出乎预料的友善。

比起几个小时前，屋里的警力减少了许多，只剩下许扬洋带着他的三四位骨干在“挖地三尺”。但被用各色粉笔、彩条标记出来的“禁区”依然不少，林飞羽的“参观”自然也就受到了诸多限制。

书房、健身房、茶室……甚至一些无关紧要的房间里都挂满了标签，这个不能碰，那个要保持原状，好在林飞羽对小物件也没有什么兴趣，只要大体了解每个房间的布置就可以了。

“这里就是餐厅？”在走进这个房间的时候，他回头看了一眼门外挂满油画的回廊，“就在前厅旁边？”

“怎么了？你觉得不像吗？”

林飞羽质疑的倒不是“位置”，就餐的地方离前厅近其实也有很多好处——比如下了楼就可以吃饭，比如送外卖倒垃圾很方便，等等。

但是与整个豪宅的规模相比，这个解决人类最大问题的餐厅似乎也太秀气了一点。

一张铺着洁白桌布的红木圆桌，六张仅仅是塑料质地的普通靠椅，再加上桌上一只插着白玫瑰的小花瓶，这个不到二十平方米的餐厅里似乎只有这么几件值得拿出来单独说的东西。其他诸如窗帘、地砖、吊灯之类的家具装饰，与寻常人家相比，似乎也没有什么特别之处。

林飞羽走到窗前,刚好能看见前庭和两个花坛——这或许就是把餐厅设在此处的原因?

"宋家每天都在这里吃饭?"

"对……哦不,"刘思含连忙更正道,"应该说,只要他们在家,都会在这里吃饭。"

林飞羽低头略作思索,"宋健发在家吃饭的次数不多吧?李晓雯作为全职太太,按理说应该基本上天天在家吃饭才对?"

"嗯,差不多,"女佣点点头,"老板和少爷应酬很频繁,我大部分时候都是看到夫人和小姐一起吃饭。"

"那你呢?"

"我?我一般等他们吃完后再吃。"

"如果……"林飞羽顿了顿,调整了一下语态,"我只是假设,如果有人要投毒的话,在这个家里要如何做?"

"那完全不可能,"刘思含也认真地回答起来,"至少吃饭时不可能,饭菜都是我亲手准备的,夫人在家的话,也会一起来做。其他时间,少爷会喝牛奶,小姐会喝酸奶,夫人会吃些水果,老板会喝点红酒,这些东西……要下毒也没那么容易吧?"

"听起来你和宋家的关系不错啊。"

"很好。"隔了大概四五秒钟,女佣又摇了摇头,"除了小姐以外,都很好。"

听到这句话,林飞羽转过身来:

"哦?"

"她脾气很差,经常莫名其妙地发火,"刘思含耸耸肩,"不是针对我啊,她一直这样的,对谁都很冷漠,话也不多,前面几个仆人据说就是被她给气走的呢。"

结果她还是唯一活下来的那个——林飞羽想到这里,突然对宋家本身感兴趣起来。

“带我去看看他们的卧室，尤其是这个‘小姐’的，”林飞羽笑道，“富家千金的闺房，我以前还真没见过呢。”

“她和少爷的卧室都在二楼，我先带你去看看老爷和夫人的卧室吧。”

“不不，不用了，”林飞羽立即就想到了早上的“大肠面”，“他们的房间我看过了……你……你看过了吗？案发后？”

“没有，怎么了？”

“那我劝你还是别去看比较好。”

虽然为人单纯，但在如此明显的暗示之下，刘思含还是一下就理解了对方的意思：

“……哦，我懂了。”

“一楼还有什么重要的房间吗？”

女佣不假思索地脱口而出：“浴室。”

浴室。

这恐怕是林飞羽见过，最豪华的私家浴室了。先不说里面那些造型各异、叫得出名字叫不出名字的洗浴用品，光是通往浴室的这一小段走廊，就显得如此与众不同——墙面上挂满了大大小小的艺术品，而且看上去每个都价格不菲。

油画、版画、人物、风景，甚至还有几张看上去就是随随便便用彩笔涂鸦出来的所谓“抽象派”作品，毫不夸张地说，宋家浴室前的这条走廊，已经可以举办一个独立的小型画展了。

“都是出自名家之手，”带着一点炫耀似的神情，刘思含对驻足观赏的林飞羽介绍道，“反正我没有一个认识的。”

“看不出来，宋家大老爷对西洋艺术还挺执着。”林飞羽指着一张看起来就像是染色破布条的画道，“竟然连蒙德里安的《夜风》都有，这东西可不是光有钱就能搞到的啊。”

“其实是少爷喜欢，”刘思含的喉头明显是微微颤动了一下,“他一直很喜欢画画……”

林飞羽转过身,拍了一下女佣的肩膀,虽然没有使用任何言语,但刘思含确实被这轻轻的碰触所安抚,刚刚有些起伏的情绪立即又平静了下来。

浴室非常宽敞,大气非凡,丝毫不逊于专业的洗浴中心。单是那个澡盆,乍一看躺进三四个人应该没什么问题。只不过单纯从装潢上看,这里似乎有些单调过头了——从地砖到墙体,再到天花板,如雪的瓷砖看得人晃眼,再加上银色的盆、银色的把手、银色的莲蓬头,整个空间都被一片炫目的纯白所笼罩,而挂在侧墙上的巨镜更是强化了这种纯色的视觉效果,让置身其中的人,莫名的便心生出一股不安来。

撑着洗手台,看着镜中的自己,林飞羽愣了好几秒的神才开口问道:

“整个房子就这一间浴室?”

“不,楼上还有一间小的,但只有我用。”

“他们不允许你用这间浴室?”

“虽然没有明确说……”女佣顿了顿,从镜子里明显可以看出她刚刚进行了一个简短的回忆,“但我真的从没用过这间浴室,连打扫的工作都是由夫人和小姐来做的。”

“另外,这是什么味道?”林飞羽鼻头轻动,“像柚子皮。”

“空气清新剂咯,”刘思含耸耸肩,“也许是小姐喜欢的类型吧?”

“喜欢柚子皮味的空气清新剂?唔,”林飞羽撇了撇嘴,“你们家小姐果然品味独特。”

“谁说不是呢。”女佣笑了起来。

在离开浴室的时候,林飞羽被正对着门的一幅画勾去了视线。由于嵌在墙身中,再加上角度的关系,进浴室的时候,如果不是特意去看，很难察觉到这幅画，但如果是离开浴室，那就不可避免会与这幅画打个照面了。

"这个风格……"为了看得更清楚些，林飞羽走到画前，还把头凑了过去，"是德赫尔的画吗？我的天，你家少爷的品味很特别啊……"

老实说，林飞羽对自己的判断并不自信，他只是因为任务需要才对艺术品鉴赏进行过一段时间的恶补，可能连业余爱好者的水准都还达不到。

"不清楚，我对这些东西没什么兴趣……"嘴上这样说着，刘思含却目不转睛地盯着眼前的画，一副相当"感兴趣"的样子，"这画可真难看。"

只是简单的有感而发，却得到了林飞羽发自内心的认同——这的确是一幅非常"难看"的画作。纯黑的墨迹被不知是什么的绘图工具甩到纸上，在画面中央勾勒出了一个台风眼似的涡旋，一些不好形容的、既像触手又像老树根的东西盘绕在这个涡旋周围，组成了图案的第二道"环"，而在整个形状的最外层，是一些大小不一的锐角三角形，每一个都长边朝外，指向中央。画的三个"环"连在一起，又彼此分离，如果稍微离远一点，会发现整幅画是一个盘旋向内的构图，只是每一道"环"盘旋的方向都不一致，而组合在一起，竟然没有丝毫不和谐的感觉，完全是浑然一体——至少从这个角度讲，画师的水平似乎还挺高超，要是肯画点人物、风景什么的，也许会非常优美吧？

"我们走，"明明已经转过了身，林飞羽又情不自禁地回头看了这幅画最后一眼，"……去大公子的房间看看。"

是德赫尔的作品吗？还是出自毕加索之手？林飞羽想不出来，但是直觉告诉他，这看似涂鸦的破烂玩意儿，很可能价值连城——没错，所谓的抽象艺术就是这样，你越是无法理解，它就越是受人追捧。

宋刚的卧室比想象中还要大些，而且就结构来说，也非常特别——连着扶梯的这个房间被从中央分成两个部分，推开卧室的门，首先看到的是一座藤织书架，它精致小巧，上面摆放的大多是一些和绘画技巧有关的艺术类书籍，有中文的，也有英文的，厚度也是各有千秋，有的看起来就和小学生作业本差不多，有些则像新华词典那样结实。

一张极具现代气息的电脑桌临窗而立，在液晶屏的下方，摊开的书页上插着一支书签，林飞羽低头翻看，发现这是一本公共关系学的教科书，而那支书签则显得十分土气，边缘还有点破损，似乎已经是许久之前的东西了。

"'浙江大学商学院校友会纪念'……"林飞羽默默地念着书签上的小字，若有所悟地点点头，"很不错的学校啊。"

"是少爷自己考上的哦，"刘思含忙插话道，"从小学开始，他就一直是个好学生呢——"

顺着女佣的手势，林飞羽看到橱柜里展示的那一排奖状和奖杯，大大小小，名目繁多，还有几张看上去像是和学校领导合影的照片。

"好个德艺双馨的富家大少爷，"他的目光最终落在了那张"校足球队夺冠纪念"的相片上，"嗯……长得还挺潇洒。"

"让人羡慕吧，"刘思含笑道，"从初中开始，他就有女孩子追求了。"

林飞羽眼皮一跳——在她刚才那看似无心的一句话中，蕴藏着好几个相当重要的讯息。

"你好像对宋刚挺了解嘛，"林飞羽别过头，却有意避开了对方的视线，"你是什么时候进宋家做活的？"

“两年前吧，”刘思含依旧是一副毫无防备的样子，丝毫没有察觉到林飞羽的怀疑，“少爷的风流故事，我也是和夫人聊天时听说的，夫人还偷偷告诉我，少爷在……”说到这里，她突然收住了口。

“怎么？”林飞羽慢慢转过身，“说下去啊。”

看着对方严峻的神情，刘思含不禁向后退了小半步：

“我，我只是听夫人讲的……高中的时候，少爷在阁楼上和女孩子幽会，”她怯生生地伸手指了指天花板，“被夫人当场抓住了，闹得很不愉快，从那次之后，两人的关系就一直不太好了。”

如果林飞羽没有记错，所谓的“夫人”李晓雯只是宋刚的后母，关系不融洽也算是在情理之中，不过把责任都推在一次意外事件上，就未免有点自欺欺人的味道了。

“夫人其实是觉得他太不自重了，”刘思含继续道，“据说他带回家的那个女孩子，和之前夫人看到的所谓‘女朋友’还不是同一个人。如果只是正常的交往也就算了，但他们在楼上那个……你懂的……”

“唔，这就更让我崇敬这位大少爷‘三好学生’的头衔了，”林飞羽一本正经地点点头，“哦！对了，”他像是突然想起来了什么似的，侧身指着房间中央的扶梯，“阁楼就是从这边上去吗？”

“对，你……你想上去看看？”刘思含面露难色，“我听说早上的时候，少爷就是从……”

“没事，你留在这里就可以了，”林飞羽很友善地拍了拍女佣的胳膊，“我下来的时候，再带我去看看你们家小姐的房间吧。”

登上扶梯的时候，林飞羽注意到了上面残留的血渍——从正厅开始，这血渍一直断断续续，延伸进卧室里来，它与警方留下的标记一道，描绘出了宋家大公子生命中的最后一段旅程，而那个旅程的终点站，便是位于大宅最高处，正对着后庭的阁楼。

林飞羽的身高只有一米六九，但上到这个阁楼的时候，仍不得不微微弯下腰来才不至于撞到天花板。

扶梯的边上摊着一床展开的被褥，虽然只放了一个枕头，但就“面积”来说，在里面躺上两个人显然是没有问题的。林飞羽伸手捻了一下揭开的被角，发现上面落了一层很明显的灰尘，亦即是说，这套颇具和风的地铺已经有日子无人“临幸”了。

地板上的血迹被警方用粉笔标了出来，时有时无，从扶梯口到阁楼打开的窗前，连成一条弯弯曲曲的线。

林飞羽慢慢走到窗前，迎着有些刺眼的阳光，小心翼翼地朝外探出半个身子——正下方就是后庭中央的小道，两个花坛则分列左右，如果不出意外，宋刚就是从这里连续两次跃下，结束了自己的生命。

单纯从高度上来说，要从这里跳下去把自己给摔死，并不是一件容易的事情，让林飞羽跳个一万次，恐怕连脚踝都不会被崴到。

那么，究竟是出于怎样的理由，宋刚会从这个窗口连续跳下去两次呢？很多自杀未遂的人都会有这样的体验：往往在作出自杀行为的一刹那，就觉察了自己的愚蠢，并感受到深深的恐惧与悔意。

如果不是一心求死，又怎么可能在身受重伤的情况下，一瘸一拐地爬回阁楼，大头朝下地再一次往地上跳？

林飞羽轻托着下巴，盯着地面，思索了好一会儿，仍旧是丝毫找不到头绪。他转过身，再次把目光引向阁楼内，从另一个角度打量起这个狭小紧凑的空间来。

墙根摆放着画布和调色板之类的绘图工具，几册艺术类的时尚杂志摊在旁边，其中一本的页面上还画着全裸的“人体艺术”——还是男人的。走近些观察，会发现画布上已经有了用铅笔打上的、浅浅的线稿，只是还没有开始上色而已。

联想到之前卧室里的那本“公共关系学”，林飞羽的疑惑就更深了——一个想要自杀的人，会在自己没看完的书上插上书签吗？会在自己没完成的画上打草稿吗？

如果监控录像是巧妙设计出来的骗局呢？如果宋刚根本就不是自杀呢？考虑到这个结论的可能性，林飞羽的整个躯体都在颤抖，他感觉自己似乎刚刚踩到“真相”的尾巴了——对，这个推理，或者说这个“判断”，必须立即向谭天方汇报，必须马上……

突然，风衣的口袋猛烈抽搐起来，还伴随着《离歌》那忧伤而高亢的旋律。被打断了思绪的林飞羽“啧”了一声，有些不乐意地抽出手机，抖开翻盖，看了一眼上面的号码——哈，还正是谭警督的：

“喂？”

根据第七特勤处某个不成文的条例规定，在对方没有表明身份之前，外勤特工接电话时最多只允许回答一个“喂”字——林飞羽早已把这当成了习惯。

“是林飞羽吗？”

“……喂？”

“我问是林飞羽吗？”

林飞羽叹了口气——好歹从语音语调上来判断，说话的人应该就是谭天方无误了：“怎么了警督？”

“是宋旋！”谭天方的回话听起来焦急万分，“第四被害人宋旋！她在医院里出情况了！”

4　关键证人

走廊里的脚步声，带着铿锵的回响，和着窃窃私语似的交谈。

“电信那边已经查过了，从 10 月 7 日夜间到 10 月 8 日清晨，宋家只有一次电话拨出记录，时间是凌晨 5 时 57 分。”

“唔！那不就是案发前嘛！号码是多少？”

“13870561707。”

“移动的号码啊……查出是谁的了吗？”

“没有人的。”

“没有人的？”

“号码开通的时间是八年前，早就停用了。”

“办号码的人呢？这应该很容易查到吧？”

“嗯，确实……但是……”

“怎么？”

医院的走廊里，交头接耳的两人越来越难以控制自己的音量，以至于带路的医生不得不回头发出警告：“你们两个，安静点，别打扰到病人。”

“不好意思不好意思，”林飞羽连忙欠身赔笑，“我们会注意的……”

“我们不可能查到办这个号码的人是谁，”谭天方压低了声音，继续着刚才的话题，“但办号码时使用的身份证，是宋刚的。”

“宋刚？”林飞羽摸了一下自己的马尾辫，“那个大公子？”

“现在的问题在于，到底是谁打了这个电话！”警督猛地一挥拳头，“宋家宅邸里有七八部电话，都用了同一个号码，因此没法分辨这个电话到底是从哪里打出来的。”

“从哪里打出来不重要，”林飞羽一脸愁容地轻叹了口气，“我更想知道的是，他们为什么要打这个电话？”

“打一个停用了好几年的号码？”警督苦笑着摇摇头，“我猜福尔摩斯显灵也回答不了你这个问题。”

“能查出以前的通话记录吗？这个号码停用之前的？”

“我们联系了移动公司，他们说不行，停用号码的记录最多只保存三年。”

林飞羽“啧”地咂了一下嘴：“……你早上不是还去证物鉴定科了吗？有什么新发现吗？”

“有，但你可能不相信——因为连我都不相信……”

警督扫了一眼林飞羽，正欲继续，医生的一句“就是这了”彻底打断了两人的交谈。

时间是10月8日下午2点03分，鼓楼医院住院部。

考虑到宋旋的身价，以及警方那边诸如“唯一幸存者”、“关键证人”之类的交代，医院专门为她安排了特别的“独立加护病房”，并给予最高规格的24小时生理监控，连负责端饭送水的，都是医院里资格最老的护士长。

可是问题，恰恰出在这个护士长身上。

“能描述下当时的情景吗？”隔着病房的门，谭天方一边朝里面观望一边随口问道，“事情是怎么开始的？”

带路的大夫摇摇头:“抱歉,我当时不在场,只知道她咬了我们的护士长。”

“那被咬的护士长呢?”警督眉头紧锁,认真而冷漠地问道,“我要找她问话。”

“已经回家了,”似乎对讯问者的态度有些不满,大夫也同样皱起了眉头,“……她可是工伤。”

“监控录像也没有!口供也没有!我总不能问那个丫头‘喂!你干嘛咬人’吧?”

就在警督火上心头,正欲喷薄而出之际,一个轻盈温婉的女声突然插话过来:

“你们是警察吧?”

几乎在同时,谭天方和林飞羽扭过头来,用有些讶异的目光看着说话的女子。

“我一直在这里,”她顿了顿,侧过身,露出平静而柔和的微笑,“你们有什么问题的话,问我就好了。”

以林飞羽的审美观来看,这可算是一位相当标致的职业女性——她约莫二十七八岁的样子,梳着精干清爽的短发,穿着合身的蓝色套裙,个子高挑,身线匀称,挺拔的鼻梁配上娟秀明晰的眉目,笑起来的时候,还带着浅浅的酒窝。

虽说身上散发着假小子似的中性气质,但这非但没有影响到她的柔美,反而平添了一股英姿飒爽的味道。

“请问你——”

不等警督问完,女子便抢先一步答道:“陆楠,心理医师。”

“是这家医院的?”林飞羽也插话过来。

“不,”自称陆楠的女子稍稍偏过头,接住林飞羽的目光,“不是。我有自己的诊室,而且在市立脑科医院也有任职,”她顿了顿,“研究员。”

市立脑科医院——这个本该只是在脑子里一闪而过的词，却让林飞羽莫名其妙地打了一个冷颤。

“那你为什么会在这儿？”警督又摆出了那副“人人都是嫌疑犯”似的脸，“专家会诊吗？”

“实际上，我也受雇于宋健发——”女人很优雅地缓缓转过身，盯住病房紧闭的大门，“做他家千金的私人心理医生。”

“私人什么？”谭天方对陌生的词汇总是分外感兴趣，“心理医生？”

“嗯，差不多有半年了吧。”

带路来的医生眼见插不上话，便很自觉地悄悄退开了，谭天方则专注于突如其来的新线索：

“宋健发为什么会给自己的女儿请心理医生？”

“因为……”陆楠欲言又止，“这涉及未成年病人的隐私，在没有征得监护人同意的情况下，我恐怕不能说呢。”

为信任自己的病人保密——这确实是心理医生最重要的职业操守，至少在西方国家，即便是警察也没有权利强迫医生说出患者的隐私。

但是第一，这里不是西方，第二，林飞羽也不是警察。

“不好意思，大夫，宋旋的监护人——”仿佛是为了征得同意，他与警督交换了一下眼神，“宋健发和他的妻子李晓雯已经过世了……还有她的哥哥。”

陆楠身体微颤，虽然极力掩饰住了震惊的表情，但愈发惨白的脸色还是很快将她给出卖了：

“怎么……嗯哼，”她低头润了一下喉咙，努力保持住语调的平稳，“怎么回事？”

“陆女士，我认为现在不应该是你在提问。”谭天方毫不客气地回道。

“大夫,现在我们只能说,宋旋是个关键,和她有关的一切都有可能是重要的线索,”相对而言,林飞羽就显得礼貌多了,“所以还希望您能够配合我们的工作。”

陆楠闭上眼睛,轻轻叹了一口气:“其实我早就预感到发生了什么事情……一般‘转儿’被送到医院,都是她的兄长打电话联系我,但这次却是鼓楼医院的朋友通知我过来,而且我打她兄长的手机也是关机。”

“‘转儿’?”林飞羽似乎听到个新名字,“是小名吗?”

“对,宋旋他哥起的,”陆楠脸上露出了一丝笑意,但转瞬又化做了悲伤,“我猜……现在只有我能这样叫她了。”

“说说她的事,”警督用胳膊肘朝病房比了比,“所谓‘病人的隐私’。”

也不知是在犹豫,还是在整理思绪,陆楠沉默了差不多半分钟。

“大学里,我读的是病理心理学,研究生的第一年则在韩国釜山学习。”最后,她放弃了抵抗似的全身放松下来,但是目光却比刚才还要阴沉,“……主要研习的课题是……青少年认知障碍。”

无论谭天方还是林飞羽,都是异常敏锐之人,他们在这有些答非所问的回话中已经得到了足够的暗示。

“那是一种什么疾病吗?”警督眉头紧锁,“精神上的?”

“嗯,学名是自闭症,一种……”陆楠顿了顿,“疾病,对……不过其实是种生理疾病,并不是精神上的。”

“自闭症我听说过,不必详解了,”警督摆了摆手,“你的意思是说,宋家的千金有这毛病是吗?”

带着有些厌恶似的神情,陆楠斜了对方一眼:“……对,据说还非常严重。”

警督眉角轻扬："'据说'？"

"我接手的时候，她已经可以非常流畅地与家人交流，虽然我无法知道她在学校的确切状态，但那并不是重点……"在说这段话的时候，陆楠显得异常认真，"对于患有深度自闭症的孩子来说，将来能够相夫教子就已经是登天的幸福了，和至亲以外的其他人交流，根本就是连医生也不敢想象的奢侈。"

"你接手的时候？"警督显然对她的感慨没有兴趣，"那么之前呢？"

陆楠微微一笑："也许你们不知道，但南京这里确实拥有全国第一流的儿童自闭症研究中心。根据我得到的病历和资料，转儿在四岁时出现病情，五岁时已经非常严重，六岁时便开始接受治疗。她是一位感知和智力发育正常的深度自闭症患者，非常具有研究价值，数不清的专家把她当做医学样本，对她进行过一些连我也没有听说过的治疗。"

"唔，"林飞羽皱紧了眉头，"听上去像是某种人体试验。"

"临床试验，是医学进步的关键步骤，"陆楠特意加重了"临床试验"的读音，"药物是否可靠，治疗方法是否安全，康复效果是否令人满意，这些不在活生生的病人身上进行实践，就永远得不到答案，更何况，临床试验有时也是创造奇迹的最后一根稻草——比如……"她有意停顿了几秒，"转儿就是一个好例子。"

"她被治好了？"警督立即追问道。

"从某种意义上讲，自闭症是绝症，我们一般不会用'治好'这个词来形容。"陆楠转过身来，再次面对两人，"虽然我对实际上的疗效还持有不同意见，但不管怎么说，她可以上学了这个事实不容辩驳，以外行人的角度来看……嗯，是的，转儿基本上已经'治好'了。"

警督一边微微点着下巴一边道:“如果是已经治好的话,那宋家为什么还要雇佣你做私人心理医生呢?”

“据统计仅仅是中国,就有罹患不同程度的自闭症,轻度的甚至可以不用专门治疗就可以随着时间推移而自愈,而深度自闭症的康复……”陆楠摇摇头,“简直是凤毛麟角,可能比艾滋病的康复几率还要低。”

“所以呢?”警督摊了一下左手。

“所以,宋旋需要进行长期的看护与观察,以确定她的‘康复’是真实的,而不是某些药物或者什么高科技手段刺激下的反应。另外,为了适应对她来说有些陌生的这个世界,她还需要不时地进行心理辅导。”

“于是宋健发就雇佣了你?在半年前?”

又是片刻的沉默,这一次,林飞羽和警督都明显察觉到对方是在思考——也许是在编谎子,也许只是单纯地在考虑“要怎么说”。

“首先,我是这方面的专家——至少在辅导自闭症儿童这个领域,南京城里你们恐怕很难找到比我更优秀的医师。”无论是语气还是眼神,陆楠的每句话中都散发出强烈的“自信”,“其次,在得知了宋旋的‘事迹’之后,我主动与她的父母见了面,毛遂自荐做她的心理医生。最后,也是最关键的一点……”

她稍稍向前迈了小半步:

“我不是转儿的第一个私人心理医生,但却是第一个被转儿喜欢上的私人心理医生。”

林飞羽明白,精神病与普通疾病不同,要取得患者的信任与认同,绝对不是一件容易的事情——甚至可以说,这是区分“好心理医生”与“差心理医生”的关键技能。如果说是宋旋选中了她,并愿意与她交流,分享心中的秘密,那么一切自然可以说得通。但在她给出的理由中，最让林飞羽费解的却是那个被她轻描淡写一带而过的“其次”：

“您刚才提到了‘毛遂自荐’？”他开口问道，“我记得你说自己已经有工作了不是吗？好像还不止一个？”

“没办法，这是中国，”陆楠耸耸肩，“肯带自己的孩子来做心理疏导的家长寥寥无几，平时能够接触到的病患十分有限，而我那时正在写一篇论文，需要大量的第一手资料，所以在工作之余，我也在努力搜集自闭症患儿的信息。再然后，我看到了宋旋的档案，决定立即停止手上的一切学术研究，在她身上开展一个全新的课题。”

这回连警督都有了兴趣：“课题？什么意思？”

“某种交叉对比试验……说了你们也不明白，”陆楠缓缓地摇了摇头，“总之，你们可以这样认为，我在一开始并不是为了要把转儿彻底治好而去毛遂自荐，恰恰相反，我是为了一个很自私的理由才去的。但是——”她话锋突转，“在这半年里，我和她成了朋友，和她的兄长、她的父母都成了朋友，我决定照顾好这个可爱的女孩子，守护好她来之不易的灵魂，让她能够像正常的孩子那样健康成长，继而能够拥有一个与她相称的、幸福而美好的未来。”

在陆楠那不卑不亢、不紧不慢的语气中，潜藏着难以辩驳的严肃与真诚，林飞羽觉得她没有说谎，而警督也展开了方才一直紧锁的眉头，似乎接受了对方的说辞。

“何况，”眼见两人半天不说话，陆楠突然耸耸肩道，“宋家人出手很大方，给我的报酬可不是个小数目呢。”

“莫非这才是真正的原因？”——虽然很想这样问，但林飞羽还是微笑着把话给咽了回去。

“谈谈之前发生的事吧，”谭天方决定停止漫无目的的瞎扯,把话题引上正途,"你说你一直在现场?"

"对……"陆楠偏过头,看了一眼医院走廊墙上的挂钟,"大概有三个小时了。"

"当时是怎么回事? 她咬了人?"

再一次地,陆楠用长时间的沉默来整理思绪,然后提出了一个看起来像是开玩笑似的尴尬问题:

"……首先,我想问一下,转儿,也就是宋旋,在你们正在处理的这个案子里有没有遭到侵犯?"

"你指的是——"警督拖了个长音,"哪种侵犯?"

陆楠像是看透了对方的心思似的,冷冷地回道:"就是你认为的那一种。"

"嗯……"谭天方习惯性地捂住了自己的嘴唇,"宋旋被女仆发现的时候衣衫齐整,而且还穿着内裤和文胸,根据我的办案经验,刚刚经历过性侵犯的少女绝对不会像这样好好穿着衣服——至少不会穿得和平时一样,再说了,现场也没有任何她被强暴过的迹象。"

"'侵犯'包括性器被插入,身体被碰触,或者是语言上遭到猥亵,"陆楠突然较真起来,"你不应该只从一般办案的常识去判断,而要综合考……"

"抱歉,陆女士!"警督不耐烦地摇着手打断对方,"虽然我没法向你透露具体的案情,但我可以向你保证,至少是今天案发的时候,根本就没有人碰过她!"

稍微有些武断的说辞——不过林飞羽明白,这个说法起码可以让陆楠专注于回答问题,而不是纠结于乱七八糟、现在根本无法解决的"细节"。

"那么我就很难理解她的精神状态了……"陆楠抚了一下自己的鬓角,"通常来说,即便是已经康复,曾经罹患自闭症的儿童都会有反应麻木的特点，很少会用激烈的沟通方式来表达自己的喜恶……”

“陆女士，请不要绕弯子。”

陆楠斜了警督一眼：“简单的说，那位护士长在给转儿量体温的时候遭到了拒绝，我提出可以帮忙，她却一意孤行，觉得自己能搞定，于是被转儿给咬了，叫得像杀猪一样惨烈。”

林飞羽立即在头脑中描绘出了一幅“疯儿大战庸医”的滑稽场面，竟然很不合时宜的有了种想笑的冲动。

“咬中了什么部位？”警督抬手示意，“手？还是胳膊？”

“右手虎口，”陆楠也伸出自己的右手，捏了一下虎口的部位，“伤口很大，血流不止。但好像不是很深。”

“能咬到这个部位……”警督用手挡住嘴唇，眼神则飘向别处，“从姿势上看，那位护士长应该是想要卡住宋旋的脖子？或者固定住她的下巴？”

“总之动作不是很友善，”陆楠耸耸肩，“不过我也承认，转儿的反抗也很激烈就是了。”

“我听说她平时脾气就不是很好，”想起了之前女佣的描述，林飞羽突然插话道，“还咬过别人吗？”

“至少我没见过，”陆楠冲林飞羽点点头，“对，没错，她平时脾气是不太好，在学校她就是有名的‘大小姐’。但具体表现也就是难以沟通，交流不顺畅，经常使用‘不、不要、不可以、不好、不行’之类的否定句式——这其实都是典型的自闭症特征，这种后遗症可能会伴随患者一生，所谓‘江山易改本性难移’。但是使用暴力对抗，甚至咬人……很不寻常。你们要知道，她好歹已经十五岁，从康复中心出院四年，上学也已经有两年，不是在幼儿园的小朋友了。”

“所以你认为她的精神状态有问题？”警督若有所悟地道，

“会不会是自闭症复发？”

“不可能的！”陆楠很干脆地一口回绝，“自闭症的一大特征就是沟通障碍，暴力对抗也好，咬人也好，都是强烈沟通欲望的表现，如果说采取肢体行为而非语言是自闭症的特点，那么这种强烈沟通欲望本身却是没有复发的绝对证据。”像是总结似的，她在说完后又用力点了点头，补充了一句，“至少我是这么认为的。”

“那么依你的判断，你认为她的精神可能出了什么问题？”警督继续问道。

“牙齿是人身上最坚固、最有力的武器，我相信你们肯定都有这样的体验——”陆楠做了个捧着什么啃咬似的姿势，“当我们遇到用手掰不开的东西时，首先想到的往往不是寻找工具，而是使用牙齿，用极不雅的姿势把它啃开，这是从类人猿那里遗传下来的本能。同样的，当我们想要反抗，却发现自己拳脚无力的时候，想到的东西也是牙齿。”

“那么这和精神状态又有什么关系呢？”

“我们经常可以看到男人用嘴撕咬包装袋、咬啤酒瓶盖，但极少见到女人这样做，知道是为什么吗？”

警督摇摇头，不语。

“因为教育。”陆楠意味深长地道，“现代社会的教育，潜移默化地向女孩子们灌输‘优雅’与‘矜持’的意义，让她们羞于使用牙齿，觉得这是一种很野蛮、不雅且会降低自己身份的行为。”

对于谭天方和林飞羽来说，陆楠的话既陌生又不失道理，在内心深处，他们已经开始慢慢信任起这个心理医生的每一句话、每一个字。

“而转儿呢，她是我见过最符合‘富家千金’这个身份的女孩子，”陆楠继续道，“我不管她在治愈前是什么模样，但至少是在我和她相识的这半年里，她的举手投足、她的一颦一笑，无不显示出高贵与教养，更不要说是矜持与骄傲了——当然，你们也可以说那是‘小姐脾气’。能让这样一个家教良好的大家闺秀采取咬人这种极端的自卫方式，我判断她的精神一定遭到了极大的刺激，比如——”

“比如被侵犯，”警督点点头，“所以你刚才才这样问，对吧？”

“是。”

“存不存在这样一种可能，”林飞羽突然想到一个假设，“正因为宋旋她是养尊处优的大小姐，所以对哪怕是最轻微的侵犯也非常敏感。”

如果这个假设成立，那么自然就可以解释为什么护士长只是试图量体温却被咬了——不管怎么说，无论用哪种量体温的方式，总归会接触到一些“敏感部位”。

“创伤心理学不是我的专业……”陆楠面露难色地摸了摸自己的发梢，“不过就实际的情况来说，往往受过良好教育的豪门小姐，对性侵犯的抵抗力比普通人要强。首先就心理上，她们不会担心自己因为失贞而嫁不出去；其次，良好的教育让她们认识到自己的价值和珍贵，不会因为被玷污而产生自暴自弃的念头。其实，你们想，古代的联姻不就是强暴吗？”陆楠笑道，“十三四岁的小公主，还是个孩子的时候，就被送到了遥远的外域，远离家人，在一张完全陌生的床上，被一个半年也不洗一次澡的野蛮男人死去活来地糟蹋，她们不仅挺了过来，而且还都能很好地完成国家托付的使命。”

“相当没有说服力的比喻，医生，”第一次，谭天方对陆楠露出了笑颜，“不过倒是让我宽慰了不少。”

“宽慰?”

“宋旋既然有可能是这个案子能够解决的关键,”警督朝病房投去一声叹息,“我就比谁都希望她能够平安无事。”

“那就让我们一起祈祷吧,”陆楠又恢复了初见时的那股淡然与温柔,“愿好人一生平安。”

好人一生平安——对谭天方这个老刑警来说,这可真是个无比讽刺的语句呢。

“现在,我们暂时同意你的假设,”他又一次板起面孔,“宋旋受到了某种强烈的精神刺激,所以表现出了反常的举动。那么你觉得以她现在的状况,大概需要多长时间才能恢复正常?我是指……”

警督的提问还没结束,病房的门突然就被拉开了,一位戴着口罩与银丝边框眼镜的男医生从里面走了出来,紧跟其后的,还有一位护士模样的年轻女子。

“这你不如问他。”陆楠朝警督使了个眼色。

看到门前堵着的两男一女,再看看他们穿着的服装,医生情不自禁地率先开口发问:

“你们是……病人的家人和……和警察吗?”

“不,他们是警察,”陆楠朝身旁比了比,“我是宋旋的心理医生。”

“哦——这样啊,”医生摘下口罩,语气和神态中都流露出了相当的“怒气”,“你如果早点说她有精神病,我们也不会有人受伤了。”

陆楠眉头一紧,针锋相对:

“谁告诉你她有精神病?如果您不明白心理医生是做什么的,可以先用您的手机百度一下,不要乱猜好不好。”

“行了!”谭天方厉声打断了这显然是不甚友好的医学交

流,“医生,我是市公安局刑侦大队的谭天方队长,”他朝病房里面指了指,“她——宋旋现在的状况如何?”

多么言简意赅的交流啊——将“自我介绍”与“提问”糅合在一个简单的复句中,既省去了寒暄恭维的无聊环节,又强调了对方“马上回答问题”的必需性。林飞羽很熟悉这种说话方式,他的前辈、导师兼搭档——冷冰,就特别喜欢使用类似的句式。

“之前的心率和血压都不稳定,打了一针后好多了,其他的生理体征都还算正常,验血时也没查出什么问题。”

“打了一针?”陆楠忙插话道,“你给她打了什么?”

“镇静剂,小剂量的,”医生看了她一眼,“她咬了护士长,我可不希望去给她作检查的时候也被咬上一口。”

“她大概还要多久才能恢复?”警督继续问道,“我们有几个非常重要的问题需要当面问她。”

“如果是说身体状态,我觉得你们随时都可以提问。”医生顿了顿,看了陆楠一眼,“但我猜以她目前的精神状态,你们恐怕什么也问不出来。”

警督意味深长地“嗯”了一声:“现在我想去看看她,方便吗?”

“虽然我更倾向于让病人好好休息,但如果只是简单的看望,肯定没问题,”医生扶了一下自己的眼镜框,突然像是想起了什么似的,“……对了,警官,这女孩儿的家人到现在为止一个都还没出现,按照惯例医院,我们应该要通知——”

“你是在担心没人付医药费吗?”陆楠没好气地道,“你知道她是谁的女儿吗?她是……”

“喂!”这回轮到谭天方打断她了,“你安静点!”警督转而面对医生道,“这女孩的所有住院信息都必须严格保密,在没有得到警方允许的情况下,你们绝对不可以向任何人透露她的情况,包括她的亲戚在内,明白我的意思吗?”

医生不语,若有所思。

“我问,”警督又加重了一层语气,“你明白我的意思吗?”

“啊,嗯,我知道了。”

林飞羽能感觉得到,谭天方的“强势”里多少有一些无奈的成分。相信他也曾经尝试过要好好地去说话,好好地去解释,好好地对待每一个人,但最后他发觉这样做不仅得不到认同,对破案也没有什么积极作用。于是,追求效率的他,学会了将交流分为了“有必要”和“无必要”两种,对于确认为完全“无必要”的谈话,用身份也好,用“案情需要“也好,用什么方式都好,一两句话把它摁死就可以了。

从这个角度来说,警督对陆楠可算是相当“重视”了——与她谈了那么多看似不着边际的东西,甚至还露出了难得一见的笑容。

与一般医院的ICU相比,宋旋所在的这间“独立加护病房”面积很是袖珍,一张电动病床和它旁边种类繁多的医用设备已经占据了将近六成的空间,只有靠近门边的一条走道可以容纳下复数的探望者并肩而立。

位于房间中央的偌大病床上,正躺着一具娇小的身躯,她身上的深红色蕾丝睡衣在纯白的世界中如此耀眼醒目,让整个场景都好像是在童话世界般美丽无邪——外加还有那么点儿诡异。

“没换病服,”警督用虎口罩住上嘴唇,“有什么特别的原因吗?”

医生又扶了一下镜框:“不清楚,可能是因为还没来得及换,或者是她不愿意。”

虽然没有说出口，但另外三人心里都默默地认可了后一种说法。

女孩裸露在外的胳膊，纤细小巧，如莲藕般白皙圆润，一根导管插在腕部，连着吊在床头的输液瓶，里面装着满满的、完全透明的无色液体。

“是葡萄糖溶液，”从视线中看出了探望者们的疑惑，医生抢先答道，“她这个样子，肯定是没法喂食了。”

虽然“喂食”这个词让林飞羽颇感兴趣，但现在他更关心另一个问题：

“她睡着了吗？怎么一动不动？”

医生扫了一眼体征监护仪上的显示屏：

“打完针后就这样了，各项指标都很正常，目前还没什么问题。”

“如果她真出了什么问题，”陆楠咬紧牙根，“你们可就有大麻烦了。”

“你指再咬个人？”虽然从表情上看不出来，但医生的回话中带着明显的嘲讽，“我们会小心的。”

“这句话说给你们的那位护士长就行了，如果她总是用粗暴的方式来给病人量体温，恐怕以后还会被咬。”

“注意你的言辞，朋友，”医生的脸色明显阴了下来，“张护士长为病人量体温的时候，你可能还没上小学。”

陆楠又沉默了，倒不是理屈词穷，恰恰相反，她正在绞尽脑汁整理思路，想要把对方说个哑口无言。

在两位“医生”进行这段斗嘴的同时，林飞羽无意识似的慢慢向病床走了两步——他感觉自己被什么东西吸引了过去。

“这位就是宋旋……”像是单纯的自言自语，又像是在朝身后的人发问，站在病床边的林飞羽轻声呢喃道，“宋家的末裔。”

“她有父亲还有两个兄弟，但……”陆楠想要再补充点什么，却欲言又止，她忽然明白了林飞羽的言下之意——“末裔”在这里指的不是一个家族的终结，而是一个家庭的最后。

枕间散着凌乱的黑色长发，一些发丝还被汗水打湿了似的粘在面颊上，让本来就脸色苍白的女孩显得异常狼狈。

苍白——对，林飞羽实在找不到更合适的词汇来描述眼前的少女了，她白得就像是用汉白玉打造的雕塑，纯粹，绝对，完美无缺，也了无生气，只有腮帮上的微微血色让她看起来还是个活人……半死不活的那种。

她双目微启，撇着嘴巴，虽然一动不动，看起来像是睡着了，但五官却微微扭曲，拧成一团，露出极度疲惫而痛苦的样子。

不管宋旋以前的容貌如何，但现在可真是糟糕透顶——邋遢，窝囊，萎靡，和电视上经常出现的那些吸毒者……不，非要让林飞羽来形容的话，宋旋现在的模样确实是很像刚刚被人蹂躏过似的。

由于不能肯定她是不是已经熟睡，林飞羽有意在宋旋脸前挥了挥手，而这个简单的动作却被医生立刻制止了：

“喂！你干嘛呢？”

“她面相很糟糕……”林飞羽不无忧虑地道，“你们对她做了什么？”

“拜托，警察兄弟，”医生小声道，“别像个心理医生那样疑神疑鬼。”

林飞羽笑着点点头：“照顾好她，对我们来说，她太重要了。”

“让一个身体健康的人住ICU，你们还想怎么样？”医生摘下眼镜，一声轻叹后又重新戴上，“好吧，至少我可以保证她不会死。”

“走吧，林，等这丫头能回答问题的时候，我们再回来。”谭天方面向陆楠，“陆女士，我希望你能够帮我们一个小忙，”不等对方答复，警督便紧接着道，“把宋旋以前的病情和半年来你对她的看法整理出来，写一份简短的报告交给警方，可以吗？”

陆楠面无表情地沉默了几秒，然后颇有些不情愿地点了点头，“……好吧。”

临离开的时候，林飞羽又扭头朝病房看了最后一眼，也不知是巧合还是故意，那被叫做宋旋的女孩也偏过头来，刚好与他四目交投。

“你打算逃到什么时候？”

不知为什么，只是一个简单的眼神交换，竟然让林飞羽打起了寒颤，似乎对方那漫不经心的一瞥，有着将魂魄吹散的力量。但当他定神之后，再仔细看去时，却发现女孩依然保持着刚才沉睡的模样，一动未动。

是错觉吗？

那哀怨、痛苦、绝望的眼神，为什么好像似曾相识？为什么耳边好像有谁嘟囔了一句“你打算逃到什么时候”？

林飞羽抹了一下额头，微微的汗珠将指尖浸湿。

又是……错觉吗？

5 逃

晚6时49分。

作为一个房价高企的省会城市，南京有许多精致小巧的酒店式单身公寓，但符合林飞羽口味的却寥寥无几。

倒不是职业的原因——只不过是一个临时的歇脚点，住在什么地方对林飞羽来说并没有太大的差别，毕竟，他从事的工作与谍报毫无干系，既不需要潜伏，也不必像是要躲着谁似的神出鬼没。

但林飞羽喜欢喧闹。

人声鼎沸、烟火缭绕——最好是掀开窗帘，就能看见刺眼炫目的霓虹灯景；推开房门，就能闻到烤羊肉串的阵阵浓香。麦当劳的宣传曲，涡轮马达的轰鸣，恋人的嬉闹，商贩的叫卖……无论是什么，只要在这些“人的气息”的包围之下，林飞羽就会有种莫名其妙的安全感。他说不清这究竟是怎样的一种情结，也许是因为寂寞？因为那早已经习以为常的孤独感？他说不清，而国家安全保卫局的心理分析专家也从没有给出过确切的答案。

实际上，那位专门负责给外勤特工做心理鉴定的军医，总是对林飞羽“关照有加”，常常拿他之前在精神病院的记录说事儿，不止一次要求上级解决林飞羽这颗“定时炸弹”，免得再发生“血色愚人节”那种悲剧。

没错，血色愚人节——一年半之前的4月1日，冷冰在执行任务时公然叛国，血洗了参与行动的整个队伍，第七特勤处遭到致命重创，损失了除林飞羽之外的全部外勤特工。身为冷冰一手教导、提拔出来的“高徒”林飞羽，在那次事件之后自然是成了一大怀疑对象，没少受牵连。而爱找茬的心理医师更是写了好几份报告，从人格到精神状态，把林飞羽劈头盖脸一通猛损。

“哼……”

每每想到这里，林飞羽都会不屑地微微一笑。在他看来，要比较心理素质，那些蹲在国家安全保卫局办公室里的内勤们根本没有与自己相提并论的资格，且不说自己在任务中的表现，仅仅是那一份份无懈可击的心理评估报告就足以让所有人闭嘴了。

他抬头看了看窗外繁华的夜景，调整了一下思绪，把注意力又转移到手头的事情上来。

林飞羽住的这栋公寓位于新街口的闹市区，名叫“梦想生活馆”，巧得很，正是宋健发“梦想乡”集团投资建设的项目。不管开盘之前的广告宣传做得如何花哨，仅仅就居住的舒适度而言，它真的不算理想——外面就是车水马龙的繁华大街，各种各样的异响经常要闹到夜里两三点钟才肯消停，这对追求睡眠质量的现代白领可算是个灾难，但对喜欢热闹的林飞羽来说，却是求之不得的福利。

“首先从这个屋子历代主人之间的关系入手，”看上去是在自言自语的林飞羽斜靠在转椅上，一只手拢着耳朵，一只手敲着键盘，“发生报案之后，引起我注意的其实就是屋子的历史，从手头的资料来看，这个‘天山西路9号’，绝对是南京资格最老的凶宅。”

“‘凶宅’？”回话的女声既清新悦耳又干脆利落，咬字清晰，语速飞快，似乎是个相当年轻，而且相当有活力的女孩子，“我早上给了你全国各地的4起报案，你就选了个‘凶宅’出来？”

值得一提的是，这个女声只有林飞羽能够听见——细如蚕丝的环形喇叭嵌在他的内耳蜗中，不用专业工具根本无法取出，而作为声音输出设备的麦克风，则伪装成林飞羽口中的一颗牙齿，从理论上讲，无论在任何时刻，无论以任何姿势，只要林飞羽愿意，都可以通过这套通讯设备与总部或者队友取得联系。

当然，习惯单独行动的他，往往只有在“必要”的时候才会打开通讯频道——比如现在。

“别抱怨了，裴佩，你要相信我的直觉，这案子绝对是个第四类事件。”

“得了吧，羽，依我看，你选这个案子其实就是因为离你住的地方很近吧。”

一语道破天机——国家安全保卫局在几乎每一个城市都有自己的“安全屋”，执行境内活动的时候，特工和谍报人员可以随心所欲地进行申请，居住的时间也是根据任务需要，有时住上个十年都没有关系。

但林飞羽偏爱的，却只有南京的这一个小公寓而已，休假也好，待命也好，无事可做时也好，他总是会回到这里，享受一个人的寂寞，与整个闹市的喧嚣。

“好啦好啦，说不过你的，”林飞羽依旧是捂着左耳笑道，“刚才交代你的事都记下了吗？”

“明白，屋子历代主人之间的联系……再确认一遍查询标的，是叫‘天山西路9号’对吗？”

“天山西路9号，”虽然明知道对方看不见，林飞羽还是用力点了点头，“我早上出门前在资料库查过的，里边应该还有访问记录。”

“明白。”女人那边传来了密集的键盘敲击声，“还有什么吗？”

林飞羽沉默了几秒，用右手中指叩了叩桌面，“还有案情……这个案情。”

“什么？羽？我没听清？”

“我说这个案情，仔细推敲的话，逻辑上的矛盾实在是太多了。如果真有罪犯能策划如此诡谲巧妙的计划，他一定是个智商拔群、思维缜密的难缠对手。”

“说不准是个会‘下降头’的巫婆呢？”

“那也一定是个智商拔群、思维缜密的巫婆……”林飞羽笑道，“总而言之，我很想知道之前有没有发生过类似的案件，想知道那些案件的侦破过程，最后的结果，以及凶手的去向。”

“哇哦，这可是个苦差事，又得麻烦老李去查档案了。”裴佩轻轻地“嗯”了一声，“那么，请告诉我需要检索的案件标准。”

“一两句话讲不清楚，我写了一个简单的案情报告，马上传给你。”林飞羽在电脑上操作了一下，将一封经过加密的电子邮件发送了出去。

“明白，我会立即交给老李，不过……”声音停顿了好一会儿，“……你这个案情报告，也太简单了吧？就300个字？”

“抓住关键点就可以了，”林飞羽一边看着自己写的文档一边道，“普通的密室杀人也好，跳楼自残也好，与我们七处的工作不相干，你应该懂的。”

“你这里面提到的‘跳了两次楼’，倒让我想起一个很像的事情来。”

“唔?”林飞羽拳心一紧。

“不是案子啦,别激动,”裴佩发出一串哼笑,“以前在罗马有条叫‘沙特拉’的长毛狗,主人去世之后,它难耐悲伤,从三层楼的阳台上跳了下去,跌断了一条腿,被带到兽医那边,可是还没治好,它又跑回家从阳台跳下,摔死了。”

“嗯……”林飞羽托住腮帮思考了几秒,“也是两次从同一个地方跳了下去? 确实是很像。”

“据说是因为主人平时都在阳台抱着它晒太阳,那里留下了它与主人长期厮守的回忆,所以这只狗一到阳台,就很难控制住自己的情绪。”

林飞羽突然想到了宋刚纵身跳下的那个阁楼——对他来说,那里既是卧房的延伸,又是实践自己个人爱好的画室,更是与心爱女孩灵肉交融的圣堂,一定留下过许多美好的回忆。

没错,从这个角度来说,裴佩的“意大利奇闻”与宋刚自杀的事件颇为相似,狗跳下的阳台,也正等同于大公子选择的阁楼。

不过,也只是如此而已罢了——狗毕竟是狗,通过狗的情绪来判断人的心理状态,恐怕古今中外都不曾有过,就算有,在法律上显然也无法被当做证据。

“好……那就先这样吧,”林飞羽觉得该说的都已经说得差不多了,“有什么新发现,立即联系我。”

“明白,通话结束。”

在伸了一个懒腰之后,林飞羽抬头看了一眼墙上的电子钟——7时09分,按照平日的习惯,现在应该是洗澡的时间。他站起身,做了两个扩胸运动,正打算转身走向洗手间。

忽然,一阵眩晕袭来,房间中的每一样事物都化作了重影,在眼前飘来荡去。林飞羽本能地用一只手撑住桌面，另一只手捂住紧闭的双眼，跨下马步，勉强站定。

紧随而来的，强烈的呕吐欲又让他不得不换手卡住了自己的嘴巴，好在这次只是干咳了两声，没有像早上那样一泻千里。

怎么回事？

强烈的不安在心头萦绕，林飞羽设法让自己冷静下来，他保持着有些怪异的姿势，倚在电脑桌前——一秒，两秒……一分钟，两分钟，屏息吐纳，慢慢将狂乱的脉搏恢复到正常的频率上。

“你打算逃到什么时候？”

一句异常清晰的低语在耳边回响，这让林飞羽猛地睁开了眼睛，警觉地四下张望。

空无一人的房间里，没有任何异常，甚至没有任何杂音，只有窗外不时传来的车鸣让这里不至于显得太过安寂。

是错觉——

联想到今天早些时候在医院里的情形，林飞羽十分确定自己的老毛病又复发了，这虽然并不常见，但确实非常影响心情，好在现在并不是在执行什么人命关天的任务，他有足够的时间来调整状态。

那瓶没有标签的药就放在电脑桌的抽屉里，只要吃下里面的白色小药丸，任何幻觉——或者用林飞羽自己的话说，“错觉”就会即刻烟消云散，被打回灵魂深处。

将药片取出，放在嘴边，正要张开的唇角，却突然紧闭了。

“‘你打算逃到什么时候’？”林飞羽眉头紧锁，重复着这句话，试图回忆起什么蛛丝马迹。

“你打算逃到什么时候？”

这一次，声音并不像刚才那样只是在耳畔萦绕，而是有了明确的方位——它就来自窗外！

林飞羽放下药片，一个箭步冲到窗边，盯着远处灯火辉煌的繁华大街，常识告诉他，在如此吵闹的环境下，根本不会有那种低语似的人声传进屋内。

但是，当他的目光下移，扫向公寓后面的暗巷时，一个奇怪的人影打碎了刚刚还坚信不移的"常识"。

那是一个穿着蓝白相间运动服的男人，运动服上的连体兜帽套住了脑袋，投下的阴影则刚好遮住了面孔——但即便如此，林飞羽还是能明显感觉到，这个双手插在裤袋里的男人，正冷冷地注视着自己，而刚才那几句责问式的话语，也正是由他之口所出。

不屑的"哼"了一声之后，林飞羽把药片塞进嘴里，和着唾液一口吞下。他推开窗，微微笑着，与那个无法看清面容的男子默默对视。

"三分钟，"在确定巷子里没有其他人之后，林飞羽伸出三根手指，对那男人晃了晃，"送你回老家。"

按照林飞羽以往的经验，吃下这种国家安全保卫局提供给他的药品之后，三分钟之内所有"错觉"都会消失得无影无踪，而且几乎没有任何副作用——如果只吃一片的话。

于是，林飞羽就这样趴在窗台边，目不转睛地干等着，就好像是一个观赏魔术的小孩子，等待"大变活人"的那一个奇妙的瞬间。

可随着时间的推移，他的脸色也变得越来越糟糕——三分钟过去了，五分钟过去了，巷子里的怪家伙还好端端地站在那里，不仅没有"平空消失"，反而还双手抱臂，摆出一副得意的姿态来。

林飞羽觉得有些不对劲，连忙又掀开药瓶盖，准备再拿出一粒药片——连续吃两颗这种药就会造成心率下降，进而使人的反应迟钝，精神恍惚，林飞羽只有一次这样的经历，那还是在“试药”时的体验。

“别白费力气了，”对方轻描淡写的一句话，中止了林飞羽手里的动作，“何苦这样自欺欺人呢？”

几乎是在一刹那，林飞羽将自己的状态从“休闲”调整到了“临战”，难以言表的杀意和压迫感，从他冷峻的眉目中发散出来，连声音也变得咄咄逼人：

“你是谁？”他正过身子，放下手里的药瓶，“你认识我？”

男人没有回答他，反倒是一步一顿的，慢慢转过身去，眼看就要走人的样子。

“站住！”

不假思索地，林飞羽纵身跃过窗台，从二楼跳下，轻巧地落在暗巷中央。

而那个男子仿佛察觉到了身后的状况，头也不回，突然撒腿就跑——这可正中了林飞羽的下怀，从西藏的雪山到缅甸的丛林，从蒙古的草原到南疆的荒漠，林飞羽历经上百次的追逐逃亡，至今鲜有败绩——比起半道出山的武术搏技，林飞羽的脚下功夫才真正是堪称一绝，即使专业的跑酷选手也难望其项背。

至少，他自己是这么认为的。

也许是因为不在状态，也许是因为刚嗑了那该死的药片，今天这个穿着蓝白相间运动服的家伙，看上去毫无过人之处，却怎么追也追不上的样子。

跑出了暗巷，碰翻了垃圾箱，甚至撞倒了一位路人，林飞羽渐入佳境，越跑越快，而对方则始终保持着直线前进，完全没有要转向或是翻墙之类的意思。在阴沉夜幕和辉煌灯火的笼罩之下，两人穿街越巷，一路狂奔，把众多诧异的目光甩在身后。

还差一点——在挨了几位司机的粗口，横穿过一条主干道之后，林飞羽明显感觉到对方的体力有所下降，两人之间的距离也渐渐缩短，眼看已经到了一次扑击就可以解决的程度。

不行，还得再等等——林飞羽毕竟不是穿着制服的警察，而对方也不是将“坏”字写在脸上的歹徒。如果就在这里，在大马路上将人扑倒，而前面这小子到最后又没查出什么问题，只是一个在散步时路过自家窗台的“爱运动”男青年，然后整个过程再被无聊的围观路人拍下来往微博里这么一贴，就很可能会生出事端来。

不多时，两人前方出现了一个狭窄小巷的L形转角，林飞羽用一刹那的集中力把周遭的环境收入脑海，算计出一套最有效的袭击套路——

对——就在对方转弯的瞬间，两人的相对距离接近最小，而速度和加速度上的差距将达到最大，只要在那个时刻，用锐角切进转弯的方向，奋不顾身地全力一扑，得手的概率将会相当之高——应该说是十拿九稳。

就是现在！

林飞羽抓住这闪电般稍纵即逝的机会，突然发力跃起，他横在半空中的身体就像射向靶心的箭，张开的双掌像逼近猎物的投网，每一帧的动作就好像经过了精心排演的话剧，完全按照事先写定的脚本推进。

但是，显然，另一位主角并没有看过这个脚本。

穿着运动服的男子突然定住脚步，在林飞羽即将接触到自己的同时回身探出胳膊，一手握住林飞羽的右手手腕，一手扣住了他的后脑勺。

在下一个白驹过隙的瞬间，男子扭动腰肢，利用上体回旋的力道闪开林飞羽的扑击，同时将他狠狠甩向小巷的砖墙。

惊愕之余，林飞羽连忙交叠双臂，护住头部。撞击的力量并不大，但却彻底破坏了他的体位，让他以狼狈的姿势腹部着地趴在地上。即便现在用最快的动作翻身打挺，对方恐怕都已经跑出十米开外了。

毫无疑问，林飞羽遇到了一个“高端玩家”。

且不说这人的反应如何，至少他的运动感知堪称完美——这一套看起来很别扭的动作难度非常之大，需要在极短的时间内调整姿态和平衡，力量、速度、技巧、柔韧性，甚至是心理素质都缺一不可。

更可怕的是，他不仅精确地知道自己的身体运动到了什么位置，而且还能“读”到对手的动作和力道，如果不是瞎蒙的话，恐怕只有修炼太极拳等反击型武术的大师才能做到这个程度。

随着凌乱的脚步戛然而止，小巷突然就安静了下来，只剩下林飞羽自己的喘息声还在胸膛里回荡。他猛地抬起头来，不见那人的踪影，有的只是前方被街灯照亮的落寂小道。

“竟敢殴打国家公务员……”林飞羽半跪在地，用手抹了一下唇角，“你还挺够胆儿啊。”

虽说已经不抱什么希望，但林飞羽还是起身向前追了一段，一直到出了巷子，面对着人声鼎沸的商业街时，他才彻底放弃。

如果愿意，林飞羽可以马上联系裴佩，调出这一带的监控录像，把那穿蓝白运动服的男子给“人肉搜索”出来——平常的话，他也一定会这么做。但是今天，考虑到自己之前的种种“错觉”，还是暂时不要给那丫头添麻烦比较好——何况，她现在还有更重要的任务。

一边往回走，一边整理着思路，林飞羽试图将刚刚发生的事情依照符合逻辑的方式重新组合在一起——这是国家安全保卫局的心理战专家传授的小技巧，可以让特工确认自己的精神状态，从而对抗催眠和致幻剂的影响。

这个曾被冷冰嗤之以鼻的小技巧并没有什么特别之处，许多精神科医生也都会用此法来治疗病患，它的关键点在于整理之后的经历能否"说得通"，或者玄乎点儿说，有没有违背"因果律"。

从这个角度来讲，林飞羽刚才显然是"南柯一梦"了。虽然没有看到门牌号码，但他所在的位置应该是中山南路附近，这也就是说，之前的追逐至少跨过了两条主干道，在这么长的距离上，林飞羽很难相信有人能跑得过自己——除非这家伙是个职业运动员。

而且，他的身手也相当离奇。即便是在高手云集的国家安全保卫局里，能够将林飞羽一击打倒的人还是凤毛麟角，而以刚才那小子在半秒钟内的反应和动作，说他已经达到了冷冰的层次也毫不为过。

那么事实就很清楚了：这样的人根本就不可能存在，追逐也好，摔跤也好，那句若有所指的"你打算逃到什么时候"也好，都是只存在于林飞羽脑海中的"幻想"——哦，当然，用他自己的话讲，叫"错觉"。

在有了结论之后，林飞羽理了一下身上的短风衣，掸了掸衣摆上的灰尘，显得出奇平静。他没什么好害怕的——"错觉"这个东西，就像是噩梦，人如果发现自己是在做噩梦，又怎么会去害怕呢？

不知不觉，他又回到了自己被摔的那个转角，本想上前研究一下脚印之类的痕迹，目光却被巷子里的另一个不速之客吸引了过去。

那是一位穿着花衬衫的半秃大叔，靠在电线杆旁，双手扶墙，大口大口地呕着，浓重、难闻的酒气从他身上弥散开来，似乎充溢了整条小巷，连林飞羽周围的空气都变得污浊起来。

天生对酒有些厌恶的林飞羽捂住了鼻子，只想赶紧从这里抽身离开，于是加紧了脚步。可不知为什么，越是接近那位大叔，身体就越是沉重，注意力也不自觉地集中在他那宽厚的虎背熊腰上。

怎么回事？

心头陡生的这股不安是怎么回事？在诡谲的压抑气氛下，林飞羽情不自禁地握紧了双拳——奇怪的是，他竟然丝毫也感觉不到手里的分量，两条胳膊也绵软无力，好像已经不再接受大脑的控制，而这种麻痹的感觉在他察觉到的时候，已经迅速蔓延至全身，让他整个人突然就动弹不得了。

那大叔一手捂着胸口，一手扶着电线杆，稍稍扭过头，朝林飞羽这边斜了半张脸。

只是很平凡、很普通的中年男人的脸，既没留着刀疤，也不是凶神恶煞，但不知道为什么，林飞羽却被对方醉意蒙眬的眼神所震慑，无名的恐惧感自心头升起，像千斤铁锁般将身体牢牢固住。

“我……在害怕？”

难以理解的冷汗从林飞羽额前滑下，他不敢相信自己此时此刻的情绪——在一个看起来落魄潦倒、猥琐邋遢的醉汉面前心惊胆战，六神无主。

“喂！”仿佛注意到了有人正愣愣地盯着自己，醉汉转过身来，“你小子！看什么看！”

开口说话，开口说话啊！这个时候，随便说一声什么，然后装作什么也没有发生过，大步走开就可以了啊！林飞羽拼尽全力，半张开口，调整呼吸，控制心率，过了半天才说出一个“我”字来。

“看什么看啊！小狗东西！看不起我是吧！”好像是带着哭腔，醉汉摇摇晃晃地向这边走了过来，“你看不起我是吧！”

“我……”

为什么会害怕？林飞羽，你为什么会害怕——一遍遍地问着自己，却始终没有得到答案，按理说，以自己的身手，只需要一个动作，眼前的这头肥猪便会不省人事。

带着含混不清的嘟囔，醉汉一步步靠近，那令人厌恶的酒气也越来越浓烈，直到靠在面前时，林飞羽才像是突然觉醒过来般仰起了头。

刚才没有察觉到，两人的身高差距竟然如此之大——只是目测，这位大叔至少也在2米以上，由于距离的关系，他那宽硕的身板更显得具有压迫感。

“你妈的！叫你看！”

话音未落，醉汉竟然抬起手来，一巴掌抽中了林飞羽的额头，将他拍翻在地，倒在墙根旁。

身体解禁的瞬间，一股强烈的畏惧阻断了林飞羽的思维，让本来睚眦必报的他完全放弃了反击的念头，反而像泥鳅一样在地上手脚并用，连滚带爬地窜出几米之后起身逃开。

憋着一口气冲出巷口，扶着膝盖刚准备喘息，回眸一瞥却发现醉汉竟紧随身后，还摆出一副穷凶极恶的样子——林飞羽不禁被吓得面色惨白，拔腿飞奔。

就和十分钟前一样，路人们依旧向他投来惊诧和不解的目光，只不过这一次，追击者变成了逃跑的人，而且模样比之前更显狼狈。

紧追不舍——无论林飞羽多么卖力地奔逃，无论多少次回头观望,那看起来分明连路都走不稳的醉汉,却始终紧追不舍,表情里的恶意也丝毫没有减弱。

冷静下来,林飞羽,冷静下来!

他做不到,明知道眼前的一切十有八九只是“错觉”,他却依然无法抵抗那种从内心深处泛上来的恐惧。

刀山火海,牛鬼蛇神,从拿着武器的歹徒到龇牙咧嘴的凶兽,还有那些用目前的科学难以解释的“神秘力量”——见识过无数“大场面”的林飞羽,自认为已经是天不怕地不怕了,但为什么竟然会在一介平民面前如此胆怯?就算这是脑海中的幻象,这幻象又有什么好怕的呢?

道理很明白,思维也很清晰,但身体却不听使唤,它带着林飞羽夺路狂奔,闯红灯,撞行人,一刻不停地冲回了公寓,冲进了楼道,冲到了自家房间的门口。

用颤抖的双手捧出钥匙,试了好几次才将房门打开,而身后的楼道里也传来了醉汉沉重的呼吸和脚步声——他跟了过来?

他跟了过来。

“小狗东西!开门啊!看我不搞死你呢!”

醉汉用力拍打着门扉,声音大得好像是施工队在拆迁一般。

束手无策的林飞羽从冰箱里取出一瓶矿泉水,“哗”地浇在自己头上,想要赶紧清醒过来。

淋下来的水滴中,竟混有一缕红晕,他情不自禁地摸了一下额角,钻心的疼痛让他眉头一缩。

伤口细长,不深,从形状上判断,应该是醉汉挥掌直击时留下的。仔细回忆的话,林飞羽能记起对方打来的手上好像套了一枚戒指,这伤多半就是被它给划出来的。

等等,那醉汉……不是"错觉"吗?

林飞羽瞪圆了双眼,看了看指间的血迹,又看了看正在隆隆作响的房门。

如果醉汉根本就不存在,这伤口,又是从哪儿来的呢?

敲门的声响越来越大,震得整个客厅都在颤抖,其中还和着中年男人沙哑、凄厉的叫骂。

在这前所未遇的"错觉"面前,林飞羽不得不甘拜下风,他原来以为任何时候,只要能够分辨什么是真什么是假,自己的老毛病就不会是问题,但这一次,至少是这一次,他承认自己输了。

只剩下最后一招了——他回头看着电脑桌,在那里,在第二层的抽屉里,在一叠笔记本的最下面,国家安全保卫局提供的救命稻草就静静地躺着,和半年前自己亲手放进去时一样,纹丝不动。

拉开抽屉,掀翻笔记本,撕开封装,取出注射器,林飞羽扯开领口的时候,还是犹豫了一下——

这里面到底是什么?某种试验中的抗精神病药吗?就这样扎下去不会有事吗?会不会把脑子搅坏?会不会变成白痴?

在砸门声的催促中,林飞羽咬了咬牙,把注射器抵在自己的脖根处,按下了推筒,将里面的透明液体一股脑注入体内。

效果立竿见影——强烈的眩晕感让他双腿发软,即使是用手扶着椅背也无济于事,不过区区几秒钟,他就只有顺从地慢慢倒下,仰躺在毛绒绒的地毯上了。

"什么嘛……"

意识消失前的最后一句抱怨,透着林飞羽特有的玩世不恭:

"就是镇静剂啊……"

6　病友(上)

“你的脸是怎么回事?”

迎着谭天方好奇的目光,林飞羽摸了一下额头上的创口贴,回以礼貌的微笑:

“这个吗? 昨晚健身时摔了一跤。”

“嗯……”警督带着明显是不相信的脸色点了点头,“好的。”他转而面向长桌前争论不休的众人,用力击了两次掌。

“同志们,安静一下,我们抓紧时间。”

10月9日早上9点05分,市公安局会议室。

仿佛昨日重现,谭天方又一次把他的“奇人队”召集了起来,这次还多了一位看起来很年轻、可能是谁助手的小伙子。

“我不知道各位昨晚睡得如何,反正我睡得很香,”谭天方用一点也不像是开玩笑的神情说着听起来像是开玩笑似的话,“11点上床,抱着那只跟了我三十年的玩具熊,眼睛一闭一睁,再有知觉时已经是早上7点半了。”

本想借机揶揄一下的林飞羽,发现所有人都屏息不语时,也跟着闭紧了嘴巴。

“入睡前我一直在想,等到第二天早上,犯人从新闻里知道是我在侦破此案时,一定会吓得屁滚尿流,然后自首吧……”谭天方摸着略带胡楂的下巴，来回搓揉，“但是现在看来，他很不识抬举呢。”

依然没有人笑，甚至连一点要笑的意思都没有，整个会场的气氛紧张到了似乎连呼吸都会冒冷汗的程度——林飞羽情不自禁地挪了一下身位，用余光看着谭天方不怒而威的脸。

“从案发到现在，已经过去了二十六个小时，如果我是罪犯，现在可能已经在大兴安岭吃火锅了。”警督继续道，“……我不相信什么‘黄金侦破时间’，但问题在于，在刚刚过去的这整整一天里，我们竟然一无所获。”

他点了点桌子：“没有证据，没有嫌犯，没有线索，没有结论——甚至连能够变成结论的假设都还没有……”继而摇了摇头，“各位，我从没有像现在这样自暴自弃过，我觉得自己根本就不适合做一名刑警。三个人，同志们，三个人啊，死在自己的家里，我竟然在二十六个小时以后，连他们到底是不是自杀都还搞不清楚！”

虽然辞藻上有些夸张，但警督所言的，却是无法辩驳的事实。

“这位是证物鉴定科的小李，”谭天方指了一下坐在对面的那位新人，“我请他来，为大家介绍一些新情况。”

简单的敬礼和自我介绍之后，这位被称为“小李”的年轻男子拎起了手里的塑料袋——里面正装着那枚被认为是“凌迟”了李晓雯的“指甲锉”。

“经过我们的取证，已经确定了凶器的来源。”虽说模样稚嫩了些，这个“小李”的声音还颇具“老男人”的磁性，“这支锉刀是‘香奈儿’在今夏推出的一款美容套装中的一件，整套工具就放在卧室的床头柜里。根据宋家女仆刘思含的证词，是宋健发送给妻子的生日礼物。”

随后,是投影仪被打开的声音。

“指纹的采样在昨天中午完成,”小李一边熟练地摁着遥控器一边道,“仔细比对之后,我们发现上面只有两个人的指纹。其中一个是李晓雯本人的。”

映在白布上的图像异常清晰,锉刀柄部的表面上布满了密密麻麻的纹路,即使是一个外行人,也能很容易地看出它们是人类的指纹。

“绝大部分指纹来自于左右手的拇指和食指,这符合使用锉刀的一般姿势,我们把每一个指纹都标上了编号,从时间顺序上说……”

“直接说另一个人的指纹吧,小李。”谭天方挥了挥手。

图像连续跳了两页,略过了被警督认为是“不重要”的部分。

“另一个人的指纹来自于宋健发,”随着遥控器的轻点,投影出的画面显出了数个放大的指纹轮廓,“全部来源于右手的后四指,也就是……”小李顿了一下,“除了大拇指。”

在看似没有任何需要强调的地方停顿,显然是意有所指。众人刚从投影片中看出些端倪,小李便大声揭晓了答案:

“根据人体力学,我们基本上可以确定,宋健发拿这柄锉刀的姿势是这样……”

他一把抄起面前的签字笔,在掌中回旋半周,像格斗式一样反手握住,让笔尖朝下——还特意做了两下“割东西”的动作。

“哦!”顾丽娜故作惊讶地道,“他锉指甲的方式还真特别啊。”

虽然有些不合时宜,但这位娜姐的幽默感和勇气还是让林飞羽产生了一丝敬佩。

对此则早已经习以为常的谭天方侧过身,面向小李道:

“你们的结论呢?”

“证物鉴定科一般来说是不下结论的,但是这一次……”小李放下签字笔,挠了挠头,“至少以目前所掌握的线索来分析,我们有充分的理由相信,宋健发参与了对李晓雯的残杀。”

“参与”这个词用得非常巧妙,既表达了自己的“结论”,又避免了可能会产生的误导。

“你坐。”谭天方朝小李挥了挥手,继而敲了一下桌面,把众人的注意力又吸引到自己这边,“接下来,许扬洋,你对‘密室’的判断如何?”

“完完、完美,”许队依旧是那个憨实浑厚的嗓音,“毫无破绽,卧室的门窗绝绝对不可能从外面上锁。”

“考虑过使用什么巧妙的道具吗?”警督追问道,“比如钢琴线之类?或者用了什么机关?”

许扬洋撇了撇嘴,露出十分无奈的神情:“那……那我希望他能教我。”

“同志们,我知道你们心里已经有数了,但都不敢说。”谭天方用力咽了咽喉咙,“李晓雯就是死在宋健发手里——这就是目前的答案。”

除了林飞羽,在座的几乎每一个人都用接近于茫然的目光看着警督——如果他所谓的“答案”就是真相,那么实际上这个案子已经“死了”。

“我只想要强调一点,老大,”顾丽娜突然插话道,“李晓雯身上的割痕有三十五处!而且没有一个是致命伤,我不相信有人会对自己的老婆做这种事情,这不合逻辑。”

“不合逻辑的地方还有很多……”坐在顾丽娜旁边、一直保持沉默的老王也接过话茬,“倘若李晓雯当真是在卧室里被人凌迟，怎么会没人听见惨叫？”

谭天方摇摇头：“至少女仆没有。”

“那种惨叫应该是声嘶力竭，大马路上都应该能听见才对。”老王阴着脸，“所以我倾向于根本就没有惨叫，凌迟也只是假象，李晓雯另有死因。”

“我姑且同意你的观点，但这不是在写侦探小说，就算直接猜出了凶手都没有意义。我们必须得按照侦破步骤来一个环节一个环节地去解决，”说着，警督反手叩了两下桌面，“现在我们所面对的环节是，宋健发在自己的卧室里对李晓雯割了三十五刀，不管这个时候的李晓雯是活人还是尸体，不管是被麻醉了还是已经休克，总之她那个身价亿万的有钱老公割了她三十五刀——如果这个环节我们都无法解决，那破案根本就是天方夜谭了。”

这回，所有人都沉默了——面对这种无稽荒诞的“事实”，他们确实连一个最起码的假设都提不出来。

“小陈，电信那边查得如何了？”

陈曦忙“嗯”了一声应道：“在泰国旅游期间的通讯记录我已经全部掌握，正在逐一排查。大部分是宋健发本人的商务电话，其他也都是亲戚朋友之类，没有一个是陌生号码。”

“李晓雯和宋刚呢？他们的手机通话情况呢？”

“宋刚也有几个公司里的电话打过去，通话时间都挺长，应该是工作上的事情吧。”陈曦顿了顿，“还有一些发给朋友的短信，其中有几条比较暧昧，我正在调查收信者的身份。至于李晓雯……她只有一个拨出，是她的闺中密友，我已经联系过了，没说什么重要的事情，就是差不多‘我到了泰国’之类的闲扯……”

“那么宋旋呢？”林飞羽突然插嘴问道，“她的手机上有什么通话记录吗?”

陈曦斜了他一眼,冷冷地回道:“宋旋没有手机。”

“事发时的那个‘拨出’,13070561707,”警督一脸认真地道:“这号码很可能是破案的关键,麻烦你与联通公司那边沟通一下,无论如何,提供有关此号码的全部信息,有多少要多少。”

带着有些为难的表情,陈曦点了点头:“我尽力。”

“还有,我看了一下你给我的嫌疑犯名单,全部都是有关商业竞争的,”警督顿了顿,“我觉得至少宋刚这边,存在情敌的可能性比较大,把他的恋……”

“目前和宋刚有关系的女性我已经整理出来了,”陈曦抢先一步回话道,“数量不大,今天应该就能全部联系上。”

“很好!”谭天方情不自禁地打了个响指,“老王,录像那边呢?”

“我……”老王舔了舔嘴唇,“我看了最近一个星期的监控录像,宋家去泰国期间,一共有三人前来拜访过。”

警督突然眼前一亮:“这你昨天晚上可没跟我汇报啊。”

“我看了一个通宵。”

“哦,辛苦你了……”警督干咳了一声,“你说有三人来拜访?查出身份了吗?”

“首先是刘思含的哥哥刘岩,他10月1号下午四点半出现在大门,七点半离开。”

“待的时间可够长啊……”谭天方摸了摸嘴唇,“而且那女仆还没跟我说过这事,嗯,我会亲自再问她一次。”

“10月2日上午10点20分,大华快递的工作人员递送包裹,姓名待查。”

“包裹的内容和寄送人,尽快查出来,这应该是举手之劳。”警督沉默了几秒,与命案打交道多年的直觉告诉他,那个包裹应该没有什么问题,“还有一个人?”

“最后一位拜访者是在2号下午的2点10分,”老王顿了顿,“那个谁来着?他们家的私人心理医生?”

“陆楠?”警督眉头一紧,“她去那里干什么?”

女仆的哥哥乘放假来探望自己的妹妹,顺便在“大户人家”里长长见识,于情于理都能说得通,而快递这种事情更是没有任何值得怀疑之处。但一个心理医生,在自己的病人外出旅行时造访,确实有些不同寻常。

“不知道,录像上她按门铃时带了一个深色的拎包,”老王耸耸肩,“进屋大概半个小时后就离开了。”

“2号下午是吧……”不知为什么,谭天方摸嘴唇的时候,用诡异的眼神看了看林飞羽,“嗯,虽然那女人现在还没什么嫌疑,但最好还是确认一下……林飞羽同志,看来你有事儿做了。”

林飞羽用右手食指指着自己惊诧莫名的脸,虽然没有开口说半个字,但那表情和动作已经将“你叫我?”这个意思表达得淋漓尽致。

“嗯,你马上去找一下这位陆楠,她应该还在宋旋那边,”警督用两根指头点了点桌面,“首先向她确认,2号下午去‘天山西路9号’的原因。但是最重要的一点,是乘机多挖些关于宋家的内幕消息,我相信她一定知道不少。”

“关于宋旋的?”

“关于所有人的……”谭天方突然加重了语气,故作深沉似的道,“相信我,我看人很准,你在陆楠身上绝对能找到许多对我们破案有价值的东西。”

林飞羽干笑着摇摇头:“为什么非得我去?”

“因为我觉得她喜欢你。”

警督顿了顿：

“而且我觉得你也挺喜欢她的。”

一小时后，鼓楼医院住院部。

谭天方并没有吹牛，他看人确实挺准。与其说这是多年从事刑侦工作积累下来的经验，倒不如说是某种与生俱来的天赋——而正是这种能够看穿人心的天赋，让他能够在破案时游刃有余，从而成为中国刑侦界的传奇。

从见到陆楠的第一眼开始，林飞羽对这女人就有些好感——虽然还谈不上“喜欢”，但至少可以说是相当“欣赏”。

俊俏的眉目，齐整的短发，飒爽的着装，带些中性色彩的表情与谈吐，这位女医生浑身上下都散发着一股干练的神采，而这正是林飞羽理解中，最符合时代特色的女性形象。

“美”——是的，潇洒，独立，坚强，沉稳而有主见，睿智而落落大方，这不正是对“美”最好的诠释吗？比起那些矫揉造作的所谓“青春偶像”，林飞羽确实更欣赏这种类型的女子。

至于对方是否如警督所说那样“对自己有点意思”，现在还不得而知，但至少可以肯定的是，如果谭天方与林飞羽站在一起，陆楠显然会更愿意与后者沟通——至少林飞羽没有刚见面就让她交什么报告。

“你是来要宋旋的心理评估报告吗？”

与林飞羽单独相处的第一句话，带着淡淡的冷硬与不满：

“Sorry，我还没写好。”

“实际上是根本就没写吧？”林飞羽回以平和的微笑，“反正如果是我的话，肯定是不会写的。”

听到这句话，坐在走廊长椅上的陆楠才合起手里的书，轻轻放在膝上。

“你……”她仰起头来的样子，似乎比平时还要耐看些，“不是警察。”

“并不是每个警察都天天穿制服。”

“你也不是什么便衣，”陆楠的目光里透着一丝狡黠，“不，你肯定不是警察。”

林飞羽看了看走廊两端——空无一人，于是轻轻叹了口气，在陆楠身旁坐下：

“你为什么这么肯定？”

“因为通常在群众质疑第二次的时候，警察叔叔就应该会掏出他们的证件了——”陆楠突然咯咯地笑了起来，“但你没有。”

“唔，和你们这些心理学家打交道还真不容易……”林飞羽挠了挠脑门，“好吧，我的确不是警察，但这并不妨碍我参与宋家惨案的侦办，你说呢？”

“当然，”陆楠很大方地点点头，“我猜你今天一定是带着什么问题来找我的吧？”

林飞羽决定把最重要的问题留在最后：

“你在这儿待了一天一夜？在病房门口？”

“嗯——”陆楠撇了撇嘴，依旧保持着对林飞羽的直视，“首先通过无关紧要的话题拉近距离，建立信任……看不出来，你还挺老道呢。”

“放轻松，陆医生，”林飞羽笑道，“我不是什么坏人。”

带着浅浅的微笑，陆楠上下打量了他一番：“那么这位好人同志，怎么称呼呢？”

林飞羽这才想起来，对方还不知道自己的名字：

“我姓林，叫我小林就可以了。”

从年纪上判断，陆楠似乎是要稍微大那么几岁的样子——至少比起着装轻佻的林飞羽，她显得更加成熟些。

“小林是吧，”陆楠笑着点了点头，“嗯，幸会。”

“那个，”林飞羽侧身看了一眼病房的门，“宋旋怎么样了？”

“转儿的情况……不好说啊，”提到自己的“客户”，陆楠的脸色立马阴沉了下来，“依我的学识已经很难帮到她了，也许真的得请一些心理学的专家来才行。”

“心理学的专家？”林飞羽一愣，“你不就是吗？”

“术业有专攻，”陆楠耸耸肩，“宋旋现在的症状应该属于‘创伤后遗症’，和我的专业相差太远了。”

“‘症状’？具体是什么样的‘症状’？”

“强烈的自我封闭，强烈的自我保护，”陆楠皱紧了眉头，语气中多了一分担忧与沉重，“拒绝沟通，拒绝交流，有时还会胡言乱语，连我也很难与她说上一句完整的话。”

“她得过自闭症，会不会是复发了？”

这个问题虽然只是林飞羽随口发问，但对陆楠来说，却似乎有那么点技术含量，她闭紧了双唇，在沉默中思考了片刻：

“从理论上说，应该不会。而且我也看过她之前的病情说明，和现在的表现完全不同，其实……”

正在谈话的时候，一位推着小车的护士从两人面前经过，在加护病房前停了下来，眼看就要推门而入。

“等等！”陆楠立马中断谈话，把注意力转移了过去，“这是要给她吃午饭吗？”

护士不解地看了她一眼，没有回答，只是点了点头。

“还是让我来吧，”陆楠友好地微微笑着，放下书本起身道，“你们给她，她还是不会吃的。”

也许是因为昨天的临别一瞥过于印象深刻，第二次看到宋旋的林飞羽还是莫名的心有余悸。比起那时，女孩的脸上显然添了些血色，但目光涣散空洞，没有神采，只是在陆楠端着餐盘坐到床边的时候，她才有所反应，缓缓偏过头去。

“来，转儿，”谈不上温柔，陆楠的话语中反而是带着一种命令似的口吻，“该吃午饭了。”

宋旋的眼神闪烁了一瞬间，但立马又黯淡了下去，她把脸转向一边，用听起来非常冷硬的语调哼了一句：

“我不想吃。”

单单是听这四个简单的吐字，就能感觉到一种盛气凌人、高高在上的态度——不过老实说，她的嗓音倒还算悦耳，有点像是经过了专门训练的播音员。

由于视线的偏移，宋旋刚好看到了站在门边的林飞羽。整个白色的加护病房中，他那黑色的风衣显得如此醒目，而束着马尾、两手插在口袋里的造型，也与医院肃穆的气氛有些格格不入。

女孩像是突然来了精神，她用两肘撑住床面，用力将身体向上拱了拱，半倚半靠在病床上，用奇怪的目光紧紧逼视着林飞羽。

在愣痴痴地对视了几秒之后，被看得有些尴尬的林飞羽主动挪开视线，朝陆楠投去求助似的一瞥，好像是在问“这到底什么情况”。

“你是谁？”反倒是宋旋先开了口。

陆楠对这个提问稍稍有些惊讶——一天来在宋旋周围露脸的陌生人数以十计，但她却唯独对林飞羽的身份产生了兴趣，其中想必是有什么特别的缘由。

“来，先吃点东西。”说着，陆楠便捧起塑料碗，舀了一勺米饭，送到女孩的嘴边。

也许是感到自己的问题被人忽视，所以不免有些恼怒，宋旋突然提高了嗓门：

“我在问你呢！你是谁啊！”

要是平时，林飞羽此刻一定会“哼”的一声冷笑，然后极尽挖苦之能事。但是现在，在这个脸色惨白、头发凌乱、孱弱，仿佛厉鬼一般的女孩面前，在她毫无道理、几乎是神经质的诘问面前，竟然一时乱了手脚，不知该如何答话了。

“注意礼貌！转儿！”放下饭碗的陆楠也稍微加重了语气，“别对大人吼吼叫叫的。”

“没关系……”林飞羽像是反应了过来似的，突然面无表情地开口道，“如果你肯告诉我你的名字，我就告诉你我的。”

他意识到这是一个契机——如果能够和宋旋成为“朋友”，至少成为“熟人”，那么从她那边得到情报的难度将会大大降低。而朋友也好，熟人也好，一切的开端，必然是一个简单的“你是谁”这样的问题。

“能进这个病房，你不可能不知道我的名字。”

女孩冷漠的回答，让林飞羽吃惊不小——很显然，这女孩的思维相当清晰，一点也没有“精神障碍”的迹象，说不准马上就可以开始问询和取证。

想到这里，林飞羽发自内心地露出了笑容：

“但我想听你亲口说嘛。”

也许是个让人觉得有些可笑、近乎撒娇似的要求吧，随行的护士捂住了嘴，但林飞羽明白，这又是一个非常重要的审讯技巧，是打开对方心门的攻城槌——连名字都不肯向自己透露的人，又怎么会说出有价值的信息呢？

女孩依然是用那被鬼附了身一样的空洞眼神盯着林飞羽，一动不动，而林飞羽虽说被看得心里发毛，却还是强作镇定，回以潇洒、坦然的微笑。

“我叫宋旋……”最终，女孩有些不情愿地妥协了，“你呢？”

“我叫林飞羽。”

“是医生吗?”宋旋紧锁的眉头说明她分明已经知道了这个问题的答案,只是在验证对方的“诚意”而已。

“不,”林飞羽稍作思索,“我是个警察。”

“啊……”

一声轻叹之后,宋旋呆呆地看了他几秒,而后马上转过头,从陆楠手里接过——或者说是抢过塑料碗。

她拿起勺子,刚要往嘴里送,又放了回去:

“我要吃饭了,楠姐。”

“哦,”陆楠心领神会,忙起身对林飞羽和护士道,“我们先出去吧。”

带上病房的门后,护士长出了一口气,对陆楠笑道,“真是谢谢你了,我还担心她一口也不肯吃呢。”

“在陌生环境下拒绝进食是一种典型的防卫表现,”陆楠一本正经地道,“不只是人,动物也会有这种现象,等她熟悉这个病房和你们以后,就简单多了。”

“是啊是啊,她昨天抗拒得更厉害,像疯了一样呢……”似乎是意识到了自己用词的不当,护士连忙润了润喉咙,转移话题道,“哦对了,说到熟悉病房,今天下午宋旋就要被移出 ICU 了,医院为她准备了另一个单间。”

陆楠一愣,皱紧了眉:“为什么?”

“加护病房是给危重病人准备的,”护士的道理显然无懈可击,“宋旋根本就没有生命危险,不应该占用宝贵的医疗资源……”她顿了顿,又像是安慰似的补充道,“放心,对她的照顾一点都不会少,我们会派人 24 小时值班。”

看着护士推车离远,陆楠似是自语地道:

“她其实已经很饿了。”

“饿?”林飞羽明白对方是在同自己说话,“你指宋旋吗?”

“嗯。”

“这你也能看出来?”

陆楠转过身,微笑着面对林飞羽道:

“很简单,因为我们都被赶出来了,她不想让我们看见她的吃相。”

虽然是有些牵强的理由,但考虑到宋旋千金小姐的身份,或许也能说得通——有钱人嘛,有些古怪的习惯总是可以理解的。

“她的父亲希望她有一天可以进入上流社会,”陆楠摇摇头,“所以礼仪啊,规矩啊,模样啊,都得提前训练好才行。”

“上流社会?”

“对,就是那个你和我都很难接触到的世界……”陆楠顿了顿,“达官显贵、富商文豪,大概就是这些吧,我也没亲眼见过。”

确切地说,林飞羽接触过所谓的“上流社会”,因为任务需要,他甚至冒充过某个大人物那年轻有为的海归儿子,在奢华的酒会上“钓”文物贩子上钩。

“听起来就像是在提高女儿的价码,”林飞羽耸耸肩,“为了她将来能够在上流社会里引起某个有钱人家公子的注意。”

陆楠呵呵笑了起来:“相信我,如果你是宋健发,如果你也有个女儿,你也会这样希望的,白富美还是要配高帅富的,对吧。”

说到这里,林飞羽突然想到了另一个问题:

“在病房里的时候,她好像特别在意我,为什么?我们明明就素未谋面。”

“不知道,也许是……嗯……”陆楠耸耸肩,“也许是你的样子比较特别吧?你看你穿着黑色的风衣,与那些护士啊医生啊都不一样，而且……”

见她欲言又止，林飞羽忙追问道：“而且什么？”

“算了，应该是我想多了。”陆楠眯眼笑道，“林先生，来之前吃午饭了吗？”

“还真没有。”

“这附近有一家的骨头汤很不错，我请你，怎么样？”

于情于理，林飞羽似乎都没有拒绝的必要。

“骨头汤……”他很感兴趣似的点点头，“嗯，那我恭敬不如从命了。”

经过一番九拐十八弯的摸索，陆楠总算找到了这家开在巷子深处的小饭馆，林飞羽低头一看表，从两人离开医院出发，到坐下来点餐，一共耗时三十八分钟，不禁一声叹苦：

“为了吃碗骨头汤，我们都快走到鼓楼了。”

陆楠掩嘴而笑：“我记得上次来时，是离医院很近的样子……”

“从你仍然能找到店面这一点来分析，我断定是医院搬了家。”

“嘿，”被逗乐了的陆楠双手抱臂，故作气恼似地道，“这样讽刺一位正在请你吃饭的女士不太好吧？”

说话间，服务员已经将一大盆热腾腾的骨头汤端上了桌——单从速度来说，这家店的服务还挺令人满意。可不知为什么，看着浓稠发白的汤汁，早饭都未吃的林飞羽却没什么胃口。

“你看起来有些心事啊……”陆楠一边拆着碗筷的封包一边轻声道，“是在想案子吗？”

貌似漫不经心的提问，却蕴含了一个令人惊讶不已的事实——这女人的洞察力撕破了林飞羽堆着笑容的伪装，直接看到了他的灵魂深处——至少是灵魂深处的一角。

诚然,对普通人来说,“有心事”是一种很容易被察觉的表情。心不在焉也好,左顾右盼也好,若有所思也好,即使是初次见面的陌生人,也能从对方的言谈举止和小动作中分辨出这些细节,而在恋人或者好朋友面前,想要掩饰就显得更加困难了。

但林飞羽不同。

林飞羽是经过训练的职业特工,掩饰自己的心境可算基本功之一,虽然与在境外从事间谍工作的“信鸽”们相比还有很大差距,但对付一般的老百姓应该是绰绰有余了。而他一贯玩世不恭的造型与谈吐,从某种意义上讲也正是混淆对方判断的常用手段。

简单来说,能看出林飞羽“有心事”,这本身已经是相当了得的本事了。

“唔,是啊……”面对如此敏锐的“对手”,林飞羽决定提高自己的“表演等级”,他叹了口气,看起来相当懊恼,“案子进展不顺,我们手上的线索实在太少了。”

“能和我说说吗?关于案子的事情?”

陆楠含住筷尖,露出带着好奇与期待的眼神,林飞羽假意舀汤,权衡了几秒,觉得说出些案情可能会更便于沟通,于是抬起头道:

“我猜你已经知道了,昨天早上宋家发生了命案,警察到的时候,死了三个人,”林飞羽一脸严肃,“分别是宋健发,他的妻子,还有他们家的大少爷。”

“嗯,我在网上看到了,这消息……”

也许是因为过了点的缘故,店里的客人很少,而且相距也比较远——不,或许应该说,是陆楠在挑地方时特意选了一个比较孤立的位置。如此一来,无论说什么,只要控制好音量便不成问题。

“网上恐怕没有说他们的死因吧？”

陆楠抿着嘴，摇摇头。

于是，在消耗这碗美味骨头汤的十五分钟里，林飞羽很有技巧地控制了谈话节奏，把需要让对方知道的信息娓娓道出，等到差不多要买单的时候，刚好讲到关键之处——

“所以你们认为，宋旋是破案的关键……嗯，这立场我理解，”陆楠点点头，“但她现在的状态你也看到了，就算说出些什么，也不能作为证据吧。”

“这就是为什么我们需要你的报告——”林飞羽轻敲了一下桌面，“如果这女孩的精神状态不正常，那么她的话也就根本没有参考价值。”

陆楠低下头，沉默了几秒：

“那我只能说抱歉了，来医院后我也没和她说上几句话，要我做精神状态评估是不可能的……而且我觉得无论我说她什么，到最后下判断的还是警方，因此还不如你们自己去作评估。”

听起来不卑不亢的回复，却巧妙地将自己置身事外，林飞羽心里清楚，这位医生正在设法与这个案子划清界限。

“可是现在我们去问她的话，可以想象，她一定不会配合。”

“她只是个小孩子……”陆楠叹了口气，“家里出了这种事，换谁都要缓个几天吧？”

“这种事？嗯？”林飞羽突然饶有兴趣地道，“我们特地叮嘱过医院，不要告诉她哥哥与父母已经遇害，如果她在这种情况下知道家里出了‘这种事’，你不觉得这本身就很奇怪吗？”

“对啊……”陆楠若有所悟地点点头，“她应该什么都不知道才对……”

"除非——"林飞羽故作神秘地稍作停顿,将身体向前倾了几度,"她其实已经惨遭毒手。"

"哈,你是说医院里这个是替身吗？还真是……"突然,陆楠理解了林飞羽的真正语意,笑容马上也随之凝固了,"你是说,她现在这个样子,可能正是有人故意而为?"

"还有别的解释吗?"林飞羽神色凝重地反问。

"但是……怎么会呢?"陆楠眉头紧锁,"用什么办法可以做到这种事？杀死一家三口,却弄傻剩下的一个?"

林飞羽倒是被这句话给提醒了:

"对,这就是问题的关键了,"他打了个响指道,"如果真有人要杀宋健发全家,为什么偏偏留下她女儿做活口?"

"为了……传达某种讯息?"

很有想象力的推测,虽说并不是完全没有可能,但就现在所掌握的线索来看,作出如此大胆的假设还为时过早。

"果真如你所言,"林飞羽笑道,"那么宋旋应该主动跟我们说些什么才对?"

"你不问她,怎么会知道呢?"

"唔……"林飞羽像是受到了启发似的,托住下巴略作思索,"但是现在去问的话,会被医生赶出来吧?"

起先是欲言又止,然后又像是经过了很大的思想斗争,陆楠用试探性的口吻小声道:"如果是我去和她谈,而你只是陪在旁边的话,我猜医生也不会说什么吧?"

并没有立即作答,林飞羽将脸偏向窗外。也就在这个时候,陆楠叫来了侍者,掏钱付账。

为什么？林飞羽在犹豫的,并不是要不要去打搅宋旋——仅仅是几分钟前,陆楠还摆出一副"不要把我牵扯进来"的样子,现在这女人为什么又突然主动提出来要协助警方?

在余光中，他看到陆楠也正静静地端坐着，既不像是准备离席，也没有要催促自己回话的意思，那安详的神态，就好像是正等着喝下午茶一般。

不，她并不是要真心协助警方——宋旋是她与本案之间唯一的关联点，她如此表态，恐怕恰恰是为了让自己完全撇开关系，换句话说，她正打算把宋旋这个烫山芋脱手。

既然如此，何不顺水推舟？

“嗯，你的建议不错，”想到这里，林飞羽露出一丝浅浅的暗笑，“我们现在就去找她。”

在起身离开座位的一刹那，他的视线刚好扫到了街角，一个熟悉却又陌生的身影在人群里一闪而过。

那个人……好像穿着蓝白相间的运动服？

又是该死的错觉——林飞羽咬了咬牙，右手本能地摸向风衣的口袋，但并没有取出药瓶。

“怎么了？”表情上的细微变化并没有逃过陆楠的眼睛，“林先生？”

“没什么，”林飞羽依旧盯着那个幻影出没的街角，“……看到一个熟人而已。”

“是你的前女友？”

“哈，”林飞羽笑道，“你怎么会这样想？”

“这个嘛……”陆楠歪了歪头，“女性的第六感吧？”

显然，至少是这一次，她错了。

“我没女朋友，过去，现在，都没有。”

陆楠笑出了声来：“我还真不相信呢。”

同样的对白，林飞羽也不是第一次遇到了，之后的交谈多半会集中在“你喜欢什么类型的女孩子”啊，“是不是眼光太高”啊或者“性取向有没有异常”啊之类的话题上——预见到了结局的他，决定用一句简短的话来结束今天的午餐：

“我们走吧，去看看宋旋。”

在回医院的路上，林飞羽一直在思考着提问的方式。毕竟，宋旋现在的精神状态是个未知数，如果说错了话，刺激到了她“幼小的心灵”，恐怕就没有第二次交流的机会了。

最重要的问题，自然是“昨天凌晨究竟发生了什么”。从监控录像上看，12 点钟睡觉之后，宋旋就没有离开过自己的卧室——当然，也没有任何人进去过。外人无法获知其中发生了怎样的状况，恐怕只有她本人才能给出答案了。

但是无论如何，直接这样问的话，结果都是可以想象出来的糟糕。虽说没有恋人，但与女性交流的基本常识林飞羽还是略知一二——最大的忌讳，就是什么也不铺垫，猴急地直达主题。

也许送个礼物会有事半功倍的效果？

且不说有过自闭症的病史，宋旋是个十五岁的少女，用不谙世事来形容也并无不妥，鲜花果篮之类的东西，随便什么都可以打发一下吧？但若要留下深刻的第一印象，恐怕还得送些“小孩子的东西”。

“这个她会喜欢吗？”林飞羽突然叫住了陆楠，指着橱窗里的一只毛绒玩具，“当做见面礼的话？”

既像狗又像熊，这白色的玩偶卖相非常不错，一看就是女孩子中意的那种可爱类型。

“嗯，”陆楠点点头，“我觉得很好……你挺有天赋啊，真的没有女朋友吗？”

“喂，这种事情我有必要骗你吗？”

“没有，”陆楠爽朗地笑了起来，“可我就是不信啊，怎么办呢。”

医院为宋旋调换的单人病房在住院部的一楼，是个位于走廊尽头的幽静小室，窗户外面便是色彩素雅的花圃，光照也很充裕，就环境上来说，这里确实无可挑剔。

可宋旋的状态就有些让人看不太明白了——她换上了宽大臃肿的病服，坐在墙角而不是床上，双手抱着膝盖，将脸深埋在自己胸口，一动不动。

“这是怎么回事？”见到这种场面，陆楠自然是有些愠怒，“你们又做了什么？”

“没啊！真没！”护士——依旧是中午送饭的那位，连忙摇摇手，“她来这边的时候，都很正常的，不知为什么就突然大哭大闹起来，然后就缩在那里了。”

“她有说什么吗？”

“听不清楚……”护士顿了顿，“但是，好像说了很多次‘走开’？”

“你们难道就没想点什么办法？”陆楠眉头紧锁，“比如抱一抱，安抚一下。”

护士面露苦相：“我哪敢靠近啊……她闹起来的时候，可凶了。”

看来“被咬”的阴霾还盘踞在她的心头，想来也正常，这些护士大多也只是年轻的女孩子，莫名其妙地被咬一口，这种事情想来不仅可怕，还挺窝囊。

蹑手蹑脚地走到跟前，林飞羽才发现宋旋的身体正在微微地打着颤，由于看不见表情，也就无法判断她究竟是在抽泣还是因为身体不适而发抖。

本来是准备用怀里的玩偶做诱饵，一口气打开“猎物”的心扉，没想到对方却连看也不看自己一眼，感到有些失望的林飞羽刚准备开口说点儿什么，却被陆楠用一个神色严肃的摇头给阻止了。

“转儿,我们给你带了个伴儿来,”与中午喂饭时相比,她的声音明显温柔了许多,“跟她打个招呼吧。”

在陆楠眼神的授意下,林飞羽把抱着的玩偶塞了过去。也许肌肤上有了毛绒绒的触感,女孩稍稍抬起额头,露出一双红肿的眼睛,将信将疑似的打量着眼前的两人。

僵持了大概半分钟,女孩终于缓缓地直起上身——虽然她依然保持着双臂抱膝的戒备姿态。

“我又不是小孩子了,用不着买这个哄我。”

头发凌乱,眼圈发红,脸上也满是泪痕,但这少女的目光却异常锐利,坚定得仿佛像正准备说“YES”的新娘——这多少让林飞羽有些意外,因为之前宋旋的眼神里总是充满了迷茫,好像蒙了层纱一样浑浊。

女孩盯着眼前的玩偶看了几秒,伸手将其轻轻捧住,林飞羽松开手,她便乘势将其抱进怀里,压在胸口。

“这是你买的?”宋旋细声细语地道,“你是叫林飞羽……对吧?”

“注意礼貌! 转儿!”陆楠像是训斥似的提高了嗓门,“人家是长辈。”

宋旋那脏兮兮的脸上,突然显出了一丝极微弱的笑意:“那我叫你警察叔叔可以吗?”

不只记得自己的名字,还记住了自己的职业——这女孩的精神似乎比想象中要来得清醒。

“可以,”林飞羽回以标志性的微笑,“虽然我其实没那么老。”

然后,女孩提了一个听起来非常无稽的问题:

“我怎么知道你是真的呢?”

被问愣住了的林飞羽同陆楠交换了一个眼神,对方显然也和自己一样茫然不知所措。

“我站在你面前,告诉了你我的名字,还送你了礼物,”林飞羽强作笑意,“就这样,还不能算是‘真’的?”

女孩不语,低头玩着怀里的毛绒布偶。

“那么,是要我证明给你看吗?”林飞羽双手指着自己的两腮,“没问题,告诉我要怎样做。”

“别闹了,转儿,”陆楠轻轻摁住女孩的手背,“人家是专程来看你的哦。”

“爸爸妈妈呢?”宋旋依然没有抬头,“还有哥哥呢? 他们怎么没来看我……”

“他们……”陆楠这下给问住了,“他们有点急事要处理,过两天才能过来。”

随口编织出来的糟糕谎言,甚至连陆楠自己都说服不了,但女孩的反应却还是让两人吃惊不小:

“这么说来,你也不是真的了……”带着很勉强的苦笑,宋旋又把头低了下去。

“你这是怎么了,转儿……”陆楠不解地皱起了眉头,“不认得我了吗?”

女孩的语气短促而决绝:“走开。”

“我是来帮你的,转儿,”陆楠伸手摁住对方的双肩,“你必须得相信我。”

宋旋猛地抖动了一下上身,用力甩开陆楠的双手,突然闪烁起来的目光里,带着令人难以置信的凶狠和哀怨。

“别碰我!”女孩咬牙切齿地道,“我叫你走开! 走开!”

就算是在一起相处了半年之久的陆楠也没有料到,宋旋的力气竟然会这么大——她一跃而起,像只狼犬般双手前探,一把就将自己扑倒在地。

这事态的突变不仅让站在门口的护士花容失色,连林飞羽都有些措手不及,他赶紧拉住宋旋的胳膊,把她整个人从陆楠身上提了起来。

女孩的身体很轻很柔,但与林飞羽相比,个子并不算矮小,再加上手脚乱舞地挣扎着,要从后面把她控制住还真有点困难。于是林飞羽改变姿势,将她先是放在地上,然后侧着身子一把托起,准备用公主式抱法将她送回床上。

但这个动作并没有能够完成。

也许是因为不慎被碰触到了乳房之类的敏感部位,也许是因为被陌生男人拥抱而感到羞耻,也许只是单纯地延续了刚才狂暴的状态,总之女孩对林飞羽的好意完全没有领情,反而是一口咬在了他的右手上。

这可真是始料未及的一口——伴着堵在喉咙里的沉闷呻吟,林飞羽露出了龇牙咧嘴的痛苦表情,脑门上也渗出了豆大的汗珠。

突然,在与宋旋可怕目光交汇的一刹那,一个奇怪的想法涌上心头:

“此情此景……似乎在哪里见过?”

思绪很快便被手上的剧痛所打断——那女孩不只没有要松口的意思,反而咬得更紧了。

林飞羽用左手一把擒住宋旋的下颌,用掌心顶住咽喉——这可以让对方因为呼吸困难而松口,是对付人咬的绝招,可就算是这样,宋旋还是坚持了好一会儿才慢慢张开了嘴巴。

抽出右掌,林飞羽本能似的用力拽住了女孩的长发,异常粗暴地把她的脸拉到了跟前。

对方眼神里的愤怒与疯狂迅速褪去,取而代之的是惊慌与恐惧,这个时候,林飞羽突然意识到了自己的失控,连忙松开手,退后两步。

宋旋双手交叉抱肩,也退到了墙角,一边喘着气,一边微微地发抖。

“对……对不起,”林飞羽不知该如何解释自己刚才的无礼,“我……我不是……”

一时间,病房被压抑的沉默所笼罩,手足无措的护士呆立在门口,惊魂未定的陆楠还坐在地上,而作为刚才事件主角的两人——林飞羽和宋旋,则在相隔不到两米的距离上对视着,喘息着,尴尬着。

女孩舔了一下嘴唇,温热的鲜血,混有咸腥的味道,她有些惊奇地伸出手指,沾了一抹血迹送到眼前,然后抬起头,用看来像是要哭了的表情看着林飞羽:

“你是……真的啊。”

这是在被推出病房前,林飞羽记得的最后一句话。

7　病友(下)

虽然并不否认对陆楠有那么一些好感,但认识之后的第二天便被请进了她的单身公寓,这多少还是让林飞羽有些不自在。

不,或许应该说,是自己的狼狈让他觉得简直是无颜以对吧?

看看缠在右手上的纱布,林飞羽不禁叹了一口气。他没想到事情会发展成现在这样,多少穷凶极恶的暴徒坏蛋在他面前都卑躬屈膝,可现在他却对付不了一个未成年的小姑娘。

“好点了吗?”

端着两杯咖啡的陆楠从厨房走进了客厅,在林飞羽身旁坐下。

“我没事的,你呢?”

“哈,还逞英雄呢!”陆楠捧起杯子抿了一口,“……被咬的是你啊。”

“但被推倒的是你啊。”

“倒也是,”陆楠撇了撇嘴,“说不准留下了什么内伤呢。”

玩笑似的对白,并不能减缓手中的疼感,老实说,宋旋的这一口分量很重,看到伤口的时候,连林飞羽自己都有些吃惊——牙齿咬破了表皮，切进了鲜红的肌肉，那深度那狠劲，好像要把半个手掌都扯下来似的。

但真正让林飞羽心神不宁的，却并不是对人类咬合力的新认识，而是在被咬之后，与宋旋一瞬间的目光交汇。

某些被深埋在心底的东西在那一刻翻涌了出来，如此陌生，好像是另一段“错觉”，又如此熟悉，如此……刻骨铭心。

“唔，天哪……”林飞羽将杯子放回茶几的时候，脸都纠结成了一团，“这可真是我喝过味道最奇妙的咖啡。”

说“奇妙”，当然只是客套，如果这是裴佩泡的咖啡，林飞羽就会毫不犹豫地指出：“这什么啊，一股猫屎味！”

“这可是正宗的进口货，”陆楠解释道，“一开始都不习惯，但是喝多了就会感觉很好。”

“我还是更喜欢喝国产速溶咖啡，最便宜的那种就行。”

“你啊，应该多学习一些潮流，”陆楠笑吟吟地道，“这样才比较容易勾到女孩子。”

“谢了，”林飞羽摆摆手，“起码我还会三国杀。”

不过说归说，林飞羽得承认，与朴素的衣着截然相反，陆楠的居家品味确实挺潮。

首先，这是一间深藏在旧式小区里的两居室，面积大概有七八十平米的样子，从它外侧的十五楼阳台往下看，刚好能够鸟瞰莫愁湖公园。而这阳台本身也被改造成了观景台似的玻璃阳光房，置身其中，仿佛有种身处金陵饭店顶层旋转餐厅的感觉。

再说室内的装饰陈设，虽然看上去就知道不是什么高档货，但从壁纸到吊灯，从茶几到屏风，再到印着吉米漫画的纸杯，无一不透着淡淡的小资气息，看得出来，这个单身女人对生活品味还颇有一番见地。

放着的曲目是什么来着？小野丽莎的吗？还是哪个没听说过的文艺派新歌手——反正都不是林飞羽喜欢的类型，但在喝下午茶时听一听倒也挺合适。

“这房子是你买的？”

“啊，算是吧，虽然还有一半在银行手里……”陆楠脸上露出一丝不易察觉的自豪，“你觉得怎么样？”

“相当不错，”林飞羽一边环视四周，一边点了点下巴，“和你这里一比，宋家的装潢也就不过如此而已了啊。”

“那可没得比啊，”陆楠“咯咯”地笑道，“人家走廊里随便几幅画就够买我这一整栋房子了——连着装修一起。”

林飞羽试探似的拿起咖啡杯，假意喝了一口，“你去过宋家？”

“当然了，”陆楠有些惊讶地道，“不然怎么和转儿交流？我还和他们一家人一起吃过饭呢……”她顿了顿，“话说他们家那餐厅可真够小的。”

“是啊。”林飞羽放下咖啡杯的同时，抛出了关键问题的引子，“对了，你最近一次去他们家是什么时候？”

“国庆放假的时候吧，”陆楠不假思索地答道，“第二天还是第三天的样子。”

“那时候宋家人应该都在泰国吧，你……”

“我去偷看宋旋的日记。”陆楠微笑着抢答道，“这是对她治疗的一部分。”

从理论上说，偷看少女的日记应该是触犯了《未成年人保护法》，但至于心理医生对她的病人有没有这种权利，林飞羽还真不晓得——更何况现在问题的重点并不在“法律”上：

“看日记？你特地在国庆假期跑去宋家就为了做这个？”

“当然了，我总不可能等转儿在家时才去吧？哦——”陆楠突然恍然大悟似的道,"你是想问我有没有得到允许是吧? 宋健发付钱给我,就是要我去做这种事情……他们全家人除了转儿以外,都知道的,况且我也不是第一次偷看了,这一点你可以向他们家里的佣人求证。"

最后一句话的言下之意已经很明白——陆楠知道自己刚刚成为了"嫌疑对象",所以连"你们是不是在怀疑我"这种不会有答案的蠢问题都没有问,直接把无罪证明给摆了出来。

没错,这个留着干练短发的漂亮女子不只是单纯的聪明,还有相当的城府。

"偷看女孩子的日记……这可是我高中时的梦想之一啊,"林飞羽笑着比画起来,"我记得那个时候,女孩子的日记本上面都有小锁,就算带进学校,放在我们男生面前,也没法看到里面的内容。"

"对,是有个小锁,"陆楠耸耸肩,"但宋旋那本子是我送的,而且地方也是我教她藏的——"她突然压低声音,把手横到嘴边,做出一副说悄悄话的模样,"就在床垫的下面。"

"听起来她很信任你。"

"转儿吗? 当然。"陆楠不无得意地道,"……那可是我的专业。"

依靠简单的推理,林飞羽觉得对方并没有说谎——毕竟她不是偷偷摸摸闯入宋家,而是按下了门铃,由刘思含引了进去。而且从门口的监控录像上看,两人只是寒暄似的说了两三句话——也就是说,女佣知道她的来意,并且显然是经过了主人的允许。

那么接下来,就是谭天方所托付的第二个任务了:挖掘更多关于宋家的情报。

"日记上都写了什么? 最近的。"

“啊抱歉,这个我真不能说,”陆楠摊开双手,“事关隐私,就算是转儿的父亲来问,我也不会讲的。”

“这我懂,”林飞羽严肃地道,“但她家里刚刚发生了命案……”

“女孩子的日记啊,”陆楠笑着打断他道,“那是女孩子的日记啊,会写些什么呢?不外乎就是这个男生如何,这个老师怎么样,这个女孩的发型不错,或者一些应景伤情的心绪罢了。”她顿了顿,“我已经说了,除了一些自闭症的后遗病征以外,转儿是一个身心都很正常的女孩子,她的日记也和普通女生的没什么差别,如果我这样说你们还不放心,大可以自己去看一遍,反正有搜查令的话,看什么都不算犯法吧。”

陆楠的情绪似乎有些异样——结合之前在医院里的“表现”,谈到和宋旋有关的话题时,她总是特别容易激动,这是出于职业,对自己病人的袒护?还是说……只是单纯地对那可怜女孩抱有某种感情?

“至少从我的角度,我可不会说她是一个普通的女孩儿,”林飞羽微笑着挥了挥受伤的右手,“我到现在都不明白自己为什么会被咬上一口。”

“是啊,连我也不明白呢……”陆楠避开林飞羽的视线,露出淡淡的愁容,“我了解的转儿绝不是这样……她平时都很听我的话,但是今天……今天她却连我的身份都怀疑起来了。”

“她一直在说什么‘真的假的’,你知道是什么意思吗?”

陆楠摇摇头:“这恐怕就不是我的专业了……不过据我所知,有一种疾病倒是天天在与‘真的假的’做斗争。”

“唔?”

“妄想型精神分裂症,”陆楠抹了一下额前的刘海,“……具体点说,很可能是被迫害妄想的一种,就是幻想自己总是被人伤害,因此面对我们时才会有激烈的反抗。”

“你的意思是说,宋旋产生了幻觉?”林飞羽咽了一下喉咙,“而且已经无法分辨幻觉与现实了?”

对于这个问题,林飞羽显得异常紧张——这很容易理解,毕竟,他自己也时不时会受到“错觉”的骚扰,而且这两天还特别严重——严重到了无法与现实进行区分的地步。

“不,也不对……”陆楠沉默了几秒,像是在思考,“通常来说妄想型精神分裂症患者的脑子已经是一锅粥了,他们执拗地认定自己的想法,做一些常人看来完全无法理解的事情。”

“对,比如咬人。”

“差不多吧,”陆楠笑道,“总而言之,有妄想型精神分裂症的人一般不会去分辨什么‘真’和‘假’,如果能,那他和治愈也没什么差别了。”

从理论上讲,陆楠的话并没有错——即便只是理解了自己正在被“幻觉”所困扰,这个“精神病”的危害就已经减少了许多。

“那么宋旋的状况又是怎么回事?一个正常人有可能出现她那种程度的症状吗?”

陆楠又陷入了沉默,几秒之后,她得出了一个颇为无奈的答案:“这个我猜就是你们警察的工作了哦。”

虽说谭警督可能不会喜欢“幻觉”这个说辞,但无论如何,这是一个不错的进展,而且也可以解释自己与宋旋对视时那奇怪的感觉——算是某种“病友”之间的惺惺相惜吧。

对,那迷茫而痛苦的眼神,似乎曾经在镜中见到过数次——曾几何时的自己,好像也有过同样的表情,但那是什么时候?为什么记忆如此模糊?

为了赶紧避开这无聊的念头,林飞羽一声干咳,将话题引向别处：

“对了，医生，如果换作是你，发现自己有幻觉时该怎么办？”

“吃药，”陆楠不假思索地答道，“氯氮平之类的药物最有效。”眼见林飞羽有些吃惊的样子，她连忙摆摆手解释道，“幻觉这个东西，说白了就是自己的意识骗了自己的大脑，把自我的心理状态当做了某种外部刺激。如果不是很严重的精神疾病，正常人只有在高烧、癫痫之类极端特殊的情况下才会出现幻觉，这时候下点猛药也没什么关系，不用担心什么副作用。”

“我们总不可能随身带着药啊，”说这句话的时候，林飞羽的手刚好碰到了风衣口袋里的小塑料瓶，不禁尴尬地连笑了两声，“还有什么更简单的方法吗？比如心理暗示之类的？”

“思路是正确的。”陆楠摇了摇手指，“幻觉呢，有真假之分，假性的类似于梦的延伸，只要人神志清醒，很容易就能分辨出来，一般来说吸毒的人经常会有这种体验。而真性幻觉，是由大脑皮层感受区的自发性兴奋所引起，极为逼真翔实的一种映像，其强度已经达到了现实刺激的水准，这个时候，别说是分辨，就算是告诉你什么是幻觉，什么是真实，你也不一定会相信，因此心理暗示什么的，根本不顶用……对了，你听说过纳什吗？著名的数学家，拿诺贝尔奖的那个。”

林飞羽在脑海中搜索了一下“纳什”这个名字，然后实话实说：“唔，还真没听说过。”

“他是个传奇人物，他……哦算了，反正你只需要知道，他患有妄想型精神分裂症，一辈子深受其苦就行了。”陆楠用力点点头，“纳什分辨虚实的方法很有意思——他首先默认所有见到的东西都不存在，然后再依靠其他参照物或者人来证明它存在。”

“唔,那活着可够累的……”林飞羽突然想到了什么,“哎?你不觉得宋旋的状态和他很像吗?”

“我正要说这个呢。根据两天的观察,转儿对周遭的每一个人都表现出了强烈的不信任,而这种怀疑在今天下午——”陆楠指了一下林飞羽,“在你身上达到了巅峰,她甚至连我也不相信了。”

“原来她咬我是为了识别真伪,”林飞羽朝沙发上一靠,“嗯,很好,你这说法让我心情愉快了许多。”

“她有她的办法吧,”陆楠笑道,“说不定也还在摸索。转儿是个聪明的孩子,无论做任何事情,她总会先找到适合自己的方法,然后才去实践。”

虽说与宋旋只有短短几句话和一口猛啃的交流,但林飞羽不得不承认,这丫头确实给人挺机灵的感觉——起码思维的反应速度很快,当然,有不少精神病人的思维也很快就是了。

“我好像听过一种说法,说患有自闭症的儿童大都挺聪明。”

“不不不,这可是绝对错误的观点,自闭症造成的交流障碍,会直接反映在学习和认知能力上,大约百分之六十的孩子智商不会超过70,属于弱智,只有百分之三十智力发展正常……”陆楠的话锋一转,“但由于自闭症儿童常常会专注于某一个特定的爱好和行为,比如音乐或者绘画,久而久之,就会显得特别擅长于此,造成‘这孩子挺聪明’的假象。”

“那么宋旋呢?”林飞羽很自然地顺着话题往下问,“她擅长什么?”

陆楠与他相交的目光里,突然闪过一丝兴奋与激动:“我刚才说了,百分之六十的孩子智力偏低,还有百分之三十的智力正常,对吗?”

“所以呢?”

“宋旋属于剩下的百分之十,”陆楠顿了顿,“她是个天才。”

林飞羽皱着眉头重复了一遍“天才”这两个字,显然是有些不敢相信的样子。

“虽然起伏很大,但她的智商测试结果从没有低于过130,”陆楠补充道,“最高的记录是190。当然,从外表也许看不大出来,她不是那种耍小聪明的类型,她是真正的聪明,冰雪聪明,有一套我根本无法理解的思维模式。”

“你说‘思维模式’?”

“对,思考的方式,记忆的结构……”陆楠摇摇头,“虽然转儿本人无法表达,但我能感觉得到……你可能不明白我的意思。”她沉默了几秒,“反正,反正就是说,转儿和我们平常人看待同一个事物时,侧重点完全不一样,她可以轻而易举地看透许多让我们迷惑的难题,可以很快得出结论,进而掌握驾驭这些东西的方法。这让她拥有了惊人的学习速度,在短短两三年里就补上了从小学到初中的全部课程。”

“所以她现在可以和同龄人一起读高中,嗯,”林飞羽点点头,“原来如此。”

“实际上我觉得现在让她上大学也没什么不可以,”陆楠继续道,“她的智力比同龄人高出很多,因此现在的课程对她来说算不了什么……何况我们都上过高中和大学,你应该也知道的,我们国家的大学教育还没有高中严格呢。”突然,她好像意识到了自己的失误,“哦对了,林,你上的应该是警校吧?”

林飞羽则答非所问:“她上的是哪所学校?”

“南京市石山中,离她家很近,步行5分钟就到了。”

“石山中?”林飞羽稍稍有些吃惊,“这么说我们还是校友呢。”

“你看，”陆楠笑了起来，“世界就是这么小。”

想起母校，林飞羽多少还是有些印象，“我记得那可是所好学校啊，经常出现一些高考状元，作文满分，南大直升之类的怪物……”

“还好吧，以转儿的智慧和宋家的财力，完全可以上更好一些的学校，但是她选择了石山中，谁也不知道原因。”

“为了在里面出类拔萃？”林飞羽耸耸肩，“比方说，享受天才的感觉？”

“不啊，恰恰相反呢，她的学习成绩很不怎么样，一直保持在中等偏下。”

“但你刚刚才说……”

“这正是她的高明之处。”陆楠微笑着看了林飞羽一眼，又把视线挪到别处，“转儿明白自己身家显赫，相貌出众，举止优雅而且头脑聪慧，这样的女孩子无论在哪所学校，一定会成为大家瞩目的焦点吧。”

有钱人家的天才大小姐——听起来就像是那种凤毛麟角、一辈子也碰不上一位的稀有品……光是用想象，就可以知道这种人生活在怎样羡慕嫉妒恨的目光中。

“而她不想成为焦点，”林飞羽开始有点懂了，“所以选择了低调？”

“完全正确！”陆楠激动地握紧双拳，“转儿故意选择了糟糕的发型，大号的校服，故意在每次考试中都放水，故意答不上老师的提问……这一切的一切，本来是如此难以理解，但在偷看了她的日记之后，我才发现其中的缘由。大概就是今年年初吧，有个她很欣赏的男生向她表白，但被当场拒绝了，你知道是为什么吗？”

“因为……‘欣赏’的程度还不够？”

“因为那家伙实在太优秀了，身材魁梧，英俊潇洒，还是学生会的骨干，总之，就是那种情人节会收到一抽屉巧克力的男孩儿。”

“唔……”林飞羽反应了过来，“如果和他交往，势必会成为大家谈论的话题，嗯，还有许多女生嫉妒的对象。”

“‘如果只是为了获得初恋的经验，就放弃平静简单的学校生活，实在是太得不偿失了。’——这是她日记里的原话。”陆楠咬紧了下嘴唇，微微摇着头道，“你能想象吗？这可是一个十五岁少女的日记……十五岁啊，正是怀春的时候，正是最感性的年纪，她却理性得如此彻底，好像每一件事情都要权衡利弊，思虑再三之后才做决定。”

倒是个做特工的好苗子——林飞羽情不自禁地有了这样的想法，当然，也只是想了一想而已。

“不只是因为聪明，想得太多，”陆楠继续补充道，“她之所以刻意掩饰自己的美貌和智慧，很可能是自闭症的一种延续。如果我能够证明这一点，就可以完美地论证查尔纳斯的理论，进而为自闭症的治疗开辟新的……”

看到林飞羽茫然的表情，她明白自己刚刚兴奋过头了：

“抱、抱歉，讲了些你听不懂的东西……刚刚，”陆楠理了一下自己的发梢，“刚刚我说到哪儿了？”

“你说她刻意掩饰自己的美貌与智慧……呃，等等，”林飞羽突然眉头一皱：“或许是我们的审美观有差异，但老实说，我觉得宋旋她的长相……很普通啊。”

用“普通”来形容，林飞羽显然已经是口下留情，在他的印象中，医院里的那个疯丫头既邋遢又颓废，一副萎靡不振、好像嗑了药似的蓬头垢面。

陆楠用右手轻托下巴，表情严肃，长长地“嗯”了一声：

“这样,你在这里等下,我给你看样东西。”

从卧室回来的时候,陆楠手里多了一本杂志,不厚,但印刷和纸张都相当精美。封面上花花绿绿,印着一位明显不是华人的美大叔,正一脸忧郁的凹着造型,杂志的标题也是用美术体篆出的两个繁体字——第二个可能是“装”,第一个反正林飞羽是没认出来。

“这是?”

“不出名的小时尚杂志……”陆楠很随意地翻看了一下封面,“嗯……真的没什么名气。里面都是一些穿着风骚衣服的男人女人,配上不知从哪个网上摘录下来的说明文字,故弄玄虚,搞得好像很有品位,其实就是本让人看看帅哥美女的快餐读物。”

“言简意赅的描述,”林飞羽笑着点了点头,“看来你对这杂志没什么好感。”

“是啊,但我还是连着买了好几期……”陆楠翻开其中的一页,摊在茶几上,用手一指,“看这是谁。”

占据了大半页的鲜艳图片上,一个衣着靓丽的女人单手叉腰,额头微昂,摆出一副有些调皮的可爱模样。

不,仔细一看,虽然化了淡妆,虽然表现出了刻意的成熟,但青春少女那特有的稚嫩与纯美还是跃然纸上,像皇冠上的钻石一样显眼醒目。

“这是……”林飞羽突然意识到这位模特的身份,不禁有些惊讶得合不拢嘴,“是宋旋?是她吗?”

“怎么?”陆楠笑着反问道,“不像吗?”

白色的运动罩衫,天蓝色的短裙,浅浅的酒窝,被柔顺地收束于丝带之下、散发着亮丽光泽的秀发……种种女孩子所特有的、无以言说的柔美,让照片上这具完全是用细线条勾勒出来的俏丽身体显得异常妩媚。

虽说脸型和五官都十分相似，但无论如何，林飞羽也很难把她与病房里那个咬人的疯丫头联系在一起。

“像是有点像，但总感觉……”他一时不知该如何表达，“总感觉气质不对。”

“气质是吧，”陆楠伸手连着翻了几页，“那再看看这张，我觉得最像她平时的一张了。”

整幅的跨页海报，让林飞羽眼前一亮。

合体的杏色连衣短裙掩不住少女婀娜美妙的轮廓，那甜美的线条从下颌经过颈部，延伸至饱满的胸口，最后落在堪盈一握的纤腰之上，每一寸都显示出了女性的妩媚与优雅。而在布料所未能覆盖的地方，那晶莹通透的肌肤，光滑修长的玉腿，与如瀑布般披散下来的柔顺黑发形成鲜明的色差，更是让人怦然心动。

如果说之前那张照片属于“邻家女孩”的类型，那么这张就只能用“倾国倾城”来形容了。

微微偏过头的神情，雍容典雅，柳眉微蹙，还带着淡淡的忧伤。鹅蛋形的俏脸，配上樱红的芳唇、晶莹泉水般的眸子、娇俏玲珑的下巴，如此恰到好处——确实，从这个角度来看，这容貌是属于宋旋无疑，但没想到的是，仅仅是换了一个姿态，换了一身衣服，换了一个发型，同样的一张脸，竟也跟着产生了天差地别似的变化。

这真的是世所罕有的美丽……不，不仅仅是美丽，她身上所散发出来的气质——那不可侵犯的高傲，浑然天成的优雅，与生俱来的自信……完全可以让人感受到自己的渺小与丑陋，进而在脑海中蹦出“女神”这个沉重的词汇来。

“她……”林飞羽花了好大劲儿才将自己的目光从海报上

挪开，“她平时就这样？”

“气质，我们说的是气质啊，”不知为什么，陆楠皱起了眉头，“她当然不可能穿成这样去上学。”

“但她的相貌和身材也太……太出众了吧？”

“哎？刚才是谁说她相貌普通来着？”

“我……唔……”

“你们这些男人……”陆楠不耐烦地摇了摇头，“口口声声说什么气质咯，修养咯，到头来还不是盯着人家的脸蛋和屁股看，稍微化化妆，穿件能显身材的衣服，就把你们都给忽悠过去了。”

为了掩饰自己的尴尬，林飞羽连忙端起杯子，呷了一口那滋味诡异的“咖啡”：

“我说，老天还真是不公平啊，她已经是亿万富豪家里的千金小姐了，却还同时拥有了爱因斯坦的头脑与范冰冰的美貌。”

“要我说呢，还是公平的，”陆楠叹了口气，“她人生的一大半时间都生活在自闭症之中，头脑也好，美貌也好，金钱也好，都对她毫无意义。而现在呢，好不容易可以像个正常孩子一样去上学了，却……”

她咽了一下喉咙，欲言又止，只是露出哀伤的神情。

是啊，父母与哥哥都已经离开人世，年方二八的自己却还在医院里像疯狗一样咬人……从这个角度来看，老天可能还真是挺“公平”也说不定呢。

“是从什么时候开始的？”觉得气氛有些不对，林飞羽赶忙指着海报岔开话题道，“她做平面模特？”

“还没上学时就开始了，大概是……十四岁吧？”陆楠把杂志捧在手里，一边翻看一边道，“她哥有个朋友是专业摄影师，专门给大腕明星拍照的。有一次去他们家里给宋刚拍照，刚好看到了穿着睡衣的转儿，当时就惊为天人，要求拍几张试试效果，没想到转儿不仅没有拒绝，反而非常高兴，换了几乎所有的衣服，从下午一直拍到了晚上。”

“然后这些照片就出现在了杂志上？”

“一开始只有两张而已，结果还弄得宋健发大发脾气，”陆楠笑道，“他对杂志社不经过他同意就刊登自己女儿的照片非常愤慨，还说要把人家杂志社搞死呢。”

“我猜也是，哪个富豪也不会同意自己的宝贝女儿在杂志上搔首弄姿吧？”

“但转儿她很喜欢啊，她似乎找到了自己的爱好……”陆楠耸耸肩，“穿漂亮的衣服，被男人崇拜，被女人嫉妒，我猜这是每个女孩子小时候都会有的愿望吧，可大部分人——比如我，没有这个条件，于是就放弃咯，变成了医生、律师、家庭主妇……诸如此类的普通人。”

“我觉得你要是打扮一下，应该不会比她差，”林飞羽颇严肃地道，“——真心话。”

“哈，谢谢……”陆楠有些不好意思地低下头，抚了抚鬓角，“我对自己的斤两还是很有数的，何况我也没有一个可以买得起路易威登的爹。”

“对了，宋健发不是反对自己的女儿上杂志吗？怎么后来又……”

“我说了，转儿是个天才，她喜欢的东西，总有办法得到……”陆楠摇摇头，“我不知道她是怎么说服自己父亲的，我只知道，自闭症患儿一旦有了爱好，十辆火车都拉不回来。”

“她大概多久去做一次模特？在哪里拍照？”

“平均下来大概是每个月一到两次吧，地点并不固定，有时还要拍外景……哎呀！”陆楠突然一惊，“会不会是在外面摄影的时候，被什么坏人给盯上了？她可是宋健发的女儿，除了美色之外还有很大的附加价值啊。”

似乎是有点道理，但毕竟只是外行人的揣测。

“那如果是我的话，会选择跟踪后找机会绑架，”林飞羽开玩笑似的道，“之后要做什么，就看我是想要得到美色还是‘附加价值’了。”

“也是，”陆楠抓了抓腮帮，“再怎么说，也没必要杀死宋健发一家呢……唉，反正破案是你们的工作，我就是随便说说而已，别当真。”

“不，你提供的这个线索很有价值，”林飞羽倒并不完全是在安慰，“我们会找这个摄影师谈谈，说不定会有什么发现。”

话音未落，林飞羽的耳蜗里突然传出了“滴滴”的嗡鸣——显然，是总部有人在“想”他了。

偏偏是这个时候……

身处女孩子的单身寓所，如果提出要借厕所一用，似乎是有些不太合适，林飞羽只得用另一种方式来与总部进行联络——

他端起杯子，将残余的黑色液体一饮而尽，然后强装回味似的“嗯”了一声：

“多喝了几口，这咖啡还挺带感的。”

陆楠不无欣喜地笑道：“怎么样？我没骗你吧？”

“能再来一杯吗？”

“当然没问题！”陆楠伸手接过杯子，“厨房里还有半壶呢，我……哎呀！差点给忘了！”她突然轻轻拍了一下脑门，从沙发上跳了起来：

“还有水果沙拉呢！你一定得尝尝我的水果沙拉！”

“唔？”林飞羽不无惊讶地道，“你的什么？”

“我亲手做的水果沙拉，”陆楠神情激动，一边走向厨房一边扭头道，“你要是喜欢这咖啡的味道啊，那我的水果沙拉绝对会让你一辈子也忘不了！”

无论是从“为客之道”的角度出发，还是以实际上的“口感”来判断，此时此刻的林飞羽都应当阻止陆楠去准备那什么水果沙拉，但考虑到耳蜗里的“来电提示”，他选择了沉默。在陆楠的身影进入厨房之后，他用手掌捂住左耳，打开了通讯器：

“羽，收到请回话，完毕。”——也不知是信号的问题，还是刚刚哭过一场，裴佩的声音听起来似乎有些沙哑。

“我是羽……”

林飞羽偏过头，面对沙发，声音小得就好像是在和谁说悄悄话——对于安装在假牙中的数字化麦克风来说，哪怕是声带中最轻微的低吟，也能够被准确地识别出来，转化成足够清晰的语言——以双方都感觉到合适的音量：

“收到，讲。”

简单而急促的三个字，把“时间紧迫，有话快说”的意思婉转地表达了出来，而远在千里之外的裴佩显然也是立即心领神会：

“三个新情况，羽，”即使不用提醒，她的语速也一如既往的快，“第一，老李找到了十二个相关案件的档案，但是其中包含了几个二级保密资料，因此根据规定，他要求你必须本人到场才能向你透露具体内容。”

林飞羽摸了摸后脑勺：

“这什么规定？新出的？”

“我只负责传达，你懂得。”

“……好，还有呢？”

“第二……”极罕有的，裴佩迟疑了一下，“是冷冰叛逃事件的后续调查，特勤一处要求你配合他们进行一些取证工作。”

“又是那群‘啄木鸟’，他们就没有别的事情去做吗……”林飞羽咬牙切齿地小声道，“我现在正在执行任务，没空回北京陪他们玩。”

“羽，你不能每次都用这个借口。”

林飞羽扫了一眼厨房，陆楠似乎还没有把水果沙拉准备好：“还有呢？你刚说有三个情况？”

“没错，是关于‘七处重建计划’的。”

对林飞羽来说，总算是有个好消息了：

“漂亮！这么说终于是有新人要来了啊。”

“对，‘子午’希望你能和他见个面，让他先了解下七处的工作内容再进行接下来的训练……”

“等等，你刚说‘他’？”林飞羽方才的窃笑突然凝固了，“‘他’指的是？”

“新人啊？有一个新人通过了测试啊？怎么？你不高兴吗？”

“就一个新人？”林飞羽突然有种欲哭无泪的感觉，“这算哪门子的重建计划！”

“参加测试的就俩人，这通过率已经很高了。”

“是啊是啊，一年半就招来一个新人！照这个速度，我在退休前都看不到七处重建了！”

听到了隔壁厨房里的脚步声，林飞羽从容不迫地从口袋里摸出手机，很自然地放在耳侧，稍稍提高了嗓音，做出一副正在接电话的样子：

“你说的三点都很有道理，但我现在也有自己的难处……”

“你旁边有人是吧，”裴佩察觉到了对方语态上的微妙变化，“那么我就明确地简而言之一句话了——你必须立即回北京，这是‘子午’的命令。”

看着轻放在茶几上的水果沙拉，林飞羽向陆楠投去一个礼貌的微笑，然后将心中的怨怒压缩在几个简单的吐字上：

“明白了。”

“听起来你好像不是很情愿，”一边用牙签挑着苹果片，陆楠一边小心翼翼地问道，“是……工作上的事情吗？”

她那斜着眼睛，试探似的神情，带着与年龄并不相称的可爱，就像是正在对陌生玩具好奇的小孩子——显然，这是位求知欲极强、喜欢打破砂锅问到底的女性，与她聊得太多，恐怕未必是件好事。

“是啊，工作……”

没什么心情的林飞羽伸手弹了一下果盘的边：

“你的水果沙拉，看来只有等下次了。”

“下次？”陆楠意味深长地“哦”了一声，“下次要吃水果沙拉的话，我们还是去正式一点的地方吧。”

不知为什么，仅仅是因为这句话，林飞羽觉得今天没有被白咬：

“说定了，到时我请客。”

8　One step closer to the edge

翌日，晨6时05分

从通风管道那边传来的低沉嗡鸣中，混进了一丝杂音，像是什么地方在漏水似的，淅淅沥沥，滴滴答答。

普通人或许很难察觉到这微弱的不和谐，就算有，也多半不会觉得有太大影响，但对听力特别出众的林飞羽来说，一大早就被噪声吵醒可不是什么值得回忆的体验。而一考虑到今天还有大把的麻烦事在等着自己，就更是浑身别扭，连睡个回笼觉的意愿也没有了。

每一次回总部，林飞羽都会被安排住在这种连窗户都没有的小单间里——狭窄的空间，糟糕的照明，冷硬的床铺，毛坯似的装潢……如果不是有开门的钥匙，这里简直和监狱没什么区别。

对，国家安全保卫局总部的地下室——而且还是据说能挡住美军Lancer侵彻弹直击的地下三层，这就是林飞羽目前所在的位置。数十间规模相当的“单身套房”环绕在这一层的外围，专门为那些临时落脚或者是因为工作必须在总部稍作逗留的外勤特工所准备。

而无家可归的林飞羽，早已是这里的常客，从被冷冰招募时开始算起，他与这些简陋的套房结缘也有差不多五年了。

因此，那不同于往日的“漏水杂音”才显得更加刺耳，更加让人心烦意乱。

不想再继续干躺着浪费时间，林飞羽直起上身，捏了捏眉框，借着微黄的床头灯，瞥了一眼墙上的挂钟——离与老李见面还有差不多两个小时，单是吃早饭的话，时间还有相当的富裕。

去和熟人打个招呼？

林飞羽脑海中闪过一串名单，但筛选到最后，却只剩下了裴佩一人——别人说不准都有任务，而只有她今天肯定没什么事好做，但也正因为此，她这个时候肯定还没来上班，说不准还没起床呢……不，应该说是绝对还没起床。

去休息室找人聊聊天？

现在是6点10分，这个时候呆在休息室里的人只有两种：第一，熬了一整夜，在垃圾情报的汪洋大海里陶醉地游泳的文官；第二，被任务搞得焦头烂额，不得不出来抽口烟排遣烦闷的特工。显而易见，找这两种人聊天都不能让人心情愉快起来。

那么……出去晨练一会儿？

地处北京西郊的这个总部，从外观来看只是座普通的三层办公楼，门口也没有挂着“国家安全保卫局”的牌子，一般人路过可能都不会多看这里一眼。可是即便如此，想要从里面出去跑个步，还是要经过一系列相当麻烦的手续——对比视网膜和指纹？不，这里使用的是静脉扫描仪和大狼狗。而且作为特勤一处“办事日程”上的“重点关照项目”，林飞羽的行动更是受到了种种限制。

哦，是的，该死，特勤一处……这群不肯放过自己的“啄木鸟”。

一想到今天还要与他们“过招”，林飞羽突然就没了力气，连穿衣服的动作都慢了下来。

咚咚。

金属质地的铿锵回响，打破了房间里的静谧，也让林飞羽心头一跳。

这是……有人在敲门？

一处的人已经来了？他咽了咽喉咙，用一个动作就套好了牛仔裤，一边扣着衬衫的袖扣，一边走到门前。

是薛松？还是他手下那个更难缠的凶婆娘王俊？无论是哪个名字，在林飞羽想起一处的时候，总会伴着满腔的厌恶和无处发泄的愤懑。

“谁啊？”

回答他的，只是又一串清脆的敲门声。

透过猫眼，林飞羽看到了走廊对面的白墙，他猛地旋动把手，推开房门，刚好瞧见一个行色匆匆的身影晃过转角，没了踪迹，只在视网膜的瞬间记忆里留下“似乎是穿着蓝色运动服”的模糊残像。

又是……错觉？

冷静！这个时候必须保持冷静！——林飞羽紧了紧拳头，闭上双眼，仰起头深深吸了一口气。

如果一处的人知道自己正在被“错觉”所困扰，他们绝对会立即向“子午”施压，停职换岗什么的还算好了，被直接送进“特殊医院”住上个几年也不是完全没有可能。

从对国家负责的角度来讲，林飞羽明白自己的精神状态并不适合特勤七处的工作，但作为一个没有亲属，没有故乡，没有过去的倒霉蛋，他又实在没有太多选择——在国家安全保卫局终老也许不算是一个理想的归宿，但好歹也算是个归宿，而除此之外,他便再也无处可去了。

犹豫再三之后,林飞羽还是退回房间,关好门,偷偷服下了一粒药片——光是让一处的闲人们看到这个药瓶,恐怕就要解释上好半天。

在一楼的食堂匆匆吃过早饭,他换上了一套运动便装,准备到健身房里出出汗,顺带调整心情好办正事。

和预想中一样,偌大的健身房里只有几个零星的人影——游泳池里漂着一位大叔,动感单车上坐着一位阿姨,靠近门口的器械区里蹲着一头……一位强壮得简直不像人类的壮汉,光是看一眼那身浑厚铁硬的疙瘩肉,就不禁让人心生畏怯。

全部都是陌生的脸孔,林飞羽立即就放弃了上前搭话的念头——虽说从事的工作与谍报毫无干系,但他多少也懂得业内的规矩,在这一行,该你认识的人总会先找到你,不该你认识的人,最好一辈子也别说上一句话。

走了一圈,最后还是选中了角落里的跑步机——林飞羽记得他第一次来这个健身房时,也是在同样的位置,只是那时用的器械还没现在这么复杂——复杂得连启动都要先设定五六个参数。

随着脚步的跃动,正对着脸的液晶屏突然亮了起来——是完全不搭调的风景赏析片,还配着悠扬舒缓的轻音乐,要能选的话,林飞羽觉得还不如看中央一套的朝闻天下呢。

时速十五公里,跑着跑着,渐渐有了喘息的声音,按照冷冰曾经的指点,林飞羽慢慢调整着心境,让身体处于一种接近于忘我的状态,想象自己正徜徉在旷寂无人的草原上,只有晨风与晴空相伴。

但这美妙的世界并没有持续太久,一串不和谐的脚步声在身旁落定,然后是另一台跑步机启动时发出的轰鸣。

连续两次调息失败，带着“不会遇上熟人了吧”的想法，林飞羽有些不安地睁开双眼——

“操！”他差一点点就骂出了声来，“还真是怕什么来什么……”

薛松，一米八五的个子，胸肌挺拔，宽肩长腿，颧骨高耸，浓眉大眼，怎么看都是一副古代“猛将”的模样，可这三十来岁的大块头，偏偏做的是细致到无以复加的工作——“啄木鸟”。

“我猜是因为经济危机吧。”

听起来像是林飞羽无意识的自言自语，却马上引起了对方的注意：

“什么？”

“经济危机啊，”林飞羽直视前方，面不改色地盯着屏幕，“害得中央情报局预算不足，都没钱来中国捣乱了。”

“是吗？”薛松立即就明白了对方的言下之意，“我这边的消息可不太一样啊，羽……”他的声音正如他的外形一样，充满了阳刚的魄力，“CIA 的‘朋友’透露，今年他们在‘中国事务’上的投入增加了三成，以我的经验，年底之前，一处就应该能抓出个渗透者来。”

“唔，那你们现在应该很忙才对啊，”林飞羽漫不经心地道：“怎么还有时间来特地找我‘喝茶’？”

“苍蝇不叮无缝的鸡蛋，”薛松的回答也是心平气和，“比起外国来的渗透，我更倾向于先调教好自己家里的内鬼。”

乓！

林飞羽的左掌狠狠劈在了控制面板上，整个跑步机都跟着晃了几下。

“瞧这该死的新设备！”他故作恼怒地摇了摇手腕，“花了这么多钱，还就只会给别人添乱！”

“别误会，我对你没有恶意……”薛松朝身旁斜了一眼，“如果我是境外的反华势力，绝对不会找你这样的人做内鬼。”

林飞羽不语，恢复了之前挺胸跑步的姿态，只是比起刚才，他脚下的速度似乎放慢了不少。

“但我的工作并不是抓间谍，或者清理叛徒什么的……”薛松也是目视前方，似是自语地摇摇头，“我要做的，是保证国家安全保卫局里不出乱子。”他突然扭过头，盯着林飞羽的侧脸，“你知道什么叫乱子吗？”

沉默了两秒之后，林飞羽迎过他的视线：

“比如冷冰那样的？嗯？”

“不要说得这么轻描淡写，羽，”薛松也放满了跑步机的速度，用双手抓住操作台两边的扶把，“冷冰摧毁了中华人民共和国国家安全保卫局的一整个部门，这简直是国际玩笑。不只是失去了同伴朋友的你感到痛苦，我们一处也认为那真是奇耻大辱。”

看着薛松木然的表情，林飞羽一时码不准他的真意，于是选择了沉默。

“一个叛徒，永远比一个间谍来得可怕，”对方继续道，“为了避免类似的‘乱子’再次发生，也为了给死去的同事一个交代，我必须把‘血色愚人节’一案调查清楚，我想这也是你的愿望吧？”

林飞羽轻轻叹了口气：

“该说的我早就已经说过了，还都不止一遍，我不明白，你们还指望从我这儿得到什么信息呢？”

薛松突然停了下来，在跑步机上站定：

“……冷冰杀光了所有人，唯独留下了你一个。”

片刻的沉默。

“我讨厌话说一半的人。”

“羽,你是怎么加入国家安全保卫局的,你我都很清楚……想想看,如果没有冷冰,你现在应该在哪里?”

相对于薛松的阴沉,林飞羽终于像是忍耐不住了似的爆发起来了:

“有话直说!”他跳下跑步机,与薛松直面,“阴阳怪气的干什么呢!”

“我丝毫不怀疑你的忠诚和能力,羽,”薛松探过头来,压低了声音,“我只是觉得,你,压根就不适合在这里出现。”

刹那间,林飞羽恍然大悟。

什么“冷冰叛逃事件的后续调查”莫非根本就是幌子?一处……确切地说是薛松,他这次把自己叫回北京,真正的目的莫非就在他的这一句话里?

“呵,”虽然额头上已经渗出了冷汗,但林飞羽还是强作镇定,“你想要把我撵出国家安全保卫局?”

“你是个病人,羽,”薛松指了指林飞羽的脑门,“这世上有许多工作适合你这样的病人,但特勤七处肯定不是其中之一。”

“对,我知道冷冰拉我入伙坏了你们的规矩,”林飞羽故作挑衅似的耸耸肩,“但按你们的规矩,想要把我踢出去也没那么简单吧?”

“你能骗得过精神病院的医生,自然也就能在国家安全保卫局的心理顾问那边蒙混过关……”薛松冰冷的双眼中带着些许不屑,“就好像测谎仪对我完全无效一样,你的那些精神鉴定报告也都毫无意义。”

听到这句话,林飞羽反而有了点“安心”的感觉——没错,对方已经在胡搅蛮缠了,也就是说,在这场心理博弈中,两人其实都没什么好牌可打。

“唔,从你嘴里听到‘精神鉴定’这个词还真是亲切,”林飞羽故意做出一个“写字”的动作,“话说,我的所有报告,最后都是您给签的字儿,对吧?”

“没错,因为所有对你的精神鉴定都是按我的要求去做的……”薛松顿了顿,微微昂起下巴,“当然,以一处的名义。”

“那么今天呢?您又打算再搞一个毫无意义的报告出来,然后浪费那五秒钟的宝贵生命,在一张废纸上签上自己的大名儿?嗯?”

“羽,别人如何评价我不知道,但在我看来……你真是太容易被看破了。”

林飞羽的侧脸微微一抽,没有回话。

薛松缓缓走下跑步机,在林飞羽跟前站定——几乎脸贴着脸:

“今天我请来了一个专家。”

“哦?”林飞羽毫不退让,“这么说你以前请的那些人都是临时工?”

“我给你一次机会,羽,一次一劳永逸的机会,”薛松突然加重了语气,“如果今天的专家也对你无话可说,你就过了我这关,我永远都不会再来找你的麻烦了。”

林飞羽盯着薛松的眼睛,思索了片刻。

“看来今天的工作日程要改一改了,”他耸耸肩,一副满不在乎的样子,“那叫他来吧,让我们战个痛快。”

薛松只是微微一笑。

十分钟后。

“没想到你果真只用10分钟就说服了他。”

“我只是说请了个专家过来,”薛松轻轻接过钞票,“他就迫不及待地想和你见上一面了。”

“嗯——”老者摸了摸尖削的下巴,“这恰恰说明他在害怕……心灵上有缺口的人,总是特别容易被攻陷。”

“但愿如此。”

“我看过他的心理鉴定报告,前后一共六份,无懈可击。”

“那只是表相,是被称为‘林飞羽’的傀儡,”薛松轻轻地弹了一下玻璃窗,“我想要知道的,是他的真面目,是他属于自己的那部分灵魂。”

老者斜了一眼薛松,露出饶有兴趣的神色:

“小薛啊,1999 年之后,我可就没见你对谁这么认真过了。”

“他太重要了,他是让我们找到真相的钥匙,他……”薛松突然意识到自己的失语,连忙打住,停顿了几秒,“总之,我要确保这个人值得信任,其他的事情,只有在那之后才有讨论的价值。”

老人“啧”了一声:“看来传闻是真的,你找到了一些有趣的东西……关于冷冰的对吧?”

“董老师……”薛松的嗓音突然就低沉了下去,“我不知道你从谁那里得到的这个传闻——而且我也不想知道,但我认为你不应该把它当成一个值得与我面对面探讨的问题。”

“唉——”被称为“董老师”的男人意味深长地叹了口气,摸了摸自己的后脑勺,“你们这些一处的啄木鸟啊,总是像对待阶级敌人一样怀疑每一个同事吗?”

“我的工作不是‘怀疑’,而是‘排除怀疑’,”薛松双手抱臂,“所以我才请了您来,董老师。”

与“怀疑”相比,“排除怀疑”的外延显然更广一些——前者默认对方无辜,而后者却默认对方有罪。薛松这句话的言下之意,就是说在“啄木鸟”的眼里,国家安全保卫局的每个人都有问题，在“排除怀疑”之前，都不可信任。

理解到这层意思的老者不再多语，而是褪去西装外套，小心翼翼地对折叠好，担在左臂之上。在即将推门进入房间的最后一个瞬间，他又回过头来：

“还有什么要交代的吗？”

薛松想了几秒：

“羽……”他舔了舔上嘴唇，“是我见过最优秀的特工，十年难遇。”

看似没有说完的一句话，已经传递出了足够多的信息，而听者亦是心领神会，轻轻地点头示意。

对林飞羽来说，被关进“小黑屋”的待遇已经不是第一次了。一张固定在地面上的长桌，一盏高功率的台灯，一面看不透的巨镜——昏暗的六号“谈话间”与其他审讯室的布置并无不同，但与以往被讯问的经历相比，今天的他显得格外紧张。

并不是惧怕所谓的“专家”，林飞羽担心的，恰恰是自己的状态——以前一个月也不见得出现一次的“错觉”，这两天竟然如此密集地在眼前轮番上演，而且还都是一些无法解释，从没见过的东西：

一个穿蓝色运动服的蒙头青年？一个戴着金戒指扇人嘴巴的醉汉？一句若有所指的“你要逃到什么时候”？

这都是些什么啊？是哪个电影中的情节吗？是哪本书里的吗？为什么对他们一点印象也没有？按照精神病学的说法，所谓的幻觉，不应该都是自己熟悉东西的投影吗？

正在凝神沉思的时候，“谈话间”的房门突然被轻轻推开了——林飞羽毕竟不是什么嫌疑犯，因此很自然地，门也没有上锁。

林飞羽从没有见过眼前这位老者，但本能告诉他，这家伙绝非等闲之辈。

老人打开了台灯，抽出椅子，将西服摊在桌边，一边落座，一边给自己戴好眼镜——他的动作一气呵成，干净利索，有着与一头银丝所不相称的活力。

林飞羽跷起了二郎腿，面带微笑，等待着两人的第一句话。

“我叫董一哲，”对方很有礼貌地向他伸出右手——这开门见山的速度，让林飞羽都感到有些不适应，“特别侦讯顾问。”

林飞羽微微起身，伸出缠着纱布的右手：

“幸会，董先生，0079527，‘羽’——‘林飞羽’。”

同样是很有礼貌、很友善的对白，不知为什么，董一哲似乎显得更为自然，倒是林飞羽有一点点装腔作势的味道。

“我见过的特工大多好奇心旺盛，”老人低头看了一眼放在桌上的文件夹，“你好像是个例外。”

注意到对方轻松悠然的神态，林飞羽反而有些不安起来了：

“档案正对着您，这里是国家安全保卫局，我不应该去看那些不是为我准备的材料。”

半是实话，半是忽悠——就算没有亲眼去看那材料，里面的内容林飞羽多半也能猜个八九不离十——还不就是关于自己基本信息的介绍，最多再加上以往任务结果的评估和心理鉴定报告之类的东西。

“啊，很好，我喜欢你这种说谎时还面带微笑的人，”董一哲笑道，“放轻松，羽，薛松他不在外面，我把他赶走了，这里就咱俩儿。”

林飞羽下意识地偏过头，斜了一眼身旁的大玻璃窗——虽然他依旧只能看见自己的身影。

“因此我希望今天的谈话能够开诚布公，大家有话直说，”

董一哲一边翻开文件夹一边道,"……我知道你现在还在处理案件,羽,因此也不想占用你太多的时间。"

"唔,我懂了,"林飞羽恍然大悟地点了点手指,"你是来扮白脸的,对吧?"

红脸白脸的把戏——审讯时经常被使用的手段,简单来说,就是一人挥舞大棒,另一人给糖豆吃,软硬兼施。

"对,没错,薛松给我安排的,确实是这么个角色。"

令林飞羽大吃一惊的是,对方竟然很爽快地承认了——这个干瘦的老头子,虽然是一脸轻松愉快,仿佛喝下午茶似的懒散,但可以肯定,他绝不是在说笑话。

"我觉得没有必要玩那种雕虫小技,"董一哲耸耸肩,继续道,"无论坐在对面的人是谁,我一个人就足够了,根本就不需要什么这个脸那个脸的……对了,薛松有介绍过我吗?"

"……说你是个专家。"

"准确地说,"董一哲一字一顿,"是'特别侦讯顾问'。"

"唔,听起来像是国民党的职称。"

林飞羽看上去满不在乎的笑容里,多了一丝警觉——既然这家伙不是心理医生,那么肯定就不能使用对付心理医生的那套话术了。

"我的工作呢,说来也简单,就是在别人不肯说实话的时候出面,设法让他改变心意。"

"这么个'侦讯顾问'啊,"林飞羽笑道,"怎么着?你还要拷打我不成?"

董一哲噘着嘴,与林飞羽静静地对视了片刻:

"通常呢,只有在刑讯无效的时候,人们才会想起我来。"他顿了顿,"拷打的目的不在于让受刑者痛苦,而在于摧毁他的意志,而许多人经过了训练之后,对暴力折磨的抵抗力特别强,我相信你也是其中之一。”

“喂喂喂，董先生，你搞错立场了吧，”林飞羽摇摇食指，“我是中华人民共和国国家安全保卫局的在编特工，不是从美帝苏修那边派来的特务，你们没有权力对我进行任何形式的审讯。”

“我这人呢，一向反对严刑逼供，”仿佛完全没有听见似的，董一哲依然在继续着自己的话题，“要通过摧残肉体让意志坚定的人屈服，所花费的时间和精力实在太大了，还不一定能取得成果，所以我倾向于采取更直接的手段，比如说绕开他的意志，直接与他的精神层面对话。”

听到这里，林飞羽忽然有些明白了：

“哟？说得挺玄乎啊……”他把身子往前一挺，压低声音，故作神秘地问道，“催眠还是下药？”

“药物我懂，高科技我也玩，催眠呢我更是行家，但我知道，它们不一定什么时候都管用，”董一哲轻轻拍了拍桌面，“让我想想……嗯，‘潜意识防御’是在2011年初正式列入特勤七处的训练项目，所以你应该也是经历过咯？”

潜意识防御——虽然听起来有些高深，实际的训练方法却格外简单，早在上个世纪五十年代，克格勃就有类似的课程，以防谍报人员在被捕后遭到致幻剂的影响，泄露有价值的情报。

通常来说，只要心里产生了戒备，无论用任何方法都不可能催眠经过该项目训练之后的特工，即使成功进行了催眠，他的潜意识也会自动抵制那些有可能涉及重要机密的问题。

“对，四个教程，”林飞羽挑衅似的点了点下巴，“如果我没记错的话，我全部是满分通过。”

“嚯！原来就是你啊！”董一哲又惊又喜地击了一下掌，“整个局里唯一的四百分选手，幸会幸会。”

林飞羽眉角轻扬：“就我一个？”

“道理上呢，是能说得通，”董一哲话锋一转，“毕竟在精神测试方面，你的经验要比我们‘普通人’多得多。”

谈话的内容似乎开始上正轨了，林飞羽打起精神，准备“应战”：

“唔，我知道你看过我的简历，但没必要把‘普通人’三个字说这么重吧？”

董一哲“哼哼”地干笑了两声，慢慢摇了摇头：

“每个人的心，都是不完美的。”他指了指自己的胸口，“我干这行已经四十年了，从没有碰到一个无懈可击的灵魂，只要是‘普通人’，他就一定会有缺口。”

“对，比如说我会发酒疯。”

再次无视了林飞羽的插科打诨，董一哲露出异常严肃的表情：“但是你不一样，羽，你的表现太完美了……”他身体向前探了几公分，不紧不慢地将文件夹摊在桌上：“从进入国家安全保卫局开始，到今年二月，全部的六份心理鉴定报告都找不到任何破绽，而且连一点点变化都没有，我在想——这真的有可能吗？”

林飞羽坐正身体，躲闪似的将身体向后仰了几度：“我不明白您的意思，董先生。”

“我了解特勤七处的工作，我了解你们所面对的压力，实际上，我还是冷冰本人的朋友……”董一哲皱着眉，有些伤感似的摇了摇头，“连像他那样意志如铁、麻木不仁的人都会改变，何况你这样的新手？你在特勤七处工作了五年，见识过了各式各样的大场面小场面，你亲身经历了‘血色愚人节’的洗礼，结果你的心态却没有一丝一毫的变化，和刚进入国家安全保卫局时一模一样，和你十九岁刚从精神病院出来时一模一样，你觉得这可能吗？”

“那你是想说,以前给我做心理鉴定的医生都被忽悠了?”林飞羽笑道,“那些报告都不作数了?”

已经开始有些僵硬的笑容,给了董一哲明确的信号——是的,差不多是动真格儿的时候了:

“林飞羽呢,你骗得了医生,骗得了薛松,就算骗得了我吧,老实说,你能骗得了你自己吗?”

“抱歉啊,”林飞羽咬了咬牙,加重了语气,“我的自我感觉好着呢。”

“那是因为你根本就意识不到自我!”

董一哲突然提高的嗓音在房间里回荡,侵彻心扉,将林飞羽一下就给震住了:

“你知道你为什么能拿到四百分?因为去参加考试的根本就不是你!”他有节奏地猛点着桌面,语句仿佛连珠炮似的脱口而出,“你知道你的心理鉴定报告为什么无懈可击?因为你人格分裂,因为你把污秽和肮脏全部都藏到了真实的那一面里,而这个‘林飞羽’,这个善良、英俊、勇敢的林飞羽,根本就是你自己幻想出来的虚像!是将你与现实隔离开来的傀儡!”

“陈词老调!”像是被激怒了一样,林飞羽用力捶了一下椅子的扶手,“什么精神分裂,多重人格,我五年前就听医生说过了,但五年过去了,我出了什么问题吗?出了什么岔子吗?”他猛地展开双臂,“没有!你们说的那个什么?什么‘里人格’还是‘真人格’来着?他在哪儿呢?我怎么从来没见过他?”

“不管你承认不承认,他一直就在你心里,你察觉不到他,并不代表他就消失了,他依然会影响你,潜移默化地让你的行为符合他的方式——或者说,你自己本来的方式。”

“哈!强盗逻辑!”林飞羽不屑地把头一偏,“……好好想想吧,你们口口声声所说的我这个病人林飞羽,从入行以来就一直兢兢业业，心无旁骛，反倒是被你们吹捧成偶像的冷冰，发了羊癫疯，杀死了一个部门的人！我不管你对特勤七处有多少了解，也不管你是怎么看待特勤七处的前辈们，现在，我告诉你，董大叔——”他清了清嗓子，“我就是特勤七处，特勤七处就是我，其他你觉得正常也好，不正常也好的人，都已经不知道去哪里了，你对我们部门的理解，最好也能跟着更新一下。”

虽然从表情上看不出来，但董一哲确实是在暗自得意——林飞羽正在按照他的思路一步步落入陷阱，也正因为“愤怒”而一点点解开防御。

毕竟，与董一哲这个“阅人无数”的老江湖相比，林飞羽还是嫩了点儿，他并不知道捕网已经开始收拢，却还自以为在气势上已经压倒了对手。

“如果你真的记不起来呢……”随着文件夹的翻动，董一哲故作遗憾地叹了口气，“我可以稍微帮你一下。”

与之前预料的不同，文件夹里的东西似乎相当“细碎”，纸张的质量与大小都不一致，显然不是那种“官方文章”，倒像是从旧货市场搜集来的私人藏品。

“来，首先，这是谁？”

董一哲用两根手指夹起一张五寸相片，在自己面前微微晃了晃。

虽说面容略显稚嫩，发型也不太一样，但林飞羽还是一下子就认出了照片上的影像：

“不就是我年轻时吗？怎么了？”

“哦？你还有小时候？”

“虽然我记不得了，但我猜总归是有的吧，”林飞羽笑道，“莫非我是从培养皿里蹦出来的克隆人？咱天朝没这么凶残的科技吧？”

董一哲指间轻弹，将照片掷到林飞羽的面前：

“你太自信了，羽，看仔细，那根本就不是你。”

听到这句话后，本来想把照片拿起来端详的林飞羽突然愣住了，慢慢收回了手。

“对呢，那怎么可能是你呢?”董一哲阴冷地微微笑道，“用绸带打起来的红色蝴蝶结，能盖过耳垂的复古式童花头，不管你上的是哪所高中，只要是学校，至少都不会允许学生男扮女装是吧?”

林飞羽微微侧过身子，避开对方的视线。

“你是不是偶尔能想起自己穿着裙装的样子？是不是在零星的记忆深处，有这样一个奇怪的念头……”董一哲乘胜追击道，“觉得自己小时候，好像是被当做女孩养大的?”

不只是“有”，而且还时常和别人分享过这段若隐若现的经历，林飞羽在这个话题上，根本无从辩驳，只有选择以沉默来做微弱的抵抗。

“但那根本就不是你，羽，”董一哲有意拉长了音调，“那不过是你对相似形象产生的投影，是你还能回忆起过去的最好证明——”他两手交叠，托住下巴，“其实你自己心里也清楚吧，照片上的人是谁?”

林飞羽依旧不言不语。

“她是你的姐姐，和你一起长大的，双胞胎姐姐。”

“我……”林飞羽的回话显然已经底气不足了，“我没有姐姐。”

“对呢，你当然没有姐姐，”董一哲指着照片，“她又不姓林，她姓萧，叫萧嫣，她的弟弟也姓萧，但是叫什么来着?”

“够了!”咬牙切齿的林飞羽突然拍案而起，“不要用一些细枝末节来抓我的破绽！这种鬼把戏我早就见识过了！我不管薛松叫你来是做什么的，但我可以向你证明我的精神状态，完全没有问题，可以胜任特勤七处的任何工作！但如果你非要把我祖宗十八代的陈年老事都挖出来，我只能正式提出抗议！并拒绝接受你们的任何提问！"

董一哲着实地愣住了。

当然，他不可能是被林飞羽的气势所吓倒，恰恰相反，对方的歇斯底里，正说明了其心理防线已经接近崩溃。

让董一哲惊讶的，是一个报告中没有写到的，刚刚才被自己发现的问题：

"你连自己的名字……都不愿意承认吗？"

林飞羽轻轻地喘着气，俯视着董一哲，对他似是自语的轻声呢喃没有做出任何回应，两人对视了差不多半分钟，林飞羽才慢慢地坐了下来：

"抱歉……我……"

"没关系，"董一哲的声音也变得柔和了许多，"你呢，出生在常州，在南京长大，就读于中央路小学，中考成绩全校第三，和你的姐姐一起，进入了南京市石山中，高中一年级的下学期，母亲因病过世，这些你还有印象吗？"

林飞羽摇摇头："那不是我……"

"别紧张，羽，我只是问，你还有印象吗？"

"没……"林飞羽顿了顿，"真没。"

"人在极端心情的压迫下，大脑会分泌出多巴胺，记忆也会因此而变得模糊，甚至完全消失，"董一哲慢条斯理地道，"这是大脑对'精神'的保护机制，不光是人类，科学家已经证明猩猩也有类似的功能。"

林飞羽苦笑道："你是想说，我忘记了过去，其实是被自己的大脑给骗了？"

“你忘得太彻底了，让人们觉得你好像变成了另一个人，以至于产生了多重人格的假象……对呢，一定是这样……”仿佛是为了确认自己的说法，董一哲用力点了点头，“也就是说，羽，你根本就没有人格分裂。”

“随你们便好了，”林飞羽叹道，“爱说什么就是什么好了，我无所谓。”

“你只是迷失了自我，因为某种痛苦的经历，让大脑对自己的记忆进行了封印，而要解开这个心结，也只有靠你自己……”

“我再说一遍，大叔，我没有什么心结，”林飞羽一脸不耐烦地道，“而且，你们为什么要执着于找回过去的我？难道我现在不好吗？不正常吗？不能胜任国家安全保卫局的工作吗？”

董一哲慢慢摇了摇头之后，又叹了口气：“问题不在于你要找回过去，而在于过去会找到你。”

“抱歉，我没明白您想表达什么。”

“如果你是人格分裂，羽，那么了解你的另一个人格对你就格外重要，他现在被你关在心里，不代表他会永远老实，如果有一天，在执行任务的时候，你突然……”董一哲故意在这里打住，话锋一转，“我们谁都不愿意看到冷冰那样的悲剧再次发生，对吧？”

“可你刚刚才说我没有人格分裂。”

“那难道不是更可怕吗？”董一哲眉头紧锁，“你自己的人格都不完整，你连自己是谁，曾经做过什么都说不出来，叫我们又如何能信任你呢？”

“我倒觉得没什么，”林飞羽不屑地回道，“不管别人信任不信任，只要我自己能很好地完成工作就足够了。至于过去，如果我当时是因为痛苦和悲伤而选择了遗忘，现在的我，为什么还要自寻烦恼地去把它们找回来呢？”

“你呢,只是装作不在乎而已……”

终于,董一哲觉得是时候拿出杀手锏了:

“扪心自问,你不想知道那女孩现在怎么样了吗?”

“呵,”林飞羽被问得莫名其妙,“谁啊?”

“林子清,还记得这个名字吗?”

“谁……呃!”

像是突发了心肌梗塞一般,林飞羽猛地捂住了胸口,他咬紧牙关,双目圆瞪,面色也变得煞白。

发生了什么?为什么会有这种奇怪的反应?

能够感觉到身体正在颤抖,能够感觉到脑门正冒着虚汗,能够感觉到心如刀绞般的痛苦……这种心情是怎么回事?这种害怕、这种恐惧、这种悔恨、这种难以名状的绝望是怎么回事?

林子清……林子清是谁?为什么这个名字会如此刻骨铭心?为什么会像一把利剑,瞬间就刺穿了层层防御,直达心底?

看着林飞羽战栗不已的可怜模样,董一哲明白谈话已经无法再继续下去了——当然,这也在他的算计之中,虽说多少有些过头了。

“好了,羽,今天就先到这里吧。”

他收好文件夹,站起来的同时,又从衬衫口袋里掏出一张印着数字的小卡片,扔在桌上:

“这是我的联系方式,想找我谈谈呢,打这个号码就可以了。”

林飞羽斜了他一眼,身体却依然僵在座位上动弹不得,他试着挪了挪手臂,但紧握的双拳没法展开,连最起码的伸出胳膊都做不到。

而这狼狈的模样,被大窗外的薛松看得清清楚楚。此时此

刻,他正托着下巴,眉头紧锁,显露出有些不安的神情,直到董一哲走到身旁,才好像回过神来似的偏了偏头:

“辛苦你了,董老师。”

“不够完美啊,”董一哲掏出手帕,擦了擦额上的汗,“如果我们能把他姐姐请来,效果也许会更好一些。”

“没用的,之前他们见过面……”薛松轻轻叹了口气,“她姐姐是个大美人儿,但脾气真是糟糕透了……总之,那是一场相当不愉快的会谈,没有任何收获。”

“见过面?”董一哲意味深长地摸了摸下巴,“哦,那情况比我想的还要严重。”

“什么?”

“他刚才和我的对话,你一直在听吧?”

“怎么?”

董一哲冲大窗比了比:“我提到萧嫣的时候,他支支吾吾,搪塞了过去,这表明他显然对过去的亲情有印象却又十分抗拒,以至于甚至不愿去回想。但如果在他……啊,怎么说呢,‘选择性失忆’之后,两人见过面,那么他的表现应当更加激烈才对。”

薛松放下手臂,缓缓转过身来:“我不懂你的意思。”

“他现在的状态就像是重新启动之后的内存,也就是说,他对之前与姐姐‘会面’的记忆进行了复写……嗯,这涉及相当有争议的心理学学说——呢……”董一哲瞄了一眼薛松,“我看你也不是太感兴趣,还是换个话题吧。”

“告诉我结论,谢谢。”

“结论是,他的姐姐并不是他变成现在这个样子的原因,虽然我从档案上看到他们的关系一直……非常好。”

上辈子殉死的情侣,这辈子便会投成龙凤胎——薛松听说过这个老迷信，而从科学的角度来说，由于曾经共用一个血液循环系统，同一胎孩子总是对彼此的气息与荷尔蒙很熟悉，造成心有灵犀或者互相之间很亲密的感觉。

“所以你又换了另一个名字，林子清？”

“我不是瞎猜啊，”董一哲笑着摇摇头，“你给我的材料，我可是看了整整一天呢。”

“但以前的心理鉴定师也用过这个名字，”薛松又托住了下巴，显出些许的疑惑，“为什么没有今天这样的效果？”

“哈，这就是跟你提到过的专业技能了，”董一哲颇有些得意地偏了偏脑袋，“许多在严刑拷打和威逼利诱下都不会屈服的人，却会被几句空洞的话语所击垮，但这并不是什么心灵密码，同一个名字，同一句口号，由不同的人说出来，威力也是完全不一样。缜密的铺垫与思索缺一不可，还记得我给他提的最后一个问题吗？”

薛松点点头：“‘你不想知道那女孩现在怎么样了吗？’”

“这是我预先准备的十四个问题之一，之所以选择它呢，是在之前的语言交流中，我分析了其他问题的威力，觉得这才是打开他潜意识之门的钥匙。”

“那么在打开了门之后，你又发现了什么呢？”

“我发现他现有的人格已经开始崩溃了，”董一哲的表情突然变得异常严肃——甚至可以说是有些沉重，“语言，神态，还有一些动作上的小细节，出现了明显的不一致……他的压力阀接近了极限，我不知道具体的原因，但经验告诉我，这个人肯定是受到了什么刺激，说不准就是他原先的人格……啊，对了，你马上去他房间搜一搜，肯定能找到一些惊喜。”

“惊喜？”

“我没猜错的话，应该是氯氮平一类的药物，用于抑制精神原因造成的妄想和兴奋躁动，”董一哲顿了顿，阴下脸道，“如果，我只是说如果……你真想要看到所谓的‘真相’，把药偷偷换成安慰剂，等上一个星期，最多半个月，就会有结果了。”

话音刚落，薛松便立即掏出手机，准备下令搜查林飞羽的房间——对专门负责“内部事务”的啄木鸟们来说，任何特工都没有隐私可言，别说是秘密搜查，明火执仗地破门而入都是完全可以的。

“等等，小薛，”董一哲忽然伸手拉住薛松的手腕，“在这件事上，你也需要扪心自问。”

薛松不语，只是看了他一眼。

“一条狗的价值在于它能不能看好门，”董一哲摇摇头，“没有必要对它的血统刨根问底，对吧？”

典型的“疯狗理论”——这在“结果证明手段正确”的情报界却是一条真理，为了获得必要的“价值”，有时候得不惜一切代价，有时候更是要借助一些有风险的手段——也就是所谓一条可以看好门的“疯狗”。从这个角度来讲，林飞羽的说辞并没有错：如果他能够很好地完成任务，就没有必要去纠结于什么过去的记忆。

更何况，偷换病人的药，且不说有没有效果，会有什么效果——这显然不是一种“正当”的方法。

薛松面无表情地思考了片刻，然后又看了看大窗另一面的林飞羽。

“一个依靠药物才能保证自己正常工作的人，没有资格被称为特工。”他冷冷地道，“我也不会冒险让一颗定时炸弹留在国家安全保卫局里，更不可能信任他，与他分享我所发现的秘密。”

薛松转过身来，拍了拍董一哲的胳膊：

“在这件事上，我要的不是疯狗，而是同志。”

9　突破口

林飞羽坐在床头，脸色黯淡。他那茫然看着地板的目光里，闪动着近乎绝望的沮丧。

回到房间后，已经过去整整十分钟了，他一直保持着这个姿势，一动不动。

经历过的失败与伤痛，并不在少数，但今天的林飞羽，却感受到了一种与以往完全不同的情感：

"动摇"。

强烈的怀疑感包围着他，一个又一个混沌不清的问题在脑海中此起彼伏，搅拌纠缠之后，又化作迷惑与不安的阴霾，在心头萦绕盘旋。

现在再去探究"林子清是谁"或者"我是不是有个姐姐"这样的问题，已经毫无意义，一些碎片似的东西在眼前忽隐忽现，映着残缺不全的像，即便再怎么努力去回想，都无法把这些零碎拼合成可以被理解的记忆片段，更不用说去面对董一哲的诘问了。

也许，真的是不行了……

刚出院的时候，就有大夫警告过冷冰，说什么"他并没有被治好，总有一天会复发"之类的废话，那时候的自己，怎么也没有想到会有今天的惨象。

是因为董一哲吗？这个精通心灵鞭笞的审讯高手？不……他其实也没有说出什么惊世骇俗的大秘密——提到过的名字也好，自己曾经的经历也好，这些在以往的精神鉴定中并不是没有出现，许多时候，还要比今天这样的一带而过要详细得多。

不，一定还有别的原因……自己精心构筑的灵魂要塞，不可能在一个半老头子的几句话面前土崩瓦解。

“咚咚。”

沉闷的敲门声，又一次不合时宜地在屋内响起。

林飞羽缓缓抬起头，双拳紧握，用紧张而略带惊恐的眼神凝视着前方。

对，就是这该死的“错觉”——他突然想到，自己之所以会在董一哲面前像小孩子一样溃不成军，就是因为最近连续几天被那些乱七八糟的“错觉”所困扰……

等等，冷静下来——他对自己这样说着，冥冥之中感觉到了什么，就像是在漆黑深夜中看到了一小团仿佛触手可及的烛火。

“咚咚。”

林飞羽已经没有心情再理会敲门的声音，而是深陷在刚刚获得的灵感之中——仔细想来，最近两个月来的第一次“错觉”，就发生在两天前的医院，探望宋旋的最后时刻，紧接着在晚上，便出现了“被醉汉殴打”的可怕经历。

而宋旋……那个并没有精神病史的少女，同样也产生了幻觉，连站到面前之人的“真假”都分辨不出来了。

不可言说的因果律，在两个看似毫不相干的人之间建立了联系，林飞羽的思绪里，不知为何跳出了这样一个诡异的想法：

自己正在遭遇的痛苦，与宋旋的情况一模一样！这也就是说……

突然，铁门的把手被轻轻转动，门沿发出“吱嘎”一声怪响，被推开了一道细缝，从里面渗出的少许光亮，在地板上切出一道白色的犄角。

这该死的错觉还找上门来了呢！是那醉汉，还是穿运动服的愣头青？林飞羽咬了咬牙，从床上一跃而起——无论是谁，他都打算先赏他一记老拳。

当门被狠狠拉开，看到林飞羽一脸苦大仇深地举着拳头，女人情不自禁地向后小退了半步，但得益于长期受到对方的捉弄，她没有一点害怕的样子，反而是处乱不惊地叹了口气：

“唉——你这是又要闹哪样儿啊？”

一边暗自庆幸到访者的身份，林飞羽一边不耐烦地皱起了眉头：“裴佩……”他松开拳头，横起胳膊，支在门廊上，挡住了房间的入口，“我记得我没有邀请你今天来参观。”

二十五岁的裴佩，束着兔子尾巴似的短辫，无论就外貌还是体型来看，就和大学二年级的学生差不太多，让人很难想象她已经在国家安全保卫局工作了整整五年——而且前四年还是一名外勤特工。

每每看到她装着金属外骨骼的双腿，林飞羽都会想起一年前的四月一日，那个可怕的下午——冷冰用一己之力，灭了几乎整个特勤七处，只留下了两个活口，其中一个还变成了残废，不得不依靠高科技器材的辅助才获得了重新站立的权利。

也许是因为年龄相仿，但更重要的是因为同样死里逃生的经历，林飞羽对裴佩的看法终归是有些特别——虽然他自己从来没有承认过。

就好像是一同奔赴沙场的两名年轻士兵，战况惨烈，整个连队都悉数阵亡，只有他们俩侥幸存活——这种微妙的感觉或许难于言表，但它早已随着“活了下来”的事实植根于两人心底，凝合成“患难之交”般的情谊。

当然，远在那之前，裴佩就因为众所周知的“暗恋”而显得对林飞羽格外“感兴趣”，有时达到了令对方不胜其烦的地步。

比如此时此刻，她很娴熟地抬起林飞羽的臂弯，像一只小狐狸般“刺溜”窜进了房间，左顾右盼了几秒之后，便放肆地翻箱倒柜起来。

“喂喂喂！”林飞羽眉头紧锁，连声音里都带着些怒气，“多日不见，你是越来越没教养了啊！”

裴佩停下了手上的动作，直起腰，猛地转过身：

“礼物！”就和工作时一样，她的话语短促而有力，“你答应我的礼物呢！”

看着这张嘟囔起来的娃娃脸，林飞羽突然明白是自己做错了事——他的确是答应了裴佩，从南京回来时要带点“说法儿”。

“南京，你懂的，没什么好东西，”林飞羽面不改色地耸耸肩，“云锦我上次不是送给你了吗？就那玩意儿还上点档次。”

“云锦？”裴佩摊开左手，“就那个邮票大小的花布条？”

“……礼物不在大小嘛，”林飞羽挠了挠腮帮，寻思着赶紧换个话题，“哦对了，你说的那个新人呢？我想在去找老李之前先去看看他。”

“我们明明在谈礼物哎！”裴佩一副得理不让人的架势，“你怎么又扯到新人头上了呢！”

“好好好，我答应你，下次回来一定给你包个大礼，这总行了吧？”

“那个新人被子午拉去单独谈话了。”裴佩没好气地走到房间门口，“他比你高大威猛帅气，还很有绅士风度呢。”

“高大威猛帅气的绅士，唔——”林飞羽叉起腰，无比严肃地用力点了点头，“这种濒临灭绝的生物，我还真是想要赶紧见上一面哩。”

十五分钟后，三楼，四号档案室。

清晨或是黄昏，无论什么时候前来拜访，林飞羽都觉得李伟杰的工作环境充满了沉闷与压抑——这个所谓的档案室早已被一眼望不到边的书架所占满，在昏暗灯光的映衬下，无数土黄色的文件袋就好像鳞次栉比的墓碑，在各自的归宿上安然沉睡。

这并不是国家安全保卫局最大的档案库，在里面也找不到半个世纪前的国家机密，但对于特勤七处来说，这里却是许多案件得以解决的起点——所有能够被划分进“第四类事件”的材料，都在这里有相应的记录，自 1955 年建立第七特勤处起一直到现在，无一遗漏。

骨瘦如柴的李伟杰穿着白大褂，戴着啤酒瓶底一样的厚眼镜，悠然坐在自己的“王座”上——这个档案室不仅是他的战场，更是他的圣殿，他在这里埋头沉醉了差不多三十年，每一个秘密的角落，每一件不为人知的奇案，每一只传世古物的下落，他都如数家珍——只要是在这个档案室里存在过的文字，都同样在他睿智的大脑里留下了不可磨灭的印象。

当然，绝大多数时候，高科技总是要来得更可靠一些。比如他面前的这台终端，连接着国家安全保卫局的内部数据库，只需要键入几个简单的汉字，便可查到大到国际谍报网络的明细名单，小到某个分部清洁工的家庭背景——当然，前提是浏览者有足够的权限。

从书架夹成的走廊里，缓缓走近两个熟悉的身影，李伟杰用余光瞥见了来者的面貌，连忙放下手里老旧的大茶缸。

“有些日子没见了，羽，”他往转椅上一仰，“你上个月写的报告在学术界引起了轰动，据说他们正在考虑对藏传佛教的史料进行大规模的重新考据。”

“重新考据……”林飞羽依旧是那副什么都无所谓的样子，“我在想我要是抓住了‘赤炼’的头目，他的口供会不会让这些考古学家都下岗？”

“不，他们只会更忙，相信我。”李伟杰笑道，“对了，我听说一处要找你的麻烦。”

“不是‘要’，”林飞羽颇无奈地耸耸肩，“他们已经找过了。”

“让我猜猜，你这次又戏弄了他们一番？”

“不，这次是他们赢了，”林飞羽苦笑着摇摇头，“他们找了个高手来……真的是相当难缠的家伙。”

“一处都是些忠心耿耿的好同志，你要相信他们是出于好意。”

“呵！”林飞羽不屑地道，“这我倒一点也不怀疑呢。”

“咱们来说点儿正事儿吧，”李伟杰推了推眼镜，“南京那案子怎么样了，有进展吗？”

“毫无头绪，所以我才来到了这里……”林飞羽指着身边的裴佩，“这丫头说你找到了一些很特别的东西？必须同我面谈？”

五十来岁的李伟杰突然露出了老顽童似的好奇表情：“哦？这是你的原话吗？裴佩？”

“呃……”女孩有意把目光偏向别处，“差不太多吧。”

“嗯，也还算不错的借口了。”李伟杰腰身发力，让转椅旋转了小半圈，刚好正对着林飞羽，“让我们挑明了说吧，羽，我叫你来,不是因为我这边的信息需要保密,而是因为我实在不希望别人得到它。”

林飞羽眉头轻扬:“别人?”

“这不难理解吧?”李伟杰露出有些诡谲的笑意,“你的名字在一处的审查名单上呢。”

原来如此——既然是被审查的对象,那么他的通讯“理所当然”也会被特勤一处所监听,老李要提供的信息,显然不是一般的“案情材料”那么简单。

“你看,这就是所谓的内耗了,”林飞羽叹了口气,“要是那些啄木鸟没有纠缠我,国家最少也能省下一张机票钱来。”

李伟杰随手拿起桌上早已准备好的文件袋,递到林飞羽面前,“按照你提供的几个要素,我收集了十二个相似的案例,不过……”

林飞羽接过文件袋的时候,发现老李并没有松手,于是明白对方后面的话语才是“关键”——

“不过我建议你优先研究这个案例,其他的……完全可以放在一边,等处理完了这个再说。”

听到这样的表述,林飞羽不禁紧张了气力,他颇郑重地点了点头,拆开了文件袋。

“内容很多,所以你先随便看看,我把重点说给你听……”说着,李伟杰打开了电脑显示屏的开关,“首先,这是目前为止,与你所描述条件最符合的案例——三个死人,一个疯子,而且更重要的是……”他故意顿了顿,“都是一家人。”

刚好翻到了有照片的那一页,林飞羽很自然地用手指弹了一下:“一家子?四个男人?”

每一张相片旁边都印着简单的资料与说明——从姓名,生平,到生卒年月与死亡原因,谈不上非常详细,但已经足以让人对这四个男人有了基本的认识。

“父亲，两个弟弟，和一个侄子，户籍全部都在山西平鲁县，”李伟杰指着显示器——那里也有一模一样的四张照片，“赵文远，1954 年生，曾因聚众斗殴而入狱，但直到案件发生时，公安部门才发现他和他的一大家子都是‘蚯蚓’。”

“来自山西的职业盗墓人，唔！”作为特勤七处的特工，林飞羽当然听过这个名词，“似乎正是我们会感兴趣的那种案子呢。”

所谓的“蚯蚓”并不是那种普通的盗墓贼或者纪念馆小偷，而是愿意接受“委托”并付诸行动的专业选手，他们有技术有胆量有不为人知的信息渠道——当然，也会有或是可怕或是无聊的“传奇故事”。而山西作为全国文物最密集的省份之一，自然也是许多“相关从业者”的聚集地。

“不过是些小人物而已，”李伟杰笑道，“没有证据表明他们犯过大案子。”

“案发时间是 1998 年？”林飞羽眉头一紧，“这都快二十年了啊……”

“1998 年的 9 月 6 日，嗯，”李伟杰点点头，“准确的时间是早上 8 点 30 分，内蒙古固阳县公安局接到旅店老板报警电话，说是店内发生了命案，警方到场后发现三具尸体，第二天又找到了流落街头的另一个失踪者……”

“也就是这个‘赵信’？”林飞羽刚好看到了这一页——梳着板寸头的青年对着镜头，面无表情，一眼就能看出是已经入了“号子”以后留下的相片。

“赵文远的小儿子，案发时才十九岁，很小就开始走江湖，有点路子，在他们的队伍里负责望风和联络，发现他的时候，他正缩在一个打谷场的边上，瑟瑟发抖。”

“让我猜猜……”林飞羽神情严肃地稍作停顿，“他已经疯了？”

“用你形容宋旋的话来说，应该叫‘相当失常’。”李伟杰轻轻拍了拍桌上的一张 A4 纸，“另外，虽然我知道没什么用，但我还是得建议你，以后报告写得稍微认真点儿。”

“喂，老李，我已经很认真了啊。”

林飞羽还显得挺委屈。

李伟杰笑着叹了口气：“一开始，这位赵信胡言乱语，像发了癫痫一样满地打滚，既无法接受讯问，也不能表达清晰的意思……你也知道，在我们国家的法律里，精神病人不是行为能力主体，无论他犯了什么法，得了什么罪，都不能关进监狱……”

“可是这张照片……”

“你听我说完，羽，”李伟杰继续道，“根据记录，他的病情愈演愈烈，像是完全丧失了心智一样，冲每个靠近他的人大喊大叫。可就在警方决定将他遣回原籍时，奇迹突然发生了——在拘留所里度过了整整一个星期之后，赵信终于说出了一句完整的、可以被理解的话。”

眼见李伟杰戛然而止，露出了卖关子似的坏笑，林飞羽慢慢摇了摇头，意思是“我猜不出来”。

“他问，‘我爹和我哥怎么样了’？”

林飞羽将文件往前翻了一页：“他们都死了，而且——”

“而且死状离奇，”李伟杰忽然加重了语气，“赵文远本人死于休克，躺在旅馆房间的床上，双目圆瞪，直视着天花板；他的儿子和他的侄子则撕咬扭打在一起，血肉模糊，到场的警察花了半个小时都没能将他们分开。”

虽然在细节上还有些差异，但林飞羽敏锐地感觉到了两个案件之间的关联性,也因此更加佩服老李竟然能够在资料库的汪洋大海里找到如此相似的案例——还是在这么短的时间里。

“死于‘分赃不均引起的火并’?”林飞羽指着一张影印件道,“这就是最后结案的方式?”

“那还能怎么办?你叫这些警察还能怎么办?”

“找我们啊?”林飞羽显得有些费解,“1998 年的时候,‘全国通报监控系统’不是已经投入使用了吗?一个电话,我们特勤七处就应该派人过去……等等,”他看着手里的文件袋,突然发现了自己在逻辑上的错误:

“这份资料……盖的是我们七处的章?”

“没错。”

“那……那也就是说,我们七处应该是参与了办案的,对吧?”

“这就是我之前说的,不想让别人知道本案的原因所在了……”李伟杰轻轻叹了口气道:“实际上,不只是我们七处,到后来还有其他部门的参与,可结果依然是不了了之。”

林飞羽立即意识到了问题的严重性——通常来说,在分工细致、保密严格的国家安全保卫局内部,是不大可能有“多部门协作”这种事情发生的。

“哈!”他故作不屑地笑道,“别告诉我,这案子还有帝国主义反华势力在背后搅局啊?”

“耐心,羽,等我说完你再笑也不迟。”李伟杰不紧不慢地道,“赵文远那三个人,自然是死无对证了,但赵信在恢复了部分神智之后,向警方透露了一些非常有价值的信息——包括盗墓者的身份以及来内蒙古的目的,在旅馆发现的工具和部分赃物也证实了他的话,而他后来蹲大牢的罪名也是盗窃国家文物罪。”

“一个案中案，唔，”林飞羽点点头，“他们去内蒙古偷了什么？”

“一些像是陪葬品的小器皿，几张印着格姆多罗文的羊皮卷，一把符文剑……这些东西现在都在包头博物馆里陈列着，”李伟杰顿了顿，“文件袋里有照片，不过也没什么看头就是了。”

“格姆多罗文？”林飞羽从袋子里抽出老李提到的几张照片，随意地翻看起来，“我怎么从没听说过？”

“一种已经绝迹的蒙古语系语言，曾经被几个游牧民族使用过，在蒙古统一之后渐渐消亡，具体是在什么时候失传的已经不可考证，不过……”李伟杰不无得意地哼笑一声，“幸运的是，语言学家依然可以对它进行破译，并表示压力不大。”

“那么这些羊皮卷和符文剑上写了什么？”

“羊皮卷上的内容似乎是记载了某人的言行，有故事，也有历史，还有宗教仪式之类的东西……另外还有一些治病救人的偏方，包括草药学的知识，可惜那些草药的名称也使用了格姆多罗文，比如‘奇奇哈努’这样的词语，就算翻译出来，也很难找到所指的植株。”

“哟，你还能念这个格姆多罗文啊？”

看着林飞羽略带崇敬的目光，李伟杰当然不会说“奇奇哈努”只是一个随口编造的发音，他润了润嗓子，继续道：“……那把符文剑，上面用的不是格姆多罗文，而是蒙古语，×××，×××之意，看装饰和精美程度，很可能是哪位大汗赏赐的‘纪念品’。”

“这些东西，他们是从哪儿搞到的？”

“根据赵信的口供，是从一个山区里墓穴中偷出来的，还没来得及把赃物转移到安全地点，事情就发生了。之后，赵信一直在不停地重复什么‘遭到了诅咒’之类的话，当然，没有人相信他就是了。"

"诅咒？有意思，"林飞羽笑道，"那个墓穴在哪儿？是谁的？"

李伟杰欲言又止——而从这个转瞬即逝的微妙表情中，林飞羽觉得自己已经很接近问题的关键了：

"莫非是……还没有找到？"

"问题恰恰在于已经找到了……"老李微微低下头，刚好将自己的目光隐藏在镜片之后，"可我这边没有记录。"

"怎么可能？"林飞羽放下了手里的文件袋，"当时被派往固阳县负责侦讯的人呢？是谁？这里面怎么也没有记录？"

李伟杰沉默了片刻，再抬起头来的时候，连声音都变得有些异样：

"是冷冰……和他当时的搭档——陆地。"

林飞羽恍然大悟似的长叹了一口气："唔，是冷冰啊……"突然，他又揪起了眉头，"等等，不对啊，老李，我记得他每次任务都要写个长篇大论出来的，不可能没留下记录。"

"删除记录的命令是由魏伟亲自下达的，因此我连审讯报告都没见到，根本就不知道他们与赵信到底谈了什么。"

"魏伟？你说处长？"

"当时还只是代理处长，"一直在旁边沉默不语的裴佩突然插话道，"我加入国家安全保卫局那会儿，他才就任的特勤七处处长。"

这番解释并没有让林飞羽脸上的疑惑有所消退，反而勾起了原本就很强烈的好奇心：

"他干嘛要下令删除记录？有什么具体的理由吗？"

"没有，实际上，冷冰和陆地在审讯完毕后，直接把口供交给了我……我还没有来得及整理完，就被领导拿去调阅了，之后我就再没看到那份口供。”李伟杰顿了顿，“之后，我记得，就在第二天，魏伟带领了一支大队伍从北京出发，前往内蒙古寻找那个墓穴。”

“冷冰也在其中？”

“不，”李伟杰摇摇头，“但陆地在，冷冰被留在这里待命，无所事事了整整半个月，直到魏伟回京。从此之后，这个案子就没了下文，也再没人提起来过。”

“处长带人去了内蒙古之后呢？发生了什么？那墓穴的具体位置在哪儿？”

李伟杰叹了口气：“他要是还活着的话，你可以亲自去问他，可惜你现在问的是我，所以我只能说，无可奉告。”

“那么考古队呢？七处找到的遗迹，在确认安全之后按道理不是应该通知当地文化管理部门的吗？”

“至少我这边没有类似的记录……”李伟杰扶了一下镜框，“你想想看，羽，连我这个搞机要文件管理的人都不知道那墓穴在哪儿，搞文化管理的人会有可能知道吗？”

“出勤却没留下记录！案子不了了之却连个报告都见不着！这根本就不符合规定嘛！”林飞羽难掩脸上的愠怒，“我猜，你不想让一处知晓本案，原因也正在于此吧？”

“哎呀哎呀，太阳从西边出来了啊，”李伟杰揶揄道，“连我们家的羽都知道要按‘规定’来办事了。”

“别开玩笑了，老李，我正心惊胆战着呢，如果这案子和我现在处理的事件有所关联的话，我实在想象不出它的真相到底是个啥模样。”

林飞羽倒真不是在夸大其词，至少在这个案子上，他的想象力已经有些捉襟见肘了。

“我记得在那份口供里，赵信先是提到了‘诅咒’，又说是被墓穴里的幽鬼缠身，总之没讲出个所以然来，说不定……”李伟杰侧过身，用手抹了抹下嘴唇，“只是说不定啊，你案子里的被害人，也就是南京的那一家四口，也是中了类似的‘诅咒’，或者被什么妖魔鬼怪给缠上了呢。”

“大哥，拜托了，”林飞羽哭丧着脸道，“您好歹也是特勤七处的元老，说点有建设性的好不好。”

“人越老就越迷信……算了，破案也不是我的强项，”李伟杰笑着歪了歪头，“总之我能提供的东西，也就是这么多了，口供没有备份，我实在记不得里面的内容了，但可以肯定的是，赵信提到了墓穴的情况和地图……哎呀！”他猛地一拍脑门：

“该死！该死！瞧我这记性，我怎么把地图给忘了呢！”

“就是嘛！地图！”林飞羽眼睛一亮，仿佛抓到了救命稻草似的，“我就知道老李你还藏了好东西，把地图给我，让我去会会那什么幽鬼。”

“不，地图不在我这儿，要让你失望了，羽。”李伟杰又恢复了之前心平气和的语态，“但‘地图’的来历我忘了说，这可是相当关键的部分呢。”

林飞羽心头一紧——莫非这破案子还有愈发复杂的趋势不成？

“还记得吗？我说过，赵文远他们是‘蚯蚓’？”

“对，才说过还没几分钟呢，”林飞羽不耐烦地点点头，“职业盗墓人，怎么了？”

“按照赵信的说法，去内蒙古作案完全是受人指使，他们只是相当于雇工的角色，不是主谋……”李伟杰又转向屏幕，用单手在键盘上慢悠悠地操作起来，“而为他们提供消息和地图的人，名叫许霆，也就是……这位仁兄。”

屏幕上显出了一张老版身份证的复印件，姓名叫“许霆”，户籍在陕西，1954 年出生，照片中则是一位留着三七分头的美大叔，浓眉大眼，一脸文质彬彬的样子——在身份证登记照中，能照出这副模样，也算是不容易了。

“连身份证都被找到了，”林飞羽不屑地哼了一声，“那逮到他人岂不是分分钟的事情？”

“这身份证是伪造的，天衣无缝。”李伟杰微微笑道，“姓名，籍贯，全是假的，那时候我们国家还没有更换第二代身份证，因此还是有空子可以钻。”

“所以这条线索也断了？”

“我不是外勤特工，也不负责破案……”正当林飞羽露出有些泄气的表情时，李伟杰突然话锋一转，“不过我有我自己的方式，尤其是在处理‘线索’方面。”

“怎么？别告诉我你找到了这个‘许霆’？”

“起码我知道他是谁了。”老李看了看裴佩，又看了看林飞羽，“接下来我要和你们说的事情，是绝对的机密，能答应我守口如瓶吗？”

“啊哈哈哈哈哈……”

林飞羽仰头笑了好几秒，正过脸时，突然又变得异常严肃：“咱可是国家安全保卫局的人。”

“嗯！”裴佩也跟着用力点点头，“咱也是。”

李伟杰不再多言，而是操作起面前的电脑——从一个档案库中退出，又进入另一个档案库，输入登录密码，检索关键词……双手仿佛弹奏钢琴般熟练，让人一点也看不出他已经是个快 60 岁的老头子，反倒像是常年泡在网络聊天室里的小青年。

标着“绝密”字样的资料缓缓显出图像，随着滚动条的滑动，林飞羽注意到这是一份类似于“名单”的东西。

李伟杰一边操作着一边解释道：“虽然已经是有点‘过期’

了，但毕竟这上面的人还没有全部落网，因此也还算是在‘绝密’范畴内的文件，所以我未经许可给你们看，已经是违反了……”

“等等，老李，”林飞羽用下巴朝屏幕比了比，“这是什么啊？”

“嗯……”李伟杰咽了咽喉咙，“如你所见咯。”

“你违反了什么保密条例我管不着，但我不想，”林飞羽有些紧张地指着屏幕道，“不该看的东西不要看，这点规矩我还是懂的，你必须得先告诉我这是什么。”

“放心，我心里有数，”李伟杰轻轻点了一下鼠标，“毕竟，和我偷窥过的绝密文件相比，这真算不了什么……”

“你没有回答我的问题，老李。”

难得认真起来的时候，林飞羽还颇有那么点“职业情报从业者”的感觉，连李伟杰都觉得有些不太习惯，只得稍稍偏过头，避开了他的视线。

“这是一份由83403在澳门回归时提供的文件，内容是国际情报机构潜伏在大陆的部分间谍名录，它……”李伟杰扭过头，“喂，你在干什么呢？”

林飞羽正捂着耳朵，与同样动作的裴佩面无表情地默默对视。

“现在装腔作势已经迟了啊，”李伟杰哈哈笑道，“我打开这个文件的时候你们已经是同谋了。”

客观地讲，林飞羽并不完全是在装腔作势，在这个国家安全保卫局里，还是有很多“高压线”碰不得，连像他这样看起来玩世不恭的主儿也有所忌惮。

“行了，别装了，”李伟杰伸手拉住他的胳膊肘，“这个房间有磁场屏蔽，就算是你身上装了窃听器，也不会有人知道我们说了什么。”

“老李啊……”林飞羽无奈地叹道，“一处正死死咬着我不放，你别在这个节骨眼上给他们帮忙哇。”

“呢，就是这位……”李伟杰点了点屏幕，“仔细看看他的脸。”

照片非常清晰，而且尺寸很大，但林飞羽为了确定自己没有看错，还是俯下身子，凑到显示器跟前。

“这家伙……”他不禁为自己的结论感到有些惊讶，“不就是……”

“他叫杨光辉，出生在新加坡，1986年时开始在大陆活动——别问我他是怎么进来的，那不是重点。”

林飞羽颇无辜地摇摇头：“我也没问你这个啊。”

“根据这份情报，他隶属于一个国际性的独立间谍组织，代号‘谜团’，”李伟杰继续道，“这个‘谜团’当真是个谜团，我们至今也没有关于它的详细情报，只知道是个从冷战时期就存在的机构，因此这位杨光辉来到大陆究竟是要做什么我们也不得而知……但83403确实提供了很有价值的东西，”随着键盘的敲击，另一段文字盖过了照片，“这是杨光辉使用过的全部假身份，一共是五个……你看，这老小子，”李伟杰笑道，“是个人才呢。”

这些所谓的“假身份”，从高级工程师到地质勘察，每一个都显得非常“与众不同”，似乎和“间谍”这个头衔有着相当大的反差——当然，这也从一个侧面反映出他工作的“诡异性”。

在走马观花地看过几段描述之后，林飞羽的目光，最终落在了最后一个假身份上——

“‘许霆，西安市文物保护考古所’……”他微微点着头道，“我说怎么看着眼熟，原来果真是他。”

“可惜这份情报来得太晚了，”李伟杰有些惋惜地叹道，“如果早到一年，我们就能把他抓个正着儿。”

林飞羽眯了眯眼睛：“也就是说，他现在还逍遥法外。”

“那要看你站在谁的立场上了，”李伟杰耸耸肩，打趣道，“对于他的雇主来说，他还在‘尽忠职守’呢。”

“为什么不发通缉令？现在全国的公安系统都联了网，要抓个有头有脸的人应该是易如反掌才对。”

“内部的通缉令已经发过了，但只凭一张脸——还不知道是不是真面孔的脸，就找到一个已经潜伏了 30 年的特工，……”李伟杰撇了撇嘴，“不要小看我们的对手啊，羽，中国这么大，要藏一个人并不是难事，更何况这家伙还是位职业选手。”

林飞羽用大拇指摸了摸嘴唇：“唔，那个 83403 呢？他怎么说？就不能再提供一点新的情报吗？”

“别要求太高啊，我们逮捕了名单上能抓到的所有间谍，83403 已经承担很大的风险了啊。”李伟杰摇摇头，“他的去向现在已经是最高机密，我虽然略知一二，但为了你好，这个真的不能说，而且他和你的案子也确实没什么关系。”

“真是官僚主义！”本来就没抱什么希望的林飞羽双手一摊，“这年头想找个同行帮帮忙都这么困难。”

“不是困难，你这要求，简直就是像要迎娶邓丽君一样毫无道理。“

“拜托，老李，邓丽君已经死了很多年了。”

“所以我说嘛，‘毫无道理’。”

“好吧，无所谓，”林飞羽撩了撩头发，“反正抓间谍也不是我的工作……只不过这个许……这个杨光辉的出现让我觉得国家安全保卫局开给我的工资实在是太少了点。”

“我经常听到你怨天尤人，羽，”李伟杰笑着扶了扶眼镜，

“但嫌工资少这好像还真是头一遭呢。”

“原本以为只是一间闹鬼的凶宅，现在你却告诉我它和一起被特勤七处刻意掩盖下来的盗墓案有关，而背后还站着一位由未知情报机构派遣的精英特工，而这老妖怪在大陆还他妈的潜伏了30年……”林飞羽摇摇头，单手叉腰，“我现在只能祈祷南京这案子不是他的手笔，否则我现在已经可以提前写结案报告了，上面就四个字儿：‘我搞不定’。”

“上升到谍战层面没有意义，我建议你还是像以往处理第四类事件时那样去做。”李伟杰顿了顿，“还记得冷冰的做法吗？他的‘初夜理论’？不管是什么情况，不管面对的是谁，你只要做好自己的本分就行了，顺其自然，随机应变。”

“初夜理论”是冷冰留下的一大“遗产”，用通俗易懂的语言来解释，就是“走一步算一步”，这听起来很简单，但在为数众多莫名其妙的“第四类事件”面前，它却显得格外管用。

林飞羽转过身，背对着李伟杰和裴佩，想让自己从刚才那信息爆炸似的交谈中冷静下来。纷繁复杂的线索，诡异离奇的案情，全部像乱麻般缠绕在一起，要从其中找出一条通往真相的光明之路，确实也只能从最基本的“走一步算一步”开始。

“首先是那墓穴，”再转回来时，他脑海里已经有了一个“计划”的雏形，“我必须要找到那个鬼地方。老李，你还记得赵信的口供吗？哪怕有点线索也好。”

李伟杰歪着嘴巴，不说话，只是挠了挠腮帮。

“拜托，老李，你可是我们的活电脑啊！”

“电脑也有保质期不是吗……”李伟杰笑道，“不过如果是要问墓穴的位置，你为什么不去问赵信他本人呢？”

“赵……”林飞羽一愣，“赵信，他还活着？”

“我什么时候说他死了？”

林飞羽可没心情陪李伟杰玩咬文嚼字的游戏，也许是因为兴奋，他连声音都变得有些异样："他现在在哪儿？我要马上见到他！越快越好！"

李伟杰点了点林飞羽刚才丢在桌上的文件袋：

"看仔细啊，羽，这里面写得很清楚了，赵信出狱后不久，就在五当召落发为僧，法号好像是叫桑洛扎巴之类的……"

"武、武当？"林飞羽一脸不解，"那里不是出道士吗？怎么现在也出外国人了？"

"五当召！"李伟杰又强调了一遍，"是五当召！原名巴达嘎尔庙，离包头市不远，是一个藏传佛教寺院，很有名的。"

经这一提醒，林飞羽倒是有了一点印象，似乎在以前的哪次任务里接触过这个名字。

"从这里出发到五当召大概要多久？"

"到包头就要 12 个小时，如果不堵车的话……"回答他的是裴佩，"我可以为你安排空中交通，不过怎么着也不可能直接空降到庙里。"

"没关系，"林飞羽看了一下腕表，"那就有劳你了，我吃完午饭就立即出发。"

"喂！"与期待中的"明白"相反，裴佩回了他一个有些不怀好意的微笑，"你忘记今天最重要的事情了吧！"

"呃……"林飞羽思考了两秒钟，"啊？"

"啊什么呢？"裴佩一声轻叹，"子午叫你今天同新人见个面，我跟你说过的，你不会把这么重要的事情给忘了吧？"

裴佩说的没错，林飞羽确实忘了今天还有这茬，而且就算已经被提醒，他也没引起什么重视：

"哦，你先代我去看看他好了，怎么说你的资格也比我老一点。"

在急于“办正事”的林飞羽面前，裴佩的不满与争辩显然起不到什么效果，但他没走出两步就又停住了——他想到了一个以前不曾遇到但现在看来却可能会非常棘手的问题。

“如果在执行任务的关键时刻，‘他’——那个穿着蓝色运动服的家伙再跑出来该怎么办？抑或是那个醉汉呢？”——这样地扪心自问着，林飞羽不禁有些不安起来。

没错，至少是这一次，他还真需要一个帮手。

“这样好了，裴佩，叫那个新人跟我一起来吧，”他转过身，隐藏住忐忑的心事，反倒是摆出一副“碍于情面不得不帮忙”的样子，“在实战中成长，比什么训练都要来得管用。”

至少最后这句话，裴佩找不到反驳的理由。

10　插曲

这一天的傍晚，南京忽然飘起了淅淅沥沥的秋雨。

谭天方披着墨绿色的雨衣，站在天山西路9号的正门前。口中衔着的半截烟头，早已经被雨水完全浸湿，但他却像是毫无知觉似的，木着脸，没有任何表情。

紧闭的铁门被贴上了警方的封条，在土灰的金属色上，这两条交织的艳黄显得格外醒目。大屋的檐角嵌在阴雨朦胧之中，浅浅的纱，幽幽的影，黯淡的夜空下，整间老宅都散发着令人不安的诡谲气息。

愤怒，怨恨，迷茫……强烈的挫败感包围着谭天方，让他的心情就像这沉重的天空，疑云密布，笼罩着淡淡的愁苦。

完成封门任务的警员大步走到他的面前：

“谭队，封条贴好了。”

他只是轻轻点了点头，既没有回答，也不做指示。

警员们陆续乘车离去，只留下了警督与他最信赖的两名亲信——老王和许扬洋，他们同样面无表情，一语不发，陪着谭天方一起，沐浴在愈发密集的雨帘之中。

“那就先这样吧……”他摘下几乎是挂在嘴边的烟蒂，轻轻弹到路边的下水道窨井中，“我们回警局。”

有气无力的言语中，透着深重的无奈与失望。在警督转过身来的时候，他的两位老战友互相看了一眼，同时唤了一声“谭队”。

“怎么?”

“林飞羽不在南京，”沉默了两秒之后，首先开口的是老王，“他不可能了解这里的具体情况，我们没有必要完全按照他的意思去做。”

“那你就了解这里的具体情况了吗?”不等对方话音落地，谭天方便发出疑问，“你能告诉我这一切到底是怎么回事?”

“不，”老王面不改色，“但我肯定，这一切和什么妖魔鬼怪绝对无关，无论那个林飞羽有什么理由，我坚信这是一起单纯的刑事案件——只是我们还没有找到解密的钥匙而已。”

“谭队，”许扬洋也跟着接过话茬，“我我也觉得，不应该只因为他的一句句话就封锁现场，再再让我勘察两天……”

“再让你去勘察两天，”警督冷冷地打断他道，“你亲自去?”

似乎是一个相当尖锐的问题，许扬洋咽了咽喉咙：

“是，”他突然表情严肃地立正站好，“我亲自去。”

“得了吧，”谭天方苦笑着捶了一下他的胸口，“你要是也出了事，我怎么向你的老子娘交代呢?”

时间回溯到今天下午，六个小时前，市第一医院急救室。

警督垂着头，坐在走廊的长沙发上，目光凝滞，面无表情，耷拉在膝盖旁的手里握着移动电话，号码已经输入，但却迟迟没有按下“通话键”。

医生刚从急救室中退出，便被簇拥上来的几名警员围在中间，与他们的领导相比，这些人的表现显得更加激动和焦急——毕竟，躺在急救室里的那位“顾阳”，正是与他们同甘共苦好些年的老兄弟。

而现在，戴着呼吸器的他已经停止了呼吸。

事情是怎么发生的？谭天方没有亲见，只是听说顾阳骑着他自己的电动车，与同事一道去吃午饭，就在大马路上，他突然大喊了一声谁也没有听清楚的呼号，车头一歪，撞上了栏杆，从天桥上坠落，摔在了地上。理论上讲，应该是当场就死了，但还是被送进了最近一家大医院的急救室——也就是现在这里。

“让我来打电话吧。”许扬洋一边说着，一边按住了警督的肩膀，“小顾的父父母，我熟。”

谭天方依旧看着地板，没有回话。

身为刑侦大队负责人的他，对于下属的意外身亡感觉到的不仅仅是悲哀，还有一点点恼羞成怒似的怨恨。虽然没有具体的证据，但警督凭着多年办案的直觉，确信顾阳的离奇身亡与他正在处理的案件有着某种必然的联系。

离奇的杀人手段，在两天内连续发生了四次，唯一的幸存者——那位神志不清的大小姐，直到现在还疯疯癫癫，在医院里胡言乱语。

如果说之前的被害者都有“宋家人”这样一个共同性，那么顾阳的死亡就打破了这闭锁的逻辑之环，让整个案情变得更加不可捉摸起来。

是被凶手暗算了吗？什么时候？用什么方法？还有更重要的问题——为什么？难道是因为顾阳发现了重要的破绽？但作为凶手，有必要采取这么冒险的手段吗？杀一个警察？在光天化日之下？

“发疯而死”——这可笑的词语，却是谭天方唯一能够写进报告、用来形容死因的字句，他设想过许许多多种可能，从迷幻药物到化学战剂，却都被无情的现实一一驳斥，只剩下万般无奈的慨叹。

警督用力搓揉了几下疲惫的脸颊，强迫自己打起精神。做刑侦这工作，有时是脑力劳动，大部分时候，却是件体力活儿——精神紧张，情绪低落，身心憔悴，没有经历过的人，很难想象警察的生活竟是如此难熬，毫不浪漫，毫不传奇，毫不引人入胜。

但是总有些人，格外享受那份抽丝剥茧的快感，他们天生就是揭黑幕、寻找真相的高手，失败也好，劳累也好，即使是一无所获的忙碌，只要还有一线希望，也总能让他们乐此不疲。

而谭天方……"南京的福尔摩斯"，就是这样一个猎手。悲哀伤痛，仇怨悔恨，说句开玩笑的话，当警督陷落在思维的迷宫中时，就算是亲爹离世，也不能让他有丝毫的动摇。

因此在这个全警队都黯然神伤的时刻，只有他在思索来之不易的"新情况"，从每一处可能会被遗漏的细节入手，从每一块可能会揭开真相的碎片开始。

终于，他想到了一个之前一直没有发现的关键——

"这位顾阳……你的部下，"在找到许扬洋的时候，他直接开门见山，"是什么时候进入现场的？"

一开始，许队似乎是被问住了，但他那聪明的脑筋马上就跟上了警督的节奏："第第一批，七点四十五吧。"

"他负责的工作是什么？"

"初初步筛查，也会扫扫指纹，搜集一些可能的证证据……"许扬洋摸了摸鼻梁，"谭队……你不会是想说，这和他的死有关联吧？"

谭天方冷冷地反问道："为什么不？"

即便是身处空无一人的安全楼道，许扬洋还是警觉地四下张望了一阵，然后有意压低了声音：

"我和我我的整个小组都参与了现场勘察,可我们都没没事……"

"第一,"警司伸出右手大拇指,"你们只是现在还没事。"然后是食指,"第二,也许是因为顾阳发现了什么足以构成死因的东西,而你们没有发现。"

许扬洋一愣,既而是恍然大悟似的点了点头:

"一个证证据!"

"有可能,所以凶手想要杀人灭口,但是……"谭天方用手抹了抹上嘴唇,"……要让这个假设成立,需要的条件实在是太多了,首先,顾阳究竟知道了什么,其次,凶手怎么会知道顾阳知道了什么。"

听起来有点饶舌的话语,却蕴含着一个极为简单的逻辑——要么顾阳本人与凶手有过接触,要么凶手对警队的行动了如指掌。

"我我对我的人绝对信任,"许扬洋顿了顿,"如如果他们找到了什么证据,我肯定会第一个知道。而且,谭谭队……"

警督发觉对方的眼神有些异样,似乎有什么难言之隐:

"说啊,兄弟,你怕什么呢。"

"不不是我冒犯,谭队……这个案子,哪哪里来的凶手?"

"只是现在还没有发现而……已……"

谭天方愣住了,许扬洋实话实说的一句提点,突然打通了他脑海中的某个关节。那些错综复杂的线索,就像丛林中斑驳的影,大大小小一块一块,本来毫无关联,却在这一刻,随着太阳角度的变换而联接在了一起。

"对,也许根本就没有凶手……"

虽然说不上是答案,但警督坚信自己还是"往前"走了一步:

“原本遇害者的共同点是‘宋家人’，但如果这只是表象呢？如果我们抛开顾阳警察的身份，把他也认为是一个单纯的‘遇害者’呢？那么所有四个被害者的共同点就变成了——”

“天山西路9号！”许扬洋接过话茬，而且一点也没有结巴，“他们都在那大屋子里待过！”

警督捂住嘴巴，低头思索了片刻：

“立即命令你的人重复一遍顾阳的勘察路线，不……你亲自去做！必须精确到厘米！”

“明白！”

“然后是那个女仆，我要再见她一次……”警司的脸上，显出了一副“胸有成竹”的神情，“我需要明确宋家人遇害前一天晚上的所有活动细节，同样要精确到每一分钟。如果他们和顾阳死于同一种手段，那么也很有可能犯下了相同的‘错误’……”他用力紧了紧双拳，“对！就是这样！只要我们找到了这个‘错误’，案子就破了——小许！我跟你打赌！”

疑点叠加是刑侦中惯用的手段，在连环犯罪的案件中尤为有效——案发的地点，案发的时间，受害人的属性，甚至是温度、光照之类细枝末节的线索，在综合比对之后，也有可能成为攻破真相壁垒的大槌。

只不过这一次，正义女神并没有眷顾谭天方。

获知刘思含死讯的时间，正是下午的两点半。根据目击者的描述，那可怜的女人在大街上一路疯跑，跌跌撞撞，就像是“在躲着什么人”似的，然后一脚踩空，掉进了因市政工程而被挖开的一段路基中——就算是对三岁的小朋友来说，这样的高度也不会构成生命危险，但她偏偏跑得太急太快，一头磕在输水管的接缝处，死状极惨烈。

事情发生的时间是中午，而在那之前的好几个小时，都没人能说清刘思含的去向——她并不是什么特别重要的证人，也早已被排除了嫌疑，因此警队没有任何理由对她安排专人盯梢——而谭天方正为了这个决定后悔不迭。

他盯着桌上的建筑平面图，一语不发。

蓝色的线，标出了许扬洋小组勘察现场的范围——基本上已经覆盖了整间大宅，而红色的线则是顾阳的负责区域——一楼的西翼，差不多三四个房间的样子。虽然这些地方其他组员也有过协助，但主要的取证工作却是顾阳一人单独完成的。

餐厅、走廊、浴室、卫生间——这四个房间毫无疑问都是宋家的"通用区域"，要说被害者之间有什么共同之处的话，"去过这些地方"肯定包含在内。

但是现在，最大的问题出现了——要再派人进屋去看看吗？

如若是以往，谭天方一定会毫不犹豫地作出决定，身为一个警察，岂有害怕面对犯罪现场的道理？不过在林飞羽这号人物出现之后，他对整个情况不禁有了别样的担忧。

如果——仅仅是如果，这个灭门惨案当真如林飞羽所说，是一个"第四类事件"，是应该交由国家安全保卫局负责的范畴，是警察难以驾驭的领域，那该怎么办？

已经失去了一位下属，还要继续冒险吗？还是就此打住，把案件的处理权拱手相让？

在打通林飞羽的手机之前，警督连续拨了三次号码，却又都放下了话筒——这样的犹豫不决，这样的投鼠忌器，在他的职业生涯中还是第一次。最终，权衡局势的理智战胜了身为侦探的自尊，他深吸了一口气，将今天案情的爆炸性变化和盘托出，把每一个细节都透露给了对方。

"立即封锁天山西路 9 号！"得到的与其说是"建议"，不如说是“命令”，“在我回来之前，严禁任何人入内！”

刚欲反驳，林飞羽便继续道：“相信我，警督，国家安全保卫局正在接近这个案件的核心，很快就会有突破性进展。我现在不能透露具体的细节，但可以明确地告诉你，案子比你想象中还要棘手许多。”

“我对国家机密没有兴趣，林探员，”谭天方眉头紧锁，“但你起码得告诉我发生了什么，宋家人是怎么死的？我的人是怎么死的？现在让我的人撤手，总得给他们一个交代。”

“非要我给你个交代的话，就说是那大屋闹鬼好了，”林飞羽的态度有些冷硬，“总之，警督，为了避免更多的受害者出现，请你务必照我的话去做。”

于是，在一个飘着潇潇秋雨的黄昏，谭天方做出了人生中可能是最艰难的决定，他头一次在吊诡离奇的案情面前低下了头，承认自己的失败与无能。

看着铁门上的封条，警督情不自禁地叹了口气，在林飞羽带着“进展”回南京之前，他们所能做的，恐怕也只有一些边缘性的取证和调查了，虽说也不尽是些无用功，但总归是让人感觉心有不甘，却又无可奈何。

“亲属那边调查得怎么样了？”一边拉开警车的门，谭天方一边问道，“有什么新线索吗？”

“基本上都联系上了，”老王回道，“小陈正在一个一个地求证。”

“宋家是豪门，不能排除为了争夺财产而杀人的动机。”警督两手交叠，扶着车顶，“尤其是继承权这一块儿，一定要调查清楚。”

“继承人的明细已经查好了，包括份额和顺序，”老王顿了顿，“今天早上小陈应该已经放在你桌上了，和联通公司的那份报告一起。”

谭天方眼角微微一跳：

“联通公司……的报告?”

“对,很短,就一页纸。”

“可能是我没注意吧,”警督挠了挠头,“什么内容?”

“案发当时拨出的那个号码,13070561707,还记得吗?”

“嗯,然后呢?”

“根据联通公司的记录,宋刚自己曾经申请过这个号码为‘亲情号码’,后来又取消了。”

警督当然明白什么是所谓的“亲情号码”,很难相信,一个亿万富翁的大儿子,竟然会为了省几块钱话费而去特意办理这个业务……不过老实说,谭天方也确实认识一些葛朗台式的富人,他们越是有钱,就越是抠门,连水电费都恨不得能逃掉才好……

等等——警督的思弦突然像是被什么东西拨动了似的猛然一颤。

“你说……‘亲情号码’?”他不顾满手的雨水,用掌心捂住了嘴唇,“人不可能没事儿和自己打电话玩儿,这个号码肯定是给别人用的……而且还办了亲情号码,也就说明他会经常和这个人通话……嗯……”

一番自言自语的低吟之后,警督突然抬起头来:“130 那个号码,是 8 年前开通的,这我没记错吧?”

老王点点头:“对的。”

“那时候,宋刚还在上大学……”谭天方将目光移向身旁的许扬洋,“你上大学的时候,会给一个男人办什么‘亲情号码’吗?”

智商 142 的许扬洋马上就理解了警督的言下之意：

“不,除非他和我搞基。”

“搞基?”老王眉头紧锁,“什么意思?”

搞基这个词来源于粤语,通俗点说,就是男人爱上了男人——学名叫“同性恋”。以老王的年纪来说,自然是无法理解将“搞基”用在这里的深意,但许扬洋和谭天方却是相视一笑,俨然是找到了知己。

没错,一个恋人——一个宋刚在即将跳楼寻死之前,依然想要说上一句话的恋人,一个在学生时代开始交往,却没有留下任何痕迹的恋人,一个号码已经停用多年,现在不知身在何处的恋人。

“老王,你马上准备一下,和我去杭州出差,”谭天方用手敲了敲车顶,“许队,这里的事情就全权交给你了,千万别捅娄子。”

并不是单纯地抱有一线希望,冥冥之中,警督觉得自己可能找到了“曲线救国”的“捷径”。

11　狩兽

坦率地说，林飞羽对这位新人的第一印象并不算好。

从下午在机场会合时开始算起，到现在驱车行驶在夜幕下的311省道上，两人的对话总是不超过10秒钟——一问一答，然后片刻沉默，再一问一答，然后又是沉默，吃力得就好像是两位老年痴呆症患者在交谈。

是因为他有点木讷吗？不，用木讷来形容他似乎并不合适，即便只是简单的回话，听起来也像是经过了深思熟虑，巧妙圆滑，没有任何可以挑剔之处。

他很聪明——直觉告诉林飞羽，这小子简直就是聪明伶俐，与他健硕粗悍的体格、刻板僵硬的表情相反，他拥有极佳的情商，而且精于处事之道，懂得用装傻充愣来掩饰自己的真实想法与观点，正是干“国家安全”这一行的绝佳人才……也正是林飞羽所讨厌的类型。

当然，也有另一种可能——这家伙真的是个二愣子，憨头傻脑，就和林飞羽所认识的绝大多数军人一样，肌肉发达，皮肤黝黑，做什么都直截了当，没有幽默感，也不懂得说话的艺术……虽然无趣，但比起前一种人来，林飞羽反倒更喜欢与这类人打交道。

但无论如何，这些都不应该是林飞羽怀有“恶意”的理由，他完全没有必要对一个新人如此刻薄——即使没有表现在脸上，自己心里的声音却不会说谎。

想到这里，林飞羽又斜了一眼副驾驶席上的这位“新人”——他正襟危坐，板着一副扑克脸平视前方，看样子活像是坐在运钞车里、抱着防爆枪的“金盾护卫”。

莫非是……出于嫉妒？——这个念头在林飞羽脑海里只是闪了一刹那，便扎下了根，他自嘲似的微微一笑，继而摇了摇头。

对，嫉妒——即便是看似对什么都不太在意的林飞羽，也终难挨过凡人的七情六欲，而在人类发自本能和内心深处的情感中，嫉妒可能是最为强烈的一种，它在你明知道“这样想不对”的时候，却还总能牵引你的意识，潜移默化地影响你的行为和话语。

“我让你看的资料呢？都看完了？”

这倒也不算是个故意刁难的问题，毕竟，“阅读资料”确实是林飞羽在上车前布置的“功课”。

“报告领导，都看好了。”

短促的字句，严肃的表情，铿锵的语音——相当标准的回话方式，却总让人觉得有什么不吐不快之处。

“研究资料是第七特勤处工作的一部分，而且非常重要……”林飞羽故意拉长了脸，一副“教育后辈”的样子，“尤其是一些小细节，说不准就能在什么时候救了你的命。”

“报告领导，”新人稍微停顿了一下，“资料我很认真地看过了，都记下了。”

林飞羽一愣：“都记下了？”

“是，”对方用力点了一下头，“我看什么都过目不忘。”

好嘛，还有“过目不忘”这凶残的能力——于是林飞羽心里又多了一样可供“嫉妒”的理由，当然，比起其他的几个，这似乎还有些小儿科。

首先，差距 20 厘米的身高——林飞羽总觉得，那些声称“不在乎高度”的女性都是虚伪的自欺欺人，追求更高更强的后代本来就是生物进化的原始本能。而男人这种生物，在面对比自己个儿高的同类时，会觉得低人一等也是很自然的反应。

其次，虎背熊腰的身材——隐约从衬衣中渗出的肌肉线条，仿佛专业健美教练那般圆润优美，但也不是健硕到让人望而生畏，反有一种恰到好处的协调感——而相形之下，林飞羽的体格简直就可以用“娇小玲珑”来形容了。

最后，帅气的相貌——与林飞羽阴柔的小白脸不同，是那种典型的阳刚美，棱角分明，浓眉大眼，挺拔饱满的鼻梁，刚劲有力的下颌，再配上冷峻威严的表情，精干潇洒的短发，可以说简直就是男子形象的“标杆”。

“高大威猛英俊”——看来这一次，裴佩还真是一点也没有吹牛呢。

“话说，你的本名是什么来着？是叫叶东……”

“叶栋杰。”对方立即接过话应道。

“唔，叶栋杰，不错的名字。”林飞羽轻轻点了点方向盘，“那你的……”

“代号‘枫’，假名是叶枫，”新人一直保持着平视前方的端坐姿态，“编号是洞洞拐九五幺幺。”

“哦哦哦！”林飞羽故作吃惊地瞪大了眼睛，“原来你还会心灵感应！”

“不会。”显然这家伙一点幽默细胞也没有，“只是有领导按这个顺序问过我而已。”

“别老是领导领导的，你在的这个部门目前没有领导，子午他也是看我们可怜，临时代理处长一职而已。”

“明白。”叶枫顿了顿，“……那以后我们是否要以‘同志’相称？”

顾不上正驾车在高速路上夜奔的事实，林飞羽用像是发现了外星人似的目光凝视着身旁的“同志”：

“你们以前……在部队里就是这样互相称呼的？”

“在正式场合，是的。”

“私底下呢？”

“阿狗，二毛，屎蛋，笨十三，叫什么的都有。”

“唔，”林飞羽点了点下巴，“我原以为你是特种部队的……”

“我是的。”

叶枫神色浓重，一点也不像是在开玩笑的样子——实际上林飞羽怀疑这人可能这辈子都没有开过玩笑。

“好吧，不讨论这个了……”林飞羽轻叹了口气，“我刚入行的时候，管我的搭档叫‘前辈’，你虽然比我大一岁，但要是不在乎的话，也叫我‘前辈’好了。”

“明白了前辈。”

其实在第七特勤处——确切地说在整个国家安全保卫局里，外勤特工之间大多是直呼其代号，这样既方便又安全，在很多时候还具有“验明正身”的作用。不过无论如何，有生以来第一次被人叫做“前辈”，林飞羽心里还是一阵暗爽。

“我看过你的资料，枫，好多的‘黑条’。”

“对不起前辈，我不懂你的意思。”

“黑条”是指文书中被刻意涂黑的部分，类似于“开天窗”，通常出现在那些只有部分内容需要保密的档案之中。当一个特工手里的文件出现“黑条”，就表示他的级别还不够高，无法阅读那些被隐藏的部分，随着阅读权限的提升，文件上的黑条会越来越少，直至完全消失——因此，当林飞羽看到新人档案上的满目疮痍时，多少有些失落。

“谈谈你以前的工作吧，具体是在哪个部队？”

“对不起前辈，那是绝密。”

这小子果真不傻——林飞羽微微一笑，决定抛个有些分量的问题：

“我听裴佩说，你是你们小组唯一的幸存者。”

叶枫的脸上，没有出现哪怕是一丝的变化，甚至连语音语调和回话的速度都和刚才完全一样：

“是的前辈，就活了我一个。”

就像冷冰一样铁石心肠——在这一刹那，林飞羽突然觉得他必将成为一个优秀的特工……非常优秀。

“好嘛，又一个‘天煞孤星’，”林飞羽自嘲似的笑道，“这样也好，起码我就不用担心会把你给克死了。”

月明星稀的夜晚，配上高速公路两旁稀稀落落的孤树，总让人有种莫名的不安，可当林飞羽看到右方那一闪而过的路牌时，这股不安立即被另一种更激烈的情绪所取代——觉得有些不对劲儿，而这股“不对劲儿”的感觉，在他看到路牌时，终于变成了糟糕的现实。

“该死！我们走错路了！”

相对于一脸恼怒、拍打着方向盘的林飞羽，叶枫的表情倒是格外镇定：

“从包头市出发到五当召，最简单的路程是沿 311 省道走 5.5 公里，向东南直行至沙明线……”他转过脸，平静地看着又悔又恼的林飞羽，“然后沿沙明线前进 27.4 公里并左转至青五线，沿青五线直走 7.8 公里即可到达目的地。这也就是说，前辈，在 10 分钟前，我们就应该右转了。”

林飞羽“啊”地长嗟一声：“……那你刚才为什么不告诉我呢？”

“我以为您另有安排，前辈。”

看着叶枫不卑不亢，不慌不忙的样子，林飞羽还真是哭笑不得——终于，在加入国家安全保卫局五年之后，他遇到了一个自己完全无可奈何的“天敌”。

晚十一点零六分，比预定时间晚了整整四十五分钟，林飞羽驾驶的黑色越野车终于停在了能看见五当召全貌的一个路口上。

正是夜深人困的时候，寺庙周围更是寂静得听不到一点声响，仿佛连空气都已经凝结了一般。也许是为了不打破这种肃穆的气氛，在开关车门的时候，林飞羽一改往常，显得格外“轻拿轻放”，举手投足间无不透着绅士般的优雅。

“赵信应该就住在寺院里的舍房，我先去找这里的赤巴说明情况，把他领过来，”林飞羽伸手拍了拍驾驶席上的真皮靠背，“你呢，就等在这里，如果发生了什么异常情况，立即用总部的频道向我通报。”

“异常情况？”叶枫一本正经地问道，“在这里发生什么算是异常情况？”

“在这里？”林飞羽一边转过身去，一边耸了耸肩膀，“发生什么都算是异常情况。”

作为内蒙古境内最大的佛教寺院，五当召可谓是一处远近驰名的圣所，虽然此前从未有幸拜会，但叶枫对这里的壮美还是有所耳闻。而在特勤七处工作了五年的林飞羽，早已走遍了各种各样规模宏伟的宗教建筑，理应是见怪不怪，但今天，在夜幕笼罩下的五当召面前，他还是情不自禁地停住了脚步，用半是欣赏半是惊叹的目光端详着不远处的绝景。

依山而建的庙宇，顺着地势错落起伏，白墙藏塔被月色一洒，泛出隐隐约约的光华，为整个寺院平添了一股神性。

在接近的过程中，重重叠叠的建筑缓缓改变着角度，让人突然有种奇怪的错觉——仿佛这些藏式殿宇都是具有生命的顽皮妖精，棕色的饰带就是它们的眉毛，黑色的小窗就是它们的眼睛，法轮与红柱是咧开的嘴角，一张张横平竖直的方脸，正用窃笑似的表情注视着山沟中的行人。

正在这样胡思乱想的时候，一阵裹挟着寒意的晚风扑面袭来，让林飞羽突然心生一股子毛骨悚然的不安。虽说在这种神圣的场所，撞见"妖魔鬼怪"或者"中邪"的几率应该是非常之低，但在很多时候，宗教所散发出来的神秘气质同样具有让人恐惧惊骇的力量。

况且，在与"赤炼"这样的极端宗教组织几度交手之后，林飞羽深知，比起只存在于迷信和幻想中的"妖魔鬼怪"，还是信仰狂徒们的力量更为真实而强大。

下车步行了约莫五分钟，林飞羽走到了寺院的正门前，抬头望去，大大小小的平顶方楼鳞次栉比，却一点也没有杂乱无章的感觉，两座傲然矗立的藏式白塔，更是点睛之处，让整个布局显得和谐饱满，浑然一体。

一般来说，五当召大多是在白天才对游客开放。苍松翠柏之间，蓝天净云之下，整间古刹显得金碧辉煌，华美非常。但如果这些游客愿意坚持到晚上，那么就能感受到另一种说不出口的震撼——肃穆，庄严，神圣……恐怕只有真正的教徒，才能体会其中的真谛而以平常心待之，像林飞羽这样的匆匆过客，则难免会为表象所折服，产生发自内心的敬畏与崇拜。

仰头凝望了一阵之后，林飞羽才想起自己此行的目的，于是赶忙加快了脚步，走上台阶。

在出发之前，裴佩曾提议先与五当召的大喇嘛取得联系，但被林飞羽否决了，相比于事先安排好的会面，他更喜欢搞“突然袭击”——这是从冷冰那里继承下来的“优良传统”，也是林飞羽时常被人诟病和投诉的理由之一。

但冷冰可不是为了捉弄人才这样做，他有他自己的一套理论：“在毫无心理准备的情况下，一个人更容易暴露他的本质。”——这是冷冰的原话，听起来似乎还有那么点道理。

轻叩了几下门环，却不见有人应声，林飞羽本能地向后仰了仰，左右张望一阵，想要找到“值班室”之类有光亮的房间。

“不对……”林飞羽摸了摸下巴，突然自言自语起来，“藏教的舍房……很多都是在寺院外面的吧。”

说着，他便朝右手边的一排平顶房走去，可不知为什么，走了好一会儿，眼前的景象却不见有变化，那隐约亮着灯的平顶房，似乎还在刚才看到它的距离上。

是因为受到暗夜的影响，空间视觉产生了偏差？林飞羽用手掌抹了一下眼窝，又向前走了两步。突然，仿佛是被什么人提醒了似的，他反应过来，猛地扭头回望——

“唔……”他唇角一阵微颤，露出不安的苦笑，“糟了。”

身后的景致也好，周遭的环境也好，在这扭头的刹那间，好像沧海桑田似的，不明不白地就发生了翻天巨变。

黄昏下的街景，似曾相识的风景，在林飞羽面前出现的这一切，如此光怪陆离，如此不合逻辑，换作任何人，恐怕都会大吃一惊……或者战栗得动弹不得吧？

但这时的林飞羽呢？

他只是淡定地歪了歪脖子，然后用手捏了捏肩膀——没错，又是一场“错觉”，是这几天各种各样离奇幻象的复演，一开始可能还会让他觉得有些惊慌失措，看得多了自然也就有些见怪不怪了。

在等了几秒之后，林飞羽发现并没有什么异常的“东西”靠近，甚至连之前不断伴随着错觉出现的“运动服怪客”都不见踪影。

看来这次的“病情”还不算厉害——他深吸了一口气，摸出风衣口袋里的小药瓶，扭开旋盖，从里面倒出一粒白色的药片，然后又是一粒，随后毫不迟疑地仰头吞下。

现在能做的事，就只有等待了——在药效起作用之前，三分钟也好，半小时也罢，林飞羽肯定是没办法继续执行任务了。索性，他盘腿打坐，调整息律，在寺庙门口的台阶上摆出一个悟禅的姿势。

当然，不信佛教的林飞羽自然也是不会有什么佛缘了，他所采用的冥想方式，由冷冰亲自传授，既不是对本我的探索，也有别于一般的思考，硬要分类的话，倒是和修习内家武术时用到的呼吸吐纳法有几分相似。

可无论是哪个国家哪种教派的冥想，修行之人都会有这样一个共同的感觉——放空心境后，时间的流逝便显得诡异起来，三十分钟可能只是弹指一挥，眨眼之隙却仿若一世轮回。

所以，也说不清是过了多久，感觉到了什么似的林飞羽睁开双目，抬头观望。

依旧是黄昏，依旧是低矮老屋拼成的街巷，在这逼真到不可思议的无人幻境之中，突然多出了一个正朝这边缓缓移动的“活物”。

那是……一条狗？

莫名的恐惧感鼠窜全身，林飞羽“刷”的一声从地上跳了起来，定睛看去——

没错，那真的是一条狗，确切地说，是一条成年的德国牧羊犬——毛发黝黑，体格健硕，站起来的话，恐怕能有一人高。不同寻常的是，在狗的脖子上拴了一只镶着银钉的白色金属项圈，由此不难判断出饲养者的品味也颇为独特。

这头大狗在距离林飞羽大概五米左右的位置上站定，它涎着脸，哈着气，吐着舌头，用略带凶色的双瞳与林飞羽对视了几秒之后，又一次迈开了前爪。

而此时的林飞羽，却已经是满头虚汗——他抹了一下前额，将湿滑的手掌摆在面前，顿时心生狐疑。

别说是一只德牧，以他的身手，即使遭到几头藏獒的围攻也应该是处乱不惊才对。毕竟，“狗”只是“狗”，物种的界限将它们的威胁程度束缚在了一个很小的范围内。

但“在害怕”的这个事实，却如此清晰而无可辩驳，此时此刻的林飞羽，浑身战栗，面若死灰，头脑一片空白，就差没有尿裤子了。

“别怕啊，林飞羽……”他低声呢喃着，想让自己马上清醒过来，“你对付过比它更大的畜生不是么……”

只不过是一条狗而已——仿佛是受到了自我暗示的鼓励，林飞羽停下了正在后退的步伐，反而是迎着德国牧羊犬前进的方向，踏出了左脚。

若干年后，如果林飞羽记得这小小的一步，一定会后悔不已——那只狗毫无预兆地猛然拔地而起，在半空中飞跃，两条前肢眨眼间就搭上了肩头，将他几乎是硬生生地摁倒在地。

情急之下，他慌乱地探出右掌，抵住德牧的胸口，想要将其推到一旁，这按理说是不费什么力气的动作却没有成功——狗的体重比想象中要大出许多，它不仅将林飞羽死死压制住，甚至还能腾出左前腿，在猎物脸上猛挠了一下。

也许是被疼痛所刺激，林飞羽突然爆发出一股蛮力，他蜷缩膝盖，顶住德牧的腹部，手脚并用，一个翻身，终于将它甩了出去。

“该死！”起身的同时，林飞羽抹了一下火辣辣的侧颊，从伤口中渗出的鲜血染红了指尖，让他不禁怒火中烧：

“竟敢打我的脸！”

仿佛是被侵犯了尊严的拳师，刚才还彷徨不已的林飞羽，突然将疑惑和惊惧一扫而空，他咬紧了牙关，面露狞相，嘶吼着一步上前，用尽全身力气飞起一脚，刚好踢在它的左肋处。

伴随着“啊呜”的哀鸣声，大狗在地上翻了几圈，夹着尾巴遁进了昏暗的街巷深处。

由于知道那不过是幻觉，林飞羽并无意追赶，他一边小口小口地喘着，一边用手确认脸上的伤口。

“呃啊——”伴着龇牙咧嘴的痛苦表情，他发出了微微的呻吟。牧羊犬的利爪在右侧腮帮上留下了三道血痕，虽然都不是很深，但只是轻轻地碰触，便能感觉到一阵钻心的剧痛。

最糟糕的是，这伤口竟然在脸上——看过林飞羽裸体的人，一定会对他身上大大小小密密麻麻的伤疤惊叹不已，各种各样的刀伤、枪伤，或者是不知什么东西的咬伤，随着执行任务的次数增加不断增加，有些伤口是如此可怕，让人不禁怀疑他根本就不是什么特工，而是刚刚从世界大战中幸存下来的老兵……或者，是在黑道中拼杀多年的职业斗犬。

但唯独是脸，林飞羽呵护得格外仔细，就算是偶尔会有小伤小疤，他也总会请国家安全保卫局的专家帮忙“解决”，不留一点痕迹。“白皙红润有光泽”——正如裴佩所形容的那样，林飞羽对待自己的容貌，有近乎女性一般的偏执，如果有什么人伤到了他的脸——比如在格斗练习时打肿了他的眼睛，那可就真是捅了马蜂窝，后果“不堪设想”。

也许正因为是这种偏执，让林飞羽一度战胜了内心深处不可理喻的恐惧，驱走了可怕的幻象……不，等等，他突然意识到，“错觉”并没有消失——太阳还垂头丧气地挂在天边，周遭的景致也还没有“回到”五当召，仅仅是打走了一条狗，并不能说明自己已经恢复了神智。

“怎么回事啊！”有些恼火的林飞羽又一次掏出了药瓶，捏在手里仔细端详，不禁开始怀疑里面的药片是不是已经过期了。

从理论上说，如果再吃一片，自己就有可能陷入神经麻痹的状态，那样的话，今天晚上就得躺在五当召的门口过夜——别说是执行什么任务，指不定还会被人拍下来放进微博，在全国人民面前露一次大脸。

正在犹豫的时候，像是为了确认什么似的，林飞羽又用余光瞥了前方一眼，而也就是这一瞥，让他下定决心，立马又嗑了一片药——在刚才德国牧羊犬消失的阴影中，陆陆续续地走出了数十只一模一样的大狗，都咧着嘴巴，挂着镶钉的白色项圈，完全一致的外观，完全一致的姿态，完全一致的步调，就好像是从工厂流水线上蹦跶下来的玩具布偶。

“唔，如果我是赵子龙的话，你们就都死定了。”林飞羽苦笑着耸了耸肩膀，“可惜我不是。”

话音刚落，狗群便呼哧呼哧地冲了过来，脸上的伤口恰好又在这时传来一阵剧痛，这接二连三的恐惧，彻底压住了林飞羽心底燃起的勇气之火，他打了个激灵，转身便跑。

明知道是幻觉，明知道是虚妄，明知道眼前的一切——斜阳、老街、狼狗都不过是自己脑海中编织出来的“概念”，他却还是像活见鬼了似的，不顾方向，不顾路线，拔腿狂奔。

也许是因为被撕咬的疼痛太过真实，也许是因为心中的惊骇太过强烈，有那么一刹那，林飞羽甚至觉得周遭反常的环境才是“真实”，而之前的所有经历都是幻觉。这动摇的想法，虽然转瞬即逝，却扎进了他的心底，化成更牢不可破的念想：“快跑……想活下去的话，快跑……”

于是，擅长“腿部运动”的林飞羽，又用上了自己的强项，只不过这一次不是在钢筋水泥构筑的城市中，而是在苍松翠柏环绕的山林间。连他自己都说不清究竟是什么时候摆脱了黄昏的街景，在敖包山的山麓上喘着粗气，一边扒拉着黄土杂草向上攀爬，一边不时回望山坡上那海浪般涌动的黑潮。

“该死的！怎么还越来越多了！”——正如林飞羽所惊呼的那样，狗崽子的数量又细胞分裂似的增加了好几倍，变成了一道顺着地势上下起伏的肉墙，权且不说那排山倒海的气势，单说那密密麻麻、闪着凶光的狗眼，就让他心生寒意，情不自禁地起了一身的鸡皮疙瘩。

也说不清是跑了多久爬了多高，林飞羽觉得有些喘不上气，便扶住一棵松树的树干，想休息几秒顺便观察一下地形——而奇迹也就在这一刻出现了，前一秒还在不远处大呼小号的狗狗们，在林飞羽回过头的时候，竟然全部凭空蒸发，不见了踪影，身后也只剩下了幽暗的山林，和着晚风轻轻摩挲。

“唔——”他有些虚脱了似的长出一口气，“好歹不是假药啊。”

定下神来才发现，自己已经站在五当召的后山，俯览下去，刚好能看到寺庙的背景。之前一直“身在此山中”的五当沟，此刻也因为角度的关系，变得清晰起来，仿佛是一条穿梭于山间的游龙，而在两旁亮着星星点点灯火的民居屋舍，则像是巨龙身边斑驳的祥云。

这虽说是如浮雕般壮丽的画面，却激不起林飞羽赏景的雅兴，他低头看了一下腕表——十一点四十五分，他在“错觉”中浪费的时间已经太多，得赶紧找条捷径下山才是……

“你打算逃到什么时候？”

一句带着不屑笑意的嘲讽突然刺进耳蜗，让刚准备迈步下山的林飞羽又定在了原地。他咽了咽喉咙，慢慢回过头去，在那不远处的小山巅上，一个人正单手叉腰，俯视着自己。由于夜晚背光的关系，他看不清说话者的面容，只能分辨出大概的轮廓——没错，正是那姗姗来迟的“运动服怪客”。

“我操……”林飞羽转过身，半是无奈半是恼火地一声苦叹，“你就不能行行好，放自己几天假吗？”

那人没有回话，也没有再做出什么多余的动作，只是像假人似地保持着刚才的造型。

回想起之前在审讯室中与董一哲的交谈，林飞羽对眼前的这个人影更多了一分好奇——如果那位“特别侦讯顾问”并不是在故弄玄虚，那么自己很可能认识这位不速之客——有可能还颇有一段渊源。

“如果我问你的名字，”想到这里，林飞羽突然认真起来，“你会告诉我吗？”

对方依旧是不声不响。

“我猜你应该是我记忆中的某个人——很重要的某个人，也许我伤害过你……也许你伤害过我，所以我对你的印象如此深刻，以至于你现在还得辛苦地跑出来刷存在感……嗯，”林飞羽咂了一下嘴，“不过这是你最后的机会了，神秘人，多亏了某人的提醒，我想起自己还接受过潜意识防御的训练，也就是说，我想要忘掉的东西,一定会消失,如果你现在不说出自己的来龙去脉,那么就只……”

话说了一半,他突然一愣,单手抚面摇了摇头:

“啊……我果然是疯了,竟然会去威胁一个自己想象出来的幻觉。”

就在林飞羽准备转身走人的时候,方才消失的狗群突然又冒了出来——它们沿着山体的曲线排成一列,昂首挺胸,就像是在等待着命令般蓄势待发。这阵列的规模更是吓人——从一座山头延绵到跟前,又伸展到另一座山头,似乎整个敖包山都已经被德国牧羊犬给占领了。

瞠目结舌的林飞羽,此时能做的事情就只是揉揉眼睛,再咽咽口水。他慢慢地一步一步向山下退去,那怯生生的样子,就好像是在害怕因为动作太大而刺激到了狗群。

“你打算逃到什么时候?”

伴着这句没头没脑的质问,站在山上的人影抬起了手,下命令似的朝着林飞羽的正脸一指——不出意料,那些德牧果然呼啦啦地冲下山,从好几个方向围拢过来。

“不、不是吧……”

整个山丘都好像因此而颤抖,心里虽然清楚眼前的群魔乱舞只不过是幻象,但此刻的林飞羽根本就没空去思考什么“存在的合理性”,只剩下夺路狂奔的念想。

也许是因为天黑,也许是因为心慌,一不留神,林飞羽脚尖被凸起的泥块一绊,失去平衡的身体猛然向前扑倒,眼看就要摔在地上时,他又巧妙地调整姿态,像猫一样就地翻滚着起身。

这本来是无可挑剔、如体操般优雅完美的动作,却在最后一个环节上出了岔子——林飞羽踩中了一个滑腻的物体,可能是湿漉漉的杂草,也可能是什么东西的排泄物,总之这一脚下去,他不仅没有站起来,反而又横着竖着向山下多滚了两圈,最终停止的时候,他像蛤蟆一样匍匐在地,连嘴里都掺进了沙土。

“呸……该死的!”

咒骂还没结束,一只德牧便压到了背上,从它嘴里哈出的热气直冲脖根——林飞羽不禁心头一阵发毛,慌慌张张地手脚并用着爬了起来,这个有些狂暴的动作并没能将背后的猛犬抛下,反而像是刺激到了它的同伴,又有数条狼狗争先恐后地扑了过来。

就这样一边与幻想中的群狗扭打肉搏,林飞羽一边跌跌撞撞地向山下狂奔,有几次,他感觉到自己分明已经甩开了纠缠在身边的牧羊犬,但不知怎么的,从黑暗中窜出的狗崽子又将他团团围住。

在现实中,林飞羽确信自己一口气捶个二三十只狗应该没有问题,但对于来无影去无踪的幻象,任何拳脚搏技都只是白费功夫,颇有种重拳打在棉花上似的无力感。

纠缠着他的,并不是匍匐在地上的狗,而是潜伏在心中的魔。即便是拥有无敌神力的超人,一旦丧失了心智,也会立即变得不堪一击。此时此刻的林飞羽,既不是国家安全保卫局的特工,也不是吊儿郎当的愤青,就和所有在大街上边跑边嚎的疯子一样,他深陷在自己的心灵漩涡中,变成了完全的废物。

再次恢复意识时,已经不知过去了多久,林飞羽看了看自己满是黄泥的左手,从地上缓缓坐起,斜倚在一棵松树旁。

难以言表的绝望在心中翻腾酝酿——并不是心有余悸,相反,林飞羽在担忧的,正是自己的未来。

之前的矜持、倔强与烛光般微弱的侥幸都被彻底撕碎,在这一刻,林飞羽终于明白,自己是真的没救了……回到那个孤零零的小房间里,被当成精神病人来对待,恐怕也将是他最后的归宿了。

但，那不是现在。

林飞羽猛地摘下已经放到嘴边的香烟，用力捏了个稀巴烂——

“抱歉……”

平日的心理训练在这一刻总算是起了效果，仿佛刚刚经历了严刑拷打一般的他，竟然勉强保持住了理智，并暂时把所有负面情绪搁置在内心的某个角落中：

“我已经戒了。”

林飞羽将残屑用力摔在地上，慢慢仰起头，透过松树稀疏的针叶，深蓝色的夜空中，嵌着一道黄灿灿的弯月，如此耀眼，以至于漫天的星辰都俨然失色。

在许多民族的传说中，“月”都是一个极具魔性色彩的象征。半月之下，美人鱼、小仙子，各种古灵精怪就会带着拿手的乐器，在世界各地的童话故事中留下自己的足印；而一到了满月，狼人、尸妖，乱七八糟的凶暴魔兽们便倾巢而出，化作一个又一个令人毛骨悚然的传说。

也许他们都疯了，就和自己一样——林飞羽突然“呵呵”地傻笑起来，这种想法也不无道理，古代没有精神病院，疯言疯语的家伙往往都被认为是“犯了邪”、“撞了鬼”，他们在月下的那些幻觉，也大多被迷信的愚人当成是“中奖感言”，是阳间凡人不遵守就会被惩戒的“规矩”。

林飞羽笑着站了起来，弯腰掸了掸风衣的衣摆——胡思乱想虽然不犯法，但生活总归还要继续，无论愉悦还是痛楚，想象本身就是不具价值的现实衍生物，沉迷在白日梦中的人，就和终日浑浑噩噩的酒鬼一样，既不能改变目前的处境，对将来可能降临的灾难也束手无策。

突然，他顿住了手上的动作。

如果……仅仅是如果，自己并不是在胡思乱想，而是真的“撞了鬼”呢？

林飞羽脑海里突然又浮现出宋旋那张疲惫憔悴的脸——这个女孩与自己不同，她不曾罹患精神分裂症，也不存在双重人格，但她的样子——那绝望的表情、那仿佛看不到未来的混浊眼神，与自己刚才的心境何其相似？

如果她也遇见了那个穿运动服的怪人呢？如果她也曾被暗巷中的醉汉掌掴呢？如果……如果她也被一大群德国牧羊犬追得屁滚尿流呢？

再以此为基础进行推论——

如果宋健发是在反抗醉汉时杀了自己的老婆，如果宋刚是在躲避狗群追咬时摔出了窗户……那么，自己精神错乱的现象不仅可以得到合理的解释，发生在南京的古怪案件也会取得突破性进展。

林飞羽攥紧了拳头，为自己的失误懊丧不已——在宋旋面前的时候，就应该想到这个问题了，眼下自己身在内蒙古，还带着个新人，说要马上赶回南京去找那女孩求证，实在是很不现实。

打电话？是个办法！他赶忙从风衣的内袋里掏出手机，掀开翻盖，在拨号码之前又犹豫了一下——以宋旋的脾气，对警察吐露心声是不太可能的，因此要找人帮忙提问的话，只有找陆楠了，所以……

等等——他又合上了翻盖，一个奇怪的念头在脑海里涌动：若是说，宋健发一家四口和自己产生的幻觉一模一样、至少有点相似的话，那么整个事件的源头——姑且称其为“鬼”好了，也极有可能对之前的受害者造成了相同的影响。

所以……眼下还有一个更简单、更直接的“检验方法”！

“赵信！”

这个名字脱口而出的时候，林飞羽的双眼里，闪烁出了野狼一般的凶光——终于，在经历了种种毫无头绪的迷茫之后，他感觉自己找到了一切线索的连接点。

五分钟后。

再次看到林飞羽的时候，叶枫的眼角微微抽动一下。

从小到大，所有熟悉他的朋友，都常常困惑于叶枫的“处乱不惊”——在大家觥筹交错的时候，他板着脸，沉默；在大家放声欢笑的时候，他板着脸，沉默；在大家板着脸，沉默的时候，他板着脸，沉默。

就算是那些足以让人失声尖叫的恐怖电影，也很难让叶枫的脸上显出一丝波澜，那近乎“面瘫”的表情，也早已成为他在学校和部队里的商标，别无二家。

但是就在刚才，他的眼角确实是微微地抽了一下。

消失了差不多一个小时之后，林飞羽回到了越野车旁，出现在他视野里的这位前辈，灰头土脸，满身草屑，黑色的大衣上还沾着屎黄色的泥渍，就好像刚刚参加完了一场帮派混战。

而最关键的，是他孤身一人——那个赵信……或者说，桑洛扎巴并没有和他一道出现。

叶枫的大脑迅速运转起来，在林飞羽一步一步靠近的这几秒钟里，他设想出了好几种可能性，但它们不是自相矛盾，就是缺乏逻辑，最终，经验与直觉让他还是选择了用自己最擅长的方式来面对前辈——

板着脸，沉默。

林飞羽走到车门旁，与驾驶席上的后辈四目交投，也许是为了缓和一下有点尴尬的气氛，也许是为了转移对方的注意力，他决定说一个笑话：

“哟？你也会开车啊？”

言下之意，就是在说“我注意到你换了座位”，但很显然，这一点也不好笑，而且听起来还有点挖苦的意思。

“是的，前辈。”无论是点头的动作，还是皱眉的神情，叶枫都显得异常认真，“我会开——自动挡的轿车，手动挡的轿车和货运卡车，铲车，叉车，起重机，推土机，压路机，农用联合收割机，97 式步兵战车，02 式自行突击炮，99 式主战坦克，12 式……”

“行了行了行了行了……”林飞羽掩面轻叹，“当我没问。”

“是。”

起码他不会回嘴——在这个不解风情的家伙身上，林飞羽好歹是发现了一个优点，但愿他在执行命令上也会毫不含糊。

“交给你个任务，”透过半开的车窗，林飞羽探手拍了拍叶枫的肩膀，“去僧舍找出赵信，把他带到车子这儿来。”

“明白，前辈。”

换作是林飞羽的话，接到这个命令，起码要开玩笑似地问一句“带人来还是带尸体来？”，但是叶枫没有——没有迷惑，没有惊异，也没有片刻迟疑；不问“在哪里”，不问“怎么做”，也不问“为什么是我”——他只是利落地打开车门，跳下越野车，就这样一语不发、步履决绝地消失在夜色之中。

反倒是给人出难题的林飞羽愣住了，他看着叶枫远去的背影，在越野车旁傻站了好一会儿。

“你小子……到底是何方神圣嘛？”

林飞羽呓语似的呢喃道。

12 喝茶

从后视镜中，林飞羽再一次确认了自己那张颇有些女性气质的脸——是的，没有伤口，完好如初。

但是那炽烈的痛感依然残留在腮上，用手轻轻一碰，似乎还有着鲜血的温度——这诡异的现象，不禁让林飞羽想起了一个著名的试验：蒙上志愿者的眼睛，声称要用烧红的硬币烙他，实际上却只用了一块冰，结果志愿者的身上还真出现了烫伤的痕迹。

且不说这个试验是真是假，有没有可重复性，但它所暗示的道理对林飞羽来说却是如此真切：灵魂上的创口，不仅能让精神受到折磨，同样也会影响到肉体的感觉。

反过来，如果将灵魂修炼得足够强大，也一定能克服精神和肉体上的痛苦吧——这样想着的林飞羽，情不自禁地扫了一眼后视镜中的赵信，这个穿着僧袍的中年男人正低着头，像冥思似的一动不动。

或许皈依佛门，就是他找到的答案，是他让自己解脱的唯一办法……当然，这种判断的前提，是这位喇嘛曾经遭遇过和自己一样的幻境。

基于假设之上的假设，验证起来却格外的简单。

“我们开门见山吧，赵信……”林飞羽故意将嗓音压低，让自己听起来有些阴险，“从墓穴回来之后，你是不是产生了幻觉？”

就和大部分老百姓概念中的“喇嘛形象”一致，赵信披着红色的粗布袈裟，双肘外露，虽然没有戴僧帽，但装束齐整，神色祥和，显出一股与林飞羽截然不同的庄重气质。

在林飞羽提问结束十秒钟之后，他依然默不作声，就好像是压根儿就没有听见一样。

“唔，如果你对汉语已经有些陌生，我可以润润喉咙再说一遍，”林飞羽故意干咳了一声，“十八年前，在最后一次盗墓结束之后，你是不是产生了幻觉？”

喇嘛仍旧像是一块石雕般不言不语。

就在林飞羽一口深吸气，准备唱白脸的前一秒钟，之前一直端坐在赵信身旁的叶枫突然没来由地插了一句：

“桑洛扎巴，我们在问你话呢。”

哦，当然，“桑洛扎巴”——林飞羽这才想起来，老李和自己说过赵信的这个法号。从理论上讲，虔诚的出家人应该是抛弃了本名，以此来证明自己的“六根清净”。

这种常识，作为特勤七处的“老兵”，林飞羽理应心知肚明，但在今天，却偏偏是一个新人提醒了他……顺带还以巧妙的方式，帮他打了圆场。

“我无法回答你们的问题……”终于，喇嘛睁开了眼睛，慢条斯理地道，“十八年前的事情啊，我已经忘记了。”

“那让我们换个角度好了……”林飞羽知道自己接下来的这个问题将会相当玄奇吊诡，因此他别过头，用余光瞥了一眼侧后方的叶枫，同时心中暗暗祈祷，希望他不要回去跟谁打小报告：

“从墓穴出来之后，你是不是曾被一大群狗袭击过？”

叶枫的眼角又抽了一下——以他缜密的逻辑思维方式，实在是无法理解自己的前辈到底是在想什么，为什么会对一个刚刚才见面几分钟的人，提出一个好像老朋友叙旧似的怪问题。他仔细回忆了一下之前看到的所有资料——每一句话，每一个字都历历在目，但里面绝对没有提到过……“狗”。

而更让他吃惊的，却还是桑洛扎巴的反应——这位从见面到现在，始终淡定如活佛似的出家人，竟然瞪圆了双目，现出一脸纠结而震惊的神色。

“你……你们……”取代回答的，是他一句带着颤音的反问，“到底是什么人？”

就像是扑倒了羊羔的野狼，唇角已经贴上了猎物纤细的喉管——林飞羽用力紧了紧牙关，发出“咯吱咯吱”的声响。

“怎么？”他转向叶枫，“你什么都没说就把人给领过来了？”

叶枫回话的时候，仍旧是一脸木然的表情：“我联系了这里的公安局，叫他们打电话通知寺庙，我去门口接人就可以了。”

“呃……”林飞羽摆了摆手，“为什么要搞得这么麻烦？”

“我以为我们的工作需要高度的隐秘性。”叶枫顿了顿，像是作总结似的轻轻点了一下头，“……前辈。”

确实，按照常理，“国家安全保卫局”这个头衔一般是不会亮给寻常百姓的——而这样做的人，多半都是些骗财骗色的不法之徒。

但至少在林飞羽的原则里，推进任务的效率才是第一位，至于隐秘性——在国内的大部分任务中，根本就不在他的考虑范围之内。如果说上一句“我是国家安全保卫局的”就能扫清面前的障碍，他绝对不会犹豫一秒钟。

“唔，你做得很好。”不可否认的是，叶枫选择的办法倒还算是挺聪明的，“至少比我刚进国家安全保卫局时的表现要好多了。”

加重过的“国家安全保卫局”七个字，自然是故意说给桑洛扎巴听的，而他凝重的表情也说明这小手段似乎是起了点作用。

“国家安全保卫局……”他吞了吞口水，情不自禁地将双掌合拢，搭在膝上，“找我……有何贵干？”

“别紧张，大师，耽误不了您多少时间。”

自认为已经掌握了主动权的林飞羽，拉开仪表盘侧面的储物格，从里面取出一张封塑相片，递到喇嘛手边：

“你还记得这个人吗？”

那正是许霆的半身像，但桑洛扎巴看了好一会儿才认出来：

“我……”他将照片轻轻丢在坐垫上，“我不认识他。”

“大师，你看——”林飞羽侧过身，用手点了点自己的胸口，“我们也是公务员，但和某些官僚主义的同行不同，我们国家安全保卫局很少犯错。”

桑洛扎巴默然不语。

“我们不会随随便便从北京赶来找你的不痛快，”林飞羽继续道，“也不会拿着一张莫名其妙不知道是谁的照片，在大半夜里骚扰宗教人士。”

喇嘛双手合十，双目微闭，口中念念有词，似乎是唱起经来了。

如果是平时，火上心头的林飞羽应该是要准备“改变谈话的方式”了，但是今天，怎么说也得给坐在后排的新人做一点“榜样”才对。

“大师，国家安全保卫局绝对不会无聊到追究你十几年前的案底,恰恰相反,我们现在十分需要您的帮助……”林飞羽稍作思索,“佛说,救人一命胜造七级浮屠,您今天在这里对我说的话,将直接决定好几个人的命运……”他顿了顿,“而如果您什么也不说,那么不只是这几个人,我可以向大师您保证,还会有更多的人惨遭不测。”

桑洛扎巴口中的碎碎念终于结束,他显然是有些动摇了,但还没有睁开眼睛。

“问问你的佛祖吧,”林飞羽又转回身体,面朝方向盘,“或者问问你那已经修业了十年的心,问问它,是不是希望你见死不救。”

这句话似乎是起了作用,桑洛扎巴皱紧了眉头,慢慢睁开了眼。

“我……”声音虽小,但他终究还是开口了,“我能做什么?”

“回答问题就可以了,其他的由我们来解决。”林飞羽别过头,“首先,照片上的人,许霆,你认识他对吗?”

“你说我可以救人,”喇嘛摇了摇头,“我想知道为什么。”

“等你如实回答了我的所有问题,心里便自然会有答案,”林飞羽保持着咄咄逼人的态势,“现在,说吧,你认识许霆对吗?”

桑洛扎巴又一次拿起照片,端详了几秒,一声轻叹:

“……见过几面。”

“什么时候?”

“记不清了,都多少年过去了……”突然意识到在对方的“情报量”面前,支支吾吾并没有多大的意义,桑洛扎巴连忙改口道,“应该就在那之前的一个月。”

“在你们去盗墓之前?”

“对。”

一个简单的“对”字显然不能让林飞羽产生满足感：

“说具体点，从头开始，你们是怎么认识的？”

“我记得这些我已经和警察交代过了……还不止一次，”喇嘛皱起了眉头，“你为什么不去问他们呢？”

真实的原因，当然是警方的口供已经遗失，但林飞羽打算编一个更有趣的理由：

“我知道你没有对他们说出全部的真相，所以我决定亲自来问你。”

这是一句很难反驳的话——谁也不敢说自己没有隐瞒过什么，更何况那已经是很多年之前的故事了。

在沉思了几秒之后，桑洛扎巴不安地道：

“你们……你们是要去抓他吗？”

“我的天哪……你这人到底是怎么了？”林飞羽终于恼了，他猛地提高了嗓门，“是我表达得不够清楚吗？‘你回答问题就可以了’——这句话你难道理解不了？”

“他不是凡人，”完全没有被对方的怒火吓到，喇嘛只是不紧不慢地摇了摇头，“你们抓不住他的。”

“他……”林飞羽欲言又止，有些不解地同叶枫交换了一下眼神：

“啥？你说他是……啥？”

“他是个妖术师……”桑洛扎巴紧紧攥着手里的相片，颤巍巍地道，“他给我们下了咒……就为了灭我们的口……最后只有我活了下来……”

从这断断续续语无伦次的回话中，林飞羽捕捉到了一个关键性的信息，而叶枫的反应甚至比他还要快：

“许霆已经被我们控制住了，”叶枫轻轻握住喇嘛颤抖的手腕，“无论他以前对你做了什么，我保证，他现在再也不能拿你怎么样了。”

似乎是有点不敢相信的样子，桑洛扎巴瞪圆了眼睛：“你们已经……抓住他了？”

“相信国家相信党，相信我们伟大的中华民族，”林飞羽不耐烦地道，“管它什么妖魔鬼怪牛头马面，能斗过国家安全保卫局的家伙，我还真没见过呢！”

“可你刚才说有更多的人会死，我还以为又是他出来害人了……”

“与他无关，但确实会有人死，”林飞羽异常严肃地道，“好了，大师，现在时间也不早了，我们不要绕弯子了，你如果愿意合作，我们现在就开始，如果你不愿意回答问题——”他顿了顿，“我们可以换个地方，先喝点茶再谈。”

毫无疑问，谁也不愿意深更半夜与国家安全保卫局的人一起“喝茶”。

做了一番权衡之后，桑洛扎巴叹了口气：“只要是我还记得的，你们就问好了……”

“那还是从头开始——你和许霆是怎么认识的？”

“我们约了个时间，在县城的一家小餐馆见面。”

“等等，”林飞羽眉头一皱，“据我所知，干你们这行应该是由‘中间人’来牵头才对。”

喇嘛点了点头：

“他是通过了中间人……但在那之后，就直接与我联系了。”他顿了顿，“老板亲自出面，我们也是第一次遇上，一开始还以为是公安的诱饵，但他出手大方，一上来就丢了一万五给我们……那可是上个世纪，一万五不算小数目了，我们觉得要是公安诚心抓人，没必要砸这么多的钱……想想看那时候，真是鬼迷了心窍，犯了贪戒才会……”

“拿到钱之后呢?”林飞羽打断他道,“他给了你们地图?”

“不,我们先讨论了分赃的比例,至于地图……”桑洛扎巴回忆了几秒,“没有地图——我们根本就没见过地图,他说他会直接带我们过去,我们只要出人就可以了。”

“直接带你们去?”林飞羽摸了摸别在脑后的马尾辫,似是自语地道,“这么说来他之前已经去过了……唔,恐怕是因为一个人打不开墓穴所以才想要去找人。”

“对,所以找到了我们这个盗墓世家,”喇嘛苦笑道,“真是报应呢……”

“好,继续,会面之后呢?”

“会面结束后大概一个月,我们被通知在内蒙古的一个小县城里集合。那地方是叫……叫……”

“固阳县。”叶枫面无表情地提醒道。

“啊……固阳,”喇嘛缓缓地点着头,“是这个名字。”

“那墓穴呢?”林飞羽继续问道,“离固阳县城很近吗?”

“不,非常远,车子跑了一上午,一直开到看不见路的地方,又下来步行,走了差不多快半天才找到。”

“是在山里?还是草原上?”

“深山老林!”喇嘛突然加重了语气,目光也跟着闪出了一丝激动与兴奋,“完全是渺无人烟!我们去的时候刚好是夏季,绿树青草,蓝天白云,真的,漂亮极了……我还记得,有一只獐子在河边饮水,”说着,喇嘛竟然伸手比画起来,“它个头不大,大概有这么高,身上的花纹……”

“如果现在让你去找,”林飞羽又一次粗暴地打断了他的回想,“能帮我们带路吗?”

“你们叫我回去?”桑洛扎巴一脸惊恐地摇着头,声音都提高了一个八度,“不,决不,就算杀了我……也不行。”

林飞羽与叶枫交换了下眼神：

“别激动，大师，我们不会强迫你，但不瞒你说，我们的工作和那墓穴有直接关联，你能告诉我们怎样才能找到那个地方吗？”

“这……这真没办法了，我实在没印象了，反正是一片深山老林，但叫什么名字我也不知道。”

“那墓穴周围有什么特征吗？”

喇嘛双手抱拳，仔细地思索了几秒：“我记得有一条河，河水大概有十来米宽的样子。那个墓穴就在河边上，哦！对了，我想起来了！是在一个大转角的旁边……”他比画了一下，“那个转角啊，弧度很大，差不多是U字形的。”

“‘十来米宽的样子’，唔，”林飞羽一边重复着这个描述，一边在头脑中估算着卫星地图的精度，然后像是确信了什么似的点了点头，“很好，再谈谈那个墓穴吧，这你总该会有印象吧？”

“不大，而且很隐蔽，不仔细找的话，根本就发现不了入口。”喇嘛绘声绘色地道，“我们在距离墓穴30米的地方找到了猎人的陷阱痕迹，但墓穴本身好像从来没有人造访过，那个许霆他自己也找了好半天，等我们准备妥当，太阳已经下山了。”

“在山林里的隐墓……”林飞羽眉头一皱，“唔，显然墓的主人并不希望在死后被人打扰——包括自己的后代。”

“对，从外面看，墓是完全封死的，但里面却……”

“等等！你先等等……”

林飞羽手忙脚乱地从储物格里摸出一块平板电脑，连着手写笔一起，递到喇嘛跟前：

“画出来，墓穴的结构，还有里面的陈设，你一边说一边给我们画出来。”

桑洛扎巴看着那像杂志一样薄的“屏幕”，显然是有些不知所措：

“这是……手机？”

林飞羽斜了他一眼，又把平板电脑给拿了回来：

“算了，还是由我来画，你说就好了……详细点儿。”

喇嘛润了润嗓子：

“那墓穴啊，最奇怪的地方，还真不是结构和陈设。它的入口离河岸只有不到二十米，而且朝向也与一般风水学的要求不符……我们从没有见过类似的坟，太诡异了。”

“唔？”林飞羽难掩笑意，“你还懂风水哟？”

“不是说有把铁铲就能盗墓啊……”喇嘛唇角微颤，像是笑了一下，但旋即又恢复了之前的苦瓜脸，“这个墓没有任何的地面部分，只是一个很自然的小坡，上面也没有种树，就是杂草丛生的样子——”

以林飞羽的绘画水平，在描述这段景象的时候，也就只是象征性地画了一条代表“地平线”的黑条而已。

“入口被一整块巨石封死，从外面看就以为只是自然形成的岩块，根本不会想到里面别有洞天……”喇嘛的语速渐渐快了起来，“我们花了差不多两天的时间，才把石块敲碎移开。”

“两天？”林飞羽一愣。

“我们也没有想到会花那么久……但许霆不允许我们使用炸药，所以只好用一些原始的工具来做事。”

“你们就不怕被人发现？”

“怕，怎么不怕？”喇嘛顿了顿，“我们当时打算，如果被人发现，就给他一千块封口费——对当地人应该是足够了。”

“好，继续，你们凿开了石头之后？”

“巨石后面是一条甬道，有石砌的台阶，差不多45度左右的倾角，大概10米长……也许不到，但至少也有个七八米吧。”

“唔,45 度的倾斜甬道……”林飞羽一边点着头,一边在屏幕上画着,“在中国的墓葬建筑中确实不常见。”

等等——他捏着手写笔的食指和拇指突然微微抽搐了一下,好像是为了要提醒什么似的,某个潜藏于记忆深处的声音在耳边轻声低吟了几句,但这种感觉转瞬即逝,反应过来的时候,已经什么都回忆不起来了。

“等我们弄走巨石,差不多已经是第二天的黄昏了,由于不清楚里面的环境和空气状况,我们决定等到清晨的时候再进去。”

在职业盗墓人口中,这种等待的行为通常被称为“晾一会儿”——非常形象也很有意义。当然,对于扒开坟头就敢往里面冲的业余选手来说,这样做纯粹是浪费时间。

“甬道低矮,窄,做工也很糙,”喇嘛摇摇头,“就像是在土堆上直接挖了一个洞下去,这样的感觉……连台阶都是直接用泥土抠出来的。”

林飞羽一边“嗯嗯”地应着,一边在屏幕上画上草图:“是夯土吗?”

“夯土……是什么?”

林飞羽顿了顿笔,决定还是不要和他纠结这种细节性的术语问题了:

“你继续,在甬道下面是什么?”

“甬道下面,底部,就在底部,竟然还有一块封石!大小刚好将路堵死,只留了一点点缝隙,连个指头也伸不过去。”说到这里,桑洛扎巴突然笑了,“……当时我们就互相责怪了起来,连那个许霆都生气了。”

“唔,我能理解,”林飞羽点点头,“等于是你们之前‘白晾’了一晚上。”

“对，墓穴等于还是没有开苞。我们争论了一会儿后，决定使用雷管来节约时间。”

“你们用了雷管来炸开石门？”

“不，不是‘石门’，只是一块‘石面’，打磨得很光滑，但我们当时根本就不知道它有多厚，也不知道那是不是什么门，说不准在它后面什么都没有呢。”

“还真没见过这样的设计，”林飞羽舔了舔嘴唇，“真遗憾你们不是考古学家，没留下记录就把它给炸了。”

“打爆孔的时候，我们发现石板很薄，大概只有一拃宽吧，”喇嘛伸手比画了一下，“所以最后并没有用上雷管，锹子和锤子就够了。”

“唔，设备倒还挺环保……”林飞羽揶揄道，“把那石板撬开又费了你们不少劲儿吧？”

“还行吧，我们也不是新手了……最困难的部分是把碎石和土渣运出甬道，这确实花了不少工夫。”桑洛扎巴像是在回忆似的停顿了片刻，“而且我记得……那时候许霆还要求我们把碎掉的石板在外面重新拼好给他过目，这也很麻烦，而且到最后也没拼出个完整的图案来。”

也许是职业的关系，林飞羽对那些在原有逻辑系统中突然冒出来的“新概念”总是特别敏感：

“图案？你刚才说……图案？”

“对，就是石板上的图案，怎么了？”

“描述一下——”林飞羽将手写笔绕着拇指转了几圈，然后一把捏住，点了点屏幕，“越详细越好。”

“这个……我还真记不得了，”喇嘛面露难色：“约莫是一米见方吧？反正挺大的，形状嘛……就是黑乎乎的一团，有点像太阳，反正看不出来是什么东西，也许是墓主人画的符之类吧?”

“那许霆为什么会要你们把它重新拼起来?”

“谁知道他呢?”喇嘛有气无力地道,“反正从开墓起,他就一直呆在外面指手画脚,连甬道都没有进去过。”

林飞羽隐约觉得这里面有什么蹊跷,但一时又想不出来,于是点头示意对方继续。

“砸碎石板后,里面就是墓室了——”说到这里,桑洛扎巴忽然叹了一声,“哦!那可真是我这辈子见过最精美的墓室,地板、天花板和墙都是石壁砌成,一块一块的,刻满了各种我看不懂的符号和文字……”

“唔,精美的墓室,却有一个土得掉渣的甬道,”林飞羽若有所思地道,“听起来就非常不合理,莫非是修墓修到最后发现没钱了?”

“不,虽然不知道修墓的人是谁,但我肯定他非常有钱,你能相信吗?他在墓里还砌了石井。”

林飞羽眉角一扬:

“井?”

他抬起头,看了看后排的两人——一个正襟危坐,一个面无表情,似乎都对“墓里有井”这种咄咄怪事没有产生多大的好奇……或者说,困惑。

“‘井’?你确定你没搞错?”

“嗯?”喇嘛还有点被问住了的意思。

“井,”林飞羽咽了咽喉咙,“特指‘一种取用地下水的垂向汇水建筑’,你确定你没有搞错?”

“至少在我看的时候,四口井里都是有水的,水位离井口最多也就是两米左右吧……”

“你……你等等,”林飞羽笑道,“四口井?大师你没喝多吧？”

“出家人不打诳语，再说……我干嘛要骗你们？你们不是国家安全保卫局的吗？”

带着“反被摆了一道”的感觉，无话可说的林飞羽在屏幕上画了四个“圈子”：

“好的，姑且信你……四口井，怎么看这墓室的规模都得超过一个村子了，但你说入口距离河岸只有三十米？是三十米吗？”

“不，墓室没那么大，估计也就是……”喇嘛回忆了几秒，“五十平米吧，五十平米最多了。”

林飞羽低下头捏了捏眉框——他在脑海里对“五十平方米”这个概念进行了一番仔细的推敲，不禁更加觉得对方是在信口雌黄：

“五十平米的地方，还放了四口井？你这是在说自来水厂吗？”

“真的是墓室！棺材就在正中央——”喇嘛有点急了的样子，“还是雪花石的呢！光棺盖就有好几十公斤！”

林飞羽捂住脑门摇了摇头，又冲叶枫打了个响指：

“喂，你听说过这种事吗？在自己的墓里修四口井？”

“没有。”

叶枫的表态一如既往——像面瘫似的不带任何感情色彩：

“但是前辈，我认为这种行为具备存在的可能性。”

林飞羽无话可说，只得在平板电脑上的屏幕中间又画上了一个长方形——以此代表石棺。

“接下来呢？你们撬开了棺材板儿，发现了什么？”

“尸体啊，当然是尸体。”

“能看出是什么人的尸体吗？”

“已经全烂了……”说这句话的时候，喇叭双手合十，又碎碎念了几句,“……它仰面朝上,双手交叠在小腹,身上就剩了点破布,其他什么都没有。”

“陪葬品呢?”

“真的没有,空无一物,除了人,棺材里连块值钱的石头都没有找到。”

“那警察找到的赃物是什么?”林飞羽突然脸一横,“你是记忆力真不行了呢,还是故意在这里跟我耗时间?”

“赃物?”桑洛扎巴先是一愣,继而哭笑不得地道,“……你说那些破玩意儿啊,都是堆在墓的角落里,一看就知道不值什么钱。”

“就说那些破玩意儿,”林飞羽用笔尖弹了弹屏幕,“在墓里时是什么样的?”

“这个我真不知道,”喇嘛不紧不慢地摇摇头,“翻墓的时候,我人已经在外面了,在和许霆谈分赃的事情。”

林飞羽突然觉得,这或许才是问题的关键——

“分赃?这个不应该是一开始就谈好的吗?”

“对,按规矩,是应该先约好销赃后分钱的比例,一般是三七开……但他很特别,他说他不要钱,但要求所有挖出来的东西,必须先过他的目。”

“听起来对你们挺优惠。”

“听起来是,哈!”喇嘛干笑一声,“可我们实际上什么都没挖出来不是吗?所以我爹才会叫我和他再谈谈。”

“那你又谈了些什么?”

“真记不得了……总之,最后我们还是按他的要求去做了,把所有掏出来的东西在他面前一字排开,让他一件一件看过去。”桑洛扎巴顿了顿,“他看得很仔细,打开了每一个陶筒,取出里面的羊皮卷,摊在地上,用放大镜一个一个地看过去。”

"羊皮卷……放在陶筒里……"林飞羽不解地自语道,"这他妈是哪个朝代的规矩啊?"

"反正上面的字我一个也认不出来,当时只是觉得都是些不值钱的文书而已,所以他要什么就随便他拿了。"

"那他挑中了什么?"

"几张羊皮卷,大概是……三四张吧?他一把就塞进了包里,然后当场付给了我们剩下的二万五千元。"

"现金?"

"现金,然后人就走了,我们再也没有见过他。"

"唔……"林飞羽若有所悟地点点头,"也就是说许霆应该已经找到了他想要的东西。"

"可能吧,反正我们拿了钱,带上一些看起来比较完整的文物就走了。"喇嘛叹了口气,"啊……贪心啊……都是报应,我们应该把那些都还回去的……"

"'报应'?"林飞羽一声哼笑,"遭了报应当然会这么说,盗墓的时候你们咋就没想到呢?"

"其实那次活儿,我一开始就是反对的,"桑洛扎巴有些懊恼地道,"但家里人说干完这票就收手,而且对方的开价真的很高,我们实在没有理由拒绝……现在想来,都是那妖人的诡计啊。"

"刚才是报应,现在又是妖术了……你说这些,警察恐怕完全不会相信吧?"

"哼——"喇嘛苦笑道,"警察审我的时候,我都不知道自己说了什么。那时候脑子完全一团乱麻,没日没夜地看到一些……"

他咽了咽喉咙,像是有什么苦痛似的欲言又止。

"但是我信——"林飞羽轻轻摁住他的肩膀,掷地有声地道,“妖术也好,报应也好,不管警方是什么态度,我都愿意相信你的遭遇与经历,而只要你肯说出详情,我们就有办法来帮你摆脱它。”

林飞羽并不是为了安抚对方而说大话,第七特勤处创立的初衷之一,就是消灭所有“妖术报应降头诅咒”之类祸害百姓却又不可言说的糟糕物——而要消灭它们,首先就必须正视它们的存在,回避与讥讽并不是解决问题应有的态度。

更何况,现在的林飞羽,已经百分之百确信发生在自己身上的“错觉”,与赵信曾经面对的“妖术”如出一辙——说不定还就真是一人所为。

“详情?”桑洛扎巴避开林飞羽的视线,把头偏向车窗,“我皈依在这里,就是为了忘记那些事情……我没什么‘详情’好说的。”

“你的兄弟死了,你的父亲死了,只有你活了下来,”林飞羽冷冷地道,“你难道不想知道他们是怎么死的吗?你难道不想……”他本来想说“为他们报仇”,但考虑到对方出家人的身份,于是又把到嘴边的话咽了回去,换了一句更温和的表述,“难道不想让许霆受到应有的惩罚?”

喇嘛不语,依旧是默默望着窗外的夜幕。

“好,就让我和你直说了吧……”林飞羽忽然加快了语速,“现在我的——我们的手头上有一个案子,关系到好几条人命,而凶手很可能就是当年雇佣你的许霆。我们现在对他的作案手法还不甚了解,对他的动机也是一无所知,既没有证人也找不到线索,现在解开谜题的唯一钥匙……”他有意顿了顿,“就是你了,桑洛扎巴。”

“唯有这件事,我帮不了你。”喇嘛合上眼睛道,“那时候的一切都太过混乱,我分不清哪些是现实,哪些是虚妄……既然我的话事关重大，那就更不能胡说八道，对不对？”

“是不是胡说八道，得由我们来判断，”林飞羽眉头一横，“你看到了什么样的幻觉，对你产生了什么样的影响，这些都有可能成为我们破案的关键。”

“不是我故意隐瞒，但那段记忆真的很模糊，我不知道要从何说起。”

“比如我们一开始提到的‘狗’……”林飞羽决定拿出杀手锏来，“在幻觉中，你曾经被一群‘不存在’的狗袭击过，有这回事儿吧？”

喇嘛沉默了几秒：

“……嗯，是在看守所里的时候，我大喊大叫，还被人揍了一……”他突然收住声，睁开了眼睛，扭过头来，一脸迷惑地看着林飞羽：

“等等，我从来没有对任何人说过这件事……你是怎么知道的？”

为了掩饰心中隐隐的紧张感，林飞羽撩了一下额前微卷的刘海：

“并不是只有你被幻想中的德国牧羊犬袭击过，我说了，受害者还有其他人，他们也……”

“什么犬？”桑洛扎巴眼角一跳，“你……你刚才说什么国什么犬？”

被问住了似的，林飞羽愣了几秒：“德国牧羊犬啊……”考虑到对方的“见识”，他忙改口道，“一种大狼狗，通常是黑色的。”

喇嘛一边摇着头，一边连说了好几个“不”：“我看见的不是黑狗，是大黄狗，是土狗，土狗。”

虽然达不到“晴天霹雳”的程度，但林飞羽还是被和尚的这句话给彻底说呆了——他嘴角微启，眼神凝滞，僵在两人面前足足有十好几秒。

“土、土狗？”像是在求助一般，林飞羽将目光移向了叶枫，“土狗是、是什么玩意儿？”

“土狗，”叶枫点点头，一本正经地答道，“学名‘中华田园犬’，起源为东南亚狼。体型中等，耳朵下弯，尾巴粗且向上卷曲，中短毛，颜色多以黄、白、黑或混色为主，性格温顺，可以群居，地位域强，容易饲养，忠诚度高，不易生皮肤病，被广泛用于我国农村的看家护院及狩猎活动。”

“当我没问，谢谢。”林飞羽又转向桑洛扎巴，“那么醉汉呢？遇到过吗？还有穿运动服的怪人呢？都没见过？”

取代回答的，是一阵令人尴尬不已的沉默。

车厢内的三人面面相觑，其中两位的脸上还挂满了迷茫与困惑，而另一个……则像是一位事不关己的局外人，端端正正地板着扑克脸，一动不动。这滑稽的场面持续了整整一分钟之后，以林飞羽的一声哀叹收尾：

“……好吧，这儿有夜宵卖吗？”

13 遗失的仪式

翌日，下午 3 时 25 分。

环顾四周，目光所及之处无不是苍翠的绿意。虽然已经时近深秋，但今年的十月却仍不见一丝凉意，即便是在内蒙古这个高纬度的省份中，花草树木依旧在享受着盛夏的余韵，填满了每一个尚未被人类以“开发”之名所玷污的角落。

一个踏青的好地方——如果是对于出门避暑的恋人，这里还真是个相当值得推荐的胜地，青山绿水，猿叫莺啼，没有世俗的纷扰，没有旁人的围观，完全是一派纯粹的自然风光——若是在这里享受“二人世界”的美妙，一定会是非常温馨浪漫的体验吧。

想到这里，林飞羽抹了抹满是汗珠的额头。

没有恋人，在他身边，只有一个一上午都不说话的叶枫；没有浪漫，在他头顶，是仿佛能把人凭空蒸发的艳阳；当然，也没有心情欣赏什么纯粹的自然风光——望着周围的绿树杂草，他忽然有种“是不是迷路了”的忧虑。

掏出 GPS 定位仪，打开，屏幕上却只显示出了经纬度，其余地方则是一片空白，连续放大了两次比例尺之后，才在地图的尽头出现了一条弯弯曲曲的小路，它画出了“文明世界”的边境，将林飞羽和叶枫无情地丢进了被俗话称作"深山老林"的区域。

"你确定就是这里？"

面对林飞羽眉心紧蹙的质问，通讯器另一头的裴佩也有些动摇了：

"U 字形的转角嘛，还能有几个？塔玛兰河就这么长嘛。"

林飞羽卸下背后沉重巨硕的黑色背包，踏了一只脚上去：

"大姐啊，我两个小时前就听你说过同样的话了。"

"仔细看卫星地图的话，那个其实也不算 U 字形的转角，至多只是个 L 形的吧？"

极快的语速中毫无歉意，甚至还有点"玩味儿"的意思——这让林飞羽不禁火上心头：

"好好好，不管是 L 形还是 U 形，你告诉我，实话，前面还有几个这样的转角？"

"你们已经在塔玛兰河的上游了，再往前走几公里就只能看到一些小规模的溪流，没有赵信所说的那种十多米宽的水面。"

"那如果压根就不是这条河呢？"

"要我把其他两条的地图传给你们吗？"

"唔……你可真没幽默感。"

"不，羽，"裴佩一本正经地回道，"这次是你没幽默感。"

林飞羽无力反驳——塔玛兰河本来就是他自己"钦定"的第一目标地，而选中的理由在逻辑上也看似无可挑剔：根据赵信的描述，许霆带着他们从固阳县城出发开车行驶了一个上午——就算是 5 个小时吧，调出 1999 年的内蒙古地图，以固阳县为中心，将所有道路向外延伸，按照每小时 40 公里和每小时 80 公里的两种速度基准，各画一个五小时路程的闭合区间，两条线中间的范围便是他们下车的可能位置。

接下来,再把“人迹罕至”、“深山老林”和“十米多宽的水面”这几个条件结合在一起,可供选择的河流便所剩无几了。

也许是因为很少被人踏足的关系,裴佩没能找到塔玛兰河上游的地图,只能通过卫星遥感来引导,而这一段蜿蜒的河道足有三十公里之长,要在里面找出一个据称伪装极好的小墓穴,无疑是大海捞针。

好在,那喇嘛还提供了另一个重要的线索:“U字形的转角”。

“他说的是U字形的转角?”林飞羽低头问正半跪在河边的叶枫,“还是L字形的?”

“U字形,我确定。”

说着,叶枫伸手舀起一捧水,轻酌了一口——就如同想象中一样,非常甘爽甜美,还带着山涧所特有的清凉。

不知是因为舒坦还是突然有了什么感想,叶枫发出了一声绵长的“嗯”。

“通常来说呢……”林飞羽斜了他一眼,“我们七处是很忌讳在任务地区附近喝生水的,比如说2010年——”

“2010年的苜蓿园事件,”叶枫突然用相当认真的语气接过了林飞羽漫不经心的话头,“定义为‘具有潜在毁灭性的传染病流行’,总计造成14人死亡,103人感染。7月5日由国家防疫卫生总局交由国家安全保卫局第七特勤处负责,派遣人员为行动队长冷冰和初级探员林飞羽……”

“等等,你背的这个是行动记录?”

“是的,前辈。”

“从老李……李伟杰那儿搞来的?”

“是。”

"里面有提到我因为喝了当地的井水而感染病原体,被抢救八小时然后隔离两星期的事迹吗?"

叶枫沉默了几秒,似乎是在揣测对方的言下之意,不过思考到最后,他决定还是如实回话:

"没。"

"那么你现在知道咯,"林飞羽双手抱臂,一副教育新人的样子,"要拯救祖国的13亿同胞,首先得保护好自己,因此我建议你拒绝饮用任何未经消毒的生水——尤其是在执行任务时。"

"特种部队的要求,是在执行任务时也能够在野外随地取水。"

虽然是相当平和的语气,但林飞羽突然意识到,这可是叶枫和他说话以来的第一次"回嘴"。

"我们也会用到野外生存,"林飞羽半跪下来,也用手捞了捞水面,"不过和你们特种部队要求的方式不太一样。"

已经料到后面还有话,叶枫只是斜了他一眼,并未做声。

林飞羽从背包外侧颊囊中取出一根体温计状的物体,在叶枫面前晃了晃:

"苜蓿园事件之后,特勤七处获得了不少针对水质污染的原型装备,这个'女娲石'就是其中之一。"

"女娲石……"叶枫面无表情地点点头,"听上去像是某种净水药片。"

净水药片——林飞羽当然知道这东西,不只是野战部队,许多驴友也总会在包里带上那么一点以备不测。它的使用方法也非常简单:丢进水壶,连着液体一同晃荡晃荡,大部分的杂质和脏物就会沉淀在壶底,剩下的"净水"便可以直接饮用。

但这种方便快捷的消毒方式,并不是每一次都有效——尤其是当水中混着来历不明的微生物和病原体时。

“不,‘女娲石’是一个仪器,”林飞羽将“温度计”的尖端插入水面,“绝大部分时候,我们特勤七处都是在拥有极强后勤支援的条件下活动,随地取水这种事情,在理论上讲并不需要,因此,我们没有必要专门配备净化水的工具……”他话锋一转,“但我们需要时不时地对可疑水样进行检测,以确定它是否就是使当地出现‘第四类事件’的罪魁祸首。”

大概过了30秒左右,林飞羽将“女娲石”从水中取出,扫了一眼上面的读数:

“唔,非常干净!”

说着,他也舀起一捧水,轻轻地吮了一口:

“嗯——不错嘛,”林飞羽将手中的剩水泼在脸上,抹了抹面颊,“我们就先在这儿休息一会儿。”

与林飞羽四仰八叉的躺倒不同,叶枫很端正地曲膝而坐,一点也显不出“休息”时应有的轻松。他木然地看着眼前潺潺的流水,那沉稳冷静的神色,就像是在思索中的哲学家——当然,在仔细观察了半分钟之后,林飞羽确定他只是单纯地在发呆。

“喂,我说,为什么会选择来第七特勤处?”

看似漫不经心的一个问题,林飞羽却已经在心头憋了好久。

“因为听说你们缺人。”叶枫不假思索地答道。

“对,我们是缺人,而且缺得厉害,”林飞羽笑道,“但我问的是你……退役时难道就没有多给过你几个选择吗?比如说中南海保镖,或者武警教官什么的?”

与刚才的回答方式截然相反,叶枫经过了一番仔细的思索之后,才挤出两个字来:

“有的。”

虽然只是明显敷衍的回答，却激起了林飞羽好奇的本性：

“唔？都有些什么？”

“雪豹突击队的顾问，还有一些类似的特种军事单位，”叶枫顿了顿，朝林飞羽看了一眼，“还有你们国家安全保卫局‘3A’。”

三A指的是“A”，又叫“武装突袭队”，是直属于国家安全保卫局的独立机构，专门执行一些极机密却又需要极度“暴力”的任务。就算是林飞羽也没有与这支队伍合作的经历，更不清楚他们的编成和人事情况，可谓是精英中的精英。

“那你为什么偏偏选择了第七特勤处？我们这儿可不是经常有枪用哦。”

“正是这个原因，”出乎意料的，叶枫点了点头，“我正想做一些不经常与枪打交道的工作。”

“那也还有别的选择吧？像你这样有作战经验的退伍特种兵，随便找一所军校当老师，或者做差不多的文职官员，应该是很抢手才对吧？”

在说出真话还是瞎编个理由之间作一个选择——这对叶枫来讲，是经常需要考虑的问题，他身上实在是有太多太多的秘密，哪些话能对哪些人说，他还实在是把握不好。

“那些工作，30岁以后有的是机会，”叶枫用很认真的神情撒了一个很难识破的谎，“乘现在还有精力，我想尽可能再多作一些贡献。”

“唔，好同志啊，”林飞羽似懂非懂地点点头，“所以你就来到了特勤七处，觉得这里既可以作贡献，又不太会用到枪，是吧？”

思索了两三秒之后，叶枫轻声答道：

“我想，是的。”

十分罕见地，林飞羽发自内心地笑了出来，发出一阵短促而轻盈的“哼哼”声。

“我只能说，无论是谁介绍给你的这个工作——他可真是个混蛋。”

叶枫依旧是绷着脸，面无表情，但眉宇之间似乎多了一点点疑惑。

“我们七处是对国家有贡献，这没错，”林飞羽继续道，“但是，第一，很少使用枪不代表我们的工作就不‘激烈’了，实际上，有很多时候，正因为不能使用枪所以才更加危险，你懂我的意思吧？”

赤手空拳与歹徒搏斗——确实，特种兵出身的叶枫比林飞羽更了解没有武器的绝望，即便是面对很普通的罪犯，手里有没有“家伙”也有可能直接影响到行动的成败。

“第二，至于那些不需要用到枪的任务，”林飞羽话锋一转，“不是我唬你，它们绝对不会比你在特种部队干的那些活儿轻松。”

“我看过你们的行动记录，前辈，”与平时相比，叶枫的声音中有了一丝微微的变化，“……恕我直言，与我所执行过的任务相比，它们实在是太‘轻松’了。”

这……莫非是挑衅？

那个一直面瘫似的板着扑克脸，说什么都不温不火不卑不亢的叶枫，竟然……对前辈挑衅？

诚然，这也许只是出于军人自尊而作出的回击，但仅仅是这“愿意回击”的态度，就让林飞羽发现了宝贝似的欣喜莫名。

唔，这才有意思嘛——他心里琢磨着，总不能每次都被你装傻卖呆耍得团团转吧？总得有来有往吧？

自尊也好，骄傲也好，只要你的心理防线上有了缝隙，就绝不会缺少受我捉弄的机会，来日方长，以后有你小子受的——想到这里，林飞羽突然有了精神，他一个鲤鱼打挺从地上翻起身来，朝叶枫打了个响指：

“走吧，休息时间结束，咱们该干活儿了。”

比起短到不可理喻的“休息时间”，让人更加疑惑的显然是“叶子”这个称谓——

“前辈你刚才叫我什么？”

“叶子，”林飞羽一边拎起背包一边笑道，“以后就这样叫你了，念着顺口。”

也许是因为心情没来由地转好，之前长途跋涉所带来的疲惫仿佛一下子就烟消云散了，取而代之的，是被自然拥抱时那种发自本能的惬意。

但在欣赏风景的途中，林飞羽想到了一个可能会很糟糕的问题，而且越想越觉得非解决不可：

“这里没有桥啊……”他摸了摸自己后脑勺的马尾辫，“要是那墓穴在河的对岸怎么办？”

叶枫不假思索地回道：

“那我们就过河去找。”

林飞羽回头看了他一眼：“你以前执行任务的时候，遇到问题也总是这样简单粗暴吗？”

“您是说在特种部队的时候？”

“总不能是在高中的时候吧。”

叶枫向前走了一步，稍稍超过了停下来的提问者：

“在特种部队的时候，前辈，这不算是问题。”

“哈，那我们就来制造个问题好了。”林飞羽饶有兴趣地跟上道，“假设你现在正在执行一个特种作战任务，描述是这样的。”他一边走一边比画了起来，“前方的山林中，有一处敌人的暗堡，藏在地下，不靠近到五米之内根本就发现不了。至于地点，间谍报告说是在某个U字形的河道附近，确切位置却是不详，你的二人小组奉命端掉这个暗堡……怎么样？这是不是对你有点儿吸引力了？”

“如果是命令，我自然会以平常心去执行，”叶枫不紧不慢地道，“至于我个人的喜恶，根本就无所谓吧？”

“别着急啊，叶子，这任务还有一个前提，”林飞羽故作神秘地摇了摇手指：“你必须要在限定的时间内完成它，绝对不可能有在河东岸找一遍，再到河西岸去找一遍的闲工夫。”

这个“前提”突然就让问题变得有那么点意思了——林飞羽不知道，自己原本只是无聊随口编出来的所谓“任务”，让叶枫正儿八经地认真了起来。

“通常我们不会在这种模糊的情报下执行战斗任务……”他微微皱起了眉，像是在思考的样子，“不过既然是命令嘛……”

“还有啊，别指望什么卫星坦克机器人，”林飞羽觉得难度还不够——或者说，还有空子可钻，“也没有火炮支援，空对地导弹，你们只有两个人——你和你的战友，两把95式步枪，两把92式手枪，两把随便什么刀，两个对讲机，两个夜视仪，没了。”

“穿着衣服和裤子吗？”

“哈！当然，穿着衣服和裤子，”林飞羽笑道，“……你还是挺有幽默感的嘛。”

“让我想想。”

接下来的很长一段路程，两人都没有再交谈。老实说，林飞羽对这种连路都没有的山林很是反感——这总让他想起在云南的那次任务，悲剧的开始，悲剧的过程，悲剧的结局……就算是心高气傲的冷冰，也不得不承认那是他职业生涯中最大的失败。

在林飞羽回忆过往的不愉快时，叶枫却沉浸在某个"任务"的幻象之中。他一遍遍地在脑海中重复着"袭击暗堡"的过程，想要找出一个能够将林飞羽说得哑口无言的完美方案。

"只够走一遍的时间，还没有任何后援，嗯……"叶枫面无表情地自语道，"办法倒是有，但还不够完美。"

"唔，整整过去了……"林飞羽看了一眼腕表，"八分钟，让我听听你想出了什么主意。"

"前辈，我需要再确定一下，"叶枫看了看他，"那是暗堡，不是墓穴对吗？"

"呃……虽——"在说出后半句话之前，林飞羽仔细检讨了一下自己之前的假设中有没有什么漏洞，"虽然我确实是照搬了我们现在所处的环境，不过既然你是个特种兵嘛，墓穴这玩意儿我觉得应该还不够给劲儿。"

"半隐蔽或全隐蔽的静态防御工事，可以在敌军足够接近时给予有效杀伤——前辈你指的是这种东西吗？"

"啊……"林飞羽挠挠前额，对叶枫的这种"活百度"实在是无可奈何，"差、差不多吧？"

"所以，暗堡理应在发现我们靠近的时候开枪射击，是这样吗？"

依旧是不温不火的提问，林飞羽却感觉此中有"套"：

"哦，对，当然，怎么了。"

"那么行动方案就是这样——"叶枫有意放慢了语速，"我和我的队友分列于河道的两岸，在保持不间断联络的情况下向前推进，不进行任何隐蔽，当其中一人发现暗堡的时候，另一人进行援护，这样应该有充分的时间将其摧毁。"

“什么啊?”林飞羽相当地有些失望——甚至有一种被愚弄了的感觉,“这就是你花了八分钟想出来的办法?”

“有什么问题吗?”叶枫不动声色地反问道。

“我说了,是个暗堡,你们分散开来,还不做隐蔽,那不是自杀吗?”

“在暗堡发动攻击的同时,河对岸的人就能立即判断出它所在的位置,”叶枫解释道,“如此,只需要走一趟的时间,就能够百分之百地找出并消灭这个暗堡。就算是对方使用了无声武器,由于保持了不间断的联络,另一人也能将可疑的范围缩减到最小限度。”

“那第一个被暗堡发现的人怎么办?岂不是明摆着去送死?”

“生存。”叶枫有意顿了顿,“并不在您的前提之中,前辈。”

林飞羽刚想说些什么,话到嘴边却又被吞了回去——等等,“不惜代价,不择手段”……这不正是冷冰教会自己的信条吗?在危险可怕的环境里,执行有各种各样苛刻条件限制的倒霉任务,轻松过关或者全身而退,本来就是一厢情愿的奢望,每一个特勤七处的成员——包括那些死掉的和退休的,当然也包括林飞羽,都明白自己总有一天会面对这样的选择:责任或是生命,二择其一。

“唔,”想到这里,竟有一股敬意由心而生,“说不准你还真是个人才呢……”

“谢谢,前辈,我很高兴你满意我的答案。”

即便是在说这种客气话的时候,叶枫依然是面瘫似地绷着脸孔——老实说,一点都感觉不出“谢意”来。

“别瞎得意,叶子,我对你的答案很不满意,”林飞羽话锋一转,“我满意的是你这个人。”

大约是在下午四点的时候,那期待已久的“U 字形”转角终于出现在两人面前。

要怎么形容好呢?没有想象中那么赏心悦目,却也不失自然风光所特有的秀美。参差不齐的山石包夹着约莫十二三米宽的河道,在其他地方平缓如镜的水流,因为出口的突然狭窄而变得稍微有些湍急,泛着白沫的水花,轻轻拍打着河岸的石壁,不时地发出哗哗的闷响,远远望去,还颇有点峡谷的味道呢。

当然,对于在雅鲁藏布江大峡谷里溺过水的林飞羽来说,这个“峡谷”实在是太袖珍了一点。

“好消息,前辈,”面对一路狂泻的河水,叶枫突然开口道,“看来我们用不着过河了。”

林飞羽被说得一头雾水:“唔?”

“我记得桑洛扎巴的原话,他说‘那墓穴在一个大转角的旁边,弧度很大,差不多是U 字形的。’”

由于之前领教过叶枫的记忆力,林飞羽对他的话并不怀疑,但问题的关键不在这里——

“那又怎样?”林飞羽有些不解地笑道,“和我们要不要过河有什么干系?”

叶枫指着不远处蜿蜒的河道:

“U 字形的外侧,才会说是‘在旁边’,如果在河的对岸,那应该说是‘在里面’。”

这句话听上去虽然有点拗口,但是结合他所指的位置便很容易理解了——林飞羽所站的这个地方,姑且称其为“左岸”,而前方河道的转角也正好是朝左手边凸,也就是说,他们刚好在“U 字”弧形的外侧。

“似乎有那么点道理,”林飞羽用下巴朝对岸比了比,“不过如果那墓穴是在我们的正对面，离转角还有点距离的话，不也算是在U字形的‘旁边’吗？”

“不，前辈，如果是那样，按照一般中文的语态，应该是说成‘墓穴的旁边有一个转角’，而不是相反。”

感觉上分明只是深奥晦涩的文字游戏，但看着叶枫那严肃的模样，林飞羽还真找不出反驳的理由来，索性也就随了他：“托你吉言，我们争取天黑前收工。”

按照惯例，在接近目标区域的时候，特勤七处的探员是应该向总部发信以确定最后坐标——这一来是为了“报个平安”，二来万一遇到了什么“不和谐”的局面，起码还能有个“收尸”的大致方位。

“裴佩，记录我们的坐标，设定好卫星导航，”林飞羽捂住自己的腮帮，用另一只手拨开挡在面前的树杈，“最近的武装单位是哪里？”

“问题确认——武警和野战部队都不近，但有一支森林警察大队离你们不远，而且还配备了两架直升机。”

“那就是他们了，如果我这里遇到了什么麻烦，或者长时间呼叫无响应，你知道该怎么做。”

“你们已经找到了墓穴吗？”

林飞羽没有立即回话，他与叶枫已经来到了河道转角的拐点，举目四望，苍翠环绕，溪水磐石，景致虽说是别有一番风味，却并不是一个适合安息与让后人凭吊的地方——把墓建在这里的人，除了感叹他的品味独特以外，恐怕就只能用“吃饱了撑得慌”来形容了。

“你去那边看看，”林飞羽指着后方的灌木丛，“找仔细点儿。”

叶枫毫不迟疑地执行命令，那股认真劲反而让林飞羽有些不安：

“不妙了，裴佩，”他站在一块凸出于地面的大石上，一边四下观望，一边继续刚才的联络：“……完全没有墓穴的影子，恐怕不是这个弯道哩。”

“收到，我试着把卫星的缩放调到最大……”裴佩停顿了一秒，“看看能不能在上游找到小一些的U字形转角。”

带着有些失望的表情，林飞羽挠了挠后脑勺，“我现在最怕的是那和尚根本就记错了……我们只是在浪费时间。”

“别急，羽，你提供的墓穴构造图，老李已经交给科学院那边的专家了，他们正在根据历史沿袭、文化传统和你们那一带的地质情况进行综合分析，希望能找出墓穴最有可能的位置，说不定连带墓主人的身份也能一并查明。”

这语速极快、一气呵成的“好消息”，并没有能够解决任何现实的问题，自然也就带不来一丝宽慰，林飞羽除了无奈地道上一句“收到，完毕”以结束对话之外，再也想不出有什么好说的了。

也就在这个令人沮丧的时刻——

“唔？那是……”

漫无目的的东张西望，似乎有了意料之外的回报——分明只是十分普通的草丛和石堆，看起来却总有那么一点点莫名的不协调感，仔细观察之下，林飞羽才注意到地上的几块碎石片似乎与周围环境中的那些石块不太一样。

不，确切地说，那肯定不是自然形态下石头应该有的样子，无论用了什么方式——砸，捶，炸……总之，人类的力量在这些冰冷的大地之灵上，留下了不可磨灭的痕迹。

没错，就是这里。

林飞羽的嘴角，难以自抑地向上微微一弯，他连忙跳回地面,一边大声唤着“叶子！过来一下！”,一边快步跑向那堆可疑的碎石。

而展现在他和叶枫面前的,却是一幅完全出乎意料的景象:

在丛生杂草的围拢之中,一条两米宽的石坡延向地下,倾角很小,大概只有二十度左右,看起来就像是战争时期临时挖掘的坑道入口。虽说与赵信的描述及事前的预想有很大差别,但无论如何,在方圆几公里之内,和“墓穴”这个概念最接近的,恐怕就只有眼前这粗陋的“残骸”了。

“这是怎么回事儿?”

林飞羽摸了摸下巴,龇牙咧嘴,一副很是不解的神情。

在坡道的底部,并没有出现期待中黑洞洞的墓穴,取而代之的,是一大堆土灰石渣,如果说那里曾经是一条甬道,那么现在很显然已经被塌方下来的地面给堵死了,封了个严严实实。

暴雨?泥石流?还是地震——究竟是什么样的灾害,才能如此精确地摧毁一座墓穴而不破坏周围的环境?

叶枫蹲下身,摸索了几秒之后便给出了答案:

“当量不大,”他将手中的碎石块轻轻放下,不紧不慢地道,“但有人在这里进行过爆破。”

将信将疑的林飞羽皱着眉头,也捡起一块碎石,放在手中翻来覆去地端详,却始终没看出什么门道来:

“爆破?你确定?”

“石块的裂口,石层的形状,明显是爆炸后留下的痕迹,”叶枫一步上前,走到封堵住入口的碎石堆前,伸出右手,轻轻在上面抚了抚,“如果不出意外,爆心应该是在内侧……”他用力拍了一下石壁,“不会错的,如果这底下曾经有一条通道,那么爆破物安放的位置应该就是在通道的里面。”

“在里面……”林飞羽若有所思地点点头，“也就是说，绝对不可能是自然灾害造成的结果。”

“基本上，但不绝对，”叶枫回过头，露出相当认真的神情，“如果球状闪电进入了通道内部，也存在将其炸塌的理论可能，就像1990年的‘K46次火车失踪事件’一样。”

“唔？”林飞羽不无惊讶地道，“你连九零年的档案都记得？”

“是的，前辈。”

不得不说，“过目不忘”是一个令人称羡的天赋，虽然林飞羽也看过不少特勤七处在上个世纪的行动记录和案件卷宗，但能准确记住的还真没几个。

“那种事情千年难遇，而且……”林飞羽抬头看了看艳阳高照的天空，又环视了周围一圈，“这里也不存在产生球状闪电的条件，我们可以完全不考虑这种可能性。”

“我认同您的观点，前辈。”

现在开始，才是真正的问题——

“爆破甬道，就是想要彻底断绝拜访的可能性，”林飞羽点着腮帮，喃喃自语似的分析道，“而且可以肯定，这件事发生在我们探墓之后……”

“我们？”叶枫突然打断他道，“前辈，抱歉，您说的‘我们’是？”

“当然是指特勤七处啦，你……”

话到嘴边，林飞羽却突然愣住了，他仔细地端详了一下叶枫——

话说这小子是当真不解，还是在揣着明白装糊涂？从之前的交谈来看，他绝对不会故意打断“前辈”的话，而这一次，怎么会偏偏在“我们”这个很容易就能理解的人称代词上犯了混？

不……他其实是在提醒自己——用一种非常婉转而带有

启发性的方式，不仅揭露了问题的关键，而且更重要的是，还给林飞羽留足了面子。

"唔，确实——"林飞羽点点头，"不能排除特勤七处在探索完毕后炸毁甬道的可能性……毕竟进入墓穴的人不是'我们'，那些老前辈现在都已经死无对证了，我们也不好找个人来问问清楚。"

"前辈，我个人认为你说的这种'可能性'——就是事实，"叶枫的语速忽然快了起来，就好像是在念台词似的，把早已经准备好的话一股脑给说了出来，"按照特勤七处的规章，在发现一处文物古迹并确认其安全之后，应该立即交给当地的考古部门进行研究，但这个墓穴——"他指了指身后的废墟，"在特勤七处的探索结束之后，不仅没有通知任何其他部门，连我们自己的档案室都找不到相关记录，也就是说，恰恰是特勤七处，想要刻意隐瞒这个墓穴的存在。"

"所以，你认为就是'他们'炸毁了甬道？"

"还没有什么证据，但我认为，至少'他们'有'理由'这么做。"

一句模棱两可的回答，让林飞羽沉默了好一会儿——叶枫的推理过程无甚破绽，但结论却相当荒谬，如果特勤七处不想让考古队或者其他什么人进入墓穴，只需要简单地跟有关部门"打个招呼"便可以了，炸毁墓道的意义可以说是根本就不存在。

"你刚才说'理由'？"就像是在害怕有人偷听似的，林飞羽将声线压到最低，"什么意思？"

林飞羽讨厌那些抛出话题让自己云里雾里的聪明人，尤其不喜欢看到他们揭晓答案时洋洋得意的嘴脸——但是今天，现在，他又打心眼里希望叶枫能够答疑解惑，说出一个能说服自己的"理由"来。

"按照我对'第四类事件'定义的理解,特勤七处的工作其实是建立在一个相当矛盾的基础之上。"

看着叶枫心平气和的样子,听着他慢条斯理的话语,林飞羽突然就有点想要发火的冲动:

"说重点,叶子,我关闭了通讯频道,这里就咱俩,你还兜什么圈子呢?"

"解开谜题,以此来安抚不明真相的百姓……"叶枫依旧是那副面瘫似的脸色和平缓的语调,丝毫没有被前辈的情绪所影响,"但是真相本身,却有可能造成更大的破坏与恐慌。"

"你这是废话,叶子,"林飞羽没好气地道,"设立特勤七处的一个重要原则,就是隔离那些有可能会引起恐慌的事件,为了保护无辜百姓脆弱的心理防线,防止乱七八糟的猜忌与谣言,隐瞒真相是我们七处……不,是整个国家安全保卫局都常用的手段……话说,你在特种部队时完成的那些任务,也都没上过报纸吧?一样的道理。"

"对,恰恰是为了不引起恐慌,所以'他们'才会选择封住这个墓穴的入口……甚至我怀疑,连里面也被彻底炸塌了。"

"但为什么要'炸'呢!"林飞羽双手向前方用力一推,"不管这底下有什么,埋了谁,是不是有僵尸巫妖……都无所谓,如果只是想让老百姓远离它,如果只是想要掩盖它的位置,用国家安全保卫局的名义发个文件就好了啊,简单得很,为什么特勤七处……为什么'他们'要煞费苦心地把这里给炸掉呢?"

"前辈,如果'他们'……"叶枫停顿了足足五秒钟,"要保护的不是百姓,而是'我们'呢?"

醍醐灌顶般的一句话,让林飞羽总算是明白了叶枫之前那些"铺垫"的意义,这种试探性的说话方式,让他不禁想起了特勤一处的“啄木鸟们”所惯用的那些语言陷阱。

“你是想说……七处的一部分人想对另一部分人隐瞒这个墓穴的存在，所以才连记录都没有留下。”

“对，‘他们’显然没有按照规章制度去处理这个墓穴，而最糟糕的是，我们现在已经无从得知他们这样做的具体原因了。”

“嗯，”林飞羽点点头，觉得叶枫这次的分析可以说是无懈可击，“唯一的理由，肯定也是源于特勤七处‘保卫国家’的基本原则，也就是说——”他转向墓穴，“他们在这底下发现了一些东西，一些他们认为，连七处的其他人都不应该知道的东西。”

“无论借口是什么，前辈，”叶枫冷冷地道，“但仅仅在我看来，这就是对同志的‘背叛’。”

“嘘！”林飞羽将食指竖在嘴上，做了一个“安静”的手势，“这话你没有说过，我也没有听过，懂吗？”他阴着脸，咬了咬牙，“眼下一处正揪着我们不放，你别在这个时候把前面那一辈人也牵扯进来，他们……他们都是英雄。”

“我懂。”

从情商上来判断，林飞羽觉得叶枫肯定不会让自己失望。实际上，这小子完全改变了林飞羽以往对“特种兵”的看法——如此缜密的思维，如此圆滑的谈吐，如此淡定的处事态度，如此……不露破绽的耍呆装愣，他显然比自己更适合从事国家安全领域的工作，让他做一个身临前线的基层士兵，似乎还真有那么点儿屈才了呢。

“好了，危险的话题到此为止，现在来干点正事……”林飞羽拍了拍巴掌，恢复了之前的语态，“现在我们发现了墓穴，却不知道里面藏了什么，这有什么办法解决吗？叶子？”

“前辈，我觉得咱们应该尊重老同志的判断，如果他们认为必须要依靠炸药来解决问题，那这墓穴里的东西一定是……”

叶枫顿了顿,"非常的不好。"

"哈!怕什么?"林飞羽不屑地一仰头,"难不成里面还埋了什么吃人的妖怪吗?"

面对这明显是开玩笑的反问,叶枫还很当回事儿地低头思考了几秒:

"至少,目前还不能排除这种可能性。"

而林飞羽此时已经背过身去,捂着耳朵,又一次接通了与总部的专线:

"裴佩,马上为我联系后勤部,空运一部 D 套件到刚才确定的坐标,越快越好,完毕。"

"收到,但是……"对方叹了口气,"羽,你说的这个我办不到,D 套件包含了极度危险的爆破用具,你没有详细的情况说明,我不可能向后勤部提出申请,完毕。"

"那就叫最近的那个什么森林警察大队派点人手过来,直升机也行,"林飞羽不耐烦地道,"无论如何,我今天一定要把这个墓给撬开,无论如何!"

"羽,你不能总是想到什么就是什——"

话才说到半途,一个带着明显京腔、有些沙哑的大叔声音就突然插进了耳麦:

"林飞羽!你是不是已经找到墓穴了!"

"吓我一跳,老李……"林飞羽捏了捏眉框,"你在这个频道里干什么呢?"

"喂,讲点道理好不好,"对方急促的语调一下又舒缓下来,"不是你叫我在频道里随时待命的吗?"

"你……"林飞羽欲辩无言,"……有什么急事?一定要打断我和裴佩的联络?"

"当然很急,先告诉我,你是不是已经找到墓了?"

林飞羽扫了一眼面前的“废墟”:“嗯……算是吧,怎么了?”

“我刚才听你说要申请D套件,出了什么问题?”

“墓的入口坍塌了,我猜我们可能需要一些专业的工具才能搞清楚里面还剩下些什么。”

“你先等等,听我说,羽,”老李似乎很焦急的样子,“如果我手里的这份资料没搞错,你千万不能在那个墓上使用炸药,绝对不能。”

“我的天哪,老李,你这话说晚了二十年,”林飞羽苦笑道,“这墓已经被咱们炸过一次了。”

“炸过一次?”李伟杰一副摸不着头脑的语气,“‘咱们’?”

“没,我随口乱说的……”林飞羽顿了顿,连忙转移话题,“你刚提到的那份资料是什么个意思?”

“哦,是好几年前一个清华大学历史系教授给我的研究课题,关于古代东亚地区迷信活动考据的,我为他提过一些建议,但最后论文没有发表,一些材料就搁在我这儿了。”

“麻烦您说重点,老李。”

“文章的重点是关于各式各样已经失传的迷信活动,”李伟杰似乎还是在绕弯子,“比如说中原地区使用过的六十四人八卦阵,还有拜河伯的求水舞,另外还记述了中亚和游牧地区一些已经灭绝文明的宗教传统……当然,大多数都只是些民间传闻。”

“不错不错,果然是清华教授的论文,听起来就完全搞不懂的样子……话说这和我能不能炸墓有什么关系吗?”

“听我说完哪,羽……你读过《周易》吗?对‘四柱八门’这个概念有没有印象?”

林飞羽摸了摸额头:“哦,现在怎么又扯到易经了。”

“你真应该多看点书……”

"对,谢谢李大哥的教诲,现在麻烦裴佩接话好吗?我这赶时间呢。"

"其实啊,是你提供的那个墓穴草图,才让我想起这份材料。我今天上午从档案室里把它翻了出来,连中午饭都没吃,一直研究到现在。"

"真是辛苦了,回去请你吃全聚德……裴佩呢?再不回话我要投诉她玩忽职守了啊!"

"如果你画的图没错,"李伟杰继续着他那自言自语似的独白,"里面当真有四口活井,那么根据我手里的资料,你面前的那个东西啊,它根本就不是什么墓穴。"

"唔?你……你刚才说什么?"

"我说啊,你在找的那个东西,它其实不是墓穴哦,而是一种'仪式'。"

在李伟杰故作神秘的语调之下,林飞羽终于体会到了继续话题的"必要性",他别过头,朝叶枫做了一个"用手指在耳边绕圈"的动作,对方也立即心领神会,摸出藏在衣领下面的耳麦,小心戴上,仔细聆听。

停顿了几秒之后,李伟杰继续道:"准确地说,它是一种最高规格的辟邪仪式,起源目前很难考证了,但在《易经》描述的时候,它的步骤和具体操作方法已经很成熟,因此我个人推断它的历史至少也在2 000年以上。当然,考虑到《易经》本身成书的年代复杂,也不排除……"

"我说了老李,那什么破经呢,我自己会去读,"林飞羽向来对《易经》这种仁者见仁怎么理解都行的哲物不感冒,"现在我想知道的是,所谓'最高规格的辟邪仪式'究竟是个什么玩意儿?"

"在古代,迷信活动这种东西,具有非常强的专业性与针对性，比如说，家里有人死了，要超度必须请和尚；屋子闹鬼，要驱魔必须请道士，还有风水先生，跳大神的，不同的情况，不同的环境，也会用到不同的仪式，如果细分的话，男鬼女鬼，猪妖花妖，处理的方式都会有区别。像墓穴的话，盗墓的人一般会先进行一种俗称'尘开'的工作，以安抚墓主，驱散阴气。"

"唔！听起来挺带感啊，"林飞羽揶揄道，"怎么？我是不是还要准备一套打僵尸的道具？粗糙的狼牙棒行不？"

"自重啊，羽，咱这跟你说正经事儿呢，刚才说到哪儿了，被你一打岔……"

"最高规格的辟邪仪式，"林飞羽乘机把话题拉回到自己关注的位置，"就是在墓里面造井的这事儿。"

"根据我手里的资料，这个仪式的正式名称应该是叫做……"李伟杰的声音顿了几秒，"'四水迷阵'，这可能是后来学者起的名字，从语法的规则来看，有点像是现代汉语。"

"四口井，所以叫四水阵……给它起名儿的这位朋友是小学生吧？"

"没你想的那么简单，羽，四口井只是表象，仪式的关键是'水'，按照阵法的描述，在等距离的条件下，'水'将'秽物'包围在正中心，而这些水必须直接与四季常清的河流相通，也就是风水中经常说的'活水'。"

所以墓穴才会修在河边——林飞羽心想，这还算是很有价值的信息。

"另外，我的教授朋友还提到了这个仪式的另一种名称，猜猜看用的是哪种文字？"

"韩文？"

"是格姆多罗文。"李伟杰突然加重了语气，"还记得吗？就是你面前那墓穴里，出土文物上的语言！已经失传了。"

林飞羽转过身，又仔细端详了几秒已经坍陷的墓口：

“然后呢？”

“‘万法封印’——那个名称翻译过来的话，大概就是这个意思。只有在遇到那些完全无法理解，甚至是闻所未闻的‘妖魔’时，人们才会使用它。”

“你吓着我了，老李。”

“我刚才说了，迷信活动具有很强的针对性，因此也就难免会出现‘哪种仪式’都解决不了的局面，而‘万法封印’就是为了应付这种局面产生的补救手段，它劳民伤财，效果也不算好，却是没有办法的办法。之后，随着时间的推移，越来越多的‘新花样’被聪明的中国人发明出来，前面的那些‘空白’也被一个一个地填满，到了最后，人们再也用不着这种麻烦的仪式了，因为所有的‘妖魔鬼怪’，我们都有办法去对付了。”

“不过是另一种忽悠老百姓的小把戏而已，”林飞羽不屑地道，“和跳大神有什么本质的区别吗？”

“这世上本来就没有鬼神，羽，但重点不在这儿。根据我手里的资料，‘万法封印’在民间绝迹的时候，隋炀帝还没有上台，而你那个墓穴里的符文剑，却是十三世纪的产品，发现这里面的问题了吗？”

“十三世纪？”林飞羽琢磨着，那时应该差不多是元朝吧？

“时间错不了的，放射性同位素鉴定不会说谎。”

“你的意思是，在‘万法封印’失传了五六百年之后，又有人把它搬了出来。”

“对！”李伟杰一声大喝，似乎相当之激动，“也就是说！那里面一定是藏了相当了不得的东西！某种邪恶、污秽、堕落，必须要‘处理掉’，却又让道士、和尚、大仙、萨满祭司全部都无可奈何的东西！所以才会用上‘万法封印’！”

听到这话的时候，林飞羽不禁和叶枫交换了一下眼神——多多少少地，两人都流露出了那么一丁点“害怕”的样子。

“谢谢你的提醒，李大哥，不过这更坚定了我一定要把墓给炸开的决心，”林飞羽咬了咬牙，“我倒要看看，在这世上有什么‘邪恶、污秽、堕落’的妖孽，是C4‘处理不掉’的。”

“不！不！不！你绝对不能用炸药！”李伟杰润了润嗓子，“……‘四水迷阵’的构造非常脆弱，如果赵信没有骗你们，墓里真的是井的话，那么在那些井的下面，肯定有一个直接连通河道的蓄水池……”一边说着，他一边在桌上用手指比画起来——当然，林飞羽是看不到了，“古人相信，这种‘兜底儿’的‘活水’，可以将封印的效果发挥到最大，不过也正因为此，墓穴其实是建立在一个半悬空的结构之上，如果盲目地进行爆破，极有可能造成整体坍陷，到那时候，你丫就连个屁也找不到了。”

在这段冗长的话语中，林飞羽捉住了一个格外重要的名词——就像是在黑暗中闪过的一道电光，让他突然之间意识到了什么：

“等等，老李，你刚才说，墓底下有一个‘蓄水池’？”

“……差不多吧，之类东西，反正，”李伟杰被问得有点摸不着头脑，“所以才不能用炸药哦！千万不能用哦！”

“谁跟你说要用炸药？”

林飞羽微微一笑：

“我找到了一个更简单的办法。”

14　四水迷阵

河水的温度，比预想中还要凉上不少，虽然早有心理准备，可林飞羽在下水时还是连着打了好几个寒颤，整个身子都跟着哆嗦了起来——就人体的舒适度来说，这个办法看来一点也不比使用炸药"简单"。

稍微调整了一下姿势之后，林飞羽打开了安装在呼吸面罩顶部的头灯和摄像机。与豪情万丈的背跃式入水相比，他的潜泳技术显然是逊色了不少，再加上河道中水体的流速并不算慢，一开始林飞羽连保持正确的体位都有些困难。

"应该叫叶枫来干这苦差事的"——虽然现在后悔已经太迟，但他还是禁不住有了这样的想法，毕竟，那小子曾是特战队员，在水下安个炸弹摸个人头什么的，应该是手到擒来吧。

"能收到信号吗？"

由于戴着呼吸面罩的关系，他说话时有种久病初愈似的"沉重"：

"叶子？在听吗？确认一下双向信号。"

"声音很清楚，但没有图像。"

经叶枫一提醒，林飞羽方才想起"摄像机镜头盖"这回事，忙伸手将其掀开：

“现在呢?”

“好像……还是很模糊。”

“现场直播,将就着点吧,要收看高清节目请另行付费。”

“另行付费?”叶枫很认真地追问道,“能报销吗?”

“……天哪,叶子,我这是在开玩笑呢!”

“前辈,我也是在开玩笑。”

面对这种“幽默感”上的巨大差异,就算是以冷笑话见长的林飞羽,也实在没有心情继续跟他扯淡下去了,他迅速调整身姿,向下潜了两三米,紧紧地贴在河床之上。密密麻麻的鹅卵石,以及点缀其间、随着水流微微摇摆的杂草,在头灯的强光下全都无所遁形,这一年四季都昏暗阴冷的水下世界,就因为一位陌生访客的到访而显出了与往日大为不同的景色。

“……老李呢?”林飞羽一边四下观察,一边在面罩里小声问道,“他还在线上吗?”

“啊,我在我在,正盯着屏幕呢。”

“那可要千万看仔细了啊大哥,如果发现了任何我遗漏的细节,你就在频道里直接喊,”林飞羽有些吃力地喘了口气,“还有……别忘了录像,我要是因为什么很‘猎奇’的原因死掉了,也好给后辈们做个教材。”

“这些都不是问题,羽,说实话,我对你是否能找到那个‘入口’更加担心,”——典型的“李伟杰式”质疑,“就算像你推测的那样,蓄水池与河道相连,那个通道的规模可能也会很小,根本容不下一个人进出。”

“喂！老李,我人都已经在水底下了啊,你现在才想起来说这种挫伤我劳动积极性的话,是不是稍微晚了一点?”

“对,五分钟前我就想和你讨论这个问题的,可你那时正陶醉地讲鬼故事,连通讯器都给关上了。”

"五分钟前？讲鬼故事？我？"

林飞羽眉头紧锁，努力地回忆了一下——

五分钟前。

虽然早有耳闻，但在亲眼目睹特勤七处的这些"神秘玩具"时，叶枫还是吃了一惊——从那原以为塞满了食物和水的背包里，林飞羽倒出了一堆大大小小、棱角分明的奇怪设备，继而相当麻利地一件接一件操作起来。

"我以为……"他看着摆在面前发报机似的黑色物体，忍不住用手去摸了一下，"前辈你只是要去潜水。"

"对啊，我是要去潜水，"林飞羽用手指了指地上的呼吸面罩和紧身衣，不无疑惑地道，"怎么了？"

听到这话，叶枫不禁又上下端详了一番面前的各种"设备"：

"那这些……也是你用来潜水的吗？"

"哦不，这些都是给你用的，"林飞羽拿起一台迷彩涂装的便携式电脑，递到对方怀里，"这个你应该不陌生，打开看看。"

"黑虎"数字化作战终端——在特种部队服役的时候，叶枫曾经使用过这种试验性质的单兵战斗系统，乱七八糟的界面和复杂繁琐的操作都给他留下了相当"深刻"的印象。不过总的来说，"黑虎"在性能上已经可以满足基本的数字化作战需要，比之前塞过来的那些试验品要靠谱得多了。

与军队使用的版本不同，这台终端明显经过了大幅度的简化，缺少了许多军事方面的功能，在外行人看来，它甚至与一台普通的笔记本电脑差不了太多。

"你要我为你做现场指挥？前辈？"叶枫轻轻点了一下终端的屏幕，"在这里？"

"记好了叶子，在七处，凡是和'指挥'搭界的事儿，都必须经裴佩那丫头的手，这是规矩。至于你的工作……”林飞羽拿起一个摄像头似的组件，在叶枫面前晃了晃，“你需要做的，就是把我拍到的影像全部记录下来，然后用你手里的设备将它传回北京，在那里，永远都会有如饥似渴的专家里手等着我们的资料。”

“比如说李伟杰？”

“对……唔，”林飞羽面露难色，“虽然我到现在也搞不清楚，他到底算是哪方面的专家。”

“那么这个是……”叶枫又拍了拍自己面前最大的那台设备，“某种卫星接收装置吧。”

“这东西俗名叫‘声纳信标’，如果价格合理的话，全国每一个消防队都应该配上一台，”林飞羽顿了顿，“但是到目前为止，原装进口的价格都还不算合理，而国产货——”他耸耸肩，“年初就说过要把原型机给我们配过来的，可到现在都还没见到影子。”

“所以现在的这台就是‘原装进口’……”叶枫点点头，“我懂了。”

“德制 NSP23B 型声纳遥感仪，同类产品中最好的，用一次你就会爱上它。”

“这个也是我用？”

“别担心，我都调试好了，”林飞羽上前打开声纳信标的显示屏开关，“你只要确保它和‘黑虎’的联接稳定就行，影像分析什么的交给老李就可以了。”

“明白，前辈……还有什么其他需要我做的任务吗？”

“有，最后一件——你的潜水用具都在背包里，全套，你马上看我穿一遍……”林飞羽站起身来，面色一改刚才的轻松，忽然显得有些严肃，“如果我发生什么意外，你有义务做我的替补，视情况将我救出，或者继续完成任务。”

叶枫当然不知道，就在几年前，林飞羽的第一次任务中，冷冰正是用这段话来“教导“他的前辈，告诉林飞羽身为一个“替补”的重要性——同样的语气，同样的表情，甚至连使用的辞令，也几乎分毫不差。

“潜水用具，嗯。”叶枫顿了两三秒钟，“这个我应该会穿。”

“哦不不不，”林飞羽摇了摇手指，“它可不是你以前用过的那种‘潜水用具’……”说着，他将摊在地上的黑色紧身衣拎了起来，“你也许不相信，这玩意儿才是我们今天手里最潮的高科技，如果我没记错，它六月底才投入正式生产。”

“是‘鲨鱼皮’，”叶枫对自己的判断似乎很有把握，“游泳比赛里使用的那种泳装，可以模拟鱼的鳞片，减少水对人体的阻力。”

“抱歉，叶子，”林飞羽笑道，“在国家安全保卫局，我们游得再快也拿不到奥运会的参赛名额。”

准确地说，他拎着的这件黑色紧身衣，其主要作用并不是“潜水”——它只是附带赠送了这个功能而已。如果给生产厂商制定的所有数据都完全达标，那么这件衣服应该同时具备隔热、御寒、防毒、绝缘、耐腐蚀和抗辐射的效果，并且由于采用了低反光度的涂料，它还具有相当优秀的匿踪性，是供应给“特殊工作者”的新一代“专业制服”，能应对几乎所有的恶劣环境——虽然效果并不一定完美。

当然，就和所有“三防”服装一样，它使用起来也是相当的不便利，林飞羽只是套到一半，就觉得好像有哪里不对劲，又全部给褪了下来，前前后后地检查了一番。

他这穿着黑色内裤站在深秋河边的“豪放”姿势，本应该是一幅相当滑稽的情景，但久经沙场且幽默感极差的叶枫，却只是注意到了他身上另一个异常鲜明的“特征”——

那大大小小、从肩头延绵到膝盖的旧伤疤。

叶枫咽了咽喉咙，情不自禁地用手捂住了嘴——也许是有生以来第一次，他觉得自己遇到了完全无法理解的事情。

突袭恐怖分子的老巢，打击南亚毒贩的窝点，营救被境外武装分子扣押的中国公民——服役的几年中，叶枫参加过的秘密行动数以十计，从未留下过半个疤痕，而队友阵亡前的凄厉惨叫也让他深知，被子弹射中、被刀刺中、被破片打中会造成多么可怕的痛苦。难以想象，在林飞羽身上，在这一个又一个奇形怪状的伤疤背后，究竟是怎样令人发指的经历。

胸口的那是刀伤？腰上的那个是弹痕？左肩的呢？是什么东西撕咬后留下的印迹吗？叶枫一边以自己的经验作出分析，一边胡思乱想起来——不对啊……按照林飞羽的工作性质，应该没有什么机会与人搏杀啊？那这如此之多的伤口又是从哪里来的？或者问得更直接一些——是什么东西给打上去的？

“前辈，”终于，在林飞羽差不多完成着装的时候，越想越不安的他开口问道，“您刚才说的‘意外’……是指什么？”

“意外？”林飞羽正要给自己戴上呼吸面罩，被这一问突然愣住了，“意外就是……意外咯，”他耸耸肩，“各种各样的意外，比如美国卫星掉下来砸到头、刚下矿井就遇到塌方之类的……你不是当过特种兵吗？执行军事任务的话，遇到的‘意外’应该不会少吧？”

“我不是这个意思，前辈，”叶枫顿了顿，稍稍组织了一下语言，“我是说，前辈您以前一定处理过类似的工作，像今天这样……探索墓穴之类的。”

“唔……”林飞羽别过头，露出一副不易察觉的坏笑——虽然叶枫的话似乎只说了一半，但他还是理解了其中的言下之意,“你不会……是在害怕吧?”

出乎意料的是,叶枫竟然没有反驳:“应该说,叫‘必要的忧虑’,”他一本正经地道,“这也是我的职业病之一——尤其是在面对未知事物的时候。”

“我们七处天天都在和‘未知事物’打交道,”林飞羽笑道,“能把你那‘必要的忧虑’说得清楚点吗?”

叶枫沉默了片刻:“前辈,我很肯定,你胸前的那道疤,绝对不是因为塌方或者被卫星砸到而留下的——那是刀伤,一把很锋利的刀,长度在20公分到40公分之间……不会错的。”

林飞羽下意识地低头看了一眼自己的身体,虽然隔着紧身服,但他还是立即就明白了对方说的是哪个伤疤。

“唔,那确实是把大刀。”林飞羽很认真地点点头,一副“往事不堪回首”的样子,“西华县……河南省西华县,我到现在都记得那个该死的暗室,那时我人太冒失,装备也没现在先进,吃了这一刀,差点连小命都丢了。”

“在地窖里被人用大刀袭击,”叶枫将信将疑地道,“我好像不记得七处在河南省有过这样一个任务。”

“对,报告里是没有写,‘千年地窖’这个事件被子午本人钦定为‘绝密’,所有相关的记录都被销毁了。”

“‘千年地窖’……”叶枫有些迷茫地重复了一遍这四个字。

“对,确切地说还不只是‘一千年’——那个地窖被封闭的时候,差不多是公元七世纪。”林飞羽顿了顿,“唔,有空可以带你去看看,里面挺壮观的。”

叶枫一琢磨:“不对,前辈,您刚才才说你在那个地窖里被人砍了一刀……”

“停,”林飞羽抬手反问道,“谁告诉你,我那刀是被‘人’砍的?”

“不是‘人’，那……”

叶枫欲言又止，第一次——至少是林飞羽所见到的第一次，他露出了惶恐的神情，连面色都变得煞白：

“前辈……您不会是在开玩笑吧？”

以叶枫的语法习惯来说，使用不甚肯定的“疑问句式”已经是十分罕见了，如果再加上他那动摇不安的脸色，简直可以称得上是“奇景”。

就像是找到了新玩具的小孩子，林飞羽的双眼里闪烁出一瞬兴奋的光芒，他轻轻放下手里的呼吸面罩：

“别担心伙计，咱们七处的装备今非昔比了，”他指了指叶枫手边的背包，“搜搜看，里面的颊囊，凭你特种兵的直觉，看看能找到什么。”

还能有什么？92式手枪，88式破片手雷，闪光弹，和一把……一把小太刀？一把木质刀鞘的小太刀？

“这是……”

“哦，阿修罗斩魔刀。”林飞羽那轻松的样子，就好像是在谈论一件稀松平常的厨具，“算是我们的镇店之宝了，来，先给我一下……”在对方来得及反应之前，他一把将短刀从叶枫的手里夺了过来。

标着“特卖价98.8元”的菱形红色标签，歪歪斜斜地贴在剑鞘边缘，林飞羽一边强忍住笑，一边动作麻利地将它揭了下来，在手里揉碎。

“那是什么？前辈？”

“唔，简单的符而已，”林飞羽依然是镇定自若地耸耸肩，“为了保证关键时刻的使用效果，平日我们都要将斩魔刀的力量封印起来。”

他将刀又丢回给了叶枫，继续道：“现在，你可以放心大胆地面对那些‘未知事物’了，如果我发生不测，别忘了用这些家伙帮我报仇。”

“斩魔刀……”叶枫凝望着手里的“98 块 8”，一副很是虔诚的样子，“这……原来真有这种东西。”

“对，有了它，叶子啊，不管是吸血鬼还是软泥怪，你都可以轻轻松松地送它去见阎王……或者如来……”林飞羽笑着耸耸肩，“取决于它信的是哪个。”

“是，前辈，我明白了。“

好像突然担起了什么天大的责任，叶枫捏紧了短刀，表情严肃地用力点了点头。

五分钟后。

回忆起刚才忽悠搭档的那些鬼话，林飞羽自己都觉得好笑。

“唔，我想起来了……那也能叫做‘鬼故事’？老李，还记得我刚入行时冷冰哥对我说的那些吗？比我说的可要惊悚多了啊。”

“所以，吓唬新人就成了特勤七处的光荣传统？嗯？”

“喂，别说得这么严重啊，叶子还在听着呢。”

“哦，这是个独立频道，”李伟杰的声音里有了一点笑意，“只有咱俩，连裴佩都听不见。”

通常来说，林飞羽很厌恶那些偷偷对自己的通讯线路做手脚的行为，但是这一次，在理解了对方的用意之后，他不禁“呵呵”地笑了起来：

“所以你也算是入伙了？”

“光荣传统嘛，当年冷冰忽悠你的时候，我不是也什么都没说吗？”

林飞羽一边与李伟杰说笑，一边贴着河床游移，相比于他在地面上的身手，他在水里的动作确实可以用“笨拙”来形容了——四周的景色毫无异样，这也让他愈发心急气躁起来。

“如果声纳信标的探针能在这里使用就好了……”林飞羽明显是有些怨气地“哼”了一声，“这些德国人也真是滑稽，做了名为声纳的东西，竟然下不了水。”

“国产的型号据说是加装了防水功能，而且信标的作用范围也有百多米，就算你把探针丢进长江，在岸上也能用信标扫出图像。”

“对，我知道，中科院的原型机嘛，我看过的，他们的探针有马桶那么大。”

“哦，你又在抱怨了，羽。”

“这也叫抱怨？我只是——”

就在这个时候，林飞羽的手好像触到了什么，他本能地将身体偏了过来，将头灯的光映在面前的河床内壁上。

“这是……”

在随波漂荡的水草后面，出现了一个明显昏暗的区域，但由于前面有遮挡物的关系，如果不是瞪大眼睛仔细看，还真的很难将其与“背景”区分开来。

“像是一个‘洞’？”李伟杰身体前倾，扶正眼镜，贴近屏幕，连声音也跟着激动了起来，“看起来还不小！”

在林飞羽听来，这话多少有点讽刺——没错，在拨开碍眼的水草之后，那里确实出现了一个圆形的“洞”状物体，但就体积来说，离“看起来还不小哩”这个语态似乎还有相当的差距。

“准备录音！记录时间！”林飞羽像变了一个人似的，突然就严肃了起来，“开放叶子的频道权限！特勤七处要干活儿了！”

他用双手分别撑住洞口的上下沿，大致地比画了一下——

“入口直径八十五公分,确定能容纳单人游行。”林飞羽将上半身探入洞口,在头灯的辅助下,他发现这条通道的“边缘”离自己只有一臂之隔,而在那后面——则是灯光所不能及的黑暗。

毫无疑问,那里便是建在墓穴之下的所谓“蓄水池”——看来林飞羽的计划已经成功了一半。

“长度一米至一米二,”他一挺身,整个人都钻进了通道,“我现在准备穿过洞穴……”

“等一下！羽!”李伟杰猛地大吼一声,“检查一下通道壁的构造。”

林飞羽轻呼了一口气,将身体翻转半周,用手指在凹凸不平的石壁上蹭了蹭。虽然隔着密封的作务服,但那熟悉的触感还是让他立即有了答案:

“石灰,”他用相当笃定的语气回话道,“应该是用来加固和防水的……”他扭过腰,用头灯照了照洞口,“只糊了差不多一半,裸露的部分……看起来是岩石,”他伸手确认了一次,“没错,是岩石。”

“有石灰的部分应该是土层,”李伟杰顿了顿,“这表示在凿通水道之前,修墓的人已经准确掌握了那里的地形结构。”

“拜托,人家修的那可是驱魔要塞,”林飞羽笑道,“怎么能不先勘察好风水宝地?”

“不是这个意思……算了,你能不能在石壁上帮我取个样?我想在试验室里做一些小小的研究。”

“这事儿你还是去找地质队员吧,”林飞羽再次扭身向前,“我赶时间。”

呼吸面罩中采用了最新的氧循环技术,甚至比上一艘神舟飞船上使用的还要先进,如果不出意外,林飞羽足可以在水下待上整整一个小时——但鉴于他在特勤七处工作到现在的经验,"意外"总是会不期而至。

穿过通道,林飞羽游进了一个黑洞洞的空腔,刚刚还局促紧窄的世界,一下就豁然开朗起来,他并不急于贸然前进,而是缓缓沉底,很仔细地四下观望,逐寸逐寸,将头灯的光晕在蓄水池的内壁上来回游移,也许是因为常年接受不到太阳的眷顾,也许是因为生存空间被完全封锁,这里既不见水草,也没有鱼虾,一派死气沉沉的景象——

"洞穴呈规则方形,长度十米,宽度八米……不,七米,"林飞羽抬起头,盯着右上方的角落,"高度三米五。"

"也就是×××立方米的储水量,"李伟杰接过话茬道,"赶得上小学生用的游泳池了。"

"地面铺了石板,"林飞羽看了看脚下,又摸了摸墙体,"……其他地方的做工很粗糙,不过全都糊上了石灰,应该都是用来防水的……"

"别小看水,"李伟杰笑道,"它可是这世上最凶残的力量之一呢。"

"唔,显然建造者深知这个道理。"

林飞羽仰起上身,指着"天花板":"看那儿,伙计们,引水进来的真正目的——"

在他所示意的方向,四个呈矩形排列的圆形黑洞随着光斑的晃动而若隐若现,从它们在石壁上的位置来判断,显而易见,这就是赵信所说的"墓中井"了。

当然,在林飞羽看来,它更像是某种输水系统——类似于在新疆地区常见的"坎儿井"。

"对!一个典型的'四水迷阵'!"李伟杰不无激动地道,"将需要被封印的东西放置于活水的包围之中……真是太巧妙了！羽！这是一个杰作啊！”

“是啊是啊，咱们的古人聪明到能修出这般‘杰作’的水下结构，”林飞羽挖苦道，“却只是用它来从事封建迷信活动……”

“不要以功利的实用主义来评价古人的情趣与修为，羽，你要知道，金字塔也只是用来从事封建迷信活动的。”

呼吸不畅的林飞羽自然是没有兴趣继续这种无聊的争论：

“记录时间，叶子，”他用力蹬了一下脚下的石板，“我准备进入井口。”

从底下看过去，四口井都是黑咕隆咚的圆窟窿，并无任何分别，因此林飞羽随意选择了其中的一个，挺身入内。

“井口直径不足一米，我的天……真是太窄了。”

得益于女性般的娇小身材，林飞羽的行动在井内并没有遇到太大障碍，他用两手撑在弧度分明的内壁上，一点一点向上跃动。

也就在这个过程中，林飞羽发现了一个奇怪的现象——井的内壁反而没有铺上石灰，一块块青砖密密匝匝地将他围拢在中间，缝隙很小，几乎连一张纸片也插不进去，不过即便如此，出于“防水”的考量，里面一定也是使用了什么粘合剂才对。

林飞羽探出水面，仰起头来，头灯的光照到了井口的边缘：“结构完好，距离水面大约两米……”他向上伸出手，“不，两米半……应该是为汛期预留的空间。”

两米五的高度本身不算什么难题，但要从水里起跳就是另一回事了，林飞羽决定选择一个更稳妥的办法——

他用右手扒住井沿，屈臂引体，将自己向上提了半米，却并不急于钻出去，而是从胸前的密封袋中取出一枚小巧的球形金属物，用力抛出井口——然后又是另一枚，只是朝着其他的方向。

待“叮咚叮咚”的声响平息，林飞羽隔着呼吸面罩，用下巴磕了磕腕部电脑的屏幕，上面立即显示出明亮的荧光图像：

“声纳探针已经投放到位，叶子，启动信标！”

最大的失误，就是他忘记了现在的自己并没有足够的手来同时捂住两只耳朵——声纳探针发出的低颤虽然微若蜂鸣，但还是在林飞羽的脑袋里留下了一长串回声般的震荡，让他不禁头晕目眩了这么半秒钟。

“唔！该死……”林飞羽甩了甩左臂，腕部电脑上的图像竟也跟着清晰了起来，“叶子，下次你启动信标的时候跟我说一声。”

“明白，前辈。”

“好了，现在让我们看看这里头到底有什么——”他微微倾斜手腕，屏幕上的画面也随之缓缓旋转，线条与轮廓组成的诡异图形，一般人根本无从辨识，就算是受过训练的林飞羽，也看得相当吃力——确切地说，是基本上没有看出名堂来。

“怎么搞的，影像好乱……”他加大晃动手腕的幅度，图像也跟着倾斜了过来，“叶子！把频率调到75，加满功率，再来一次逐寸扫描！”

“收到，频率75，功率MAX……”叶枫的声音停顿了好一阵，“前辈，出了点问题——开关下方的三个警示灯一起亮了。”

“唔，该死，偏偏这个时候给我出状况……”林飞羽咬了咬牙，“不要碰开关，仪器背部有一个专门的复位键，你只要按下去就……”

等等——林飞羽依稀记得，声纳信标这种高级货重新启动一次好像要十多分钟，而自己总不能在氧气有限的情况下，缩在这么口烂井里傻等。

息声正说明氧气在迅速消耗，他连忙调整呼吸，让脉动不已的心率尽快恢复平静。

“你别激动，羽，我一直对你的直觉有信心……”李伟杰轻叹了口气，“好吧，我们来做个简单的推理——要是当真如你所言，那么这个入口很隐蔽，以至于赵信那种职业盗墓人都没有发觉，却又一定被人打开过，因此肯定会留下一些……怎么说好呢，破坏墓室原貌的蛛丝马迹。”

“……唔，有道理啊！”

似乎是受到了老李的提醒，林飞羽突然想起了什么，他再一次转向石棺，仔细看了看里面的骷髅，不无激动地唤道：

“叶子！回话！”

“是，前辈，声纳信标还没好。”

“还记得赵信的口供吗？”林飞羽关心的显然是另一件事情，“描述盗墓时情景的？”

“是，前辈。”

“他是怎么形容尸体的？”

“你要他的原话？”

“如果你记得的话。”

叶枫脱口而出：“‘它仰面朝上，双手交叠在小腹，身上就剩了点破布，其他什么都没有。”

“……这，”林飞羽一愣，“这是原话？”

“是的，前辈，一字不差。”

“你这记忆力夸张了点儿吧？”

“还行吧。”

被称为“天才”的混家伙们，总有些令人羡慕嫉妒恨的“奇技淫巧”，在特勤七处混迹多年的林飞羽，对此早已见怪不怪，但即便是放眼整个国家安全保卫局，也绝找不出第二个记性和叶枫一样好的人。

“仰面朝上，双手交叠在小腹……”林飞羽一边重复着赵信的原话，一边将自己的注意力重新拉回来，集中到眼前的尸骸上，“原来如此！为什么我没早点发现！”

他用力拍了一下棺材的沿，在墓室里震起了一层迷蒙的尘埃。

“啥？发现了啥？”李伟杰疑惑不解地问道，“羽？你找到了什么？”

“你看这具骷髅，没觉得它很奇怪吗？”

“嗯，我也听到你们刚才的对话了，姿势是和赵信描述的不一样……但是羽哦，这个墓是被盗过的呀，里面一团乱不是很正常吗？”

“根本就不是姿势的问题！”林飞羽朝棺材里一指，“这尸体明显是被挪动过，骨头七零八落，都不在原来的位置上了！很可能是被人从棺材里面搬出来之后，又重新给塞了回去！”

“呃……难道是赵信他们害怕被诅咒，所以就给他复原了？”

“怕被诅咒就不会做‘蚯蚓’了！”林飞羽顿时话锋一转，“而且这你他妈也叫复原？我要是墓主人又会施巫术，早把他们都弄死……”他顿了顿，“唔，他们确实也都被弄死了。”

“所以你的结论呢？是特勤七处的人动了尸骸？来回两次？”

“事实胜于雄辩……”林飞羽深吸了一口气，“我们来验证一下好了。”

虽然对“诅咒”这种玄奇吊诡的事情不以为意，但在将碎骨像倒垃圾那样扒出安息地之前，他还是双手合十，默默念了一句“得罪”。

现在，借着头灯的强光，林飞羽得以仔细检查这空空如也的石棺，很快，抹去了内壁的灰尘，他发现了在垫板的边缘处，有着极不起眼的一道裂缝，用手上去推碾，竟有一种微微的“可移动感”。

像是受到了鼓舞的小孩子，林飞羽突然面露喜色，他连忙摸索着想要把这块铺在尸骸下方的石板抠起来，却发现无论怎么试都没法成功——事实上，连插下一根手指的空间都没有。

“唔，又得指望高科技了……”说着，林飞羽打开别在腰后的挎包，从里面抽出一根像是“双节棍”的东西——中间由一缕钢丝状的细线连接，上下则是两支破冰锥似的金属物体。

“但愿这次俄罗斯人不要让我们失望。”——他怏怏地道。

“我有一点没想通，羽，”就在林飞羽开始摆弄高科技的时候，李伟杰突然发问道，“假设是特勤七处炸毁了入口，他们为什么又要多此一举隐藏石棺里的秘道？”

“这就是所谓的‘双保险’——”林飞羽将手里的“破冰锥”左右拉开，轻轻一摁，它们的尖端便像雷达那样伸展了开来，变成了两只底部相向的“金属碗”，“试想一下，如果你移开了石渣，突破了甬道，进入了墓室，看到地上散着一堆碎骨，而旁边空着一具石棺，会怎么想？”

“所以将尸骸放回作为掩盖？有点牵强的说法啊，专业的考古人员绝不可能发现不了这个疑点。”

林飞羽仰起头，小心翼翼地将其中一个“金属碗”倒扣在墓室的天花板上，然后拉长钢丝，把另一个碗“安装”在底板的中央。

“这个伪装不是为‘专业’人士准备的，特勤七处只要一纸文件就可以阻止有关部门对这个墓穴的开发。业余的‘寻宝爱好者’可能更有威胁，如果当真有人闲得发慌把入口的碎石清完，当他们发现棺材里只有一堆烂骨时，说不定就会老老实实地离开……”他一边说着，一边按动下方这个“金属碗”上的开关，然后直起腰来，“因此我也更加坚信，特勤七处并不是想要摧毁整个墓穴，而是很有可能，他们打算在某个时刻再回来。”

先是一阵高压锅漏气似的尖啸，继而传来了电动马达所特有的嗡鸣，在这低沉旋律的伴奏下，两口“金属碗”也跟着发出了令人不安的轰响——虽然之前已经在试验室里见过这种名为“吸附式真空起重机”的演示，但林飞羽还是情不自禁地小退了半步——

“哇哦，这东西动静不小啊……”

“据说它能拉起半吨重的规则物体，没发出农用拖拉机那样的声音已经很给你面子了。”

带着少许不安，林飞羽默默注视着眼前的起重机，它看起来虽然是有些吃力的样子，但却将垫板从石棺底部拉了出来——一寸一寸，缓慢而坚决，最终，悬停在了与林飞羽齐眉高的位置上。

“瞧，还是毛子的东西给力，”他揶揄道，“难怪他们守住了莫斯科，还顺带打下了柏林。”

兴奋的心情只持续了几秒，很快便被一种对未知事物的敬惧所取代。林飞羽深吸一口气，紧了紧双拳，走到石棺前，蹲下身来。

正如所预料的那样，里面是一个长方形的空洞，面积比棺盖小，大约刚好能容下一个人进出的样子……不，应该说，在设计这个暗门的时候，压根就没有考虑到“人员进出”的问题——因为它连阶梯都没有，就像一个陷阱似的，张着黑洞洞的大嘴，多少让人有些望而却步。

林飞羽从腰间拔出一根照明棒，打燃，朝洞中轻轻抛去，深藏在墓室底下的秘密，也因为这突如其来的光芒而无所遁形。

他小心翼翼地趴在石棺的边上，探头朝下方观望了一阵，发现里面的空间并不大，于是放弃了使用窥视镜的念头，架住石沿，翻身跳了下去。

在没有使用声纳信标和窥视镜的情况下就贸然闯入，这自然是一种相当鲁莽的行为，但考虑到特勤七处的前辈们同样是在没有高科技设备的协助下就把这里翻了个底儿朝天，林飞羽也就毫无顾忌了——如果真有什么陷阱或者机关的话，应该早就被踩了个遍。

这间密室面积比主墓穴要小得多，但似乎更高一些，林飞羽直起手臂竟然离顶还有好一段距离，感觉上就像是一个等长等高的正方体——或许这也是为了某种"仪式性"的需要吧。

房间的四个边角里，竖着四根砖砌的"烟囱"，一直连到顶部，毫无疑问，这就是四口井的"真相"——仅仅是为了做出被"活水"环绕的布局，没有任何机械化设备的古人竟然费了如此周章，做到如此地步，令林飞羽大为困惑的同时，也敬佩有加。

但是相对的，暗室的其他部分就显得相当粗糙了，既没有华丽的雕纹，也不见神秘的字符，一眼望去，只是最普通的石壁——凹凸不平，连打磨或者铺砖这样的基本修饰都懒得去做。

房间中唯一不算"背景"的物体，便是立在正中央的方形巨砧，在它那似乎是大理石质地的台面上，放置着另一具尸体……没错，不是棺材，也没有墓碑，一具穿着华服的骨骸，就这样平躺在石台上，双手抚着胸口，摆出一种似乎是在做祈祷的体态。

像是胡服的衣物依然光鲜亮丽，而人已经腐烂得只剩骨头——这的确是一个不合常理的现象，连林飞羽都想不太明白。

“老李，看看这东西的材质……”他捏了捏袍子的边角，随后又将视线移到骸骨的头部，“还有这货，连棺材都没有，什么人能享受这种待遇？”

“你……所以……清……”夹杂着电流的刺啦刺啦声，老李的回话变成了一团难以辨认的杂音，“……明白？”

“信号好像有干扰？”林飞羽切换了一下频道，“叶子？怎么回事？”

“……发……吠……哚……”——简直就像是在和外星人交流，没有一个能识别出来的语音。

林飞羽抬头看了看四周，发现并无异样——能有什么“异样”呢？几百年前的古人，总不可能搞出屏蔽无线电的东西来吧？

“唔，我在怕什么呢，”林飞羽耸耸肩，给自己打气似的指着石台道，“不过是一堆……穿着衣服的骨头罢了。”

与主墓室的那具尸体相比，这位的个头儿明显要小上许多，而且完全没有被人“侵犯”过的痕迹……不，仔细一看，林飞羽发现，它平摊在胸前的双手——确切地说，是手骨，从指根部位齐刷刷地断裂了开来，十指的碎片就散落在颅骨周围的石台附近，杂乱无章，毫无规律，有几截还掉在了地上。

这显然不是自然现象，想必也和什么仪式无关，考虑到赵信一伙人从未接触过这间密室，那么下此毒手的，便只能是特勤七处的前辈们了。

林飞羽拾起一小节纤细的断指，放到眼前仔细观察，确认这是遭到“蛮力”之后造成的破坏。

“特勤七处不会无缘无故地破坏文物……”他丢下断指，盯着尸骸的胸部自语道，“他们这样做一定有什么理由。”

话说回来，这到底是个什么姿势啊？看腕部的位置，除非是猿猴，否则两只手绝不可能在胸前重叠，也就是说，它只是单纯地用手捂着左右的胸部而已——无论这是哪种宗教的仪式，肯定已经失传很多年了。

但这又如何解释断骨呢？

在自己胸口稍微比画了一下之后，林飞羽有了更精确的假设——这具尸体原本是将什么东西“握”在了胸前，双手各呈拳状，特勤七处闯入之后，强行将那个东西取下，于是“拉”断了手指。

“唔，也许是个……‘棍形物’？”他又比画了一下，旋即摇了摇头，决定把这种过于专业的问题留给时间充裕的考古学家。

氧气大约还剩下 15 分钟，虽然没有找到什么太有用的信息，但今天的探索总归是不虚此行，就在林飞羽起身准备离开之际，好奇心让他决定再作最后一次尝试——穿过敞开的领口，他将手伸进尸骸的胸腔，想看看里面是不是藏了什么东西……

还真就藏了东西——

在几条肋骨中央，大约是胸腔的位置上，一个巴掌大小的圆形金属物搭在脊柱之上，林飞羽扯开尸骸的衣口，发现这是一个没有开封也没有标签的罐头。如果是一般人，此时的动作应该是将这枚罐头掏出来，研究个仔细，但林飞羽却像是嗅到了捕食者的野生草食动物一般，心头咯噔一响，连忙缩回手来，紧张地向后退了两三步。

他咽了咽喉咙，抽出军用匕首，小心翼翼地，从石台与尸服之间的缝隙中缓缓插了进去，果然，刀尖很快便碰到了一个坚硬的异物——有什么东西被“垫在”尸骸的下面，又用罐头从上方压稳。

一枚诡雷。

林飞羽本能地想要抹去额头的冷汗，手背却只是在呼吸面罩的表面来回蹭了几下。

他打起十二万分的精神，再次握住匕首的柄，将刀尖滑到“异物”的上沿，用刀面压住一个感觉像是“弹片”的东西，然后伸出另一只手，将隐藏在尸骸下方的小小碟状物整个儿揽了出来。

果然是一枚松发式的小型诡雷——塑料的外壳，没有任何标识，做工看似简单却也无可挑剔，以林飞羽对兵器的痴迷，竟然也报不出它的型号，可见这应该是一件定制的特种作战装备。从体积上判断，它的威力应该不会很大，埋在地里大概刚好能把人的单腿炸残，这也正是现代反步兵地雷的发展趋势——在雷区中制造一个哀嚎着求助的伤兵，比制造一具残破的尸体要更有价值。

取下引信之后，林飞羽将诡雷放在石台上，长出了一口气，虽然只是短短一分钟不到的危险经历，却让他的心悬到了嗓子眼，好不容易才又平静下来。

毫无疑问，普通的盗墓人不可能拥有特种装备，这枚诡雷的出现，只能作为特勤七处活动的另一个铁证。但问题在于，为什么要这样做？

从罐头放置的位置上来看，一旦有倒霉蛋中招，诡雷的迎面爆炸刚好能取他的性命……也就是说，特勤七处的前辈并不只是想要掩盖墓穴的真相，对于那些试图探索墓穴秘密的人，他们也抱着毫不留情的杀意。

是针对特定的目标？还是根本不计差别？如果像今天这样，被哪个不够小心的“自己人”发现了，岂不是要多搞出一个因公殉职？还是说，这也是在前辈们的预料之中？

带着烦闷与困惑，林飞羽又把诡雷拿了起来——不管怎么说，这东西肯定是要作为物证带回北京的，在试验室的检查报告出来之前，关于它的一切判断都只是能假设，说不准在特勤七处之后，还有别的什么人来过这个墓穴，布置了这个陷阱——那可真就要乱成一锅粥了。

“唔？”

在视线游移的一刹那，林飞羽突然觉察到了什么——他有些犹豫地将诡雷摆到尸骸的胸前，发现与它的手型还挺吻合。

“不是‘棍形物’？”几次比画之后，他坚定了自己的判断——尸体所握着的，是一个有“弧度”的东西，就好像手里的诡雷那样，很可能……是圆形的。

“不，不对……不会是圆的，”他直起身，闭上双眼，一边用双手模拟着尸骸的姿态，一边在脑海中构思着那个物体可能会有的样貌，“……如果是圆的，就用不着拉断手指，一定是什么能够被握住的东西……能被……紧紧握住的东西……”

突然，一个似曾相识的场景，一个似曾相识的形状从记忆深处翻涌出来——“‘白塔’！”

在没来由地喊出这两个字的同时，林飞羽心惊肉跳着猛地睁开了双眼，想要再确认一下尸骸的手型——

“我操！”

可也就在这个本该是恢复光明的时刻，眼前却出现了离奇的一片漆黑——没错，是他的“老朋友”又回来了。

15　起源

茫然地望着黑暗,黑暗也茫然地回望着他。

置身在这突如其来的诡异环境中,就好像五感被忽然剥去,任谁都会慌了手脚——不知该做什么,不知该怎么做,叫天不应,哭地不灵。

冷静!冷静!——林飞羽捂住自己想要大声呼喊的嘴巴,将所有有可能增加氧气消耗的动作都扼杀在出现之前。虽然身体还有些抗拒,还在因为不安而微微发抖,但他心里清楚,越是在这种被恐惧所环绕的时刻,越是要保持思维的绝对清晰。迷茫,动摇,畏缩……这些负面情绪对解决问题毫无益处,只会破坏应有的状态,让本来能够从容逃脱的困境变成步步惊心的绝地。

优秀的头脑,永远比强健的体魄更为重要——正是依靠着出众的思考能力,林飞羽才一次又一次地踏危谷如履平地,从一个又一个或是精心设计或是鬼斧神工的陷阱中全身而退。

但是这一次,这一次的情况有所不同——他所面对的并不是有形的敌人,而是由心而生的幻觉,它无形无影,自然也就无可战胜。

随着心率的下降,林飞羽的呼吸也渐渐恢复了常态,这让

是，我知道你们在做什么。”

“自以为是啊，冷冰，自以为是……你就是改不了这个毛病。”陆地不无惋惜地摇了摇头，“其实你对我们一无所知，否则也不会如此大开杀戒。”

“‘宁可杀错，不可放过’，你应该知道我的行事原则……老陆，好歹我们也合作过几年。”

“呵呵呵呵……”陆地发出一阵非常诡异的哼笑，“不要以为你赢了，冷冰，你的牌已经打完，接下来该怎么办？你能逃去哪里？新疆？西藏？美国？日本？想一下吧，你能逃多久？”

冷冰举着枪，没有立即回答，那不苟言笑的脸上，显出了似乎是焦虑的表情——但这动摇的模样只持续了短短几秒，他很快又恢复了不可一世、自信满满的神态：

“我自有办法……这世界比你想的要大。”

一段相当“不应景”的对话——林飞羽突然觉得，这两人的对话，有很多值得推敲的地方，可惜当时的自己并没有意识到这一点——他根本就没有在意两人交谈的内容，而只是被“总算遇到活人了”的这种心情冲昏了头脑，一个箭步就跳进了石室，带着一声诘问似的厉喝：

“冷冰哥！你在干什么！”

也许，只要再等一分钟……不，也许只要三十秒，他们其中的一个就会透露出让整个事件茅塞顿开的重要信息——当然，这只不过是马后炮，林飞羽明白，任何类似的假设都不可能改变既成的事实，最多也就是徒增烦恼而已。

回忆与幻觉结合得如此天衣无缝，真假莫辨，在惊叹于大脑的奇妙之余，林飞羽多少也有点庆幸——多亏了这次不可思议的体验，唤醒了一些他尘封在记忆底层的秘密……一些，很有必要仔细推敲的秘密。

就算是一直在旁边沉默地站着，回忆中的冷冰还是发现了身后的林飞羽，他别过头来，说出了那句令人费解不已的对白：

“没有直接向我开枪，说明你不是他们的人……羽，我果然没有看错你。”

在后来的内部侦讯中，特勤一处死死揪住了这句话，对林飞羽苦苦刁难，就差没一口咬定他是冷冰的同谋了——不过这也情有可原，“杀光所有人唯独留下了你”这种结果，本来就让人百口莫辩。

“羽！”仿佛是见到了救命稻草，陆地忽然激动起来，“快开枪！这家伙疯了！”

话音刚落，冷冰便毫不犹豫地扣动扳机，子弹在陆地的眉心上开了一个窟窿，这位第七特勤处的“元老”就这样一声不吭地仰面倒下，成为地宫中的最后一位牺牲者。

直到这时，幻觉中所呈现出的一切都还仿佛是昨日重现，前因后果都精确得像是正在REPLAY的录像带。但作为“从未来穿越过来”的林飞羽，却拥有进行“第二次选择”的权利。

“我在想，冷冰哥——”林飞羽将手枪抬正，“如果那个时候我没有和你理论，而是直接将你干掉，是不是至少可以救下处长？”

“你……”

伴随着短促而清脆的枪响，冷冰捂着胸口轰然倒地，林飞羽一步向前，又对着尸体的头部和躯干补上了好几枪。

剧本虽然因此而出现了变化，但幻觉却没有丝毫要消退的迹象，林飞羽望着彻底寂静下来的四周，想着随时可能会耗尽的氧气，一股混着无助感的焦虑由心而生。

就在他东张西望想要找出点头绪的时候，视线凑巧落在了冷冰的尸体上——他单手捂着胸口，摆出相当不自然的死态，仿佛在刻意展示他腕部的饰环。

等等……就是这个“手镯”——林飞羽心头一紧，立马意识到冷冰佩戴的这个东西，正是几分钟之前，在墓穴下方密室里想到的那个“环状物体”！

他捂住脑门，双目紧闭，仔细回忆起来——没错，当年在白塔的地宫中，自己与冷冰缠斗的时候，确实发现他佩戴有这样一个古怪的饰物，而且可以肯定的是，冷冰率人进入地宫之前，绝对没有戴着它！

“也就是说……”睁开眼睛的同时，林飞羽难以抑制心中的激动，指着地上冷冰的尸体，自言自语起来，“你是在这个地宫里发现它的！”

被潜意识深处的记忆所牵引，就像冥冥之中收到什么高人的提示，林飞羽抬起头来，右旋三十度，将视线投向房间中央的石柱正面——

一个凹槽……确切的说，一个环形的凹槽。

无数充满现代气息的线条型雕纹从石柱边缘绵延攀爬，将凹槽包围、簇拥在中间，让整个石柱的正面，看起来就像是某种电子产品的俯视图。

林飞羽将环形物体从冷冰的左腕上撸下，捧在手心里反复端详，也许是因为记忆上的缺失，这个东西的形象相当粗糙，看起来就像是一只略经打磨的石镯，仔细摩挲之下，也没觉察出什么特别的质感。将它举起，与视线远端的石柱交叠，发现其形状与凹槽几乎完全一致。

在关于“血色愚人节”事件的调查报告里，林飞羽遗漏了关于“石镯”与“凹槽”的所有细节，他现在回想起来的事情，是除了冷冰与自己以外，再没有第二个人知道的情报——在这一瞬间，他竟然产生了“要主动找特勤一处谈谈”的冲动。

在石镯与石柱上看了几个来回之后，林飞羽深吸一口气，小心翼翼地走上前去，像虔诚的教徒般，将环状物体扣进凹槽中央，轻轻向内里一推——

严丝合缝，甚至连厚度都没有一丁点的误差，那东西仿佛与方形石柱完全融为了一体，从表面上根本看不出它能够被单独取下。

"这到底是什么呢?"林飞羽摸着凹槽与石镯结合处的细小缝隙，又抬头看了看石柱巨硕的躯体，不禁心生困惑，"又是谁造出了这种没用的东西……"

"总有一天，羽，好奇心会要了你的命。"

思绪被身后的男低音所打断，林飞羽猛地转过身来，刚好与闪到跟前的冷冰打了个照面。

这是怎样恐怖的一个场面啊——脑门上还带着弹孔、一脸血肉模糊的冷冰就站在距离自己不到半米的地方，那股凶神恶煞的压迫感，比"活人"时有过之而无不及。

惊惧之下，林飞羽摆拳迎击，冷冰向后微仰，刚好避过了拳锋，继而又一步后跳，躲过林飞羽的直踹。

虽然只是幻象，但这具"活尸"的身法倒是一点也不含糊，而且和记忆中的冷冰一样，它一边搏斗还一边不忘用"嘴炮"羞辱对手：

"手在抖，眼神也飘忽不定……"

口气也是一如既往地不带任何感情色彩，平和得就好像是在背台词一般：

"为什么？在怕吗?"

林飞羽恼怒地一声轻喝，小碎步向前快踏，以顶肘袭向冷冰看似毫无防备的胸口，而对方只是轻巧地单手一拨，便将他的力道卸到一边，顺势扭过手腕，将林飞羽的右臂反剪到背后，又往前一推，把他整个人迎面摁在了石柱上。

“我记得你不是新手了，羽，怎么还如此冲动……”

一张流着脑浆和血汁的脸紧贴在耳侧，这瘆人的状况让林飞羽只是想一下都感到毛骨悚然，但由于关节被控，身体也被死死压住，根本使不上力气，他的所有反抗最后都徒劳无功。

“如果你不介意，我想拿回属于我的东西……”说着，冷冰腾出右手，将嵌在石柱凹槽中的环体抠了下来，在林飞羽面前掂了两掂，“谢谢。”

“等、等等！”

林飞羽艰难地吐着气，将头尽可能地向后别过，用余光瞥着冷冰：

“它是什么！这个东西是什么！冷冰！就是它让你丧心病狂的对不对？”

冷冰拿着石环的手突然顿住了：

“……嗯，我记得当时的你不是这样问的。”

“哈！”考虑到自己是在与头脑里的“幻象”争论，林飞羽不禁苦笑起来，“你当时也不是这张脸啊。”

“抱歉……”冷冰突然向后小退，在林飞羽还没来得及有所反应、转过身之前，拔出手枪对着他的大腿就是一发，“我只能这样回答你——”

“唔！”林飞羽应声倒地，咬着牙扑倒在石柱的基座旁，虽然明知道自己并没有真正受伤，但肌肉撕裂的疼痛还是让他满面冷汗。

“现在告诉你世界是怎样灭亡的，”冷冰收起枪，居高临下地站在林飞羽面前，“对你又有什么好处呢？”

这语气里带着的是惋惜和嘲讽吗？那时的林飞羽，同样腿部中弹，脸贴着地面，以难看的姿势跪倒在冷冰脚下，屈辱、不解和愤怒让他认定，对方说出这种话来，只是为了让自己更难堪。

但是现在，在有了思想准备的情况下，在情绪更稳定的心境下，他终于发现，说这段话的时候，冷冰脸上显露出来的，竟然是悲伤与凄苦。

“……你杀死了这里的12位同事，出去又炸死了处长。”林飞羽用手肘撑起上身，一边艰难地大口喘气一边道，“不仅……不仅是我……整个国家安全保卫局……都无法理解你的行为……为什么……为什么如此恪尽职守的人……会做出这样这样大逆不道的事……”

没有回话，也不置可否，冷冰只是木然地站着，静静地聆听着，任由鲜血从颅前的孔洞中淌下，染红了半面，浸湿了衣领。

“你一定是有什么苦衷的……对不对？”林飞羽用尽全力，让自己的头能昂得更高一些，“说啊！冷冰！一定是有什么苦衷的对不对！”

冷冰沉默了几秒：

“很快，救援组就会派人来打通甬道，”他面无表情地道，“我出去的时候，会告诉他们你在这里……也就是几个小时、最多半天的事，坚持住，羽，别死。”

“等等！冷冰！等等！”

林飞羽声嘶力竭的呐喊，并没有阻止对方毅然决然地转身离去，只不过这一次，冷冰的背影不再孤单，那个穿着蓝色运动服的家伙就跟在他后面，同样地，任由林飞羽如何嘶吼咒骂，再也没有回头。

“该死……该死！站起来！站起来啊！”

不停地暗示着自己，腿上的枪伤只是幻觉，可火烧般的疼痛感却愈演愈烈。受过潜意识防御训练的林飞羽，本应该对致幻剂之类的精神影响有极高的抗性才对，可这几天的经历，却一次又一次地让他认识到，在真正的疯狂面前，所谓的“理性”是多么的无力。

“站起来……林飞羽……站起来！”

终于，他觉得自己的右腿好像能动了，仿佛是用上了吃奶的力气之后，终于完成了“半跪在地”这样一个简单的动作。可就在他挣扎着准备起身的时候，一股没来由的力量突然压在背上，又将他扑倒在地。

这一次，无论林飞羽再怎么反抗，也都挣脱不了束缚，很明显，是什么东西——或者说是什么人擒住了他的手脚，而且缠得很紧，力气也出奇的大。为了将这家伙从自己身上撵走，他连反擒拿的招式都用上了——一边在地上蛇形蠕动，一边用胳膊肘向后猛击。

“哦！唉！喂！前辈！前辈！”

叶枫带着颤音的连声叫唤，终于让林飞羽消停了下来，仿佛就是眼睛一闭一睁的工夫，冷冰的身影不见了，诡谲的浮雕不见了，阴幽的灯火也不见了——所有那些恼人的幻觉，都大梦初醒般烟消云散，一点残像都没有留下。

“我——”

说第一个“我”字的时候，林飞羽已经明显有了一种难耐的窒息感，这也让他的语调迅速温和下来：

“……我没事，放开我。”

起先是有一点犹豫，但是很快，叶枫就松开了力道，他并不只是简单压在林飞羽背后，而是用柔道的“固技”将其四肢锁死——当然，从被林飞羽的肘击打中胸口这点来看，他的技术还有待精进。

就好像是刚刚从宿醉中恢复的酒徒，林飞羽撑着地面，一节一节地站起身来。

“你……”他回过头，看到和自己装扮完全一样的叶枫，“你怎么在这儿？”

同样隔着呼吸面罩，两人都看不到彼此的表情，但显然林飞羽是要吃亏一些——因为叶枫无论何时何地，基本上都只有一种表情：

“信号出了问题，我和北京那边都看不到下面发生了什么，又联系不上你，”他面无表情地道，“我怕你出了事，所以就换上衣服过来了。”

“我的天，竟然还有比我更莽撞的傻瓜……”林飞羽摇摇头，点了点自己的呼吸面罩，“里面什么情况你都搞不清楚就闯进来，怕我出事，就不怕自己出事吗？”

“我怕。”说着，叶枫弯下腰，拾起支在石台边的武士刀，“所以我带了‘斩魔刀’来。”

“斩——”

林飞羽欲言又止，突然有种“被自己给玩到了”的感觉，

“……你就带了一把东洋刀下来？”

“92式手枪一把，三棱子弹外加枪膛一发，”叶枫拍了拍自己的腰带，认真地回道，“还有塑胶炸弹一枚，88式军用匕首一柄，爆音闪光弹一颗。”

“还好，你带的这些东西没一样能用得上。”林飞羽苦笑着拍了拍对方的肩，有些踉跄地走到石台前，朝上方的洞口伸出手，大致丈量了一下高度，自语道，“……唔，还有点难度。”

而就在林飞羽做这个姿势的时候，叶枫不知从哪取出一个白色的塑料药瓶，递到他的面前：

“前辈，你把它忘在岸上了，”叶枫似乎是有意压低了嗓音，“我猜你可能用得着，就带来了。”

林飞羽定睛一看——正是自己最近"常用"的那瓶精神类药物，顿时又惊又急，就像被发现了"小秘密"的高中生，震怒不已，他猛地转过身来，以迅雷不及掩耳之势将叶枫擒住，一把将其推压在密室的墙上：

"是来监视我的？嗯？"不光是话语，连整个身体都在颤抖的林飞羽，简直是气急败坏地大吼起来，"是一处派你来监视我的？就为了证明我的精神有问题，好把我踢出国家安全保卫局？嗯？"

面对架在脖子上的胳膊肘，叶枫没有任何要反抗的意思，态度也是不卑不亢，仿佛早已预料到了对方的反应："……前辈，我知道你在吃这个药，但我并不知道那是什么药。"

如果他真是薛松的人，就没有理由把药还给自己——再简单不过的逻辑让林飞羽的暴躁情绪迅速冷却下来，但他依然没有松手：

"哦哦——你看到我吃药了？"林飞羽凶狠地笑道，"什么时候？我上厕所时跟踪我的？"

"不，"叶枫平声静气地回道，"我前天发现这瓶药的时候，比现在重。"

就和在收费站两端掐时间抓超速驾驶一样，叶枫的这种计算方式，确实让林飞羽无从辩驳：

"人吃五谷杂粮，难免会有个发烧感冒忧郁症什么的……"林飞羽收回胳膊，从地上捡起药瓶，"但我警告你，叶子，你不是医生，就算是，在这个单位，也有很多你治不了的病，而且它们大多属于个人隐私。"

每一次断句，他的声音后面都要跟着一段明显的喘息。

"前辈，恕我直言，你的牙齿里装有通讯器，如果一处真想要监视你，你便毫无隐私可言。"叶枫向前走了半步，话锋一转，

“但是……”

林飞羽回过头来:“但是?”

“既然李伟杰都没法收到你的信号,我确信同在北京的特勤一处也不可能听见你的声音。”

“唔,原来如此,”林飞羽一声哼笑,“你明知道我戴着呼吸面罩还把药送来,其实就是想借机把话挑明啊? 哦,不——”他若有所悟地点点头,“还有试探我的反应……精明的家伙啊,你不去做保险推销员真是太可惜了。”

“前辈,我只是希望你能够信任我,没别的意思。”

林飞羽一边轻轻地喘气一边盯住叶枫的脸,虽然隔着黑洞洞的面罩,无法看清对方的表情,但至少那真诚的语气不像是刻意装出来的。

“傻瓜,”林飞羽捶了一下叶枫的胸口,“……我当然信任你,不然……刚才就把你干掉了。”

“是的,前辈,我知道了。”

其实叶枫并不知道,刚刚的那句话里,只有前一半是在开玩笑。

16　转折

单手托腮，望着车窗外连绵不绝的朦胧树影，林飞羽一语不发，保持这个姿势已经有足足半个小时了。

随着夕阳姗姗退场，笼罩着路面的暮色渐浓，在西方天空中潜伏多时的长庚星，也仿佛调皮的孩子，微微闪着睁开了眼。或许是因为远离运输枢纽，或许是因为时节欠佳，在这条望不到边际的笔直双车道上，只是偶尔才能看到一两辆货车庞大厚实的身影一晃而过，让叶枫驾驶的这辆 SUV 更显得孤单落寞。

车外的景色阴沉凄凉，车内的气氛也是冰冷到让人不太舒服——本来就沉默寡言的叶枫握着方向盘，用一丝不苟、呆板木讷的神情注视着前方，就像是上好了发条的木偶，只是机械地重复着预先设定好的动作，别说是主动搭话，就连一点多余的动作都没有。

陷入冥思的林飞羽，自然也没有心情插科打诨，他仔细回味着下午的经历——从跳水潜泳，到与“僵尸冷冰”的埋身混战，一遍又一遍，越发对自己的结论感到困惑。

是的，在排除了愤怒与恐惧的情绪之后，客观回想去年四月一日发生的那个“大事件”，确实有许多值得重新审视的细节。而现在看来，其中最不可理解——也许是一切因果循环的根基，那枚“石镯”到底是什么？而冷冰为什么又会说出诸如“世界毁灭”这种小学生似的无稽之谈？

直到连着三辆满载生猪的重型卡车从SUV旁疾驰而过，林飞羽才从杂乱的头脑风暴中幡然醒觉：

“唔！看啊！黑猪！”他扭过头，饶有兴趣地看着货车远去，“……好多的大黑猪啊！”

“东北民猪，”叶枫依然目不转睛地盯着前方，“产仔多、抗寒、耐粗饲，适合北方地区饲养，是中国最重要的肉猪品种之一，前辈如果你喜欢的话，出了北京不用跑多远，就能在附近的农庄里看到。”

“天……”林飞羽笑着摇摇头，“人无趣到你这个地步还真是可怕。”

“是，前辈……”叶枫一副死猪不怕开水烫的架势，“您不是第一个说这话的人了。”

打破了沉默的对话，让林飞羽突然就有了继续聊下去的冲动：

“我说，叶子。”他收起笑容道，“你有没有过这样的体验——就是原来深信不疑的人，最后出卖了自己？”

面对如此唐突的问题，叶枫着实思考了好一阵：

“有。”他点点头，“我高中时的同桌——一个胖胖的女生，她在考试的时候和我约好……”

“唉唉，叶子，”林飞羽偏过视线，斜了叶枫一眼，“我对你学生时代的风流韵事可没有兴趣。”

“如果前辈您指的是我工作时的经历——”叶枫顿了顿，继而用非常确定的语气道，“那么没有，在执行特种部队的任务时被人出卖，这种事情是不可想象的，如果它真的发生了……前辈，我肯定已经没法坐在这里同您讨论这个问题了。”

这倒是无可置疑的事实——按照叶枫以前的工作经历，他的同事肯定都是一些久经考验的“报国死士”，与“背叛”、“出卖”之类的字眼永远也搭不上界。更何况，如果没有记错的话，这小子也是一位“天煞孤星”——他的队友都牺牲了。

“也是，”林飞羽耸耸肩，“我记得你的同事都为国尽忠了。”

“死亡不代表忠诚，”叶枫若有所指地顿了顿，“只代表任务没有圆满。”

林飞羽当然明白对方的言下之意：

“……唔，看来，你是看过‘血色愚人节’事件的报告了啊。”

“是，前辈，就是你口述的那份。”

“你……”林飞羽放下托着腮帮的右臂，坐正身子，“你怎么看？对那个事件？”

“一次行动就损失了整个部门，我只是觉得这点太不合常理了。”

“可不是吗，”林飞羽笑道，“按照常理，国家安全保卫局里也不会冒出来一个在任务中杀自己人的疯子。”

“疯子……不，冷冰不是疯子，”叶枫微微皱起了眉头，“他计算缜密，思维清晰，准备充分，在进入白塔之前的一个月，也许两个月，他便已经打算消灭你们所有人。”

“这还用你说？”似乎是想起了什么不好的回忆，林飞羽面露苦色，“他给我们所有人都换上了空包弹，事先准备好了弄塌入口的炸药，还赶走了无辜的考古学家……”

“空包弹一眼就能认出来，最后却没有一个人发现，我觉得你们也太配合了。”

林飞羽叹了口气：“谁能料到我们会用上枪呢？”

“不，不光是枪的问题。整个行动都像是在按照事先写好的剧本那样进行，从始至终，唯一的不和谐，或者说唯一没有被策划者算计进去的，就是突如其来的背叛，而这——”叶枫扭过头，面无表情地与林飞羽对视了几秒，“我相信，却全部在冷冰的算计之中。”

“看前面！看前面！在高速上呢！”林飞羽不耐烦地点了点前窗玻璃，“……至于冷冰这货，我劝你还是别去费心瞎猜了，国家安全保卫局的谍报专家，心理战专家，还有别的什么乱七八糟的专家，早就把冷冰这人研究了个通透，最后还是没搞清楚他到底是怎么了。”

“不，前辈，我觉得值得研究的并不是他，而是你们……是你的那些已经成为烈士的同事。”

“够了！开好你的车吧……”林飞羽又一次将视线转向窗外，还顺带压低了声音，“我不想再讨论和冷冰有关的任何事情，明白吗？从现在开始，一直到我60岁退休，别让我听见‘冷冰’这两个字。”

“明白，前辈，一直到你退休……”叶枫很是认真地点了点头，“其实我只是听到你在墓穴里不停地喊‘冷冰’‘冷冰’，才突然对他有了兴趣。”

“唔，那个啊……”觉得有些不好意思的林飞羽连忙岔开话题，“哦对了！差点忘记向你道谢了，叶子。”

“道谢？”

“就是在墓穴里……那个，你应该算是救了我的命，怎么说呢……”林飞羽摸了摸马尾辫，撇着嘴道，“嗯，对一个新人来说，你算是蛮像样的了……虽然我更希望能有个美女搭档什么的……”

以林飞羽那桀骜不驯的性格，说出这种话已经算是付出很大的“牺牲”了，可叶枫似乎并不领情：

“等等，前辈。”他一本正经地道，“我记得您刚才是说要向我道谢的。”

林飞羽一愣:“唔?”

他原本以为,叶枫听到自己的“褒奖”之后,应该是一脸严肃地回答“不,前辈,那是我应该做的”才对……

“喂喂喂喂,”林飞羽干笑道,“你还想怎么样啊?难不成要我发个勋章给你?”

“以身相许吧,”在目瞪口呆的林飞羽还没反应过来之前,叶枫突然偏过头甩出一句,“救命之恩嘛。”

本是一句诙谐调侃的笑话,经叶枫之口说出,却只能带来一阵尴尬的沉默——不得不承认,人若是能无趣到这般程度,还真算是种特异功能了。

“你……你是在开玩笑吧?”

“当然,前辈。”

叶枫还一副“你不会当真了吧”的表情。

“我的天,你这笑话说得我……”倒吸着凉气,林飞羽抱紧双肩哆嗦了一下,“真心想哭啊……”

就在这个气氛诡异的糟糕时刻,车厢里及时响起了电话的呼叫声,林飞羽连忙从车载电脑的操作面板旁拿起耳麦,戴好,然后在按下接听键的同时轻声念道:

“代号羽,编码0079527,通话加密权限0,只作常规记录。”

在短短的三秒钟内,通讯系统的AI完成了包括“辨识,分析,验证,执行命令和接通电话”在内的全部任务,李伟杰那沙哑的嗓音也随即蹦出了耳麦,一并出现的,还有车载电脑液晶屏上,他那已经开始谢顶的脑门特写:

“羽,你要的资料我给找出来了,花了不少劲儿。”

“唔,是啊,”林飞羽却一点也没有要感谢的意思,“才花了三个小时而已。”

“与‘血色愚人节’有关的资料全部被封禁了，很遗憾，凭我的级别无法调阅，”李伟杰耸耸肩，“光是打电话找特勤一处给我临时权限就费了好些口舌。”

“唔？啥？”林飞羽斜了一眼叶枫，压低声音，“什么时候我们调阅资料也要一处点头了？”

“‘血色愚人节’现在已经是特勤一处的重点关照项目，”李伟杰突然神秘兮兮地道，“我猜啊，他们一定是发现了什么不得了的新线索。”

“随他们去闹吧……”林飞羽不耐烦地叹了口气，“我要的只是一张图而已。”

“稍等……”

随着李伟杰的手指轻弹，车载电脑的屏幕上立即显示出一张充满后现代艺术风情的“线条画”，以普通人的眼光来看，它几乎和小朋友的涂鸦无异，完全不知其所以然。

但林飞羽看得懂——虽然也只是勉强。他腾出左手，在屏幕上打着圈儿滑动，三维图像也随之不停地变换着角度，最终固定成类似于鸟瞰图的平面结构。

“德国人真应该向苹果学习一下，”林飞羽抱怨道，“显示界面太不人性化了，客户体验不行，怎么能卖得出好价钱？”

“声纳信标又不需要在超市里上架，没必要讨个好卖相。”

本来已经模糊的记忆，在这张结构图的提示下又清晰起来：

“幸亏我还看过原图……”林飞羽点点头，“……嗯，就是它了，第二层地下结构的全息图。”

虽然没有亲见过白塔地宫的全貌，但林飞羽在事后接受一处问讯的时候，确实看到过那么一幅截取自声纳信标的图片——而且也正是现在这种角度。

入口、走廊、翼室、转角……顺着手指的移动，林飞羽将今天下午的幻觉与回忆结合起来，在脑海中拼凑出一段确信无疑的经历，然后，屏幕上的问题便昭然若揭了：

“老李，这几个是什么东西？”林飞羽点了点位于主室四个角落之外的长方形线框，“我怎么一点印象也没有。”

“根据专家的分析，那应该是储水室，和白塔周围的水利系统相连，不过年久失修已经没用了。”

“我现在非常肯定，地宫里面绝对没有暗渠！”林飞羽突然激动地提高了嗓门，“也就是说，这些储水室完全独立于地宫的主体结构，自成体系！”

“呃……”李伟杰思索了几秒，“那又如何？”

“不眼熟吗？”林飞羽又点了一下屏幕的正中央，“……周围是水，中间有个正方形的密室？”

“周围是水……呀！”李伟杰恍然一惊，“这好像是……好像是‘四水迷阵’？”

“大哥，你不觉得这问题应该是我问你吗？”

“……不，现在下结论还太早，我们应该再去那边作个验证……啧！”李伟杰又开始了他标志性的“思考式自言自语”，“不行啊，里面随时都会塌方……我们肯定拿不到挖掘许可……不过如果使用设备……用小型机器人把摄像器材送下去……但是得先找到当年……”

“好了，老李，这个问题你自个儿慢慢研究吧，”林飞羽一边拨弄屏幕上的结构图一边道，“我现在只想知道，今天下午的这个墓穴与去年四月一日的白塔之间到底有什么联系，如果你能帮我查出来，我真感谢你八辈儿祖宗。”

“嗯……有难度，我尽力吧……”李伟杰话锋一转，“哦对了，说到下午的墓穴，我突然想起来了，我在复旦大学的朋友看了你的视频后，对墓主人的身份有了大致的判断……”

“这回改复旦大学了啊，”林飞羽笑道，“你朋友还挺多嘛。”

就和往常一样，李伟杰直接忽略了林飞羽的调侃：“他现在正在搜集相关的资料，以证明他的假设，不过老实说，按照他的风格和效率，没有三五个月是不会出结果的。”

“唔！那你就直接说这位专家有什么高见吧，我权当是听了个相声好了。”

“成吉思汗，你知道这个人吗？”

林飞羽一副相当苦恼的样子：“……我说不知道你信吗？”

“1204 年，这家伙统一了蒙古各部，随即开始了对外扩张。他的第一个主要目标是毗邻的西夏，但在那之前，还有许多小国家小部落在一夜之间被倾覆，它们大多连名字都没有留下便消失了……其中，就包括使用格姆多罗文的诸民族。”

“格姆多罗文，”林飞羽点点头，“唔，好像在哪儿听过。”

“历史是由胜利者书写的，羽，就算他们不识字，也轮不到失败者来写——因为他们都被消灭了。”李伟杰意味深长地道，“所以，我们现在找不到一个会使用格姆多罗文的活人，这种文字，连带它们背后所包容的文化、哲学、信仰和风俗，都被蒙古人从历史中抹去。其中只有几个幸运儿得以苟存，并且加入了成吉思汗的征服者大军。”

“比如说那个墓穴的主人？”

“推测，羽，”李伟杰又强调了一遍，“只是推测——她的名字叫塔弥尔，是某个小城邦领主的女儿，同时也是一个小型宗教派别的主祭祀。”

“唔！听起来像是那种庸俗轻小说中被男主角保护，最后献出贞操的小美人儿。”

“可惜在现实世界里，没有男主角这种职业，有的只是权力与更大的权力，所以，你口中的这位小美人儿，选择了当时世上最大的权力……”

林飞羽一字一顿地应和道：“成……吉……思……汗。”

“我的朋友不敢肯定她与大汗的关系，他们也许只是‘业务往来’，也许已经‘开花结果’，但从仅有的文献记录来看，成吉思汗对她相当器重，并且认为她的宗教理念可能会为暴力统治带来极大便利，当然，这也可能和蒙古帝国的宗教宽容政策有关。”

“如果她果真是成吉思汗的宠妾，怎么会葬在鸟不拉屎的山沟沟里？意义何在？”

“这个‘塔弥尔’是一位法师……或者叫萨满，巫女，妖婆，半仙……无所谓，总之大概就是这一类的职业，在坚信超自然力量的中世纪，这种人很吃香，你懂的。”

“那又如何？”

“因此我的朋友相信，在成吉思汗的授意下，塔弥尔一生都在研究被征服文明的‘神秘力量’，尤其是那些在军事上具有潜在价值的东西——比如巫术，草药，炼金学，占卜技术……，所以，她会使用古代的‘四水迷阵’便不难理解了。”

“但是为什么？”林飞羽不解地道，“为什么有人会在自己的墓地里搞这种行为艺术？把自己封印起来？”

“这个……”李伟杰有些为难地道，“我朋友还没给出最合理的解释，我也不好瞎猜啊。”

“喂，老李，我现在需要的可不是自圆其说的学术理论。”林飞羽叹了口气，“你说的这些是很有趣，没错，但它既不能解释墓穴存在的意义，对我破案也没有丝毫帮助。”

“别心急，羽，你今天已经立下大功一件了，”李伟杰笑道，“很快，专家组成的考古队伍就会去把墓穴翻个底朝天……答案就在那儿,它跑不了啦。"

就在林飞羽准备开口再说点什么的时候,车载电脑的屏幕突然一黑,跳出了"音频输出"四个小字,耳麦中李伟杰的侃侃而谈也戛然停止,换成了一种明显是电子合成出来的男中音:

"很遗憾,无论最后找到的是什么,那都不会是'答案',因为杨光辉早已捷足先登,带走了关于'黑灵'的全部秘密。"

"糟!"——心中一句暗叹,林飞羽几乎是本能地将左手伸进大衣口袋,夹住了那个暂时可以驱逐幻象的药瓶。

"按免提键,羽,"不过与之前的幻觉不同,这个男中音并没有继续纠缠下去,"我要和驾驶员说话。"

听口气似乎是很有来头的样子。

"呃……"林飞羽朝叶枫悄悄一瞥——这小子盯着前方,一副聚精会神的模样,"好吧。"他放好话筒,遵照"指示"按下了免提键。

"叶枫,在下一个岔路口下高速,"车厢里响起男中音的同时,车载电脑的屏幕上显出了一张卫星定位导航图,"然后按地图所示的路线行进。"

即便脸色上毫无破绽,但从叶枫瞪大的双眼中,还是能看出一丝迷茫无措:

"前辈,这是……"

"鬼知道是谁,不过你最好听他的——"林飞羽指了指车载电脑,"他切断了车上的通讯频道,并能直接绕开国家安全保卫局的防火墙,在我们面前画出这么个玩意儿,"他龇牙咧嘴地摇了摇头,"……如果不是我又疯了,那这小子多半是个咱们惹不起的主儿,你懂吧?"

"不用解释了,前辈。"叶枫面无表情地扫了一眼导航图,"执行命令对我来说是天职。"

岔道口的指示牌上，印着连林飞羽都备感陌生的古怪地名。下了高速公路之后没走两分钟，越野车便驶上了一条荒凉偏僻的小道，从悬挂系统传来的呻吟声判断，这条小道的路况简直惨不忍睹。路的两边全是望不到边的荒地和小山包，一幅秋收后的凄凉——不，也许和农时没什么关系，这里本来就是块人迹罕至的野地。

此情此景，又激起了林飞羽调侃一番的欲念："如果开发商在这里建个小区，然后打广告说'原生态绿色景区，健康家居新理念'，你琢磨着它能卖多少钱一平米？"

"重要的不是能卖多少钱，"叶枫一本正经地回道，"而是找到一个肯在这儿买房子的傻瓜。"

"好吐槽啊！"林飞羽抖着手指，不无激动地道，"我就知道的，你小子有天赋！以后多跟我出来跑跑任务，说不准过两年就成一代笑星了。"

"好的，"叶枫仍旧面不改色，"前辈。"

沿着小路笔直地前进了大约 10 分钟后，周遭的景致出现了些许变化——密密麻麻的乔木布成阵列，在车辆的左侧组成了一拃齐的防护林带，右侧则出现了一些零星的人造设施——水渠、器械，和一些不知用途的房舍。

眼看导航图上的箭头就要到顶，车厢内又响起了男子的声音：

"在前方第一个路口向左。"

半分钟后，叶枫打过方向盘，SUV 也跟着驶入了一个更加平坦宽敞的路段。由于没有路灯，浓重的夜幕之下，只剩下越野车的大灯应和着接连闪现的繁星，在黑暗的世界中撕开一个楔形的口子。

而很快，这片光源便接触到了此行的终点——

一架黑鹰直升机。

墨绿色的涂装，没有标识，没有编号，就好像军事博物馆的陈列品一样，静静地停在道路中央，如果不是飞机旁的两名黑衣持械警卫，还真容易误认为是等比例的模型。

“瞧，”林飞羽笑道，“美帝的海豹陆战队终于开过来了。”

“S70C 型直升机，”叶枫一边拉下手刹一边道，“80 年代我们进口了 24 架黑鹰，其中的大部分至今仍在服役。”

“不是 S70C，是 H，H 型，”林飞羽纠正道，“除了发动机基本上都用的国产配件，还有一些电子产品用了最新的先进科技，看到那尾翼的尺寸了吗？与黑鹰不一样，很好辨认的。”

“那我就不清楚了……”叶枫顿了顿，“我执行任务坐的都是米－17。”

“那恭喜，今天你有机会换换口味了。”

“林飞羽，你一人下车。”就在这时，男子的声音响起，下达了最后一个命令，“叶枫，你在车上待命。”

“哟！看来你还得等下次了呢。”

说着，林飞羽打开车门，朝直升机走了过去，可才迈出两步，靠前的黑衣警卫便突然抬手喝道：

“0079527，‘林飞羽’，确认回报代码！”

由于相距不足十步，林飞羽得以看清这位警卫的全貌——他扣着能包住后脑勺的特种钢盔，戴着连眼睛都遮住的防毒面具，套着背心状的陶瓷防弹装甲，就和身后的直升机一样，全身上下都没有一点可供推测其身份的标识，只是黑乎乎的一片。

虽然不是第一次见到，但林飞羽还是心里暗惊——这些人是国家安全保卫局直属的“武装突袭队”，也就是所谓的“3A 特工”，请他们出面这阵势是不是稍微有些夸张？

“回报代码‘云雀’，”林飞羽咽了咽喉咙，又向前走了一步，

"放心,各位,在这个国家不会有人无聊到跟踪我。"

"站住!"特工突然不知从哪儿摸出一把玩具枪似的物体,"羽! 把武器放在地上!"

这一句多少让林飞羽有点恼羞成怒,他皱着眉头摊直双臂:

"你们这就是在冤枉人了啊,了解我的朋友都知道我从来不随身携带武器的……"

"最后一次警告! 羽!"特工将手里的"塑料玩具枪"端了起来,"把武器放在地上!"

那当然不是玩具——"12 式"特种突击步枪,小巧精致的方形外观,牛犊式的弹夹设计,使用 8 毫米无壳弹,内置消音器和光学瞄准镜……这款概念型的先进枪械充满了"前卫"的感觉,其设计本意是供给执行隐匿任务的特种部队使用,但因为种种原因没有批量出产,只有少数成品流出用于测试。林飞羽在国家安全保卫局的地下训练场里用过一次"12 式"——虽说也没有什么神奇的特异功能,但"杀人"这种基本效果还是具备的。

"喂喂喂! 别激动!"林飞羽连忙举高双手,"都'最后一次警告'了啊? 哥们你是不是太心急了?"

就在这时,从直升机侧门里踱出一位西装革履的男子,由于光线的关系,林飞羽无法从面容上判断他的身份,但是马上,他那极有特点的嗓音便出卖了自己:

"好啦,不难为你了,羽,过来吧。"

是董一哲——穿着高档的蓝色西服套装,戴着金丝框架的方边眼镜,微微笑着,左手还攥了一根没有点燃的香烟……就和他本人的性格一样,可算是相当古怪的造型了。

林飞羽多少松了口气,把手放了下来:"我还以为最后枪毙我的那个人会是薛松呢。"

“别误会,羽,”董一哲抬手朝身旁的警卫比了比,“这些只是为了以防万一,考虑到你的精神状态和身手,带上武装突袭队对我来说比较安全。”

“不愧是专家!”林飞羽不无讽刺地竖起大拇指,“才和我谈过一次话就确诊了,比以前来给我做精神鉴定的医生要强多了。”

“不和你开玩笑,羽……”董一哲突然阴下脸,“你最近是不是经常产生一种幻觉——都是些令你恐惧的事物,而且随着时间的推移,它们的烈度越来越强,越来越逼真?”

“你……”

刚准备反驳的林飞羽欲言又止,闭紧了双唇。

“黑灵缠上你了,小子!”董一哲突然提高了嗓门,加快了语速,“谢天谢地,谢谢国家安全保卫局的潜意识防御训练!多亏了它们,你才没有横尸街头,或者把你的新朋友给害死!可是宋健发全家就没那么好的运气了,毕竟,和你相比,他们都只是‘普通人’,明白我的意思吗?”

错愕之下,林飞羽几乎合不拢嘴巴:

“宋……你、你怎么知道这些?”他感到脊背一阵发凉,“还有,什么叫‘黑灵缠上你了’?到底什么是黑灵?”

董一哲吊胃口似的摇了摇手指:“如果我告诉你,你最近的幻觉并不是由于旧病复发,而是因为受到了某种外力的影响,并且这种影响有可能会愈演愈烈直到你扛不住时,你会不会放下架子与尊严,哀求似的抱着我,说上一声‘董叔,救我’呢?”

“董叔!”没有任何犹豫,林飞羽立即开口应道,“救我!”

“哈哈哈哈——”董一哲仰颈大笑,“冷冰说得没错,你果然是个识时务的小子。”随后偏头朝身后比了比,“上来吧,我带你去个地方散散心。”

17 “黑灵”

每次搭乘直升机，林飞羽都会被“这是在往哪儿飞啊”的问题所困扰。

这种“找不着北”的感觉让他总是习惯性地将视线投向窗外，以期从树木、星空等参照物上找回一点方向感。

但是眼下，这个动作似乎有些难度——他的左右各坐了一名全副武装的三 A 特工，两具彪悍壮硕的身躯将他紧紧夹在中间，动弹不得。看来他们仍然在执行着“保护董一哲安全”的命令，丝毫也没有放松。

而这个时候的董一哲，就坐在林飞羽的正对面，目不转睛地玩着手机——可能是某种难度颇高的游戏，他操作的时候相当投入，有时连表情也跟着微微起伏。

“有什么问题就问，孩子，”忽然，这位老人没来由地说了一句，“别把自己给憋坏了。”

这像是自言自语的独白，让林飞羽琢磨了好一会儿：

“……黑鹰的最高时速是每小时 200 公里，武装突袭队的总部在北京，我猜你们一定是下午就……”

“没错！”董一哲打断他的话“抢答”道，“我们早就准备好来‘接’你了，羽，在你从墓穴里出来之后。”

“特勤一处一直在跟踪我，监听我的通讯，这不奇怪，但……”林飞羽顿了顿，“为什么是你？董先生？为什么是你来找我的麻烦？我记得您应该不是一处的人吧？”

“啧”——董一哲咂了一下嘴，视线也从手机屏幕上稍稍挪开：

“错误的问题，羽，这个时候，你应该问‘为什么我们要等到你从墓穴里出来之后才来找你的麻烦’？”

“唔，这问题也差不多。”

“因为我很好奇，你在那墓穴里到底能找到什么。”董一哲嘴角微弯，直起身来，“……结果，你还真没让我失望。”

林飞羽眉头一皱：“哦？”

董一哲将手机翻了个个儿，屏幕朝外，递到林飞羽眼前，然后念了一段咒语似的格姆多罗文，“‘耶娜巴鲁，沓沓尼吉尼哇鲁’。”

出现在手机屏幕上的，是一行有那么点眼熟的古怪字母，图片的分辨率很差，但大致还能看出一些凿刻过的痕迹——应该是某种石雕之类的东西。

“别急，我记得这玩意儿，”林飞羽挠了挠头，“李伟杰说过的，是叫什么格罗姆来着，一种失传的古语。”

“是‘格姆多罗文’，”董一哲笑着叹了口气，“不容易，你好歹记对了几个音。”

“没想到你对考古也会有兴趣。”

“不，与考古无关，”董一哲掂了掂手机，“这是‘特别侦查战术与分析大队’拍来的照片，珍藏版。”

“‘特别侦查战术与分析大队’，唔，”林飞羽皱了皱眉头，“咱们国家啥时候也有名号这么凶残的机构了？”

“当然不是我们国家，‘特别侦查战术与分析大队’是第三帝国国防部直属的特务组织，”董一哲将手机塞回西装内袋，“这张照片呢，拍摄于1940年7月12日，地点是波兰凯尔采省南部的小镇梅泽。”

“等下，第三帝国？你说哪个第三帝国？”

“还有哪个？”

林飞羽咽了咽喉咙：“……我还以为只有美国人才会对纳粹的遗产感兴趣。”

“还真让你说对了，”董一哲笑道，“包括这张照片在内，和‘黑灵’有关的大多数资料，我们都是从美国人那里‘借’来的。”他摊了摊手，“我说了，‘与考古无关’。”

“又是‘黑灵’！”林飞羽回忆起上飞机之前两人间的对话，“那到底是什么东西？”

“从字面上讲，刚才我给你看的那行‘格姆多罗文’就是‘黑灵’的意思了。”董一哲用食指点了点自己的太阳穴，“你应该有印象，今天下午李伟杰才和你解释过。”

林飞羽这才想起来，在古墓里的时候，李伟杰确实是与自己讨论过“耶娜巴鲁”——并且还一个音节一个音节地给出了译意。

“抱歉，我的外语一向不太好。”

“啊——别担心！”董一哲双手握拳，“我保证今晚过后，你会对这个词组留下非常深刻的印象。”

直升机开始下降的时候，夜空中已经挂上了一轮明月。林飞羽低下头，用余光瞥了瞥腕表：八点零五分——按照黑鹰直升机的时速来计算，现在肯定是已经离开内蒙古自治区了。

着陆点被连绵的丘陵所环绕，放眼望去，平缓的山坡上郁郁葱葱，完全被茂盛的植被所覆盖。一条溪流从两座小山之间蜿蜒穿过，沿着白色的建筑群划出一道弧线。如果是白天的话，这一带的景致应当会是非常优美，但是现在，不知为什么，林飞羽只能感觉到一种“不食人间烟火”似的寂寞。

没错，这绝不是什么“普通”的工厂或者住宅小区，一定是有什么特殊的原因，让它远离尘世的纷扰，深藏在这群山之间。

地面上隐约能看到几个匆忙的人影，白色的着装让他们看起来很像是普通的医务工作者……准确地说，无论从布局还是色调上，整个设施都很容易让人联想到“医院”。

“这是什么地方？”

就在林飞羽发问的同时，直升机微微一颤，稳稳降落在一块标着巨大“H”的水泥平台上。董一哲探身拉开了侧门，朝他做了一个“来”的手势，随即跳出机舱，也不管身后的情况，只是理了理领带，便潇洒地迈开大步，向前走去。眼见身旁的3A特工让开了道，林飞羽也不敢懈怠，一路小跑，紧跟在董一哲的身后。

无人迎接，也无人阻拦，他们一语不发地接连穿过了两栋建筑物的大厅，在一座三层高的大型平顶设施前停下了脚步。

乍看之下，这座建筑的构造跟“超级市场”颇有几分相似，但门前站着的并不是保安和迎宾，而是佩有肩章和手枪的正规兵。这位年轻人与董一哲视线交汇，随即立正行礼——从眼神上看，两人似乎已经不是第一次见面了，但董一哲还是一本正经地从怀里掏出身份识别卡，在对方眼前晃了两晃之后，才跨步进入大楼。

看了看警卫严肃的背影，又看了看墙上的监控摄像机，林飞羽不禁笑出了声来：“唔，这小区的物业水平可以啊。”

“‘解放军第四五零三疗养院’。”董一哲突然没来由地冒出一句。

“啥？”

“起先是为了帮助前线军人康复而设立的心理诊疗机构，但它很快就变成了集治疗、休养与研究为一体的综合性单位。”董一哲做了一个“向内聚拢”的手势，“最好的设备，最好的医生，最好的研究员——集结于此地的，是我们国家在这个领域里的全部资源，毫不夸张地说，如果……”

“等等，董先生，不是有意要打断您，”林飞羽小声笑道，“但您刚才提到了‘前线’？”

董一哲斜了他一眼，面露凶色：“怎么？”

“我不记得我们有在和谁作战。”

“对，在你出生以后，是没有，”董一哲冷冷地道，“听说过上世纪70年代末那场战争吗？”

“唔！”林飞羽一愣，“那可是……可是三十多年前啊。”

“听好了，90后，”董一哲眉头紧锁，“你能够用上MSN，用上苹果手机，用上路易威登的钱包，能够过上整整三十年连‘前线’都没有听说过的好日子，全都是因为在你出生之前，这个国家已经付出了足够大的代价。”

“我明白你的意……”

“不，你不明白，”董一哲停住脚，侧过身来，“我见过那些被送到这里来的老兵，战争没有摧毁他们的肉体和生命，却击溃了他们的精神与心灵。人心都是肉长的——”他按了按自己的胸口，“不是只有美国大兵才会得弹震症，不是只有坏蛋才会害怕，不是只有我们的敌人看到血淋淋的大腿和碎肠子时才会尿裤子。他们为我们出生入死，为国家浴血奋战，他们守住了边界，保卫了人民，结果到了最后，他们自己变成了被暴戾蚕食的行尸走肉，在一个又一个的梦魇中度过余生……不，这不公平，必须有人来保护他们，必须有人来为他们的付出买单，于是，”董一哲指了指地面，“才有了这家疗养院。”

一时无言，林飞羽只得面色凝重地点了点头。

"……别装，小子，"董一哲却突然笑了起来，"我看过你的档案，你没这么容易被唬住。"他拍了拍林飞羽的胳膊，"另外，这里现在已经见不到老兵了，送来的都是一些具有研究价值的病患，大多是一些根本无法治愈的疯子。"

嬉笑怒骂，完全拿捏自如，董一哲就像是专业的话剧演员，无论是情绪表情还是言谈举止，都表现得毫无破绽——虽然都是假的。

"我以前经常被人叫做'疯子'，"林飞羽笑道，"看来是来对地方了。"

"不要误会，"董一哲朝身后摇了摇手指，"医院在那边，我们现在站的这个地方，跟治病救人一点关系都没有。"他转而又指了指林飞羽的胸口，"在这里，你不是病人，而是国家安全保卫局的特工林飞羽同志，你仍然在执行任务，仍然在为你的国家效力，仍然在为付你工资的纳税人干活，明白了吗？"

林飞羽微微欠身："荣幸之至。"

与一般的医院不同，走廊的墙壁并不是纯净的白色，黄、蓝、红——三条大约一拃宽的色带贴着地面向前伸展，在转角和T字形的路口，还标上了诸如"验证区"、"办公区"之类的文字。

董一哲将手腕在门把前轻轻一扫，金属门便应声而开——应该是静脉识别之类的安保设备。一位穿着白大褂的中年男子行色匆匆，头也不抬地同两人擦肩而过，林飞羽注意到在他怀里抱着一叠橙黄封皮的文件夹——刚好与墙壁上的标识条色调一致。

种种细节都在暗示着林飞羽，这栋建筑具有堪比核设施的分级式保密体系，它里面绝不可能只是在研究什么"精神疗法”,而是某种……某种更“有价值”的东西——只是到目前为止,他还看不出那到底会是什么。

在电梯前“面壁”的时候,董一哲始终保持着双手抱臂的站姿,一动不动,一语不发,对身后来来往往的工作人员也毫无兴趣,直到进入轿厢,等拉门合上,他才重新开口道:

“这里原来是一座花园。”

“这里?”

“对,在2005年之前,”董一哲在控制面板上点下了“B3”层的按键,“据说是心理康复配套设施的一部分,鬼知道有没有效果。”

“那么现在它……”

“现在,它将成为我军最具杀伤力的武器,”说这句话的时候,董一哲嘴角现出一丝难以察觉的笑意——林飞羽觉得,这恐怕是他今天唯一真实的表情,“下一场世界大战说不定也会在这里分出胜负。”

话音刚落,电梯的门缓缓向两边撤开,展现在两人眼前的,是一面雪白的墙壁和刷在它上面的巨幅红色字串——“D36H”,令人费解的组合,念起来就像是工厂里车间的编号。走道两侧也不再是医院中常见的那种白漆木门,而是用上了具有明显金属质地的复合材料——并且还全都装上了需要静脉识别的电子锁。

“这里该不会是什么病毒试验室吧?”

“那要看你是怎么定义‘病毒’了……”董一哲回道,“肺鼠疫可以摧毁一个人的身体,精神分裂可以摧毁一个人的灵魂,从军事价值的角度来说,这两者是没有区别的。”

“但是一个感染了肺鼠疫的病原体能传染上百万人,”林飞羽笑道,“而一个精神分裂症患者却只能弄疯他自己……最多还有他的亲属。”

董一哲停住了脚，别过头，面无表情地斜视着林飞羽。沉默了大概三五秒之后，他指了指身旁的一扇密封门：“D36H5 工作室，研发代号‘芒根’，听说过美军的 BS 战剂吗？又叫‘僵尸气’，一种非杀伤性的神经毒气，无色无味，潜伏期可以长达三天，一旦发作，就能在几秒钟内阻断人体中神经递质的分泌——不战而屈人之兵，不费一枪一弹便占领整个国家。”

“……略有耳闻。”

“‘芒根’就是 BS 毒气的反制剂，你最好祈祷它能顺利完成。”董一哲顿了顿，又指向稍远处的另一扇门，“D36H9 工作室，‘夜莺’计划，利用磁场和电辐射实现远距离脑波干扰，已经有了原型机，不过离能投入实战还有很大差距。然后——”他跺了跺地板，发出带着回音的脆响，“在我们脚下，D37S5‘台风’，‘潜意识信息投送’研究中心，利用特制的声音和图像，他们可以在一部电视剧中附加差不多 150 字的潜意识信息，从而暗示受众，使其出现预先设定好的行为——当然，这个项目还处于最初级阶段，目前他们还只能加进去五个字。”

听到这里，林飞羽总算是对周遭的环境有点概念了——董一哲说的没错，这里确实是“军备升级”的一部分，只是与明刀明枪、坦克飞机的实体比拼不同，这里所进行的研究更加概念化，听起来都像是不切实际的天方夜谭。

“我懂了，”林飞羽神色凝重地点点头，“你们在这里开发精神型武器。”

“专业点，孩子，我们这叫‘战略级心理战’。下一场世界大战也许根本就不会死人，也许在某个愉快的周末晚上，在我们和家人一起吃着火锅唱着卡拉 OK 的时候，敌人就已经完成了侵略，我们都变成了快乐的亡国奴；也许我们的士兵还没有走上战场就丧失了作战意志,甚至拿起武器对抗自己的长官……”董一哲举起双手,“我们不能束手就擒,羽。美国人在研究这些东西,俄国人在研究这些东西,日本人在研究这些东西……如果可以选择的话,我一点也不想研究这些东西,但我们有得选吗?有吗?”

“别问我啊,我对歪门邪道的东西都很有好感的,”林飞羽挠了挠头,“职业病嘛,你懂得。”

“歪门邪道,不错,这个词很贴切。”董一哲话锋一转,“但用来形容‘黑灵’却一点也不合适。”

“哦?”

面对一脸疑惑的林飞羽,董一哲只是冷冷地吐出了一个字:“来。”

他们终于在一扇看起来有些年月的小型金属闸门前停住了脚,门上印着细小的字串“D36H1”——看来,这也是一间进行“战略级心理战”研究的试验室。

但当闸门打开之后,林飞羽又对自己之前的判断产生了怀疑——

里面空无一人,在进门时,董一哲甚至还要“亲自”开灯,这与林飞羽想象中“热火朝天”的科研现场可是天差地别。而且环顾整个空间,面积倒是不小,但满满的全是书架,别说什么高科技设备,连个工作台都没有。

注意到了他脸上细微的表情变化,董一哲微微笑了起来:

“我知道你在想什么,羽,”他掸了掸桌上的灰尘,“你在想‘为什么这里啥都没有’。”

林飞羽耸耸肩:“唔,起码你这儿书挺多。”

“缺乏足够的信息,我们的研究根本无法运作,”董一哲一边说着,一边头也不回地捧起早已放在角落里的资料袋,“从一开始这里就只是档案馆,用来存放所有跟'黑灵'有关的情报。"

"那你们完全可以在北京市郊里租个仓库啊,何苦要藏在研究基地的地下室里?"林飞羽顿了顿,"我猜这个什么什么心理战中心的房价应该不便宜才对吧?"

"这叫未雨绸缪,孩子,"董一哲笑道,"'黑灵'是人类历史上唯一投入过实战的战略级心理学兵器,就算我们不知道要怎样使用它,至少也得学会要怎样防御它,等到快亡国灭种的时候才建立研究所,哈,那可就太迟了不是吗?"

在不长的这几句话中,出现了太多值得揣摩的修辞和疑点,以至于林飞羽都不知道要从何问起,于是他决定还是先保持沉默,安安静静地跟在董一哲身后,穿过"档案室",进入一个紧挨着的大房间。

长桌、靠椅、投影仪……从陈设上来看,这里应该是一间会议室——相当朴素而正式的那种。

董一哲示意林飞羽坐到自己身边,然后随手打开了投影仪的开关,播放起事先准备好的幻灯片。

首先是一张类似于小说插画的简单绘图——画功一般,清晰度也不高,只能勉强辨认出是一群披甲执锐的古代士兵在肉搏。

"历史上第一次出现'黑灵'的记录是在1241年。速不台指挥的蒙古大军入侵波兰,其中一支大约1 500人的宿卫遭遇了瓦萨辛伯爵率领的重装部队,后者大概有两千人……也许两千五?"董一哲耸耸肩,"总之,他们在一个被称为白丘的地方沿河展开对峙,准备等待天气转暖再寻战机。"

他轻点遥控器,幻灯跳转到了下一张图片——一张苍老而威严的肖像画,明显是东欧人的特征。

"这就是那个什么伯爵?"林飞羽点点头,"看起来还挺像是个人物。”

“这位是伊科夫斯基，中世纪历史学家，小贵族，不算有名……”董一哲摸了摸下巴，“不过呢，他记载了白丘之战的经过，他提到蒙古军队使用了某种巫术，瓦萨辛的部队仅仅与他们对峙了两天便不战自溃了。”

“真是可怜的借口，”林飞羽耸耸肩，“如果我没有记错，蒙古人在横扫欧洲的时候根本就是所向披靡，一路完胜杀到多瑙河，哪用得着什么巫术？”

“没错，一个月后，也就是1241年的4月9日，列格尼卡战役爆发，蒙古人彻底摧毁了亨利二世率领的联军，整个波兰都落入了蒙古人的掌握……但问题是，他们虽然不堪一击，却没有‘不战自溃’——”

伴随着幻灯片的更迭，董一哲也稍稍改变了坐姿，翻动手里的文件夹：

“瓦萨辛伯爵率领的可不是明清时代的务农兵，他们拿着长戟重弩、穿着锁环链甲，他们是职业军人，其中还有450也许是500人的武装修士——”董一哲点了点桌子，“条顿骑士团，欧洲最凶残的宗教狂徒。这些人也许知道自己不是蒙古铁骑的对手，但无论如何，他们没有不战自溃的可能，更不会像着了魔一样自相残杀。”

“等等，”林飞羽意识到对方突然变慢的语气在暗示着什么，“你说‘自相残杀’？”

“根据伊科夫斯基的记录，瓦萨辛伯爵的营地就像是一个真正的战场，尸横遍野，血流成河，少量的幸存者也都神智恍惚，语无伦次，和行尸走肉没有两样。”董一哲有意顿了顿，“当地的医生和牧师都说这是‘恶魔的瘟疫’，是蒙古人背弃了上帝之后投奔撒旦学会的咒心之术。”

“唔，那是他们多心了，”林飞羽笑道，“对付欧洲人，蒙古蛮子还用不着投靠撒旦。”

“确实，在这之后，再也没有出现过蒙古人使用巫术的史料……也许他们在其他地方也使用过‘黑灵’，只不过那些记录它的国家都被亡国灭种了，而欧洲很幸运地熬到了窝阔台去世。”

“蒙古人自己也没有记录？”

“没有，”董一哲摇摇头，“至少我手头的资料里，没有。”

“那这就有一个相当矛盾的问题了，”林飞羽侧过身，晃了晃手指，“如果‘黑灵’本身是古文献的解释，而你们之前没有任何记录的话，又是怎么辨认出这个词的？”

“我们？不，当然不是我们，”董一哲一声冷笑，“是纳粹德国的考古学家们辨认出了这个词，也正是他们把古文献中的‘黑灵’与蒙古巫术联系在一起，而那个时候，你知道的，我们还在和日本人死磕，无暇他顾。”

“纳粹德国……唔，我明白了，你之前给我看的那个照片……”

不等林飞羽说完，董一哲便按下手里的遥控器，投影仪将一张似乎是二战德军士兵的黑白合影打在了墙上。

“‘特别侦查战术与分析大队’，由希姆莱亲自成立的直属部队，专门负责搜集和超自然能力有关的资源及情报，以期望找到对第三帝国统治世界有帮助的东西。”

“听起来和我的工作挺像啊。”

“当时德国高层非常迷信超自然力量，因此成立了好几个类似的机构，包括现在国际上臭名昭著的‘将军’，很可能就是其中一个的遗毒……它们中的大部分都是在单纯地浪费元首的金钱与耐心，只有极少数嗅到了真正的宝物，比如……”董一哲将幻灯换到下一页——正是他在直升飞机上向林飞羽出示的那张照片,"'黑灵'。"

于是,所有的线索最终都汇集到了这一点上,出现在黑白照片上的怪异文字,让林飞羽脑海中产生了一串最简单的推理——二战结束,美国人继承了"黑灵"的研究,而后中国的情报部门又"设法"从美国人那里"借"来了相关的资料,但由于最初的研究就不太成功——甚至可能根本就搞错了方向,导致现在这些情报依然只能躺在档案室里发霉。

"从二战的结局来看,他们的研究也是一团糟啊。"

"不,恰恰相反,"董一哲眉头紧锁,严肃地道,"纳粹对'黑灵'的研究已经非常接近成功,从1943年10月开始,他们在达豪集中营用大量活体进行试验,并对结果进行了记录和比对……"

听到这里,林飞羽突然心头一惊:

"等一下,你是说,德国人已经学会了'黑灵'的使用方法?"

"是的,他们学会了,"董一哲点点头,"而且只有他们学会了。次年4月25日,在美军即将解放达豪集中营的前夕,负责'黑灵'项目的医生便销毁了几乎全部的档案,他所率领的小组也消失在战火之中,连名字都没有留下。到最后,美国人只找到了几张没什么用处的照片和一本护士的日记。"

"日记?"

像是为了回应林飞羽的疑惑,董一哲连揿了几下遥控器,将一张写满德文的幻灯片调了出来:"这位名叫嘉贝的护士一共留下了九十二天的珍贵记录,这些凌乱的文字便是我们与'黑灵'之间唯一的联系,也是我们了解'黑灵'效果的最后渠道。"他润了润嗓子,对着幻灯片念了起来,"三月七日,44号出现了明显的暴力倾向,拒绝进食并不停地大喊'滚开!你们这些肮脏的虫子'……三月八日上午九点,试验开始后13个小时,39 号与 43 号发生厮打,39 号的左手拇指脱落,他撕下了 43 号的右耳垂……三月十三日下午三点,第三批试验品除 46 号外全部死亡,其中四人死于休克,三人死于与其他试验品的搏斗,四人死于绝食。46 号未出现与 3 号相似的后遗症,其行为模式也未发生明显变化。”

读到这里,董一哲突然停了下来,他手掌朝上,像是在期待什么回答似的看着林飞羽。

“唔……嗯?”几秒过后,林飞羽一脸莫名地回望着他。

“你就没听出些什么?我给你读的可都是重点哪!”董一哲用手背轻轻叩了叩桌面,“休克,后遗症,行为模式的变化?嗯?”

谈不上是醍醐灌顶,但经这一提醒,林飞羽还是心头一惊:“等等……这不就是我正在处理的那个案子的……呃……”他顿了顿,推敲了一下应该使用的修辞,“‘死法’?”

“从薛松安排我们见面那时起,我就开始关注你的案子——你在警方会议上的发言,你与受害者的会面,还有李伟杰在图书馆对你说的那些话……”

“唉?等等!我记得老李那里装着信号屏蔽器的啊,你应该监听不了我们的对话。”

“确实是监听不到,但我可以直接问他本人……”董一哲摸了摸下巴,“这样跟你说吧,只要你还呆在国家安全保卫局里一天,我要掌握到你的行踪就是易如反掌。”

“哦!”林飞羽微微欠身,“那我受宠若惊啊。”

“别误会,我对你没什么兴趣。”董一哲笑着摆摆手,“但南京的这个案子就是另外一码事了——我越来越确信,你们遭到了‘黑灵’的袭击。”

“‘我们’?”

“对,你们,”董一哲指了指林飞羽的胸口,“你,宋家四口人,还有那位倒霉的警员,哦,当然,还有宋家的那个女佣,叫刘什么来着的?”

“喂喂喂,别忙啊董老师,我承认,他们的‘死法’和你刚才的描述是有那么一些共同点,但……”林飞羽耸耸肩,一副不敢相信的表情,“但莫非你就凭这点线索便认定我们遇上了‘黑灵’?那可是70年前的一本日记,一本参与了人体试验的纳粹疯女人的日记!”

“所以我才不得不动用一些复杂的关系把你‘借’到这里来——”董一哲慢条斯理地解释道,“诚然,从安装在你身上的体征感知仪我是可以获取到一些诸如心跳速率之类的基本数据,但若想要知晓你的具体遭遇,我觉得还是直接咨询你本人比较恰当。然后我们就可以比对日记中的描述,确定你是否真的中了‘黑灵’。”

由于出现了一个令人震惊的信息,林飞羽一时忘记了刚才提问的初衷:

“等、等等!”他脸色尴尬地拍了拍董一哲的肩膀,“体征感知仪?什么时候装上的?我怎么不知道!”

“不要在意这些细节嘛。”

虽说为外勤特工植入体征感知仪是国际上常见的做法,但如果没有经过本人同意就偷偷摸摸地塞了一个东西进来,恐怕换作是谁都不会高兴——当然,此时的林飞羽并不知道董一哲只是在信口胡诌。

“……算了,”他长出了一口气,颇无奈地摇摇头,“有这玩意儿也挺好,起码下次体检时可以不用让一个大妈拿着听筒在胸口摸来摸去了。”

就在林飞羽自嘲的时候,董一哲已经悄悄翻开了手边一个黑色的文件夹，然后用力按下了投影仪的遥控器——墙上出现了一位穿着病服的瘦弱男子，眼眶深陷，形如枯槁。

"'黑灵'会对受害者造成持续性的影响，效果也会逐渐加强。"他比了比墙面，"照片上的这位是第3号试验品，根据护士的记录，在试验开始的第三天他才开始出现幻觉等异常症状，大概两个星期后身心衰竭而死——比大部分人坚持得都要久一些，因此也留下了许多感官方面的重要记录。"

"他……他看到了什么？"

"重要的是——"董一哲有意一顿，转头盯着林飞羽道，"你看到了什么？"

"我？"

"日记中关于3号试验品的记录足足有六页，混杂着各种难懂的心理学术语和医用名词，但归结下来，却只有两个字——"董一哲比出食指和中指，"'恐惧'。"

"恐惧……"林飞羽若有所悟地重复了一遍这个词。

"而且是越来越难以抵挡的恐惧——最初只是轻微的生理反应，心跳加速、出汗、口渴……随着一场又一场的噩梦，一个又一个的幻象，症状也愈发严重，他开始抽搐，发抖，甚至出现短暂的休克。"就像是在说恐怖故事的小孩子，董一哲故意拉长了语调，"在心力耗尽之后，他的精神崩溃了，失去了基本的行为能力，变成了一具行尸走肉……哦，当然，起码他活了下来，只不过落下了一点点后遗症。"

这哪是"一点点"后遗症？林飞羽被说得浑身发毛，连最拿手的"假笑"看起来都像是在哭。

"那……"他咽了咽喉咙，"那纳粹有研究过什么……解药之类的东西吗？"

"这是武器，孩子，"董一哲摇摇头，"你听说过有谁为炮弹生产‘解药’吗？”

“……哈！看来我就只能祈祷咯？”

“‘黑灵’并不是无懈可击，比如日记中提到的46号试验品，他在持续数周的挣扎后最终痊愈，而在那之前还有一位7号试验品对‘黑灵’的影响完全免疫，却不幸死于同伴的攻击。至于你，我必须首先确定你是不是真的已经中了‘黑灵’，而这又回到了刚才的那个问题——”董一哲身体微微前倾，一字一顿，“‘你看到了什么’？”

“……最开始是一个醉汉，嗯，一个醉汉，”林飞羽一边说一边点着头，就像是在肯定自己的话，“他打了我，一路追赶着我直到公寓。按理说我不可能打不过那种人，但当时……当时我确实非常害怕……对，就是‘恐惧’。”

“醉汉？”董一哲翻着手里的黑色笔记本，一页一页地看过去，“你……以前有过类似的经历吗？”

“唔？什么经历？被醉汉打脸？”林飞羽露出嗤之以鼻似的神情，“拜托！现实中敢这样做的人一定已经被我给当场打死了。”

“你刚才说什么？”董一哲的手突然停了下来，“‘打脸’？”

“唔，细节记不太清楚了，”林飞羽摸了摸左侧的腮帮，“不过应该是被扇了一巴掌，还出了血。”

董一哲向前翻了数页：“‘留下了一道六厘米长的伤口，缝了四针’，是这样吗？”

“你……”林飞羽这才注意到那本奇怪的笔记本，“你在看的是什么啊？”

“‘肇事的男子名叫周阳，个体经营户’，”董一哲没有回答，而是继续垂首念道，“‘后因故意伤人被白子亭警方拘留15天’……这件事发生的时间是1999年2月25日，你那时——”他抬起头,“刚好7岁,小学二年级。”

“你读的到底是啥玩意儿? 让我看看!”像是被什么激恼了似的,林飞羽一时忘却了礼数,竟伸手欲抢,董一哲见状忙横起胳膊肘阻拦:

“这是从随家仓脑科医院‘借’来的原始档案,”他平声静气地回道,“为了便于治疗,院方搜集了许多关于你的信息——病历,成绩单,父母的话……总之,这就是你的过去,羽,你入院之前的一生,都在这里面。”

“那是萧寰的过去,”林飞羽眉头紧锁,“不是我的。”

“哟!”董一哲故作恍然大悟状,“原来你还记得这个名字。”

一时语塞,林飞羽将头扭向一边,但脸上还是露出了明显是愠怒的神情。反观董一哲,嘴角却带着不易察觉的坏笑,仿佛什么阴谋得逞了一般:

“好的,我们不讨论这些无聊的东西……你还遇见了什么? 除了这个‘醉汉’以外?”

林飞羽稍作回忆:

“第二次是昨天晚上……有一只,不,一群狗,大狼狗……唔,天哪……”也许是因为心有余悸,他情不自禁地打了个寒战,“真希望你也能看到那个场面,我当时差点就尿裤子了。”

“狼狗!”董一哲“嗯”了一声,“是德国牧羊犬吗?”

“是……唔?”林飞羽一惊,“这他妈你都知道?”

“13岁的时候你有一次住院记录,就是被一条德国牧羊犬咬伤了脚踝。”董一哲用力点了点页面,“皮开肉绽,这里还有照片,想看一下吗?”

脚踝上似乎突然泛起一阵莫名的痛感,林飞羽不禁连忙摇手道:“别! 不了。”

“醉汉、狼狗……很好,接下来呢? 你还遇上了什么?”

“然后是在墓穴里，我见到了……”林飞羽顿了顿，“冷冰。”

“全都是来自记忆中的实体存在，”董一哲点点头，“虽然出现幻觉的频率低了一些，不过绝大部分症状都与护士日记中的描述相符合……恭喜，羽，你是真的与‘黑灵’铆上了。”

“‘恭喜’？”林飞羽一脸苦笑，“你逗我玩呢？”

“对国家来说，你现在已经是无价之宝。”董一哲不无激动地道，“‘黑灵’是具有实战价值的心理学兵器，以800年前的技术和生产水平，它便可以决定一场战役的胜负，如果为现代的大国所用，它完全可以发挥出大规模杀伤性武器那样的威力——想象一下，就像是一颗精神原子弹。”

“就这样你还‘恭喜’我？我都被原子弹给炸过了哟，亲！”

“那么我换个说法……”董一哲稍稍整理了一下思绪，“你现在是‘黑灵’作用效能的活标本，我们可以从你身上直接获取关于‘黑灵’的第一手资料，从而寻找到防御它的方法。”

“哦！那看来应该是我恭喜你才对……”

“别哭丧着脸啊，羽，打起精神来，我还指望着你能侦破南京那案子，帮我找到那个会使用‘黑灵’的世外高人呢。”董一哲笑着拍了拍林飞羽的胳膊，“虽然我还不知道‘黑灵’的作用原理，但如果只是要战胜恐惧的话，我这边倒也能提供一些帮助。”

说着，他从资料袋中掏出一个透明的小塑料包，晃了晃之后推到两人中间的桌面上，林飞羽顺势将它拿起仔细观察——发现里面装着几枚粉红色的药片，看上去就像是那种最普通的口服感冒药。

“来自RH77Q工作室的杰作，”董一哲解释道，“他们本来的任务是开发出能够长时间稳定士兵情绪的制剂，这是其中的一个副产品。”

林飞羽将信将疑地摇了摇手里的塑料包:“就这玩意儿能帮我战胜恐惧?”

“战胜恐惧,一瓶二锅头足矣。”董一哲笑道,“而你手里的这个东西,它能够抑制大脑重构现实的能力与速度,简单来说,就是可以将你产生幻觉的概率降低,并且削弱幻觉的‘逼真感’。”

“似乎是以前我在精神病院里经常吃的那种药啊。”

“不一样,这个不用定期服用,出现幻觉时再吃,效果立竿见影,另外……”董一哲突然神秘兮兮地压低了声音,“省着点用,这药目前没有量产,每一颗都是用黄金拉炼出来的,我能搞到手的就只有这么多了。”

“副作用呢?有什么副作用吗?”

董一哲想了想,继而又耸了耸肩:“……应该死不了。”

如此没有底气的答复,让林飞羽不禁犹豫了一秒钟——当然也只是一秒钟而已:

“无所谓,反正我也没有别的选择了,”他将小塑料包打了个对折,收入衣袋,“不管最后有没有吃死,董老师,谢了。”

“不,羽,说‘谢谢’的人应该是我。”董一哲叹了口气,“如果我想在有生之年解开‘黑灵’的秘密,你就是我唯一可以指望上的人了。国防部也好,国家安全保卫局也好,甚至是这个研究所里的大部分人都不相信‘黑灵’的存在,而薛松和特勤一处也认定你最近的反常只是纯粹的旧病复发,我没有证据,我也没法说服他们,所以,我只能试着说服你。”

“唔?原来咱们是在一条船上啊?”

突然意识到自己竟然说漏了嘴,董一哲稍稍后仰,暗暗做了个深呼吸——他一向老谋深算,每一句话都异常严谨。但显然这一次,他大意了,露出的底牌让谈判的天平开始向对方倾斜，作为一个资深的心理学专家，他知道此时此刻只有一个办法立即挽回局势——那就是“说实话”：

“完全正确。”董一哲意味深长地点了点头，随后突然加快了语速，“如果说这是一场游戏，那么站在游戏这一边的就只有你和我；而在另一边，却不单是那只名为‘黑灵’的恶魔，还有操纵它危害世人的歹徒，还有薛松，还有特勤一处，还有千千万万无法信任你我的同胞。”他顿了顿，直视着林飞羽的双眼，“这不是一场容易的游戏，羽，但如果我们成功了，往大里说，你可以让我们的祖国赢得下一场世界大战；往小里说，你可以赢得我的赏识与友谊——相信我，在这个国家想要和我交朋友的权贵如果站成排，能从这里一直排到中关村。所以，羽，你只管竭尽所能去查案，做你所擅长的事情，由我来解决其他的麻烦——精神鉴定也好，特勤一处的审查也好，‘黑灵’的折磨也好，我都会尽全力帮你搞定。”

从表情上看，这一番激励显然是对林飞羽产生了相当积极的影响，但一如既往，他还是用开玩笑似的语气作出回应：

“好啦好啦，董老师，我可是特勤七处的公务员，斩妖除魔是我的天职，不用你威逼利诱，我自然也会去全力查案的。”

董一哲并不打算点破，他哼哼一笑，将手边的材料全部集成一摞，在面前顿了两下：

“嗯，既然你是一位好同志，那我也就不多说什么了。我马上派人送你回南京，你必须得抓紧时间，如果纳粹的记录没有骗人，黑灵所制造的‘恐惧’会越来越强，我并不能保证那药就一定有效果。另外，若是你实在扛不住，或者出现什么持续性的幻觉形象，一定要记得马上联系我，我给过你名片对吧？”

林飞羽马上发现了一个非常陌生、却又让人不安的名词：

“‘持续性的幻觉形象’？”他隐约有种不好的预感，“什……

什么意思?”

刚准备起身欲走的董一哲又把手里的资料袋放下:

“那是‘黑灵’致死前的征兆,是按照德语直译过来的。根据日记中的描述,受害者会不断重复地看到同一个幻象,这通常是他人生中最为恐惧的事物,因人而异,可能是一匹狼,可能是一把菜刀,也可能是普通的水或者……”董一哲停了下来,透过对方突然紧张起来的神色,他忽然明白了,“怎么?莫非你……”

“这样说的话……我倒是经常看到……一个……一个人,嗯,人。”

董一哲大惊:

“什么人?什么样的人?”

“但我并不怕他,一点也不。”林飞羽像是在争辩,“我甚至都不认识他。”

“你同样也不记得醉汉和狼狗不是吗?‘黑灵’不会因为你有人格分裂就放过你,记忆深处的恐惧也不可能被自行遗忘,唯一能阻止你轰然倒塌的办法就是面对它。”董一哲突然拉住林飞羽的右手,“来,告诉我,是什么样的人。”

“唔,长什么样我还真不好说,他一直穿着套头衫……蓝白相间的套头衫,像是运动服的样子,裤子貌似是牛仔裤,也是蓝色的,个子不高,体型偏瘦。”

听到这里,董一哲突然“啧”了一声,脸上显出一股少见的焦虑:

“果然还是她啊……”

“‘她’?”

董一哲并没有立即回话,而是从西装的内袋中摸出一张相片,仔细看了看之后,翻过来,将它递到了林飞羽的手里。

照片上是一对年轻男女喜笑颜开的面庞，他们的脸靠在一起，有点像是大头照的那种感觉。那女孩虽谈不上沉鱼落雁，却也明眸皓齿，颇有几分姿色，还长着一对可爱的小酒窝，笑起来的样子分外甜美。

她穿着蓝色的套头衫——虽然看不到全貌，但林飞羽非常肯定，这就是自己在幻觉中看到的那一件运动服。

但，照片上最重要的事物却不是这个陌生的少女。

“他是……”林飞羽如鲠在喉，“是谁？”

紧挨着女孩的那张脸，熟悉得让他感到惊恐——这分明是自己的模样，为什么连一点印象都没有留下？

“这人就是你，‘萧寰’。”董一哲冷冷地道，“旁边的女孩叫林子清，是你高中时的女朋友，她穿的衣服，是你们学校的校服。”

就和第一次听到“林子清”这个名字时一样，林飞羽突然感到胸口一阵憋闷，连呼吸都变得困难起来。

“不……那不是我……”他将照片猛地扔在地上，一时手足无措，语无伦次，“不是……我……我是林……”

“听我说，羽……”董一哲双手固定住林飞羽的脸，让他保持住直视自己的姿态，“我不知道你和这个女孩到底发生过什么，也不知道她对你做了什么，把你变成现在这样，但有一点我可以肯定，她，林子清，对你非常重要。”

“不可能！”带着急促的喘息，林飞羽斩钉截铁地道，“我根本就不认识她！”

他挣扎着，想要摆脱董一哲的束缚，但这位老者的力气却出乎意料地大。

“好好想想，羽，你现在的名字和代号都是你自己起的，对不对？”

林飞羽依然在挣扎，咬牙切齿的挣扎。

“那么——”与之相对，董一哲的表情和语气却愈发平静起来，“告诉我，为什么你要让自己姓‘林’？”

就在这一刻，林飞羽突然像雕像般愣住了——他无法回答董一哲的提问，不是他不想，而是在他内心深处，对这个问题也没有任何答案。

是啊？为什么要姓“林”？

“我知道许多战胜恐惧的办法，但没有一个是‘逃避’。”眼见对方停止了挣扎，董一哲便细声细语地继续道，“不管你们之间发生了什么，不管你为什么如此恐惧她，羽，要想摆脱这个幻象，你只有面对她。”

“……你，你的药不行吗？”

董一哲慢慢摇摇头，微微笑道：“一个蛋，被从外面敲开，最多只能变成一颗荷包蛋；而被从里面敲开，却会变成一只鸟。”

这不算特别晦涩的比喻，最终击溃了林飞羽心中的最后一道防线。

“……这个林子清，”他低下头，停顿了好一阵，“她现在住在哪儿？”

“她就在南京——住在一个非常上档次的地方，不过……”董一哲从地上拾起照片，又一次递送到林飞羽的面前。

“我猜，她不会愿意见你。”

18 殊途

南京,南象山公墓。

一块不大的雪花石墓碑上,刻着一个清灵的名字,在这肃穆洁白的祭碑之前,却矗立着一个茫然失神的身影。

林飞羽轻轻缓缓地放下手里的菊花束——动作不可谓不尊敬,神态不可谓不端庄,但是无论如何,心中的想法骗不了自己——他根本就没有半点思念之情,直到现在,这个"林子清"对他而言仍然只是一个素未谋面的陌生人。

阴霾的天空之下,偌大的白色世界之中,林飞羽穿着黑色风衣的身姿显得如此落寞与唐突。一阵冷风袭过,将散开的发束吹起,心神不宁的他只是简单地用手按住后脑勺,而目光和全部的注意力却依然牢牢钉在眼前的墓碑上。

看着手里的相片,林飞羽愈发地困惑不解,亲昵的姿势说明两人的关系非比寻常,不断回现的幻影更隐喻着彼此之间的羁绊——毫无疑问,"林子清"对萧寰来说意义重大,绝不只是普通的"同学"那样简单。

可也仅仅是如此而已了。

情侣?好友?无论如何,那都只是属于萧寰的故事,林飞羽不仅无甚印象,更是没有丝毫兴趣。本以为到这墓地来会想起点什么，却没料到首先浮现在心头的，竟然只是单纯的厌恶。

为了一个女人——一个并不是自己亲属的女人，竟然搞得精神崩溃住进了医院，以至于到最后连人格都丧失殆尽，无论这其中有何种原因何种奥妙，在林飞羽看来都是一件懦弱到不可思议的事情。

“果然是个没出息的家伙呢。”虽然只是空对着墓碑，但林飞羽还是露出了些许鄙夷的神色。

但是这份不屑很快便被更复杂的心境所淹没，他轻轻的一声长叹——无奈、唏嘘、悲悯……而更多的，是生死两隔的遗憾。

如果能够和她面对面地坐下来，谈一谈聊一聊，也许就可以解开纠缠在自己心头多年的那个结——“到底是什么让萧寰精神崩溃、住进了医院？”但是与这个假设同时出现的，却又是另一个不容回避的扪心自问：“如果她真的出现了，就像这块墓碑一样立在面前，自己能有勇气说出哪怕一个‘你好’吗？”

既充满不可抑制的好奇，又限于难以言喻的恐惧——对于名为“萧寰”的过去，林飞羽始终在一片矛盾的沼泽中挣扎，不敢也不愿面对——恐怕也正因为此，林子清的幻影才会不停地追问自己“你打算逃到什么时候”吧？

“原来这就是所谓的心魔……”想到这里，林飞羽不禁苦笑起来，他摇摇头，将手里的照片毕恭毕敬地摆放在碑前——就在菊花束的旁边。

然后，他蹲了下来，用右手抚住碑身：

“我不知道你们发生过什么，那一定是你们之间的秘密吧。”林飞羽微微含笑，就像是女孩子告白似的，柔声细语地道，“如果他做了什么不好的事情……或者有什么事情没有做好，我希望你能够原——不，应该说，我代表他，真心地向你道歉……对不起。”

本来还想再说点什么，但林飞羽最后保持了沉默——不只是因为此时此刻，语言显得如此苍白无力，更重要的是，他从不相信鬼神魂灵，现在说得再多再好，也只不过是在安慰自己而已。

总觉得是了却一桩心事，缓缓起身之后，林飞羽长出了一口气。

举目四眺，只有满山遍野的白色石碑在回望着他——等等，那是？

目光极限之处，似乎还有一个孤单的身影在扫墓，这个之前一直没有注意到的访客让林飞羽有些心虚，生怕又冒出了什么生猛的幻觉。他连忙摸出董一哲交付给自己的小塑料袋，从里面倒出一枚药片，和着唾沫匆匆咽下。

就在他目不转睛地盯着那人背影，准备确认药效的时候，衣兜内的手机突然抖了起来——是陆楠的号码。

“林？林飞羽吗？”

“对，你在哪儿？”

“我看到你的短信了，但刚才在开会所以没办法回。你……”有什么难言之隐似的，陆楠顿了顿声，“你还好吧？”

估计可能是自己有些疲惫的嗓音露了馅，林飞羽忙润了润喉咙，“我没事，宋旋为什么不在医院？我需要立即和她见面。”

“她转院了……在我的建议下。”

“唔？你的建议？”林飞羽转过身，用手用力抠住一块墓碑的顶沿，“她是我最重要的证人！你怎么能不经过我的同意就让她转院？”

“但我昨天一整天都联系不上你！”陆楠针锋相对地辩道，“而且，不要说得她好像是你的私有财产一样，你负责破案，我负责救人，宋旋是你重要的证人，她也是我重要的病患和……朋友，我必须首先考虑她的安危。”

“‘安危’？”林飞羽听到这个词，突然紧张了起来，“她怎么了？”

“她……这个你自己来看好了……”陆楠有些消沉地道，“随家仓脑科医院住院部三楼，我在那儿等你。”

合上电话的同时，林飞羽回首望了一眼身后，看到扫墓人依旧保持着默哀似的站姿，呆立在方才站的位置上。心有余悸地注视了大约一分半钟，他退出几步，猛地转身离开。

一小时后，11点05分。

对林飞羽来说，这绝对是一个难忘的时刻——时隔五年，他又一次站到了随家仓脑科医院的住院部，所幸，这一次并不是以病患的身份。

粉刷一新的走廊，重新装潢过的墙饰，陌生的记号与标识……这里的许多东西都已经面目一新，但林飞羽能感觉得到，在这间医院更深邃、更本源的地方，仍然残留着他当年所熟悉的一切——疯狂，痛苦，癫喜，哀怨……无数残缺的人性交糅混杂在一起，和着灵魂的呐喊与悲鸣，振聋发聩，就像是一首来自地狱的交响乐——当然，并不是每个人都能够听见。

一阵强烈的不适感自胃底袭来，感到头重脚轻的林飞羽用手捂住嘴巴，跌跌撞撞地扶墙站稳。一个路过的护士见状忙上前过问，被他摆了摆手谢绝。

深吸了几口气之后，林飞羽定了定神，他故作若无其事地掸了掸风衣的摆，顺着扶梯径直登上三楼。

陆楠穿着套裙的窈窕身影就在楼道口，显然已经恭候多时，但她并没有抬头注意过往的行人，而是死死盯着手里的移动电话，一副愁眉不展的样子。

“在看什么?”

直到林飞羽凑上前来,她才又惊又急地捂住屏幕:“一些……一些学术上的东西而已。”

她在说谎——林飞羽已经看到了,那是一张女孩子的半身像,明眸皓齿,笑得挺阳光,背景似乎是哪里的公园。

“很漂亮啊,”林飞羽轻描淡写,用颇为给对方“留面子”的方式点破道,“是谁?”

“……以前的一个同事,”陆楠有些不好意思地笑道,“刚发来短信说,请我去喝她孩子的满月酒。”

“这又有什么需要遮遮掩掩的?”

陆楠嘟起嘴巴,故作生气似地道:“你是一点都不理解大龄未婚女青年的苦闷啊……”

“唔,抱歉……”林飞羽忙岔开话题,“宋旋呢? 她在哪个房间?”

“315,走到头就是了。”

刚迈开步子,林飞羽又停了下来:“你不跟我一起来?”

“我……”陆楠微微低下头,面露难色,“好吧。”

门房是从外面锁死的,只有一扇很小的玻璃拉窗可以让外界看到屋内。一个穿着病服的娇小身躯蜷缩在墙角,抱膝埋首,一动不动。

“有床不睡,表明她对‘躺卧’这种姿势缺乏安全感。”站在林飞羽身旁的陆楠轻声道,“大部分时候都闷着头,有时候还会捂住耳朵,并且对所有人……”她顿了顿,“包括我,都表现出强烈的对抗性。另外……还出现了失禁的状况,虽然不多就是了……”

林飞羽盯着小窗,头也不回地道:“是幻觉。”

“我……院方不确定,他们已经给了药,”陆楠摇摇头,“但是好像效果只能维持很短的时间，如果再加大剂量，恐怕……”

“让我进去，”虽然明知道打不开，林飞羽还是用力拧了拧把手，“我要进去和她说话，现在就要。”

“不行！她现在已经六亲不认了！”陆楠斩钉截铁地道，“为了你们两人的安全，我强烈建议你不要同她见面。”

林飞羽转过脸，与陆楠四目交投，冷冷一笑：

“‘建议’？”

面对对方突然咄咄逼人的态度，陆楠显得不卑不亢：“我是拦不住你，但这并不表示我会帮你乱来，”她一侧身，向走廊比出胳膊，“你现在就可以去找院方把这门给打开，或者自己动手。”

这种关精神病人的门，林飞羽自然是只要半分钟就能搞定，但问题在于陆楠的态度——无论她能帮到多少，争取到这位专家的合作依然是很有必要。

“也许你不相信……”林飞羽悄悄捏了一下风衣的摆角：“但是我有办法救她。”

“救她？你……”细心观察了一阵之后，陆楠发现林飞羽并没有在说谎——虽然有些吃惊，但她还是决定相信自己的专业判断，“……估计就算我问‘要怎么救她’，你也是不会回答的了……”陆楠轻轻叹了口气，“好吧，我去找院长……或者别的什么‘熟人’商量一下。”

五分钟后。

刚刚踏入房门，林飞羽便对坚持要单独进来的决定有了一丝悔意——迎接他的，是宋旋撼人心魄的逼视，带有明显的敌意与戒备。

他几乎要认不出这女孩了——眼眶深陷，肤色暗黄，颧骨凸出，头发散乱……简直可以用“活尸”来形容，别说是曾经的美少女，现在的她连人的样子都没有了。

稍稍有些不忍的林飞羽将视线挪到别处，正好看到了倒扣在病床边上的餐盘，而这个现象也让他对宋旋目前的状况有了大致判断——“黑灵”已经开始侵蚀这个少女的本能，并影响到她对周遭事物的基本认知……很难想象，现在在她的眼里，这个世界究竟是何种模样。

也正因为此，林飞羽思索了好一会儿才找到合适的开场白——

“你受苦了。”

这句话显然没有起到想象中的效果，宋旋依然用那浑浊的像是受惊小动物般的眼神瞪着自己。

林飞羽缓缓蹲下身，小心翼翼地向前探出手，并没有直接碰触到宋旋的身体，而是在两人之间停了下来。

“能听见我说话吗？”

宋旋没有回话，但从她的脸色来看，似乎是有点反应的样子——好在，反应不是非常激烈。

这多少算是一个不错的开始，林飞羽清了清喉咙，尽可能让自己听起来柔声细语一些：“我知道你很辛苦，我知道你在害怕，就好像我也很辛苦，我也在害怕一样……”他很想要笑——就和平日那样，露出最拿手的、淡淡的微笑，但不知为何，在这个同病相怜的女孩面前，他反而皱起了眉头，显得格外真诚而严肃，“我完全能够理解你现在所承受的一切，因为我和你一样……和你已经去世的父母、哥哥一样，我们正承受着同一种磨难，在生与死的边缘挣扎……我知道你是个聪明的女孩子——非常聪明，所以我不会试着向你隐瞒实情，你现在……”林飞羽紧了紧伸出的手掌，但又立即展了开来，“你现在很危险，命在旦夕。残害你家人的凶手，这个时候就躲在阴暗的角落里，看着你在无尽的痛苦中挣扎，等待着你也像其他牺牲品那样慢慢死去。”

宋旋将牙齿咬得咯咯作响，那微微发颤的娇小身体说明她确实能听见自己的话……而且毫无阻碍地听懂了——这让林飞羽突然信心大增：

“……我会抓住它，抓住那个残害你们的凶手，我会拼尽全力——因为我自己也在它所制造的幻境中挣扎，为了救你，也为了救我自己，我一定会抓住它，你明白了吗?”

将自己的处境坦白，以此拉近与对方的距离——这是谈判技巧中最基本最简单的一步，也是之后所有话术的前提。但女孩依然没有作出任何回应，阴郁的眼神也像死水潭一样毫无变化。

“所以在那之前，我要你活着……”林飞羽很认真地、一字一顿地道，“我要你活着看到凶手伏法，我要你活着看到正义得以伸张，只有这样，我接下来所要做的一切才会变得有意义。”

女孩还是没有回话，但喉头似乎微微动了一下，唇角轻启，露出欲言又止的模样。

也许对宋旋的呆若木鸡感到了不耐烦，林飞羽终于将悬着的左手向前伸探，无视女孩的惊恐与抗拒，轻轻地抵在了她的侧颊之上：

“不要怕，你看，真正想要保护你的人不会伤害你。”

就在这个时候，宋旋做了个出人意料的动作——她歪过头，轻轻舔了一下林飞羽的手掌。

“我咬了你……”她的声音就和眼神一样浑浊，“这个，能算是道歉吗?”

丝毫没有做作，这一次，林飞羽发自真心地露出了微笑：

“唔，至少你要请我吃顿饭。”

虽然很勉强，但宋旋好歹是笑了一下的样子：

“嗯……”

“来，”觉得时机成熟的林飞羽身体前倾，用双掌托住女孩的左右腋窝，“起来，别坐在地上，我来帮你。”

“别……别管我……”宋旋的反应出乎意料的激烈，她手脚乱划着挣扎起来，“我……我有点不舒服，别……”

在把女孩架起来的同时，一股难闻的异味扑面而来，联想到之前陆楠的话，林飞羽立即意识到发生了什么，他稍微用力，将宋旋揽入臂弯，把她娇小的身躯抱在怀里。

“你很好，”林飞羽一边轻抚着对方的后脑勺，一边悄声安慰道，“你是我见过最完美的女孩子，一切都很好，放心吧……来，不要缩在墙角，我马上叫人帮你拿套新衣服，你……”

“不！”宋旋惊叫着甩了甩头，用尽全力想要将林飞羽推开，“他们就在那儿！我不能过去！我就等在这里！”

“谁——”看到宋旋因为恐惧而扭曲起来的脸，林飞羽明白自己问错了问题，“别怕！勇敢点！”他用力搂紧了宋旋的双肩，“不管你看到了什么，那都是幻觉。”

女孩剧烈地喘息着：“他们一直在那……只要我……只要我过去……他们就会把我……”突然，像是恍然大悟了似的，宋旋停住了动作，愣了几秒钟，然后猛地抬起头来，“你说……你也能看到他们，对吗？”

带着一丝不解，林飞羽点了点头。

“但是你没事……”宋旋瞪大了双眼，一脸似笑非笑的样子，紧紧钳住了林飞羽的手腕，“所以，你有办法的对吧？你是有办法让他们消失的对吧？”

林飞羽咽了咽喉咙，不知该如何作答——他本想随口编个理由搪塞过去，不过考虑到对方有150的智商，还是老老实实保持沉默,免得弄巧成拙比较好。

“救救我,无论用什么方法……我会报答你,”女孩摇摇头,“你明白吗？我……我是宋家最后的继承人,你只要……”

林飞羽腾出右手,轻轻摁住了她的上嘴唇：

“……别叫！求你了！”林飞羽紧张地回头望了一眼房门,陆楠和医院的人都在看着这边,“……好吧……虽然我不保证这会有效果。”

他放下手,伸进大衣的口袋,在确保没有被后面几双眼睛注意到的情况下将那个装着粉色药片的小塑料袋给掏了出来。

“这东西也许能帮你的忙……至少它帮了我,不过无论如何,你想要摆脱它们,首先就必须要相信它们都是幻觉,都是假的,明白吗？这是一切治疗的根基——不！别用手拿,让我来喂你——别让医生看见,他们可不希望我给你乱吃东西。”

宋旋点了点头,由于角度的关系,她的上半身完全被林飞羽所遮挡,因此喂药的过程完全没有被旁人发现。

“好了,”林飞羽有些无奈地叹了口气,“我会再藏几颗在你的枕头下面,如果有效果的话,你……”

话还没说完,宋旋便捂着脑门向后靠在墙上,这个动作幅度虽小,却让林飞羽心里一惊：

“喂！你别吓我！什么情况？”

女孩没有回话,而是保持着以手遮面的姿势,站了大概半分钟,然后慢慢松开指缝,小心翼翼地观察了片刻。

“好像……不见了？”宋旋放下手,从语气到神态,都仿佛换了一个人,完全不见刚才的萎靡与彷徨,相反,露出了与年龄极不相符的阴冷,“药效太快了,一定有什么副作用吧？”

对于女孩的突变,林飞羽既惊喜又有些畏惧：“不好意思,”他耸耸肩,“你我恐怕是第一批试药的志愿者,有什么副作用的话,也应该是我们来告诉别人。”

“头有点晕,不过应该没什么大问题。”宋旋很利索地又坐回到了地上,“让我先休息一会儿。”

“你……”

“啊,当然,”宋旋猛地抬起头,咧嘴一笑,“我说过要报答你对吧,放心吧,我说话算数。”

这笑颜不可谓不甜美,但却也带着明显是经过模特训练的虚假感,让林飞羽顿时觉得有股莫名的火气:

“别搞错了,我可不是为了什么‘报答’才来找你。你的父母哥哥死于非命,凶手却还逍遥法外,你……”

“那我能帮你什么呢?”坐在地上的女孩摊开手,笑容里多了一分苦涩,确实,对于刚刚才知道有“凶手”这么个概念的她来说,想要一下子就让她提供有价值的线索未免太过不切实际,好在林飞羽是有备而来:

“一样‘东西’——”他再次蹲下身,与宋旋面对面比画起来,“我非常确定,凶手的作案工具是一样‘东西’,而且不会太大,足以放在你们的家里。”

连林飞羽自己都觉得有些莫名其妙的表述,宋旋竟然一下就理解了:

“……比如某种电子装置……那样的‘东西’?”

一边惊叹于这个15岁小姑娘的领悟力,林飞羽一边摇了摇头和手,“不,不是什么高科技设备……甚至不是设备,你可以想象是那种……唔,自古代就有的东西。”

这一解释,宋旋反而更糊涂了:“比如?”

“比如……”林飞羽摸了摸自己的马尾辫,决定回避这个糟糕的问题,“你回忆一下,在10月7日到家之后,你有没有发觉什么异常的东西?”

“怎么可能？而且——”女孩抬抬手，一声哼笑，“你这个‘东西’的概念也太模糊了……”

“你这样理解好了——”林飞羽神色严肃地解释道，“以某种物体为媒介来施放，从被它‘上身’到效果发动，大概有12小时左右的间隔，照此推论，你，还有你的父母哥哥，都应该是在从泰国回来之后，在家里‘中的招’。”他顿了顿，“所以，我想要知道你们全家在那天晚上的活动细节，从回到家开始，到上床睡觉时结束，遇到了什么，看到了什么，吃了什么，听了什么，总之，能说多少就算多少，越详细越好。”

宋旋低头沉思了几秒，林飞羽刚准备补充或者说是提醒她一点什么，却被她抢先反问了一句：

“我听说……”女孩呆呆地看着地面，慢吞吞地道，“刘思含也死了，对吧？还有一个警察？”

林飞羽咽了咽喉咙，心里埋怨起来——到底是哪个蠢货对她透露了这么无聊的事情？

“对，不过再没有其他的受害者了。”

“嗯——”宋旋微微笑着，依旧低着头道，“也就是说，他们都死了，只活了你和我，是吧。”

“唔……”虽然还有“赵信”这个人的存在，但林飞羽觉得没必要把他给扯进来，“对。你干嘛问这个？”

忽然，女孩抬起视线，与他四目交投：

“那么，与其问我遇到了什么，不如问你自己遇到了什么呀。”

只是漫不经心，轻描淡写的一句话，伴着慵懒的微笑和浅浅的酒窝。一开始，林飞羽还恼怒于对方的答非所问，可几乎是转瞬之间，他就明白了其中的言下之意，以及在那背后所蕴藏的精妙逻辑。

一边用震惊的目光与女孩对视，他一边缓缓直起身来，兀自地点了点头。

是无意之下的敷衍？还是经过深思熟虑的提点？简单的推理之后，林飞羽得出了无可辩驳的结论——

这小姑娘……是一个天才啊。

“头好晕，让我休息会儿……”这时的宋旋，却只是不耐烦地摇了摇手，“你先出去吧，如果我想起了什么重要的事情，会叫陆楠去找你的。”

一副大小姐的态度——但也许是因为她刚刚帮上了大忙，林飞羽反而觉得她这样子有些可爱了。

“别忘了，丫头，你还欠我顿饭。”

杭州，延安路。

穿着便装的谭天方站在浙江环球中心的正门前，仰头看着这栋被称为“杭州第一高度”的宏伟建筑，心里突然涌起一个奇怪的念头：

“这楼像茅台的酒瓶……”他一本正经地道，“还是20年陈酿的那种。”

老王也跟着抬头看了一眼：“我以为你不喝酒。”

“我是不喝酒。”谭警督回头朝陈曦打了个响指，“走吧小陈，我们俩上去，老王你留下，我们别去这么多人，搞得像打狼一样。”

在电梯里的时候，谭天方又理了一遍自己的思路——两天来，他们获得了许多不疼不痒、似乎和案件无甚联系的信息，最有价值的，恐怕也就是宋家大公子在浙江大学时的人脉关系网了——班主任，辅导老师，舍友……但遗憾的是，在这一长串的名单上，唯独缺了最重要的一个人——他的女朋友。

“为什么?”眼见没有外人,谭天方似是自语地道,“一个在高中就带妹子回家‘亲热’的人,到了大学里竟然没有谈女朋友?”

“也许就是因为他高中时太乱来,被家人警告了?”陈曦面无表情地应道,“所以只是低调地交往,不想让别人打扰。”

谭天方用手捂紧上嘴唇,盯着电梯层数指示屏上跳动的数字,略作思索:

“小陈,如果你上大学时交了男朋友……”

“我上的是警校,谭队。”

“我是说如果,”谭天方蹙眉道,“如果你上过大学,交了个男朋友,你会保持低调吗?”

“嗯——”陈曦视线微抬,沉默了几秒,“那要看对方是高帅富还是矮丑穷了。”

“比如宋刚这样的?”

“开着宝马来接我的男朋友?”陈曦笑道,“那不是我想低调就低调得起来的哟。”

“就是这样!所以!”警督斩钉截铁地挥了一下拳,“年轻人哪有不爱慕虚荣的?要是当年有富婆开宝马包养我,我……”他顿了顿,“我应该也会说出去才对……吧?”

“这我哪知道呢?”

电梯在第57层停了下来,两人忙收起笑大步走了出去。

他们的目标是一家叫做“康斯因商务”的小公司,就在离电梯井不远的一个小隔间里,跟着墙上的标识,两人没走几步就找到了。

这的确是一家小公司,放眼望去,为数不多的两排办公桌还空了一半,即使把所有座位都计算成“人”,也不过就十五六个员工而已。

通过出示警员证，他们很快就找到了这家小公司的负责人——一位穿着休闲西装，梳着油光滑亮小分头，斜靠在转椅上的年轻男子。

“你是朱天乐？”谭天方一副冷脸，毫不客气地坐到他的对面，“打扰了。”

“哦哦！谭警……谭先生是吧！”由于之前打过了招呼，朱天乐一下就进入了“状态”，只是不知为什么，他有些紧张地关闭了电脑屏幕的电源，正身坐好，“欢迎欢迎，请问你们是喝……”

“浙江大学信息工程管理，”谭天方直入主题，“这是你的学士学位专业对吧？”

被警察约谈总归是一件不那么愉快的事情，即便是在自己的办公室里——“他们为什么会来找我？找我来问些什么？是不是我惹了不该惹的麻烦？如果是，那是个多大的麻烦？”

这些恼人的问题让朱天乐不禁心浮气躁起来，他顺手抄起放在桌角的一支签字笔，在手里转着把玩着，以此缓解自己的情绪：

“没错，呃，学士学位的话，是那个没错啦。”

“宋刚，是你的同学对吗？”

朱天乐挠了挠脑门，眉头皱紧，像是努力回忆了一阵似的：“……嗯，是有这么个名字，宋家公子，我记得。”

一直坐在旁边不吭声的陈曦突然嘀咕了一句：“你七月份才去南京参加了他的生日聚会，不可能不记得吧？”

“我，呃……”朱天乐支支吾吾，手上的笔转得更快了。

谭天方斜了陈曦一眼，清了清嗓子道：“我想你应该已经知道了，宋刚死了，在自己家里。”

对方轻轻叹了口气：“嗯，是啊……我知道。”

"别紧张，我们不是来找凶手的。"谭天方加快了语速，"直截了当地说吧，朱老板，你是宋刚在浙大时关系最好的同学，因此有一件事情，我猜如果连你都不知道的话，那就真的没人知道了。"

朱天乐咽了咽喉咙，没有作声，只是微微点了一下头。

"他的女朋友是谁？"

"哈？"

"我问，宋刚的女朋友是谁，她的名字，她是哪里人，她在哪读书，什么时候开始交往，什么时候分手……我们需要你所知道的全部细节。"

"这个啊……"像是松了一口气似的，朱天乐将手里的签字笔按在了桌上，"名字是什么我真的不知道，但刚哥一直叫他'阿珂'……我们只见过几次面，而且都是在很凑巧的场合下。"

"等一下……"谭天方赶忙掏出笔记本，"连你也不知道名字？"

"嗯。刚哥他可能……不，一定是不想让别人知道吧，"朱天乐有些尴尬地笑了笑，"他不是我们学校的人，很腼腆，不爱说话，长得挺讨喜的。"

虽然利用全国联网的警方查询系统可以很容易确定每个人的具体情况，但如果连名字也没有，只通过"不爱说话、长得讨喜"这点信息可是什么也找不到的。

"后来呢？"警督顿了顿，换了个问法，"她现在在哪儿？"

"他……好像是……"朱天乐舔了舔嘴唇，"死了。"

"死了！"谭天方一个激灵，觉得自己这次果然抓到了命脉，"怎么死的？"

"具体我也不太了解，听说是自杀。我记得……"朱天乐皱了皱眉，"对，我记得杭州日报上登过这个新闻，说是有大学生投河自尽什么的,具体是哪一天我就不知道了。”

这就好办了——警督心想,他扭头对陈曦道:“联系杭州警方,如果有新闻报道的话,他们一定存有死亡记录,我今晚就要知道关于这个女孩子的一切……”

“呃,等等,警官,”朱天乐突然像是小学生要发言时那样抬手道,“您刚才说……女孩子?”

谭天方与陈曦对视了一眼,愣了几秒:

“什么?”

“是男的,”朱天乐不无尴尬地笑了笑,“是个男孩子哟……所以才不想让别人知道。”

一向文静冷漠、面无表情的陈曦,不知为什么突然咯咯地笑出了声来,还未完全从讶异中恢复的谭天方回过头,狠狠瞪了她一眼:

“喂!有什么好笑的!”

19　一步之遥

从一个“天才”那边出来，林飞羽又马不停蹄地赶去见另一个“天才”。

与许扬洋见上面的时候，已经是下午 3 点 35 分了，来不及寒暄和回答“您怎么来了”这样的问题，林飞羽单刀直入：

“谭队长呢？还没回来吗？”

“是是，”许扬洋依旧眯着眼睛，一脸没睡醒似的慵懒表情，“他应该还在在杭州。”

说话的当儿，一个女警员从楼道经过，用略带警惕的目光斜了林飞羽一眼——穿着长风衣、束着短马尾、行迹匆匆、面色可疑的年轻男子在市公安局的办公楼里出现确实是一件不太寻常的事。

不过林飞羽现在也顾及不了什么形象工程了，他拉过比他高一个头的许扬洋道：

“现场有照我说的那样封锁吗？”

“是，再没没人进去过。”

“很好。”林飞羽略作停顿，组织了一下语言，“你们这边牺牲的那位警员是叫顾——”

“顾阳。”

"唔,顾阳,"林飞羽点点头,"他在宋宅里呆了多久?"

"没多久……总总共差不多六六七个小时吧,"

"是在楼里面收集证据吗?"

"只能算是初初步筛查,"许扬洋顿了顿,"主要是确定有没有漏掉其其他作案现场,或者别的什么明显线索。"

"这种筛查是有计划的吗?"

"当然!"

"那么你一定知道他在宋宅里的活动范围了?"

"这……"许扬洋眯了一下他本来就不大的双眼,"我有记录。"

"那么,许扬洋警官,请您立即把这个记录找给我,"林飞羽难掩脸上的兴奋之情,"另外,我需要一张天山西路9号的平面结构图和三支不同颜色的水笔……唔,最好还有一个空房间……能让我一个人好好思考的空房间。"

察觉到了对方情绪上的变化,许扬洋本能地意识到,这位特勤七处探员给他带来的,恐怕是能让案情获得决定性突破的重要情报——这多少给了他一点鼓舞,毕竟,顾阳的死不只是让他感到自责,整个侦缉队的士气也都因此而受到了影响——大家都想着赶紧抓住凶手报仇雪耻,但苦于案子太过吊诡离奇,根本无从下手,反而更觉郁闷。

职责也好,私愤也好,许扬洋觉得自己很有必要"参与"到林飞羽的"思考"之中:

"空空房间的话,没有……"他一本正经地道,"但谭队不在,办办公室只我一人在用。"

"那么我接受你的邀请。"林飞羽理解了对方的暗示,微微笑着点点头。

仅仅是朝谭天方堆满材料的办公桌上看了一眼,林飞羽就能想象出它的主人平时到底是有多“繁忙”——而与之相对的，许扬洋的办公桌却收拾得非常干净，或者确切地说，可能是干净过头了，整个桌面上只有一部电话……没错，竟然连电脑都没见着。

“你……呃，平时就在这里上班？”

“差差不多吧。”

“但我记得你的工作不是接线员啊。”林飞羽双手抱臂，一副调侃的样子。

“细节不要在意。”许扬洋耸耸肩，一步上前，将夹在腋下的大图展开，铺在桌上，然后又将黑蓝红三支不同颜色的记号笔一字排开，张开手掌朝前一比，“齐齐了。”

这是一张一米见方的图纸，即便没有任何标注，但林飞羽还是一眼就能看出它就是“天山西路9号”的平面图——不是那种原始的建筑蓝图，而是明显是用激光打印机复制出来的感觉。

“好咧，”林飞羽用双掌撑住纸面，用力将其抹平，“那就让我们开始吧。”

“你你是需要一个人先思考呢？还还是直接开始‘剧终推理’？”

“‘剧终推理’？”林飞羽一愣，抬起身来，“什么玩意儿？”

“就就是在侦探片最后，主角出来说的一番话，”许扬洋半开玩笑似的解释道，“说说完以后，就本集结束，请请看下集。”

“唔！那我要恭喜你——”林飞羽转过身，“你今天看的是国产007。”

“国国产？”

“如果你看的是外国片，那么这个时候为你做‘推理’的就会是什么私家侦探、科学家、小学生、大学老师之类的怪人……”林飞羽晃了晃手里的黑色水笔，“相反，国产片里最后跳出来拯救世界的，一定是个警察——比如我这样儿的。”

“但但是你也不是警察啊。”

“细节不要在意。”林飞羽学着许扬洋刚才的语气，笑着拍了拍他的肩膀，“好了，玩笑到此为止，让我们来谈谈正经事儿——”

说着，他收起笑容，拔开水笔的笔帽，又将目光转回到桌面上：

“我不想对你隐瞒，我们需要找的东西极度危险，致死时间大概是12小时。它叫做‘黑灵’——可能是一个非常古老的物体。”想到董一哲之前提到的“纳粹试验”，林飞羽又连忙更正道，“……当然也不排除是一个高科技设备，总之，它是一个固体，能够长时间存在并且维持其形态不发生改变。”

“固体——”许扬洋托着下巴，用一直眯着的双眼盯住平面图，“也也就是说留下痕迹的可能性非常大……”

“这里就有个最简单的推理了，”林飞羽别过头，“从宋家自己的监控录像来看，在你们进入现场之前，有可能接触或者说移动‘黑灵’的人只有两个——宋旋和刘思含。”

“但他们……都是受害者。”许扬洋微微摇了摇头，“而而且之后还有顾阳，也也就是说，直到我们介入的时候，那那个东西还在现场。”

“正确，”林飞羽打了个响指，“而且如果你们按照我说的那样封锁了现场，从理论上讲，‘黑灵’现在仍在宋家宅邸的某个位置。”

“我我懂了，”许扬洋点点头，“……你要图来就就是为了找到这个‘位置’吧？”

林飞羽没有回答，而是抖了抖手腕，在桌上随意画了几下，像是在试笔，“既然是一件‘固体’，那么无论如何，它都不会主动出击寻找猎物，因此我可以断定，一定是受害者‘接触’了它才引发杀身之祸，就像是踩到地雷那样。”

第一笔，他轻轻点在平面图上象征着“玄关”的位置上，留下一个黑色的圆墨团：“首先是10月7日晚，宋家一行人从泰国返回南京，从正门进入大厅。”

随着粗大的笔尖游移，一条黑线从“玄关“延伸开去，弯了一个直角，又横着画了一道：

“然后他们全家在餐厅用餐——哦，还有女佣刘思含，按宋旋的说法，她都是和宋家人一起吃饭的。”

林飞羽抬起笔，稍作思索，在“一楼”和“二楼”的四个房间上又打了四个黑点，然后将他们与“餐厅”相连：“我无法确认他们每个人吃完饭后的具体活动，暂时只能先选定其中的‘共性’——也就是每个人都回到各自的卧室中去休息，这个时间最晚应该不会超过十二点。”

“睡睡觉之前应该要洗澡吧？”许扬洋漫不经心地插话道。

“唔，当然，谢谢提醒！”林飞羽连忙在一楼的“浴室”位置上涂了一个黑圈，“……照这样说的话，他们也应该都是要上洗手间的吧？”他刚准备起笔标记，突然发觉了一个小问题，“我记得宋家是……楼上楼下有好几个厕所啊。”

“说不定每每个洗手间里都被放了一颗你那什么‘黑雷’。”

“是‘黑灵’……唔，算了，”林飞羽摆摆手，用黑笔将所有的点连在一起，“如果当真被你说中，那就等于是加大了‘黑灵’被发现的几率，对我来说反倒是一件好事。”

“不过，所所有的洗手间都被我们搜过了啊，并没有发现异异常。”

“对，这就到下一步了……”林飞羽拿起红色记号笔，一脸严肃地将它递到许扬洋跟前:“我知道整个宋宅都被你们翻了个遍,但我不知道的是顾阳这一个人的搜寻范围——有劳了。”

许扬洋接过笔,也不多说,横过他壮硕的肩膀,在平面图上草草画了一道红线——从大厅起笔,穿过一楼东翼,稍稍偏折,落在走廊尽头的浴室中央,目测大约只有十几米的长度。

见许扬洋完事似的放下了笔,林飞羽不禁有些吃惊地点了点图面:“……就这样?”

“就就这样。”

倒也不难理解——毕竟这是个一口气死了四个人的大案子,警力的调配本来就应该比较充裕,相对而言分配到每个警察头上的区域也就会更细致一些。

“让我看看……”林飞羽用手指顺着红线延伸的方向轻轻掠过,“正厅、东翼走廊、东翼洗手间、浴室……啧!”他皱着眉头击了一下掌,“果然与黑线全部重合!这就大大缩小了可疑的区域。”

“但但他负责的这些地方,我和其他的警察也有看过……”

“看过、路过、经过的都平安无事,负责筛查证据的人却发生了意外,”林飞羽一边比画一边问道,“这说明什么?”

许扬洋若有所悟:“这说明它可能藏藏在什么地方……一个不那么容易被触触发的什么地方。”

“但是——”林飞羽摸了摸别在后脑勺的马尾辫,“它又确实被人给‘触发’了——还不只是一个人,其中还有位普普通通的中学女生。”

“也也许是‘触发’的方式比较特别?”

“那这就绝对是高智商犯罪了,”林飞羽苦笑道,“要设计出一个如此完美的机关,能只对目标起作用,而放过路过的警察。”

“说不定用了遥遥控?”

“唔,有可能……”林飞羽用大拇指抹了抹嘴唇,盯着平面图看了几秒,“不过这并不影响‘它还在宋宅’里这个论断,而且我可以向你保证,就算在‘触发’方式上使用了科技设备,‘黑灵’的本体一定是古老的,可以用传统的方式运输和装配。”

即便是智商高于常人的许扬洋也没法立即弄清如此模糊的概念,他稍有抱怨似的叹了口气:“可惜宋旋失去理智了,不不然找她了解一些细节,说不定……”

“还没有完全失去理智……”林飞羽打断他道,“我找过宋旋了,而且她确实是提供了很有价值的信息。”

“什么?”

“我——”

吐出这个字的时候,林飞羽一把抄起桌上那支蓝色的记号笔,微微抬起头,望着窗外遍布阴霾的天空:“我就是破案的关键。”

“‘你’? 我……我不懂你的意思?”

“现在遮遮掩掩也没有意义了……”林飞羽咽了咽喉咙,“我也是‘黑灵’的受害者,虽然‘暂时’不会有生命危险,不过‘随时’都会有生命危险……”他别过头,冲许扬洋笑道,“所以,与其去从那些已经死了或者已经疯了的人身上寻找线索,不如扪心自问,从自己身上寻找答案。”

与其说是震惊,许扬洋露出了完全是不愿意相信的神情:

“你……你你也是受害者?”

“没错。”为了节约时间,林飞羽决定找一个万能的借口来回避这个话题,“具体的细节涉及国家机密,不方便透露,不过至少我可以向你保证,我就是在天山西路9号中遭到了‘黑灵’的袭击,我现在需要做的,也就是回忆起当时在那里的经历——”

蓝色的墨迹首先落在正门庭院上：

“我在宋家的时间其实非常短暂，而且全程都有人陪同，一开始是你们的谭队——”笔锋在大厅处折了个90度，直接向右一划，钻进宋健发和他妻子的卧室，“……这里，在第一现场，还记得吗？你当时就在我跟前。”

“对，你还吐吐了。”

林飞羽皱着眉头斜了许扬洋一眼，俯身继续道：“但是你们都还安然无恙，这说明我在那个时候并没有触发……或者说，‘感染’黑灵。”接下来，他将笔又重新停在了玄关处，“然后，我遇上了刘思含。”

“那个女佣人。”

“对，就是她，她带着我参观了几乎整座宋家宅院……从庭院的花坛处，也就是宋刚坠落的位置开始，然后从后门进入西翼走廊，再然后是健身房，还有这间小小的茶室……”林飞羽一边描述一边在图上绘着蓝线，“我们在餐厅做了停留，大概五六分钟的样子。”他停了下来，仔细回忆了几秒，又摇摇头，“没有什么异常……至少我没想起来。”

“从逻辑上说，你不不可能回想起什么‘异异常’来，”许扬洋一本正经地道，“否则当时就就应该发现了。”

“有道理，但不一定正确。”林飞羽继续手上的绘画，“我们穿过了大厅，进入东翼走廊，然后检查了一下洗手间和浴室……唔，这个部分与红线黑线都有重合啊……”

“也同同样被我们其他人走过来走过去的，”许扬洋摇摇头，“认定这里有问问题太武断了吧？”

“我可没说这里就一定有问题，”林飞羽耸耸肩，“但……很可疑，不是吗？”

“而且,从一开开始我就想问一个问题——”许扬洋摊了摊左手,“你说的这个‘黑灵’,它是什么时候进入宋宅的?”

“唔! 这我怎会知道? 现在我连‘黑灵’是什么都还不清楚呢。”

“恕恕我直言,您到目前为止所所有的推理都是建立在这个问题已经被默认解决了的前提上,如如果连你也不知道答案,那么我我建议我们最好全部推倒重来。”

林飞羽直起腰板,面色凝重地转过身:

“此话怎讲?”

“首先——”

一反常态地,许扬洋刻意放慢了语速,使用了“一字一顿”式的念法。这种能够抑制口吃的语态,通常只有他在……用他自己的话说,进行“剧终推理”的时候才会使用:

“宋家从泰国回来后的那个晚上,他们与平常一样吃饭睡觉,也就是说,如果是他们的行为触发了‘黑灵’,那么这个行为放在七天前——他们去泰国之前,也同样会触发‘黑灵’。”

“有道理。”林飞羽立即接上话道,“然后呢?”

“那么,‘黑灵’一定是在宋家离开天山西路 9 号之后,才被安置进去的。”

“唔! 我喜欢你的推理。”

“不,这不是我的推理。”许扬洋停顿了几秒,“这是‘你’的推理,用你给出的条件和假设,小学生也能得出这个结论来。”

“我倒是觉得这个‘小学生的结论’可以帮我找到凶手。”

“不,不可能,错误的前提必然导致错误的结论……”许扬洋摆摆手,“如果真如你所说,真的有‘黑灵’这样一个机关,并且是在 10 月 1 日至 10 月 7 日之间的某一个时刻被安置在宋宅之内,那么除非是刘思含决意牺牲她自己,否则我实在想不出凶手怎么可能找到一个地方——"他挥手朝左右两边分别比画了一下,"既可以确保宋家人在 10 月 7 日回家之后被他们'触发',又要保证在 10 月 7 日之前,不被包括刘思含在内的任何人'触发'。"

醍醐灌顶般的一席话将林飞羽猛然敲醒,在记忆深处,一个小小的片段突然涌进脑海,像放电影一般跃在眼前——

"对啊……"他连忙闭上双眼,用手捂住额头,想要抓住刚才那一闪而过的灵感,"一个既能杀死宋家人……又不会伤到其他人的地方……"

再睁开眼睛的时候,林飞羽近乎无意识地吐出了三个字:

"还真有……"

"什、什么?"

"还真有! 这样的地方还真有!"回过神来的林飞羽眼里闪动着亢奋的光彩,他难抑激动地大声叹道,"我真是蠢得可以!为什么一开始没想到呢!"因为手在不住颤抖的缘故,他连着抓了三次才把记号笔握在手里。

"刘思含不仅与宋家人同吃同住,而且在他们离开南京去泰国旅游的时候,也全程呆在宋宅内部,"林飞羽自语似的分析道,"要说'触发'黑灵的机会,按理应该是她最多才对,但是她却比她的主人们要晚死差不多一整天,这是为什么?"

许扬洋没有插话,只是默默地站着——其实他根本就不相信什么"黑灵",甚至不相信林飞羽给出的任何前提,因此他决定继续听对方说下去,等到对方的推理全部结束,然后再找到最脆弱的那个部分进行反驳。

"因为'黑灵'需要 6 至 12 小时才能发挥作用,也就是说,刘思含'触发'黑灵的时间比他们都要晚,而且应该是在 10 月 7 日,宋家人出事之后!"林飞羽继续头也不回地自语着,"那么按照这个条件，'黑灵'的放置只剩下两种可能——第一，一开始就不在宋宅内，是从泰国带回来的某种'纪念品'，那么整个案件就只是一次事故。"

许扬洋微微低下头："……嗯，不无道理。"

"但据我目前的了解，可以抵御'黑灵'的东西是不存在的，因此，除非宋家是去了泰国的某个地下城里探险寻宝，否则绝不可能在市场上买到它——至少可能性非常非常小。"

"那么，第二种可能呢？"

"第二种可能，就是如你所说——"林飞羽朝桌面上的图纸比了比，"放置在一个除了宋家人以外，其他人接触不到的地方，考虑到实际情况，这个'其他人'也就是指的刘思含。"

"我不明白……"许扬洋摇摇头，依旧是保持着刚才慢条斯理的语态，"难不成他们家里还有什么家族密室吗？"

"不，一点也不神秘——"林飞羽拿起笔，像是用尽了全身力气似的，在平面图二楼的某个小房间里"钉"上了一个大大的蓝色墨团：

"——就是浴室而已。"

许扬洋眉头紧锁，盯着平面图轻声呢喃道："浴……室？"

"对，我刚刚回忆起刘思含对我提及的一个细节，那就是她在自己的卧室中有一间小浴室——就是我所标注的地方。"

"嗯……在二楼？"

"没错，宋家人使用的是一楼的大浴室，平日刘思含就没有在那里洗过澡，那么从人之常理的角度出发，在家里主人出门旅游期间，自己房间有浴室的刘思含，更没有必要舍近求远，特地跑去一楼浴室洗澡，至少——"林飞羽胸有成竹地点了点手指，"这样做的可能性非常之低。"

许扬洋又仔细看了一遍平面图——一楼浴室确实是同时

被红、蓝、黑线所覆盖的区域，符合林飞羽最初的推论。

“如果是这样，为什么她后来还是死了呢？”

“对！关键之处正在于此！”林飞羽猛一击掌，“因为我是在刘思含的陪同下参观宋宅的，我进入一楼浴室的时候，她也刚好在场——明白我的意思吗？她并不是凶手袭击的目标，但和我，以及你们的顾阳一样，都是间接的受害者，这也更证明了我的推断——”他顿了顿，“那就是‘黑灵’是一件东西，是一个死物，不具备自我识别目标的能力，从某种意义上讲，恐怕连凶手自己都无法控制它。”

虽然还是将信将疑，但至少在逻辑上，许扬洋觉得林飞羽并没有大错，而且顺着这条线思索下去，一个理所当然并且更加重要的结论浮出水面：

“你的意思是，这个‘黑灵’不仅依然留在宋宅内，而且还依然在发挥着作用？”

“没错！这正是凶手的死穴——”林飞羽愈发激动起来，“一旦灭门惨案发生，警方必然会封锁现场，他想要再回收‘黑灵’销毁证据就比登天还难。”

“如果……凶手也想到了这一点呢？”

“嗯，考虑到他懂得使用‘黑灵’，那么智商一定也不会太低，不过——”林飞羽耸耸肩，“就算他也想到了又能怎么样？买通警察吗？”

许扬洋点点头：“所以，如果现在回宋宅去，那个‘黑灵’应该还在那儿等着我们——保持着它一开始被安装好时的样子。”

“是等着‘我’——”林飞羽接过话头，“不是‘我们’，许队，你和你的人绝对禁止踏入天山西路9号，就算我在里面遇上了嗷嗷叫的怪兽，你们也不能靠近，明白吗？”

虽然听上去是在开玩笑，但林飞羽的神情严肃、煞有介事，这让许扬洋也不得不认真对待起来：

“请问，林飞羽先生，这是你的命令吗？”

林飞羽正了正身子：“……唔，谭警督不在，我没有权利直接给你下命令……所以，这是建议。”

“去犯罪现场调查，是刑刑警的本分，”许扬洋恢复了之前的语速，露出特有的憨笑，“如如果是往常，应该是我禁止你靠近现场才对。”

“想清楚，许队，这可不是一般的现场，‘黑灵’已经在里面杀了五个人……”林飞羽指了指自己，“唔，还有两个半死不活的。”

“怕怕怕死，我就不做警察了。”

虽然帮助同胞不受险恶侵害是职责所在，但是同时，林飞羽又一直坚持着特勤七处的另一条核心守则——只救那些有求生欲的人，换言之，对于一心“寻死”的“猛士”，林飞羽的态度通常都是随他们去。

毕竟，他不是医生，没有挽留每一个生命的义务与精力。

“那我建议你一个人来，”林飞羽笑道，“要是灭了半个侦缉队，我可没法向你们的谭警督交代啦。”

20　魔窟

再次迈过天山西路9号的玄关时，林飞羽竟有种恍若隔世的感觉。

仅仅是在两天前，一切都还只是一件普通案件的模样——虽然死的人不少，虽然死状够惨烈，但不管怎么说，都还在常理的范畴之中，最多也就是动机和作案手法成谜，再怎么也牵扯不到“第四类事件”上面来。

但是现在，站在黑暗寂静的正厅中央，借着从窗外透进来的一线月光，林飞羽抬头看了看奢华的水晶吊灯，突然由心而生出一股凉意来。

按理说，他已经没有什么好怕的了——毕竟他切身体会过“黑灵”的威力，手里又握有“解药”，心理上应该占据优势才对。

不……冥冥之中，林飞羽总觉得还有什么问题，这个事件，绝不只是死了几个有钱人那么简单，即使将“间谍”这个玄妙的因素考虑进来，似乎也还是不够妥帖，好像还有什么阴谋在酝酿着的样子。

“小心一点，”林飞羽朝紧跟在身后的许扬洋横手示意，“我对我们要找的东西完全没有概念，说不定是……喂！”

他刚一回头，就被对方脸上的防毒面具吓了一跳，“……你什么时候带了这玩意儿?”

把“带”听成了“戴”的许扬洋连忙回道:

“就就刚才,进门的时候。”

“这玩意儿没用……”林飞羽顿了顿,“不一定有用。”

“总总比没有好吧。”

“还有,不用刻意地小声说话吧?”林飞羽有些尴尬地笑道,“这里没人偷听。”

“也也是啊。”

许扬洋憨憨地点了点头。他不知从哪儿又摸出一支大号手电筒,按下开关,一束明亮的光柱随即刺破暗幕,在大厅里来回摆动,耀得晃眼。这个动作反而给了林飞羽一点启示——

“开灯!”他指了指大厅左侧的墙面,“‘黑灵’一定是在日常活动的条件下被人‘触发’的,我们最好能准确模拟出当时的环境。”

在大厅里仔细地环视一圈之后,林飞羽摇了摇头,确信没有任何值得留意的东西:

“走吧,我们先去疑点最多的地方看看。”

“你是说浴室?”许扬洋顿了顿,“我我们大概要找一个什么样儿的东西?肥肥皂?毛巾?牙刷?还是浴帽?”

“放心,一定不会太难找……”林飞羽拍了拍沙发的靠背,“除了路过的人以外,每一个受害者都中招了,这说明它一定藏得不深。”

东翼走廊的总长度大概是二十米左右,数个房间分列两侧。墙壁则由大小不一、风格迥异的画作来装饰。地毯也好,陈设也好,所有东西的位置都与两天前一模一样,只是在那个时候,陪同他一道“参观”的人是女佣刘思含,而现在则换成了五大三粗的许扬洋。

“从这里开始应该就是危险区了……”林飞羽说着掀开风衣,启动了别在腰间的“金丝雀”,“你跟在我后面,保持两米以上的距离。”

“听听起来好像是在打仗一样。”

“唔,让我想起了在越南趟雷区的日子。”

“啥?”许扬洋一惊,“你你参加过越战?”

站到浴室门口的时候,林飞羽神情凝重地深吸了一口气:

“……不,只是一次……普通的任务。”

还记得第一次看到这间堪比洗浴中心的漂亮浴室时,林飞羽只是感叹于有钱人的奢华,抱着“游览”的心态,就好像是一个闲庭信步的旅客。

而现在,所有的一切——地砖,浴缸,莲蓬头,甚至是下水口上的金属护栏,在他看来都是如此可疑,乃至于都充满了不可名状的敌意。

林飞羽用手撑住拉门,凭借依稀的印象,摸索着墙壁上的电灯开关,也就在这个时候,他想到了一个问题:

“你们警察进现场的时候都是不开灯的吧?”

“有专专用的手电筒……”由于隔着防毒面具的关系,许扬洋那雄浑的声音听起来有些模糊,“这这是常识吧?”

无心争辩的林飞羽按下开关,纯白的光芒随即将整间浴室照得透亮,他犹豫了几秒,向前踱了一步,然后停住脚。

什么也没发生——会发生什么呢?

像是慢动作似的,林飞羽花了整整一分钟才走到浴室的中央,然后转过身,面对仍站在走廊上的许扬洋:

“唔,我还以为你真不怕呢。”

“是是你叫我跟你保持距离……”说着许扬洋便迈开脚要进来。

“不不不，你还是站那儿好了！”林飞羽连忙摆手道，“我只是开玩笑的……”他想了想，“你帮我检查一下走廊吧，别放过任何一个细节。”

之所以将许扬洋支开，一方面是担心他被“黑灵”所侵害，另一方面——更重要的，是林飞羽已经习惯一个人的调查方式，只有在不被任何人干扰的情况下，他才能保持最敏锐的直觉。

直觉，是的——摸着光滑的水池，看着镜中的自己，完全没有头绪的林飞羽现在能依靠的也只剩下直觉了。

仿佛是有了些灵感似的，他脱下橡皮手套，在莲蓬头的开关上轻轻一抹——没有水珠，没有灰尘，连一点点能被称为“线索”的东西也没有。而抬头四望，偌大的洁白空间中，满是这样闪着昂贵色泽的高档浴具，它们看起来是如此纯净，却又都带着似是而非的疑点，没有一个能提供确实的依据来证明自己的清白。

“……你到底会是什么呢？”

林飞羽思索着，纠结着，完全不知道该从哪里下手，所谓的推理与逻辑，此时此刻也是如此绵软无力。他不停地在不同的器皿前蹲下，又站起，有时候还会特意低头看一下腰间“金丝雀”的读数——可遗憾的是，从空气质量到辐射强度，都完全处在正常的范围之内，没有出现丝毫不对劲的迹象。

他拿起香皂，闻了闻；挤出沐浴液，舔了舔。最后像是病急乱投医似的，找到了那盒之前就怀疑过的“空气芳香剂”，还郑重其事地掏出证据袋，将其塞了进去，准备带回北京让特勤七处试验室化验一下。

“唔……柚子皮味的……但愿不要是我孤陋寡闻……”

林飞羽用两手撑住水池的外沿，对着镜子，自嘲似的摇了摇头——强烈的挫败感扑面而来,所有建立在假设基础上的推论,并没有让破案变得水到渠成。或许真像许扬洋说的那样,从一开始,前提本身就不正确……或者说,还正确得不够。

“许队,你发现什么了吗?”

只是随意地问了一下,并没有抱着太多期待,而得到的回答也同样充满了无可奈何与疑惑:

“还还没有……”许扬洋站到浴室的门口,一边还在朝走廊望着。

“不闷吗？戴着防毒面具?”

“……你呢？有有什么收获?”

林飞羽歪了歪下巴,退离开水池道:“唔,也许是进屋子的方式不对……我建议咱们先去别的地方看看,换换心情。”

由于隔着防毒面具,许扬洋的叹息声显得分外沉重:“说实话,我我对我的属下很有信心,如果真真有什么异常,他们绝不会漏掉……”

已经走到他跟前的林飞羽突然停下脚,连一向拿手的微笑也变得有些不自然了:

“我懂你的意思,不是我要求你和我一起在这里浪费时间的,你随时可以走。”

“你你没有懂我的意思,”许扬洋一把将防毒面具摘下,小口小口地喘着气,脸色阴沉地道,“根根据我的办案经验,像这种漫无目的地搜索,一定不会有结果……你甚甚至连自己要找什么都不知道,就算它出现在你面前,按道道理你也发现不了啊!”

“根据我的办案经验,这种情况简直是再常见不过了,”林飞羽针锋相对地道,“我处理的事件没有一个可以依靠‘道理’来解决,如果可以,那一定就轮不到我了,像你们一样的国家公务员们早就把它给搞定了。”

许扬洋没有再说什么，但看那表情，显然是一脸不服气的样子。

“好了，让一让，大块头，”林飞羽拍了拍对方的胳膊：“你既然已经脱了防毒面具，那我也救不了你啦，你爱咋咋地吧。”他笑道，“现在呢，不要妨碍我办案，我才刚刚有了点灵感……”

“我也就是说说。”许扬洋侧过身，让出路来，“要要不，咱们从刘思含的卧室找起，我我觉得这女人其实嫌疑挺大。”

“有见地！我——”

林飞羽愣了一下，连挥舞在空中的手指也定住了。

由于许扬洋让开了浴室的门，原先被他硕大身躯堵着的墙壁暴露在林飞羽的视野里，这正对着浴室的墙上，挂着一架在他记忆中留下深刻印象的长方形画框。

那应该是一幅非常后现代的诡异画作，某种杂乱无章的漩涡状图案，被以毫无美感的方式铺洒在纸面上，乍看起来好像信手涂鸦，深究之下，却又蕴含着巧妙细致的笔法，俨然有种大师作品的感觉——当然，是那种抽象艺术的大师，一般人可欣赏不来。

但，那只是在“记忆”中。

而现在，眼前的这幅画却是如此简约而单调，完全不见之前的诡异与霸气……不，确切地说，它分明就只是一个乌黑的不规则墨团而已，呈现出一副完全难以名状的样子。

“这画……不对……”

林飞羽一把扑在墙上，紧紧地抠住画框的边沿，上上下下地打量着，那急吼吼的模样，让一旁的许扬洋惊诧莫名。

“你怎么了？没没事儿吧？”

根本就无心理会许扬洋的发问，此时此刻，林飞羽所有的注意力乃至整个身心都被这幅画作所牵引，事实上，只是稳住狂乱的呼吸和颤抖的胸膛就已经非常困难，思考什么的反而是十几秒钟以后的事情了。

这幅画……被人动过手脚！

显而易见的结论，却由于缺乏证据而不能与旁人分享，林飞羽现在能做的，就只有闭上眼睛，努力回忆之前画作的样子。可不知为什么，刚刚似乎还清晰可辨的印象突然变得混沌模糊起来，只有触须一般的边角还若隐若现，那些累赘而拖泥带水的细节，也跟着一点一点浮现在脑海，可无论怎么拼凑，都无法组成一个完整的图形。

忽然，就好像毫无征兆地，被人从身后打了一记闷棍似的，林飞羽感到一阵强烈的眩晕，所有思念与回忆也在此刻烟消云散，只有想要呕吐的强烈冲动支配着身体，让他不得不蹲下身来，用双手捂住嘴巴。

冥冥之中，是有什么东西警告了他——直觉告诉林飞羽，正是自己受过的潜意识防御训练，才让他不至于直接昏厥……或是更糟的，失去理智。

仅仅是回想了一下，竟就有如此效果，这到底是……怎么回事？

再一次地，林飞羽站了起来，推开上前搀扶的许扬洋，重新审视起墙上画框里的墨团，几秒钟过后，一个让他难以理解，却又似乎无可辩驳的结论出现了——

“这个……这就是‘黑灵’……”

“啊？你你说什么？”

“可能是某种终极武器之类的吧，我不知道……”林飞羽咽了咽喉咙，把本来打算继续解释的话语又全部给吞了回去。现在下结论还太早，而且这个结论的可信度简直可以说是零——

一幅画……仅仅是一幅画……被称为“黑灵”的可怕武器，被隐藏在历史长河中的心理学杀器，怎么可能只是一幅画？就算可以用“某种巫术”来解释，依然有太多太多逻辑上的问题无法也不可能获得解答，比如最简单的——是谁发现了那个图案？蒙昧的古代人，在毫无心理学知识的背景下，又是怎么确定这个图案具有毁灭理智的力量？

不，用正推法的话，由于缺失的条件太多，根本无法确定那幅画就是“黑灵”……冷静，林飞羽，冷静，静下心来好好想想。

他用手捂住额头，双眼紧闭，接连深吸了几口气。

如果，用反证法呢？

首先，从目前可以百分之百肯定的事情入手——林飞羽睁开眼，上上下下又把墙上的画看了个通透，无论是画工、着色，还是轮廓，他确信这画还是原来的那幅，但是非常明显，被人动过了手脚，确切地说，是缺了好些部分。

虽说还不知道使用了何种手段，但既然“被动过了手脚”，那么就一定有某种绝对必要的意义，让凶手胆敢在警察的眼皮底下，不惜冒着破坏这场几乎无解的完美犯罪来“动手脚”……

“让一下！”带着丝毫没有商量余地的口吻，林飞羽将许扬洋推到一边，像是在测量什么似的朝浴室比出手，上下晃了两晃，然后大步踏入其中，回头看着刚才自己所站的位置。

“唔！原来如此！”

他微微颤抖着，强压住心中的狂喜，咬牙切齿地露出在旁人看来有些恶毒的冷笑：

“找到你了！”

这样子着实把许扬洋给吓到了，他不敢靠近，又想上前确认一下林飞羽到底是哪儿出了问题：

“兄兄弟，你没事儿吧？”

林飞羽看了他一眼,突然主动迎了过来:“听我说,许队,听我说的对不对,我现在脑子有点乱,如果有什么地方说错了,你一定要及时打断我,用抽的也行……”

许扬洋露出一副莫名其妙的表情,这让他那本来就很是憨实的脸显得更具喜剧色彩,在犹豫了两秒之后,他有些迟疑地点了点头。

“那么你可要听仔细了,因为这才是‘剧终推理’——”林飞羽猛地收起笑容,“之前在警局我已经说过,‘黑灵’应该就是在这浴室附近,还记得理由吗?”

“嗯,我记记得……”

不等许扬洋开口,林飞羽就像等不及似的抢过话道:“因为只有这里,既可以避开刘思含的行动路线,又能确保宋家人全部入坑。同时,这里也是包括我在内,所有其他受害者的交汇之处,不过,当时的我解释不了一个你提出的问题,‘为什么很多警察都来过浴室,却只有顾阳出了状况’?”

“你你找到答案了?”

“不,不能叫答案,但可以算是能够自圆其说的‘解释’……”林飞羽拉过许扬洋的肩膀,“关键点就在这幅画上——凶手的所有把戏,以及我之前解释不了的一切细节,都在这幅画上。”

许扬洋皱着眉,歪着头,仔细端详了一遍林飞羽指的这个所谓的“画”,然后又用同样不解的目光端详着林飞羽:“啥?”

“你……你还不明白?”

“我我这个真的不明白。”

“这幅画正对着浴室,如果只是单纯经过浴室的话,有百分之五十的概率根本不会注意到它,”林飞羽一边解释,一边做着“来回走”的动作,“就算注意到了,可能也只是匆匆一瞥……但如果是从浴室里出来的人，他只要打开门，必然会与这幅画直面。”

“等等一下，”许扬洋毫不客气地打断道，“你……你这论点也太没说服力了吧？凭什么说其他人路过的时候只只是‘匆匆一瞥’？就算是第一次进现场，我我的人总不会连一个都没注意到它吧？”

“对，你也说了，第一次进现场——”林飞羽指了指许扬洋手里的手电筒，“10 月 7 日的早上，你们每个人都打着手电，再看看这幅画，同志，看看它的大小，你觉得你们有多大几率一次把它看全？”

许扬洋当真打开了手电，朝墙上晃了晃：

“……这这说明什么？”

“而洗完澡的人，房间和走廊里都开着灯——”说着，林飞羽走到浴室门口，“他推开门，映入眼帘的第一样东西，就是这幅画。”

许扬洋的视线在林飞羽和画之间打了个来回：“嗯，这这个推论无懈可击。”

“一家人旅行归来，除了吃饭和整理东西，最重要的一件事是什么？是洗澡。”林飞羽侧身指着浴缸，“而且是每一个人都要洗，也就是说，从最小的女儿开始，到宋健发本人，每一个人都必然会看到这幅画。”

“我我还是要问——这这说明什么呢？”

林飞羽歪了歪头，一副不解的样子：“什么说明了什么？”

“看看到画，看到画能说明什么？”

有些恼火似的，林飞羽用力朝墙上的画比出手臂：“说明什么？说明这个东西就是作案工具啊！难道不是很明显的吗？它符合我们之前限定好的所有条件！”

“就就一幅画?”

“是啊。”

“就就是你之前说的那个什么……‘黑灵’?”

“对……”林飞羽愣了一下,继而摇摇头,“不,不,也不对,我之前看到的那幅画和现在的这幅完全不一样,它被人删改过了,‘黑灵’应该不是一幅画,而是——”

他顿住声,一系列看似毫无联系的线索和事件陆续涌入脑海,像是在做拼图游戏般,一块又一块地联接在一起,只露出接缝处的细小缺损——蒙古军团在东欧的“秘密武器”,二战时纳粹德国的非人道试验,让赵信疯癫发狂的“墓中机关”,最后,眼前这幅被人动过手脚的画……

这所有的一切,穿越了时间,汇聚在一起,而能够将它们全部贯穿的东西,也慢慢显出了它的样子。

“是……那个图案。”林飞羽若有所悟地点点头,继而非常确定地大喊了一声,“对! 就是那个图案!”

结论是如此的顺理成章——古代没有什么高科技,“黑灵”既不会是辐射,也不可能是次声波,能够一次性影响人、影响很多人,并且能够在古墓中存放千年依然发挥作用的东西,一个能够呈现在画布上便夺人性命的东西,实在是非“它”莫属了。

“图图案?”许扬洋耸耸肩,那淡定的样子与林飞羽形成鲜明对比,“嗯,这这个和刚才的‘图画’有什么区别吗?”

“唔! 我的许扬洋同志啊!”虽然带着笑意,林飞羽的脸色却突然变得相当沉重,“你是真的不知道这个发现的意义啊——如果‘黑灵’只是一幅被诅咒的‘图画’,那么毁掉这幅画就能将它消灭,而它最多最坏,也不过是制造一些诸如鬼屋和灭门惨案之类的都市怪谈。但是如果,它是一个‘图案’……”林飞羽摇了摇头,“那么就有可能被大批量地复制,以至于成为一件真正意义上的‘武器’!”

这个解释让许扬洋越来越莫名,他又盯着画看了几秒,说什么也不敢相信的样子:“用一个图图案就能置人于死地？而而且死亡方式还那么新奇？这不科学啊。”

“相信我老兄,我见过比这更不科学的东西,”林飞羽拍了拍他的胳膊,“虽然具体原理我不太清楚,但根据受害者的死因以及我自己身上出现的症状,我有理由相信这应该是某种‘超常刺激’,类似于深度催眠的心理学现象。”

“超常刺激?”

“对,是一种比通常刺激更容易激发本能的非自然手段,在不同物种身上都有表现,比如斗牛,斗牛你知道吗？使用红色桌布的那种?”林飞羽挥舞着手臂,摆出像是在舞动什么东西的样子。

“‘斗牛’,嗯,我我知道。”

“还有其他的一些例子,总之,超常刺激可以激发动物特定的行为,比如让它们激动,让它们发情或者让它们感到危险。”林飞羽话锋一转,“而这个图案,是一个对人有效的超常刺激……受害者在看过它之后,会间歇性地、不断回忆起恐惧的事物,进而产生强烈的应激反应——至少,我就是这样的。”

“恐惧……”许扬洋点点头,“从宋宋旋的反应来看,似似乎是有点道理。”

“它找到了恐惧的奥秘,找到了打开人类心灵的钥匙……想想看,无论是自杀,发癫,还是活剐自己的配偶,这些看起来匪夷所思的行为,如果配上极度恐惧的心理,就一点也不难解释了。”

“嗯,是不难解解释,”许扬洋摊开双手,“但这又不是在写侦探小说,不不是以‘能自圆其说’为目的啊！我我们需要证据，确凿无疑的证证据。”

“你要的证据就在这里！”林飞羽一掌拍在墙壁上，“罪犯冒着被抓住把柄的风险，在作案后又回到现场，在你们警察的眼皮底下将这幅画删去了一大部分，目的是什么？”他自问自答着，“就是为了掩盖作案工具！如果我的猜测没错，只要那个图案不完整了，被破坏了，‘黑灵’就无法发挥作用，这便等于是销毁了所有证据，然后，这就变成了……”

林飞羽咬了咬牙：“一次完美的犯罪！”

“回回到现场？”许扬洋不解地道，“没有必要吧？如如果只是删改图案的话，事先使使用褪色墨水不就行了吗？”

“‘褪色墨水’……”林飞羽一字一顿地重复着这四个字，突然他回想起自己在接受情报传递训练时，似乎是接触过类似的东西，“这玩意儿一般人搞不到吧？”

“呵呵，”许扬洋憨憨一笑：“网网上就有卖的，包邮哦，亲。”

“如果真是这样的话……事情就简单了。”林飞羽猛地将整个画框从墙壁上扯了下来，调整了一个角度后捧在手里，“只要把这个画拿回去化验一下，如果能检测出褪色墨水的成分，我的推理就能够得到证明。”

“嗯！算算是个间接证据吧……”许扬洋也露出了一点点欣慰似的喜色，“如如果能在画布上刷到指纹，说说不定还能找找到凶手呢！”

“凶手……”林飞羽阴下脸，似乎是轻轻叹了一口气的样子，“不是已经很明显了吗？能够放置这幅画的人能有几个呢？”

“嗯……”许扬洋双手抱臂，思索了几秒：“既既然是挂在浴室这种天天要用到的地方，那肯定是在10月1日之后，到10月7日之间的这段时间，否否则案子在宋家人出去旅旅游之前就应该已经发生了。”

“除非有一种神奇的墨水可以先隐形，再显形，再隐形……”林飞羽耸耸肩，“那可真是高科技了，抓到凶手，咱们搞到配方，下半辈子就可以靠专利费吃饭了。”

“所所以，能放置这幅画的人就只剩下四四个了……”

“首先不可能是刘思含，”林飞羽将画框斜着倚在地上，缓缓站起身，“她如果真心要做，完全可以在案发后立即将画处理掉。”

“她、她的哥哥也可以排除，那小伙儿空着手进的屋子，而且全程都都在刘思含的陪同下，虽然也进入过摄像头的死角角，但从从时间上来看，应该是来不及的……”许扬洋顿了顿，“嗯，这这一点我不确定，不过反正监控录像在，随随时都可以查。”

“不用了，肯定不会是他。”林飞羽摇摇头，“凶手对宋家人的生活规律了若指掌，一定是他们家的熟人。”

“所所以，送快递的那哥们也没有嫌疑。”

“喂！”林飞羽笑道，“他甚至连正门都没进，不是吗？”

“这样一来，在 10 月 1 日到到 10 月 7 日之间，拜访过这里的人，就就只剩下一个了啊……”

带着明显是苦涩的笑容，林飞羽点了点头：“没错，只有她——既熟悉宋家人平日的生活习惯，又有机会接近浴室安放这幅画，更重要的是，陆楠是一位心理学医师，在这四个人里，如果说非要找出一个有可能掌握‘黑灵’的人，那么也非她莫属。”

“无无懈可击的排除法，”许扬洋不无遗憾地道，“可只是凭着这个推断，我们是拿拿不到逮捕令的。”

“相信我，说到证据的话，一定能够在她的公寓里面找到，我记得'黑灵'的图案非常复杂,她不可能是背下来的……她也一定有什么手段让自己免疫于'黑灵'的伤害,而且,最重要的,她一定有什么动机对不对？而这个非杀人全家不可的'动机',一定会在某处留下蛛丝马迹。"

"林林先生,我刚才说了,你的推理很完美,但那证明不了任任何事,"许扬洋叹了口气,"就算是我相相信你,搜查令什么的,恐怕也很难马上就拿到。"

逮捕令也好,搜查令也罢,这些警方办案所必需的手续,对国家安全保卫局的特工来说,是完全不必要的东西,而现在的林飞羽——确定了目标的林飞羽,已经对接下来自己要做的事情心知肚明。

"这个案子……已经与你们无关了。"林飞羽阴下脸,"剩下的事情,将完全交由特勤七处来负责……"他抬起头,"你们表现得很好,替我向谭队说声谢谢。"

"别、别别!"许扬洋突然急了起来,"都都到这个关头上了,怎怎么能把我们一脚踢开啊?"

林飞羽一字一顿:"想清楚！许队!"他咽了咽喉咙,"你……你知道现在你们的对手是什么人吗?"

"一个个女人咯,心理学专家咯,还还能是什么?"

"连我都不敢对她的身份妄下定论,而你,许队,显然,你对她一无所知。"林飞羽的表情异常严肃,"这个叫'陆楠'的女人,掌握着可以让人发疯致死的秘密武器,拥有控制恐惧的可怕力量;她也许是个会巫术的现代术士,也许是个研究歪门邪道的疯狂科学家,也许是个会七十二变的外星武士……被更强大组织所操控的小棋子。你们与国家签订的契约,是保护公民的生命财产安全,不是与这种连是什么都不知道的超人对抗,"林飞羽顿了顿,用大拇指点了点自己的胸口,"而我,却是这方面的

‘职业选手’。”

许扬洋本想说些什么，却实在找不到用来反驳的话。他与林飞羽默默地对视了几秒，最终还是妥协了：

“好……好吧……我们在办案的时候，也讨讨厌不懂事的人来捣乱，你你自己小心，如果还有什么需需要我们做的……”

“唔，还真有，”林飞羽指了指斜放在地上的画，“这个你们拿回去化验一下，但不要试图还原图案的形状，那可能会很危险，另外就是……”他略作思索，“帮我查一下，最近三个月内陆楠的通讯记录，如果她还有同伙甚至‘上家’的话，我们对她采取行动就有可能会打草惊蛇。”

目送着许扬洋伟岸的身躯离开走廊，林飞羽终于像是坚持不住了似的，长出一口气，靠着墙，瘫坐在地板上。

他掏出手机，轻轻弹开翻盖，举到面前，又无力地放下。

“真是的……”

一边叹着气，一边自嘲似的笑着摇了摇头：

“好不容易才有了个感觉不错的对象……”

林飞羽呆呆地望着对面的墙壁，整整三十秒没有动静，连眼睛都不眨一下，但到最后，他还是强打起精神来，深吸一口气，狠狠地按下了拨号键。

嘟嘟嘟的声响只持续了几秒钟，但在他听来却仿佛过去了整整一个小时那么久。

“喂？喂？是林飞羽吗？”

温婉细腻、平静而带有一点喜悦似的语气，让人怎么样也没法将其与“凶手”之类的字眼联系到一起。本来已经准备好说辞的林飞羽，此时不禁也犹豫了起来：

“你……你现在在哪儿？”

“现在？”对方愣了一下，“在外面吃晚饭啊，怎么了？”

“就你一人?”

“嗯,要一起来吗?就在新街口。”

丝毫听不出有戒备或是敌意的感觉,林飞羽反而有些伤感起来:

“……算了,你晚上有空吗?”

“今天?”陆楠“咯咯”地笑了起来,“今天晚上不行哟,我要参加‘非爱勿扰’呢。”

“‘非爱勿扰’?”林飞羽皱了皱眉头,突然饶有兴趣起来,“就是那个现场直播的相亲节目?有各种奇葩出没的那个?”

“嗯嗯!我特地打扮了一下,还准备了很不错的才艺表演呢。”

“你这是……要去做嘉宾?”

“作为一个大龄未婚女青年,这也是没有办法呀。”陆楠似乎是轻轻叹了一口气的感觉,“……那个,你想来现场看看吗?我可以帮你拿到入场券。”

“谢谢,不用了。”

“总之,大概10点左右会结束吧,如果我没有被高富帅带走,而你那时还想见我的话,我们到时再联系好吗?”

在整个通话的过程中,林飞羽没有察觉到一点点“她就是幕后真凶”的味道,实际上,无论是语气谈吐还是对话的内容,陆楠的放松与自然都让他心生疑惑——为什么,一个杀人犯会表现得如此淡定?还是说,刚才的所有对白,都只是事先准备好的表演而已?

回想起来,从案件发生开始到现在,陆楠的表现始终是滴水不漏,如果真的都是表演,那这演技是否也太过高明?连身为职业特工的林飞羽都一点也看不出破绽?

“所以我才会讨厌心理学家啊……”

林飞羽用手机磕了磕自己的脑门，一股脑儿地从地上跳了起来。

是对手太聪明，还是自己判断失误——林飞羽的直觉在这里打起了转儿，现在看来，要找到答案，确实还需要一些更为坚实的“物证”才行。

陆楠晚上要去参加相亲节目，那就表示她的家中无人——这正是绝好的机会。

在作出下一步行动的决定时，冥冥之中，林飞羽忽然想起了小时候的什么事来，似乎同样也是前往心仪对象的家里，可是之后发生了什么？

那记忆转瞬即逝，就像在烈烈夜风中燃起的一根火柴，眨眼就不见了踪影。

21 罪与罚

又是这间能够鸟瞰莫愁湖公园的单身公寓，但仅仅是两天相隔，作为访客，林飞羽的心境却是天差地别，仿佛整个世界都换了个样子。

依照特勤七处的行动条例，现在的“宋家灭门案”已经演变成了纯粹的“第四类事件”，因此对待嫌疑人的方式，也应该采取相应的变化——不是说为了强硬而强硬，为了防备而防备，很多时候，这种行动条例只是单纯为了保护特工自身的安全，毕竟，能被特勤七处列为“嫌疑犯”的对象，多半都是有些本事或者身怀绝技的家伙。

所以，林飞羽并没有直接冲上十五楼，踢开陆楠的房门，将里面翻个底朝天——不，这样做的风险实在太大，就算之前已经来过一次，也断然不能采取如此鲁莽的行动。

向来喜欢“违章操作”的林飞羽，此时此刻也不得不严谨起来——他首先在公寓的楼下转悠一圈，确定正门、后门以及每一个窗口的位置，又暗自记下小到自行车大到 SUV 的所有交通工具的位置，这才安下心来。

公寓采取的是刷卡式的门禁安全措施，无人看管，但在天花板上安置了一台监控摄像头。这套电子安保设备互相配合，也许能抵挡住一般的盗贼小贩，但在拥有微型 EMP 定向发射器的林飞羽面前却形同虚设，他只是挥了挥手里的那根“圆珠笔”，便推开玻璃门，大摇大摆地进入前厅。

电梯有两部，安全出口在电梯井的后面——林飞羽一边思索着可能有的逃跑路线，一边慢慢走入楼道。十五层不算少，再加上情绪高度紧张，即便是受过训练的他在抵达目的地时也不禁微微喘了几声。

林飞羽在走廊尽头的窗口前站了几秒。暗无星辰的夜幕之下，是灯火通明的街道，一个属于自然的宁静，一个属于人世的喧哗，这仿佛两个世界的景象却在眼前契合得如此之完美，让他不禁看得有些入神。

也许，人的心也是这样吧？

社会教育也好，道德规范也罢，人之所以称之为“人”，正是因为他们经过了人为的改造与调教，用工业生产式的手段，被训练成一个个能够适应人类社会的、光艳鲜活的“合格品”；而与此同时，由造物主所赋予的本能，却不曾因为人的努力而消散，最深层次的恐惧与最深层次的渴望一样，是驱赶着每一个人向前或者向后的最基本诱因……甚至，可以让他们放弃“人”的表象，像恶狼一样凶狠残暴，或是像绵羊一般卑躬屈膝。

而如果，有人掌握了这个力量，正如林飞羽所说的——掌握了打开“恐惧”的钥匙，那么他就等于拥有了可以打碎人类社会基石的攻城锤。

就好像是眼前的这幅街景，辉煌的灯火，终有熄灭的一天，繁华的街道也终会变成无人的荒烟蔓草，唯有黑暗……唯有这宇宙中最能代表“永恒”的黑暗，能够在无数的斗转星移后，依然确定自己的位置，并毫不留情地将一切吞没。

想到这里，那个最为让人困惑的问题又涌上心头——到底是谁制造了“黑灵”？是谁发现了这黑暗的原罪？又是通过什么方式，让它流传至今？

当走到陆楠的房间门口时，林飞羽冥冥之中有种感觉，答案已经近在咫尺——只不过，很可能并不是他想要的那些。

在确定没有旁人之后，他从口中吐出一枚像瓜子那么大的小物件，捏在指间，又从其上拔出一根细小的金属丝，小心翼翼地把它刺入房卡的插槽中，来回扫了几下。

“啪嗒”——并不算是过分惊人的高科技，却往往能够发挥四两拨千斤的作用，林飞羽戴上橡皮手套，从里面将房门关好，蹑手蹑脚地穿过客厅，径直向陆楠的卧室走去——如果说藏有秘密，那里恐怕再合适不过了。

对一个“大龄未婚女青年”来说，卧室的大小应该说是刚好够用——松软的单人床，正对着窗户的书桌，还有小巧别致的梳妆台，至于“衣柜”，则被嵌在墙内，没有占用本来就十分局促的活动空间。

比起“线索会在哪儿”这样的问题，林飞羽更关注“有没有陷阱”，考虑到对方可能只需要一幅画就能令人癫狂甚至殒命，连打开抽屉这样的小动作，他都显得格外谨慎。

就像陆楠外表所展现的一样，她的所有私人物品都收拾得井井有条，小到一枚信封，大到一本杂志，每一样东西都按照一定逻辑和规则分门别类，放在它“应该在”的位置上。而这个贤妻良母的好习惯，却给林飞羽制造了难题——

与“黑灵”有关的东西，肯定不属于任何正常的“类别”，它既不可能与前两天的报纸放在一摞，也不可能塞进梳妆台，和睫毛膏为伍——它应该是在什么特别的地方，不一定“隐私”，不一定“机密”，但一定是被小心地单独存放。

墙上的挂钟嘀嗒作响，思考着的林飞羽朝它斜了一眼——

七点四十六分，如果没有记错的话，《非爱勿扰》这节目应该是八点半准时开始，时间还有的是。

漫无目的地找了一圈之后，林飞羽在书桌前的电脑前停了下来，他一边祈祷不要有什么登陆密码，一边按下了电源开关。

启动的速度很快，进度条只是转了一个来回，便跳出了蓝天白云的桌面——等等，这难道不是操作系统默认的那个桌面吗？而且就这桌面上的图标……是不是也太少了一点？

林飞羽晃动鼠标，依盘符挨个儿打开了每一个分区，除了C盘里装着系统文件外，其他地方都是空空如也。

“奇怪”，他不解地自语着——就算是再不喜欢网络和电子技术的人，也总不至于完全不使用吧？愈发觉得异样的林飞羽打开了浏览器，发现连“访问历史”都是空的，更别说什么收藏夹了。

最有可能的解释，就是陆楠格式化了硬盘，然后重装了系统。要是为了隐藏什么东西，这样做的意义其实不大，用专业的科技手段完全可以将已经被删除的文件复原出来，但如果……看到机箱的林飞羽在想，如果整块硬盘都是刚买回来的新品，那可就真是滴水不漏了。

更关键的问题在于“为什么”？

为什么陆楠偏偏在这个时候把电脑里的所有信息都清除了？莫非她已经预料到林飞羽会来“拜访”？还是发现自己已经被怀疑了，所以提前做出了反侦查的手段？

可是，把她列为嫌疑犯才不到两个小时，而且知道的人也仅有许扬洋而已……难道他是内应？不，这绝不可能，如果许扬洋是同谋，那这个案子就会做到完美的地步，也没有理由误伤顾阳和刘思含。

那就是陆楠自己有了预感？若真是如此，那现在在这里进行的搜索就没有任何意义了——她应该已经销毁了包括褪色墨水在内的全部证据才对。

但似乎这也讲不通——作为一个堪称完美的杀人事件，如果特勤七处没有介入，别说是抓住她，连发现作案手法的概率都几乎为零，她又有什么必要如此谨慎呢？

想着想着，林飞羽已经踱出了卧室，来到客厅中央。而就在这时，就在这个被认为不可能发现"问题"的地方，一张摆放在茶几上的极显眼的便签引起了他的注意。

"这是……"

显然是随手撕下的纸条，只写着几个凌乱而潦草的字——"11 0105 东方"。

这到底是什么意思？某种密码？暗号？还是毫无意义的信手涂鸦？

百思不得其解的忧郁关头，风衣内袋里的手机突然震动了起来，林飞羽生怕是陆楠打来的电话，心头咯噔一响，赶忙取出查看。

是谭天方警督的号码。

"喂？是林飞羽吗？喂？喂喂？"

照例，依然是对方先打破沉默：

"能听到我说话吗？我是谭天方。"

"可以，请讲。"林飞羽一边盯着手里的字条，一边回着话。

"你现在在哪儿？"

"南京，怎么了？"林飞羽顿了顿，好像意识到了什么，"你呢？"

"你不会相信的，我现在在浙江。"

"我信。"

"不，你不会相信的，我在桐庐县城，陆楠的家里。"

林飞羽先是一怔,继而产生了一种“突然被陌生小孩抱住喊爹”的莫名感:“我……我也在陆楠的家里。”

“啥?什么?你为什么会在她的家里?”突然,警督的声音小了下去,“你现在说话方便吗?”

“怎么?你要跟我煲电话粥吗?”

还不是很习惯林飞羽调侃风格的谭天方愣了几秒:

“……直说了吧,我认为陆楠在这个案子里的角色并不单纯,虽然以我目前掌握的线索还不能说她‘有嫌疑’,但起码,我觉得她有‘问题’,甚至可以说是刻意隐瞒了一些事。”

“怎讲?”

“还记得那个号码吗?13070561707?”

“有印象……”林飞羽努力回忆了一阵,“是不是宋刚死之前拨打的那个空号?”

“没错,就是那个号码……但那不是空号,11年前,宋刚在杭州上大学的时候,用自己的身份证申请了这个号码,并连同手机一起送给了一位叫朱杰的同龄男青年。”

听到这个信息,林飞羽突然就警觉了起来,他转过身,缓缓朝阳台走去:

“直奔主题,我喜欢。”

“这个朱杰是他的校友,也就是浙江大学。根据宋刚密友的供述,他们在大二上学期时相识,随后不久便确立了关系,然后……”

“唔!等等!”

林飞羽难抑心中的惊异,连忙打断谭天方道:“哎?这进展也太快了吧?你能不能给我先解释下,什么叫……‘确立了关系’?”

“嗯,就是你想的那种意思。”

“他们……”林飞羽哭笑不得,“搞基了?”

“差不多一个意思,目前我还不能确定他们之间的关系具体到了怎样的层面。”

“哦,不用具体了,天哪……”林飞羽摇摇头,“你知道你在说什么吗?宋刚是一个从高中时就带女孩子回家的富二代,你明白我的意思吗?”

“我懂,据我了解,在大一他还谈了一个女朋友……我只能说,人的审美情趣是会变的。”

林飞羽在观景阳台的中央站定,最后又看了一眼手里的字条,而后便将目光转向窗外的夜景。

“你找到那人了?那个叫朱杰的?”

“他自杀了,就在认识宋刚的一年半之后。”

“‘自杀’?”

“跳河死的,至少报纸上是这么写,只有短短的几行字。”

“每个月都会有那么一两个大学生自杀,不算什么太稀奇的新闻。”

外面的夜色似乎愈加凝重了——为了确定这令人不安的征兆,林飞羽向前微倾,侧脸几乎都要贴在玻璃上了。

“我明白你的疑虑,当时的网络上也有讨论这个案子,不过关注的人并不多,就像你说的,‘一个大学生自杀了’,这确实没什么好稀奇的。”

看来是要下暴雨——望着远处的阴霾,林飞羽心中那不好的预感越来越强烈了:

“网上有人透露出他和宋刚的关系吗?”

“完全没有,实际上,关于这两人的关系,我们也只是听了宋刚朋友的一面之词而已。只是最让我想不明白的,就是为什么宋刚在临死前会想起来给他打电话?”

“那时候的宋刚显然已经失去理智了……”考虑到谭天方尚不了解什么是“黑灵”，林飞羽决定还是说得尽量简单些，“他不可能不知道对方已经死了，所以一定是在什么不正常的心理状态之下，才会做出‘给死人打电话’这样荒谬的行为。”

“‘不正常的心理’……嗯，这倒是挺有意思的解释，你是瞎猜的，还是找到了什么线索？”

天空中似乎有雷光开始闪动，隐隐约约，就像是隔着浓烟燃起的焰火——这景象让林飞羽稍微分了一下神：

“各占一半吧……话说，这些和我们现在的案子有什么联系吗？”

“我们向校方确认了朱杰这个人，他住在桐庐县城，家离杭州非常近，于是我们连晚饭都没吃就直接赶过来了……他的父母已经过世，但我们看到了他全家人的照片，你要不要猜猜他的妹妹是谁？”

答案是如此清晰无误——林飞羽咽了咽喉咙：

“……陆楠。”

“原名叫朱燕，直到六年前读研究生时才改的名，我已经安排人去调查她读书时的情况了。”谭天方突然话锋一转，“对了，你怎么会也在陆楠那边？她人呢？”

本想说“她去参加相亲节目了”，但林飞羽想到，如果这样回答，势必还要解释自己“非法闯入”的问题，于是便索性答非所问道：

“陆楠的嫌疑很大，最好能赶快把她控制起来，你能帮忙搞到逮捕令吗？”

“‘帮忙搞到逮捕令’？”谭警督哭笑不得，“你当是在和卖菜小贩讨价还价吗？我们是警察，和你们特工不一样，没证据不能随便抓人的。”

“喂，不要乱讲啊，我们也没随便抓人的呀。”

“现在只能说陆楠可能与被害人之间有间接联系，连嫌疑都谈不上，就凭这些要拿到逮捕令是不可能的事情。”

就在林飞羽准备解释“为什么要控制陆楠”的时候，一道白雷突然从天而降，劈在远方的楼宇之间，像是落下了一颗炸弹似的，激起一片火光。继而是有如开天辟地般的刺耳轰鸣，这响彻云霄的厉响让毫无准备的林飞羽身体一抖，打了个激灵，手机也跟着掉在了地上，啪嗒一声，连电池都摔了出来。

极其敏锐的听觉，既给林飞羽带来了耳鸣的痛苦，又让他在巨大的轰响之余，捕捉到了身后的一丝异动——

“谁！”

刚蹲下身准备拾取手机的他转过头去，望向客厅，却只看见了房门被用力关上的瞬间。

“该死！”

之前的门分明是关好的——这点毋庸置疑，那么能从外面将其打开的人，如果不是另一位握有万能电子钥匙的特工，就是拥有真正钥匙卡的人——

是陆楠。

再也顾不上掉在阳台里的手机，林飞羽像嗅到猎物的猛虎般一跃而起，两个大步便跨过客厅，将房门狠狠拉开。

“谁！站住！”

回答他的，只有楼道里“噔噔”的脚步声——能听得出来，这人的步履十分轻盈，十有八九是一名女子。

“陆楠！等一等！”

林飞羽一边喊着，一边追上楼道。以他的身手和速度，要擒住一位弱女子理应是易如反掌——当然，前提是对方真的只是一名弱女子。

在昏黄灯光的照映下，他看见上方晃动着的人影——距离已经非常之近，他铆足力气，加快脚步，一蹦三跳地跟进，但无论多么努力，都无法拉近这最后的差距，两人似乎始终隔着一层楼道。

好快！

林飞羽不禁暗自心惊，看来最坏的预料成为了现实——陆楠果然不是表面上那样的弱女子，看这敏捷和耐力，如果不是运动员出身，那就一定是经过了什么“特别的”训练。

终于，一口气把整整七层楼甩在了身后，追着人影的林飞羽冲出楼道间，跃进这栋酒店式单身公寓的天台，在打了个趔趄之后疾停站定。

又是一道霹雳划破天际，发出震人心腑的刺耳雷鸣。

借着那仿佛能将楼宇吞没的烈烈白光，林飞羽终于见到刚才辛苦追赶的目标——她背对着自己，站在天台的边缘，挺直了身板，一副好像要往下跳的样子。

但是林飞羽十分确定，她不会跳。

穿着蓝白相间套头运动服的背影，摆出一个轻松的站姿，在夜幕之下显得如此玉立亭亭。此人的纤细与娇小，与印象中成熟的陆楠形成了相当对比——

所以，她肯定不是陆楠，而就是之前撞见过数次的那个幻象。

“真是的……害我追这么大老远！”

林飞羽恼怒地跺了跺脚，他将手伸进风衣口袋，想要把那装着药片的小塑料包摸出来。

“这就是你的选择？每一次都是？”

那幻象别过头，露出被兜帽遮住一半的侧脸，呢喃似的轻柔话语，却如同振聋发聩的呐喊，直刺林飞羽的心窝。

他的指尖，并没有感受到塑料的触感，空空如也的大衣口袋只说明了一个问题：药不在身上。

不会吧……这种要命的事情怎么可能会忘记？而且，就在几分钟前，自己还分明把那张写着“密码”的字条给塞进了口袋啊？

莫非……这也是幻觉的一部分？

寒意一下子就蹿上了脊背，林飞羽艰难地咽了咽喉咙，强作镇定地挺起腰板，盯住那已经完全转过身来的人影。

闷雷滚动，乌云间闪耀着阵阵白光，这天空的模样，让林飞羽回想起了不久前在南洋的一次任务——在某个雷雨交加的小岛上摸爬滚打，趟过九死一生的绝境，最后像是被神灵庇佑似的侥幸脱险。

那个场景，一定也和之前“酒鬼”、“狼狗”以及“冷冰”一样，化为了恐惧深深烙印在自己的记忆深处，所以才会配着这个林子清的幻象，在这里出现吧？

“……我不会怕你的，林子清。”

看着对方慢慢向这边走来，林飞羽咬着牙，攥紧了拳头，站得笔直。

“还记得吗？”

那人影稍稍仰起头，像是要迎接即将坠下的雨滴似的摊开双臂：

“上学的时候，你说你也害怕打雷。”

眼看对方越来越近，林飞羽不禁紧张了起来，虽然他不断说服自己说“眼前这个人只是幻影”，但那咄咄逼人的压迫感还是让他控制不住自己脚步，一点一点、缓慢而不甘地向后退却。

“我不会害怕……你……你已经死了……”

“是啊，你为什么要害怕一个‘死人’呢？”终于，它在距离林飞羽只有半米左右的位置上停了下来，用手轻轻抚着自己的额头，“我和你记忆中的样子有些不同，对吧？”

“我对你的了解只有名字而已，林子清。”不知为何，林飞羽的呼吸开始急促起来，“其他任何事情我都一无所知……我不知道你究竟经历了什么，也不知道你和萧寰究竟是何关系，但那与我无关，我是林飞羽，是，而且只是林飞羽，我——”

突然，人影用轻描淡写的一句提问打断了他：

“你从来就没有爱过她，对吧？”

“谁？”虽然明知道对方意指何人，林飞羽却还是像在挣扎般地反问，“爱过谁？”

“只是因为和她从小相识，只是因为别人都觉得很般配，只是因为虚荣与寂寞……所以，你才敷衍了她，觉得‘嗯，我是应该有一个这样的女朋友’，然后装出是爱着的样子，来与她交往。”

为什么？为什么会如此心虚？

明明只是不知所谓的妄言，却像是刺刀般尖锐犀利，在林飞羽的心理防线上划开了一个巨大的缺口。

“我！我不懂你在说什么！”林飞羽一边后退，一边侧过头，极力避开对方的视线。

他开始想起来了——就像是时隐时现的幻灯片般，一些陌生却清晰的画面在眼前闪动，他用力闭上双目，甩了甩头，想要把这些恼人的东西驱散，却突然被面前的人影握住了肩膀：

“但是，她却爱着你——”

几乎是出于防御的本能，林飞羽抬手将对方的胳膊架开，后跳半步拉出防御的架势来。

“别过来！”

“你一定很吃惊吧？那个你一直嫉妒着的漂亮女孩；那个

你无论怎样努力也超越不了的考试天才；那个在几乎所有老师和学生眼里都完美无缺的好学生；那个凡事都好像在刁难你的古怪丫头……竟然会主动找到你，对你说出那样的话——”

苍白僵硬的脸色之下，是一颗被恐惧钳住的心——林飞羽并不知道自己在害怕什么，但他确确实实地在害怕：

“别……不要，”颤抖而微弱的声音，不受控制地从他喉咙里发了出来，“求你……别说了。”

“‘看着我，成为我的恋人，爱着我吧。’”对方张开双臂，像是要上来拥抱一样，“你从没想过会有人这样大胆地对你表白吧？你只不过是一个沉默寡言、长得人模狗样的平凡男生，为什么？为什么如此普通的你，会得到她的垂青？是恶作剧吗？只是为了嘲笑你？”

“别……别说了……”林飞羽用力摇着头，他的思维已经慢慢开始陷入混沌，虽然心里有一个声音在不停地试图把自己的意识拉回到正常状态，但它实在太过孱弱，很快便被无数支离破碎、仿佛交响乐般庞杂的回忆所吞没。

“但是，你答应了。”人影不屑地哼笑一声，“为什么不？她是那么完美，你根本挑不出拒绝她的理由，而且又是主动送上门来的贱货，何乐而不为？”

“住口！”

终于，再也忍耐不住的林飞羽暴跳着怒吼起来，他一脚踏前，朝对方套着兜帽的脸打出一记摆拳。

虽然林飞羽知道，这种攻击对于一个幻影来说根本是没有意义的，但出乎他预料的是，这影子轻松地用侧身回旋闪过了拳锋，然后反手叩击，正中林飞羽的小腹。

这分明是“白手”——由冷冰自创的混合型格斗术中的招式。

由于没有防备，林飞羽当即被打得半跪在地，伴随着一股强烈的恶心感，他不得不用手捂住嘴巴，把呕吐的欲念硬压了回去。

"'爱'就是这样一个你理解不了的东西，对吧？"对方也跟着蹲了下来，一只手按在林飞羽的天灵盖上，就像是大人安抚小孩子那样，"平日分明是如此高高在上的矜持女子，只是因为爱上了你，就甘心为你付出一切……不，你一定理解不了这种感情，像你这样阴暗的小人……"

林飞羽咬紧牙关，撑在地上的右手悄悄握成拳状，铆足了劲之后，用一个非常不起眼的小动作朝前打出叩杀，却被幻影以几乎完全一样的手型挡下，紧接着便是正中林飞羽脑门的头槌——速度之快，力道之狠，打法之坚决，丝毫不逊于冷冰本人。

耳鸣、眩晕、疼痛……一齐袭来，林飞羽捂着头仰躺在地，大口大口地喘息起来。

对方没有追击，反而转过身，向后退了几步，拉开距离。

"直到她告诉你，她有了你的孩子，你却仍然卑鄙地想着，这——都是她的错，对吧？"

"没有！不是……"刚刚爬起来的林飞羽摇摇晃晃，语无伦次地辩驳着，"我……我没有这样想过……"

回忆是如此清晰——可爱的笑容，软香温玉的身体，那过往的点点滴滴，分明就在那里，一直在那里，在脑海的某个角落，并没有上锁，也不曾失去，只是每一次，每一次快要接近的时候，都被他刻意回避。

是的……林飞羽记得，他都记得，所谓的"失忆"，从一开始就只不过是自欺欺人的笑话——虽然这"笑话"确实骗了自己整整五年。

穿着运动服的幻影慢慢走到天台的边缘，像是仰望天空似的沉默了大概10秒左右，然后又扭过头来：

“其实，那时，你是故意松手的对吧？”

这致命的一击让林飞羽触电般战栗起来，他捂着肚子，难以遏制的冷汗顺着额头一直流到脖颈。

“我……”

“本来只是很单纯、很愉快的春游而已。但当她告诉你，她可能怀孕了的时候，你，害怕了。”

又一次地，幻影转过身，朝这边走来；而这一次，林飞羽再也没有勇气保持矜持的姿态，而是用狼狈的姿势缓缓向后撤步。

“你们发生了争执，只是很小的争执，以你懦弱胆怯的天性，那恐怕是你第一次反抗她吧？”

随着这挑衅似的话语，当年的场景竟然有如倒带般又在眼前一一浮现，林飞羽闭上眼睛，遮住耳朵，想要驱散那有如噩梦般的回忆。

“然后，发生了意外，她背对着你时脚踩空了，掉了下去，而你拉住了她的手腕。”带着放松的步态，幻影一边说着一边朝这边靠近，“在旁人眼里，你们爱着彼此，所以每一个在场的人都相信，那个时候，你是真的想用全力把她拉上来，但是……”

它突然停住脚，身体微微前倾，将那被遮住一半的脸凑到林飞羽面前：

“你我都知道真相，对吧？”

“不，不是的……那、那是意外……”

“你松了手——你这个阴暗、卑鄙、无能的人渣，竟然眼睁睁地看着她掉下去……”对方明显是咬了咬牙，深恶痛绝地道，“看着一个爱你却蒙在鼓里的女孩子摔死在你面前。”

“不！这……不是我做的！”林飞羽的表情扭曲起来，“这……都是……都是……”

“都是‘那个人’做的，对吗？你只会这样说吗？每当你扪心自问的时候？”

幻影叹了口气，慢慢直起身，做了一个让林飞羽永生难忘的动作——它褪下了头上的连体兜帽：

“你打算，逃到什么时候呢？”

虽然留着清爽的短发，虽然看上去更加苍白阴郁，但无论如何，这个幻影，这个骚扰了林飞羽好几天的幻影，分明就长着一张与他一模一样的脸。

“你……”他不禁大惊失色，“你不是林子清？”

那貌似自己的人低头看了看身上的运动服，嘴角微扬：

“我知道你在想什么，但是很可惜，如果你能稍微认真地回忆一下，就会想起来这件校服是男式的，是你借给她穿的。”他顿了顿，歪了歪下巴，“小孩子之间经常玩的恋爱游戏，对吧？”

“所以，你是……”

“你知道答案。”

“你是……是萧寰？”

得出这个显而易见的结论的同时，呆住了的林飞羽瞬间失语，他像是座雕塑般愣在原地，完全动弹不得。

萧寰有些惋惜似的摇了摇头，突然猛地摆肩起脚，斜踢向林飞羽的肋腹，林飞羽下意识地俯身曲臂格挡，却被这记鞭腿打得架势全无，踉跄着向侧面倒去。

“在医院门口，你看着她被送进急救室。”

也许是因为解除了“伪装”的关系，幻影的声音不再阴沉，反而是越来越激动，高亢得就好像是在发表演说：

“而那时你却在想——‘她要是死掉就好了’。”

完全无从反驳的林飞羽从地上爬了起来，还摆出了像是要抵抗的格斗架势，但从那迷茫而绝望的表情来看，他根本就无心应战。

萧寰闪身上前，单掌直拍面门，林飞羽偏头回避，顺势用右拳朝萧寰的小腹还击——这本应是极为隐蔽而迅速的快拳，却在即将命中目标的前一个刹那，被对方的手刀劈中。

虽然情绪极度恐惧，理智也在近乎崩溃的边缘，但长年的训练还是让林飞羽在接战之后即刻调整呼吸，将身体控制在可以发动“白手”的状态上。

紧接着便是狂涛般迅猛的波状连续攻势——手、肘、膝、头、肩，在短短三四秒之内，林飞羽几乎用上了身体的每一个部位，而萧寰也是从容不迫，用几乎同样的手法与姿态高接低挡，滴水不漏地防下了所有攻袭。

“‘白手’？”

虽然已经有了预感，但林飞羽在发现自己的幻影也能将“白手”运用得如此之好时，多少还是有些惊奇，毕竟这是冷冰发明并传授给自己的实战型格斗技巧，无论如何，“萧寰”应该是接触不到的。

但是，他那技术，分明比自己还要娴熟。

在一轮又一轮的拆招之后，林飞羽的气息愈发凌乱起来，攻击动作也变得越来越没有章法。终于，在白驹过隙的刹那，他露出的破绽被对方擒获，右臂的关节被制住，只能以痛苦的姿势半跪在地。

“没有人知道你的罪，没有人责怪你的恶，所有人都只是在安慰你，为了你失去了恋人而感到伤悲……”

萧寰面无表情，以一种像是法官判决般居高临下的姿态冷冷地道：

“但终归,你骗不了自己。你那仅剩的良知与道义折磨着你,拷问着你,你在同学安慰的语句中哭泣,在姐姐安慰的语句中哭泣,你哭,不是因为悲伤和悔恨,而是因为害怕,你害怕这样的自己,这样懦弱、无能、卑鄙、丑陋的自己。所以,你选择了逃避——”

他深吸了一口气,忽然猛地大喝起来:

“所以！你造出了‘林飞羽’！这个虚构的偶像!”

在说出最后一个断句的时候,萧寰铆足力气蹬腿直踹,由于身体被扭成无法发力的姿势,林飞羽完全不能防御,被正中右侧背肋,硬生生地打飞出去,连翻带滚滑出好几米远。

“呃!”

他手脚并用,艰难地想要爬起身来,可刚一抬头,萧寰已经站在了面前。

“你！风流倜傥!”

又是一记直拳照脸砸来,林飞羽仓促地抬臂格挡。

“你！机智幽默!”

轻巧迅速的勾拳,像雨点般袭向胸口,仅仅只是招架就需要用上全部的专注与力量,更不要妄谈反击了。

“你！勇敢坚强!”

气势、战技、心境完全被压制着,林飞羽在交手中一步一步向后退却,越来越支撑不住。

“这些！都是假的啊!”

不知被什么东西打到了腹股沟,林飞羽一阵激疼,面前的防御也因此散开,被对方毫不留情的直踹击中胸口,仰躺着向后倒去。

“你一直在逃,逃避真实的自己。”

萧寰轻轻地喘着,显然不是因为疲劳,看那痛苦而纠结的表情，反倒有些恨铁不成钢的感觉：

“你打算逃到什么时候？另一个五年？十年？还是一辈子？”

每一句话都像是重锤般敲在林飞羽的心头，他咬着牙，强忍住浑身上下的剧痛，摇摇晃晃地站了起来。

“现在，真正的你就站在这里，”萧寰拍了拍自己的胸口，“而你呢？连正眼面对他的勇气都没有。”

正如萧寰所言，林飞羽已经被完全击垮，他惊恐地转过身，只想要全力地逃开，却怎么也找不到来时的入口，空荡荡的天台之上，只有他和萧寰两个。而放眼四下，漆黑深邃的天幕与黯淡无光的都市融合在一起，就像一座竖立着无数巨大石碑的墓园，只有不断在头顶闪现的雷火，给这阴冷的世界增加了唯一的光明。

再低下头的时候，林飞羽突然打了个激灵——不知不觉中，自己竟然已经走到了天台的边缘，再往前半步，就是足有二十二层楼之高的死亡深渊。

对死的畏惧突然压倒了对萧寰的畏惧，林飞羽在这一刻恢复了些许意识，突然想到了一个相当“有趣”的问题：

“那个时候……宋刚也是像这样跳下去的吧？”

在极度的恐惧与悔恨之下，在无边的混沌与黑暗之中，从高处纵身跃向地面，与死亡相拥。

他看到了什么——直到这最后的时刻，林飞羽才找到这问题的答案。

对于身怀罪孽的人来说，还有什么比面对“自己”更让人心生畏惧呢？所以，宋刚也一定是犯下了难以面对的恶行，所以才会在挣扎与痛苦的包围中被“黑灵”吞噬。

没错，这就是恐惧螺旋的尽头了——林飞羽已经想象不出，除了萧寰，还有什么更可怕的东西。

他深吸了一口气，仔细又瞧了一眼下方的黑暗之后，转过身来，刚好看到堵在眼前的萧寰，以及他牢牢顶住自己喉结的手刀。

“对不起。”

“你可以到那边亲自对她说。”

想通了某件事的林飞羽，竟然迅速地镇定了下来：

“不，”他微微一笑：“这是对你说的。”

“唔……”萧寰似乎是愣了一下，“谢谢，不过还是太迟了。”

萧寰的手刀横置，全力向前一推，这动作本身就快若电闪，再算上指尖与喉结的距离，可以说是发生在刹那之间的事。

恐怕也正因为此，当林飞羽抓住他的手腕时，萧寰才会显得如此惊讶：

“你！”

“说谢谢的应该是我。我一直觉得自己有哪里不对劲，却总是找不到答案，而现在……”说着说着，林飞羽的微笑从脸上褪去，转而变成了一种带着淡淡忧伤的阴冷，“现在，我明白了，既不是双重人格，也不是什么创伤后失忆……”

咬牙切齿的萧寰显然没有打算继续听下去，他动了动手腕发现挣脱不了，便索性起脚鞭腿，没想到却也被对方抬臂接下，擒住。

“没错，你一直在说的那句话，‘你打算逃到什么时候’——其实是我在扪心自问，对吧？”林飞羽轻轻吸了一口气，“你就是我‘逃掉的’那个部分，你……就是我一直觉得自己‘不对劲’的问题所在。”

这次，轮到萧寰面露惧色了。

“现在，我不打算逃了。罪也好，恶也好，苦痛也好，悲哀也好，我愿意承认之前所做过的一切并为它们付出代价，因为我……”林飞羽深吸了一口气，神色凝重地道，“就是萧寰，这才是我的名字。”

“啊！”

幻影并没有像预想中那样消失，反而是像在作垂死挣扎的困兽般，用尽全力扑压了上来，由于手脚纠缠在一起，林飞羽难以回避，带着对方一起向后倒去。

“糟了！”

也就在这时，天空乍亮，一轮明月在繁星的簇拥下映入眼帘，所有幻象——从萧寰、乌云到雷光，全都在眨眼间不翼而飞，连周遭的建筑物也都恢复了往日的灯火辉煌。

在这个距离死亡只有一步之遥的刹那，林飞羽却平静得连自己都不敢相信——他瞬间回忆起刚才俯身向下张望时看到的情景，在脑海中勾勒出一幅建筑物的立体图像，然后，猛然将右臂向外伸展，刚好挂住了一台空调的室外机。

由于姿势所限，这个动作并没有让他脱险，但林飞羽却借此调整了体态，保持双腿朝下，在又坠了整整一层楼之后，他精准地落在了另一台空调压缩机上，发出“砰”的一声闷响。

“我操！”

大气都不敢多出一口的林飞羽，就这样蹲在差不多一平方米的金属顶盖上，大鹏展翅似的张开双臂，以保持平衡。

过了几秒，在确定脚下的压缩机不会崩塌后，他才稍稍放松了一些，舒展双腿，小心翼翼地坐了下来。

手还在微微颤抖，心也噗通噗通跳个不停，但不知为什么，林飞羽却感到前所未有的舒畅，就像是得到了新玩具的小孩子一样，开心得想要引吭高歌。

突然，在他身旁的窗户被人用力拉开，一个端着听装啤酒的大汉探出头来，醉眼迷蒙地与林飞羽对视了几秒钟。

“你……”大汉又看了看手里的啤酒罐，“你是谁？”

“别怕，”林飞羽颇玩世不恭地嘻嘻一笑，“我是蝙蝠侠。”

“呃……那你是，来干嘛的？”

听到屋内传来的嘈杂声响，林飞羽不禁好奇地透过窗口朝里面瞄了一眼——装潢别致的客厅内，一台 49 英寸的宽屏液晶彩电正播放着足球赛。

“皇马对巴萨吗？”

“嗯。”大汉点点头。

“现在几比几？”

“一比零。”

林飞羽从容地摸出皮夹子，掏出一张 10 元的钞票，押在窗台上：

“我赌巴萨，二比一……对了，现在几点？”

“八点……”大汉扭头看了看墙上的时钟，“八点十五分。”

“唔！”林飞羽一惊，“《非爱勿扰》快开始了吧？”

“啊？蝙蝠侠也看这种节目？”

猛然意识到了什么似的，他再也顾不上与眼前这位大叔插科打诨，而是手忙脚乱地抓出那张在陆楠家里找到的，写着奇怪“密码”的字条。

思绪从未像现在这般清晰，之前困扰着林飞羽的“11 0105 东方”，突然变得有意义起来，进而，顺着这一点点暂时只能被称之为“猜测”的信息，他很快便找到了一个可以被当成是“答案”的结论。

“难道……”

刻骨的寒意突然顺着脊柱涌向脑海，林飞羽像是被人当头棒喝给打醒了似的浑身一颤，险些从空调压缩机上掉下去。

他稍微稳了稳情绪，捂住腮帮，启动内置在假牙中的通讯器，直接接通了 24 小时待命的北京总部——

“裴佩吗？我是羽。”

“呃，刚要换班，你时间掐得还真准。”

又是裴佩那特有的、带着些抱怨似的语气，不过这一次，林飞羽确实是“要事在身”，实在无心玩笑：

“马上去申请‘A 级特种权限’，我要临时中断一档电视节目的直播。”

“……你，你是认真的？”

林飞羽斜了一眼身旁的大汉——这家伙正在用愈发错愕的目光盯着自己：

“马上去做！裴佩！”林飞羽把头偏到一边，避开大汉的目光，并压低了声音，“这关系到……可能是上亿万人的性命。”

“哈？”裴佩的声音微颤，“你这次看来病得不轻啊！”

“我必须阻止这档节目的直播，”林飞羽斩钉截铁地道，“如果用‘正规’的方式无法做到，那我就用自己的方法去做——相信我，你绝不会想要看到那种结局。”

“……好吧，”裴佩有些像是被吓到了似的允道，“但总归是需要一个理由对吧？你要用什么理由来申请这种……呃，最高级别的权限？”

“第四类事件！还能是什么？”终于，再也按捺不住焦急情绪的林飞羽大吼了起来，“‘方式未知的大规模恐怖袭击’！就按这个理由去给我申请！”

22　这就是命运

走进审讯室后的第一件事，林飞羽朝站在角落里的警察打了个响指，然后用大拇指比了比门口。对方看着风衣在身、留着及眉马尾辫的林飞羽，虽然感觉上有些陌生与莫名，但还是一言不发地点了点头，极迅速地推门而出。

通常，与犯人面对面时，林飞羽都会表现得很兴奋——就像是寻获了宝藏的探险家，历经千辛终得报偿，喜形于色也无可厚非。

但是今天，他却一点也高兴不起来——相反，心情还格外沉重。

拉开椅子，坐到陆楠对面，林飞羽与这个面色坦然的女人先是对视了几秒钟，然后轻轻地叹了一口气：

“监控录像我已经让他们关上了，这里只有咱们俩。”

陆楠不动声色，一直保持着恬静优雅的坐姿，即便是戴着手铐，却依然像是有教养的贵妇那样，一点也看不出身为“落网嫌犯”的颓态与失落。

“是因为不想让别人听见我说的话吗？”

她平声静气地问着。

“当然。”林飞羽同样也是面无表情，“你掌握着一种新式的大规模杀伤性武器的制作方法,你的每一句话都有可能成为国家机密。不过……”他话锋一转,身体微微前倾,“更重要的是,我也不想让别人听见我说的话。”

陆楠稍稍偏了一下头,嘴角带笑:“哦?”

林飞羽也微微笑了起来:“因为有些话,我只能说给你听。”

“比如?”

“比如……”林飞羽收起笑容,很认真地点点头,沉默了几秒之后,抬起头来,“我喜欢你。”

陆楠咽了咽喉咙,虽然脸色上看起来没有任何波动,但那有些异样的眼神还是出卖了她的真实心理。

“我原本以为自己是个清心寡欲的怪人,”林飞羽反倒是表现得很坦然,“不过在看到你以后,我发现我还是有欲念的。”

陆楠沉下脸,依旧是不语。

“你究竟是哪点吸引了我？我说不上来……也许不能叫‘爱’,但我可以非常肯定——”林飞羽微笑着捂住自己的胸口,“这一定是‘喜欢’,而且,是‘很喜欢’。”

“嗯……”陆楠抬起手,似乎是在朝林飞羽示意她腕上的手铐,“看来,今天不是一个告白的好日子呢。”

“是啊。”林飞羽摇摇头,“可是,如果今天不说,以后我恐怕就再也没有这个机会了。”

陆楠轻轻叹了口气:“你们打算把我怎么样?”

“把你怎么样?”林飞羽改变了一下坐姿,将一只胳膊搭在靠椅上,另一只胳膊向前伸展,用力点着桌面,“警察在电视台演播大厅逮捕你时,你正准备向观众展示你的所谓绘画才艺——而这样做会导致现场以及电视机前面、可能是上亿万人的伤亡——”他顿了顿,“你觉得你应该被‘怎么样’？更不要提你还杀了五个人。”

"杀人?"带着一点不屑的眼神,陆楠"啧"了一声,"嗯,这罪名听起来比'上千万人的伤亡'要有实感多了。"

"我不是很懂刑法,不知道你到底会被如何判决,"林飞羽耸耸肩,"也许你会被关一辈子,也许你会被枪毙,也许你会被秘密控制起来,然后参加到某人领导的科研小组……不,我不关心这些,我只负责抓人,破案抓人。"

"破案抓人,嗯,"陆楠莞尔一笑,"那你的工作已经完成了啊,为什么还要特地来见我呢?"

"我就是来问'为什么'的,"林飞羽又一次坐正身体,"我可以理解你为什么要杀宋家人,但我实在不明白,你为什么会想要通过电视来制造一场大屠杀?"

"'你可以理解'?"陆楠不屑地哼笑了一声,"那么说说看,你是怎么理解的?"

林飞羽与她对视了片刻,然后点点头,挑起眉毛,一副"好吧,这是你逼我的"的样子:

"你……原名叫朱燕,杭州人,有一个叫朱杰的哥哥,父亲在你还没上小学的时候就去世了,而母亲也在你哥哥'自杀'后不久忧郁而死。你知道你哥哥的事情,你也知道你哥哥在和宋刚'交往',所以,当你哥哥死了以后,你恨……你怨……,你认定是宋刚做错了什么,甚至……就是他下的黑手,是他害死了你哥。"

林飞羽顿了顿:

"你报了警,你写了匿名信,你在网上发了帖子,你想尽了一切……自认为可以帮你哥哥伸张正义的办法,却无一例外地失败了,因为你根本没有证据,你甚至不能证明他们之间的关系……于是,你决定用自己的方式来解决这个问题,你决定为你的哥哥,嗯……也许还有你的母亲报仇。"

陆楠不说话，只是阴着脸，用平静如水的目光注视着林飞羽。

“首先，你对宋家进行了调查，确切地知道了他们的家庭成员，知道宋刚有一个妹妹，就好像你有一个哥哥那样——是他的血亲。所以，在一开始，你萌生的念头，只是让宋刚痛苦……不，确切的说，是想让他感受到和你一样，失去亲人的痛苦。”

“这些话，那位谭警督已经对我说过了。”

“既然说过了，那再听一遍也无妨吧？”林飞羽冷冷地挤出一个微笑，“……在你上大学的时候，你了解到宋旋患有自闭症，于是你决定依靠接近她来接近宋刚，所以，你选择了一个和‘自闭症’有关联的科目来深造。”

“你显然忽略了考研的难度……”陆楠笑道，“不过无所谓了，继续。”

“你说得对，‘无所谓’——我不知道你为了这个计划准备了多久，也不知道你付出了多大代价，无所谓，我不关心……”林飞羽摊了摊胳膊，“我只是不明白，在经过了这么多年之后，为什么你的仇恨还是如此之强烈，而且竟然还会迁怒到别人身上。”

“如果你也有兄弟姐妹的话，你自然就会明白了。”

“我……”林飞羽犹豫了一下，露出有些纠结的表情，“我是有一个姐姐。不，这并不是问题的关键……问题的关键在于，你抱着如此强烈的恶意与憎恨，去接近宋刚，一年多下来，竟然没有暴露出一点马脚，包括宋旋在内，直到出事后还对你信任有加。”

“我……”陆楠欲言又止。

“一开始，我以为这是你的‘专业技能’，心理学家嘛，说谎什么的，自然应该是面不改色心不跳……但是很快，我意识到另一种可能，而且是更大的可能——"林飞羽用双肘撑住桌面，身体微微前倾，"你，已经疯了。"

陆楠由惊转喜："哦？我？疯了？"

"我们调查了你的身世，你只是一个普通人，没有任何可能接触到'黑灵'，更不要谈会使用它了。"

"你认为我有同谋？"

"不是认为，是确定，"林飞羽神色严肃地道，"我通过最简单的推理，确定你一定是有同谋，而且恐怕就是'他'教会了你使用'黑灵'这种杀人方式。"

"是嘛……"陆楠很淡定地接过话道，"让我听听你的推理。"

"还记得这个纸条吗？我在你家的茶几上发现的。"林飞羽拿出那张写着"110105 东方"的字条——现在的它已经被小塑料袋给封装起来了。

陆楠缄口不语。

"在看到这些字串的时候，我以为它们是什么账号密码之类的东西，"林飞羽像是展示什么似的将字条在手里晃了晃，"但是真凑巧，我回南京时搭乘的航班，正好就是东方航空公司的。所以我就在想，这个'东方'会不会是航空公司的名字？"他看了看手里的字条，"那前面这些数字是什么？航班号吗？我回想了一下自己坐飞机时的经历……唔，现在人们坐飞机，是用不着记航班号的吧？"

虽然不是很明显，但陆楠的眼角应该是跳了一下。

"因为现在所有的机票都已经实名联网，"林飞羽继续道，"我们到了机场只需要找到相应的航空公司，然后出示身份证就可以换取登机牌，因此除非是买票或者临登机前的时候，否则根本不用记下航班号，只需要确保不会误点就可以了。所以——”他故意拉了个长音，用手指着字条上的数字，“这上面是‘时间’，是航班起飞的时间。11点01分05秒？没有航班会精确到秒数，所以我猜，应该是11号凌晨1点05分——”

说着，林飞羽又从风衣口袋里取出一张对折过的登机牌，轻轻按在桌面上：“我帮你取来了这张机票，是这张对吧？目的地是……呃，我看看，洛杉矶国际机场。”

“谢谢。”陆楠点点头，“是它没错。”

“当时我想到这个猜测之后，一个诡异的问题又冒了出来——”林飞羽深吸了一口气，“为什么？为什么你凌晨一点就要离开祖国，远走高飞了，还非要在晚上八点半去参加什么‘相亲节目’？对于你这样一个思维缜密的高智商罪犯来说，为什么会做出这种有些累赘的事情来？哦，当然，你肯定不是为了寂寞才去参加节目的，对吧？”

“当然不是。”陆楠掩嘴笑着。

“佛云：一切皆为因果。你一定是有什么‘绝对必要’的理由，才会去参加那个节目，联想到你之前的罪行以及你已经准备潜逃的事实，我得出了一个连我自己都害怕的结论——”林飞羽一字一顿地道，“你打算发动一场前所未有的恐怖袭击。”

“只是凭着一张字条，就猜出了这么多事情，然后将真凶人赃并获，”陆楠努了一下嘴巴，“说你是运气好，那未免太不公平了。”

“然后，我们就又回到了这个问题上——”林飞羽有些惋惜似的摇摇头，“为什么，你为什么非要这样做不可？如果说杀宋家人是为了给哥哥和妈妈报仇，那么杀死千千万万与自己毫无仇怨的同胞，又是为了什么呢？”

“你觉得呢？”

“所以——”林飞羽突然阴下脸，用相当冷硬的语气道，“我确定你一定有同谋。甚至可以说,是你的‘上司’,他不仅教会了你使用‘黑灵’的方法,更教唆你将它变成复仇的工具。”

“这次,你可没有猜对。”陆楠慢条斯理地道,“从头到尾,只有我一个人。”

“那么‘黑灵’呢？你是从哪儿找来的?”

“偶尔从网上搜到的。”

“动机呢？害死数以万计无辜观众的动机呢?”

“报复社会呗,”陆楠无所谓似的耸耸肩,“纠正这个错误的世界。”

“算了吧！朱燕!”林飞羽猛地一拍桌子,“我不知道你为什么要袒护他,也许你是被胁迫了,也许你拿了什么好处,无所谓,但是我非常确定,在你背后,一定有这么一个人——”

他又一次把那张字条举了起来:

“这是你的笔迹,对吗?”

陆楠微笑着点点头。

“如果是自己订票的话,有什么必要在一张便条上写下时间和航空公司？这一切都可以在网上直接完成不是吗?”

“为了提醒自己什么时候该走啊。”

“不！是‘别人’在提醒你该什么时候走……”林飞羽缓了缓气,放慢了语速,“他给你打了电话,告诉你‘票已经订好了’,然后说出了时间和航空公司——或许还有航班号,但你不需要那么多,所以你只是随便记下了几个有用的信息。等准时抵达机场后,你只要找到东方航空公司的服务点,就可以取得登机牌——这!”他用力把小塑料袋甩在桌上,“就是这张字条的来历!”

虽然依然维持着微笑的表情,但陆楠的脸上,明显出现了恍惚与不安。她稍稍张开嘴,可都只是欲言又止,直到半分钟后，才吐出几个字来：

“这……只不过是你的……猜测。”

“他是谁？你在哪儿认识他的？”

“我说了，只有我一个人。”

林飞羽微微低下头，视线落在面前的字条与登机牌上，两手抱拳，撑住桌面，过了许久才又叹了一口气道：

“……好吧。”他伸手收起所有的“证据”，“反正我的工作也已经结束了，继续问下去也没什么意义。”

眼见林飞羽起身欲走，陆楠反倒是有些失望的样子：

“你……来这里，就是为了和我聊聊天？”

“不，我来这里……”林飞羽顿了顿，“是为了跟你说再见。”

陆楠摇摇头，将目光偏向一边：

“我在想，如果发生这件事之前，我就遇见了你……那会怎么样呢……”

刚准备拉开审讯室房门的林飞羽突然停住了手，慢慢转过身来，露出他标志性的、有些假意而勉强的微笑：

“没有发生这个案子，你又怎么可能遇见我呢？”

走出审讯室之后，林飞羽长长地出了一口气。空荡荡的走廊里，只有一名目光呆板的警卫在站岗，他就像是雕像般一动不动，看见林飞羽出来，也没有任何表示。

“我抽根烟没有关系吧？”林飞羽问道。

警卫一语不发，依旧站着不动，看样子要么是在开小差、神游千里，要么是以为对方在和别人说话。

就在林飞羽从怀里掏出打火机，准备给自己点上一根的时候，一只有力的大手突然从背后发动奇袭，一把别住了他的胳膊。

出于特工的本能，林飞羽在短短半秒之内算计出了反制的招式——他马上扭动腰肢，起脚侧蹬墙面，同时将被制住的胳膊顺势旋转，准备翻身迎战。

不过，这次的对手显然并非等闲，他松开力道，轻轻向前一推，将本来就失去平衡的林飞羽一把丢了出去。还不等起身，这个魁梧的身影又冲将上来，死死扣住林飞羽的肩膀。

“别闹！老实点！这里不是我们的地盘。”

说话者竟是薛松——一个真正的不速之客。

“你……唔，”林飞羽不禁有些莫名其妙起来，“你来干嘛？”

两人保持着互相提防戒备的身形，慢慢站了起来，而那位一直在旁边站岗的警卫，却还是像什么也没看到一样，淡定地笔直立正，面无表情。

“你已经被逮捕了，羽。”薛松把声音压得很低，“把武器交出来，现在。”

“逮捕？我？”

林飞羽惊讶地指了指自己，但他马上就想起来，与特勤一处争论这种问题是根本没有意义的。

“有异议的话，你可以一会儿再投诉我，现在——”薛松用急促的语气冷冷地命令道，“把武器交出来，所有的。”

“你知道我在国内从不带武器的。”

“……对，我想起来了。”薛松用力推了一下林飞羽的肩膀，将他翻了个身向前，“那请你合作，别为难你的同事。”

虽然是突如其来的“抓捕”，但从这略带玩笑的口气来看，情况似乎又没那么严肃——一头雾水的林飞羽，就这样被以“押送”的方式，通过走廊，上楼，在警员们莫名其妙的眼神之下穿过办公室，来到停放在公安局正门口的一辆黑色 SUV 前。

这是一辆没有牌照的 SUV，对林飞羽来说倒是一点也不陌生——没错，就在前几天，自己还开着一辆这样的车子在内蒙古“探墓”呢。

“唔，还派专车来接我，”林飞羽笑道，“挺关照嘛。”

“进去！”薛松不耐烦地拉开车门，轻轻推了推他的背，“有话里面说。”

车厢内开着空调，飘着淡淡的、明显是空气清新剂的香气，虽然只能看到背影，但林飞羽还是立马就发觉，坐在正副驾驶位置上的，是两位相当有来头的“大人物”。

握着方向盘，还有节奏地弹动食指——董一哲的姿态显得更轻松一些，而在他旁边，那个穿着白色西装的魁梧身影却是正襟危坐，严肃得让人有些不自在。

“‘子午’……”看到直属领导竟然亲临现场，林飞羽的笑容不禁变成了愁眉，“您怎么……”

“首先，恭喜你，羽。”对方发出异常沙哑而雄浑的嗓音，鼻息中都透着威严与凝重的压迫感，“你完成了一个了不得的任务。”

“唔，啊，我……”林飞羽看了看坐在身旁的薛松，越发地困惑起来，“谢谢，嗯。”

“不，说谢谢的应该是我们。”董一哲偏过头笑道，“你找到了‘黑灵’，羽，你都不知道这个东西的价值有多大，下一场世界大战要是中国打赢了，绝对会有你的功劳。”

“不，别，”林飞羽苦笑着摆摆手，“千万不要提起我的名字，拜托了。”

“不过也有遗憾——”董一哲耸耸肩，“到最后我们也没能逮到杨光辉，一定是他为陆楠提供了‘黑灵’。”

“唔，杨光辉——”林飞羽点了点头，“我也曾猜想他才是幕后黑手，但现在还没有证据。”

“如果除了他以外还有人掌握‘黑灵’，那咱们的麻烦就大了——你看，我这人是个乐观主义者……”董一哲话锋一转，“另外，据我所知，杨光辉极有可能使用过一个精神科医生的假身份，这方便他进行‘黑灵’的人体试验，而陆楠也多半是在那个时候与他相识的。”

“这个情报很重要！”林飞羽突然激动了起来，“你应该早点告诉我，我好顺着这个线索查下去啊。”

“告诉你有啥用？”董一哲摊了摊手，“你丫已经被停职了哦。”

“停职？我怎么了？用什么理由停我的职？”

明显是在问子午的样子，而这位特勤七处的代理处长也很自然地接过话来：

“对外宣称的原因是‘压力过大导致的精神抑郁’，总之，你将暂时被调离特勤七处，并停止任何与之相关的工作。”

如果这话是由薛松说出，林飞羽多半还要抗辩一阵，但既然是子午发话，看来就已经是板上钉钉的事情，容不得半点质疑。

“但是这样一来，特勤七处就变成空壳了。”林飞羽茫然地摇摇头，“连一个外勤特工也没有了。”

“不是还有叶栋杰吗？”子午慢条斯理地道，“我与他谈过了，是个很有潜力的小伙子，做事很认真，从不嘻嘻哈哈、吊儿郎当的。”

嘻嘻哈哈、吊儿郎当——这显然是含沙射影，林飞羽听后不禁有些尴尬起来：

“啊……对，对啊，还有叶子……叶栋杰，呵呵。”

“而你，羽，你有一个更重要的任务……”子午顿了顿，语调突然阴沉了下去，“非常重要，和一处有关。”

“一处！”林飞羽用略带不屑的目光斜着薛松，“我不是被他们给‘逮捕’了吗?”

“对,没错,”薛松毫不避让地接过对方的鄙视,“你现在是我的人了。”

“呀……”林飞羽故作惊讶地摸了摸自己的下巴,“搞基?我还是第一次啊。”

“不开玩笑,羽。”子午依然保持着刚才那种极严肃的态度,“或许你的精神状态确实需要被‘逮捕’,但一定不是现在——现在,你必须尽全力配合特勤一处做事,这次的工作事关国家安全保卫局的声誉,可以说是你前所未遇的重任。”

林飞羽愣了几秒,不自然地向另外两人张望了一下:“……我不明白您的意思?”

“让薛松解释好了,你现在确实是特勤一处的人了……”子午顿了顿,“不是囚犯,而是‘员工’——从现在开始到调查结束,你将暂时获得特勤一处的权限和身份,相关的手续和证件我会帮你很快办妥。”

“特勤一处的权限……”林飞羽咽了咽喉咙——他当然明白这个“权限”意味着什么,“这到底是个什么调查?”

“我看了你在内蒙古的‘探险视频’,”回话的人是薛松,“也看了你的简报,你提到了一个‘疑似环状物’,对吧?”

林飞羽点点头。

“而且你认为它可能与一年半以前的‘血色愚人节’事件有关?”

“我……不,只是推测而已。”林飞羽略作思索,“那个时候,冷冰手里确实是拿着一个环形的……东西,”他比画着,“看样子可能是石质的,有点像手镯,只是当时我并没有太在意这个细节,也没有写进报告。”

“‘血色愚人节’事件结束后,我们调查了陆地的宅邸。”薛松继续道,“在里面发现了一个带有凹槽的容器——铅制的金属容器,而凹槽的形状正巧是环形。”

林飞羽点点头:“也就是说,当时的特勤七处已经知道他们会在地宫里发现什么了……”

“不。”薛松张开双手,在怀里做出一个“抱圆”的姿势,“陆地家那个容器里面的凹槽有这么大,我个人觉得,它的体积更接近于你在简报中提到的‘疑似环状物’,也就是尸骸握着的那块。”

“唔,这讲得通……”林飞羽若有所思,“十年前陆地参与了那个墓冢的挖掘,如果说是他偷偷拿走了某件文物,藏在家里,我一点也不意外。”

“那么他又为什么要在墓穴里埋设诡雷呢?”这次插话的是董一哲,“为什么不上报国家,组织考古队,反而私自炸毁了入口呢?”

“啊,好问题,”林飞羽笑道,“我在墓穴里的时候就想到了哦。”

“不,我们俩想的肯定不是一回事,”董一哲也用他标志性的坏笑回应道,“我想的重点是,那个东西——那个环状的东西,到底是用来干嘛的。”

“干、干嘛?”林飞羽有些不解地道,“难道不只是普通的文物吗?”

“相信我,羽,在这个国家里,要是有什么东西连我都不知道‘是用来干嘛的’,那它一定是个非常严重的大麻烦。”董一哲撇了撇嘴,“你瞧,古人费尽心思把它封印在一个隐蔽的地穴中,又用‘黑灵’这种简直是巫术的东西加以保护,为的是什么?而在此之上,最关键的疑点是——”他偏过头,与子午交换了一个眼神,“特勤七处为什么对这个东西的兴趣如此之大?”

林飞羽下意识地舔了舔嘴唇，欲言又止。

“所以，你要与我们合作……”薛松接过话茬，“我们一处将会重新开启‘血色愚人节’的调查，这次我们将从完全不同的角度去审视整个事件，并且，调查的重点也不再是冷冰……”

他故意顿了顿，用一种冷硬而坚决的口吻叹道：

“而是整个特勤七处。”

跋　大幕轻启

终于,他被逼到了这个走投无路的角落。

废弃多年的私人小厂,贴上封条的生锈铁门,空空荡荡、弥散着呛人霉味的旧车间,这衰败萧条的景致,似乎正预示着他——一个资深特工的末日。

杨光辉,在大陆整整潜伏了三十年,从未失手,从未暴露,任何一个身份,都未曾被人抓住过把柄,而这最后一天,却像只被追赶的丧家之犬般,在狼狈、慌乱、落魄和如牛的喘息中,迎来终局。

但即便是如此绝望无助的时刻,他依然保持着与年轻时一模一样的眼神——锐利、深邃、冷漠,渗着令人捉摸不透的光。

没错,就是这种眼神——作为追猎者的冷冰,知道自己今天找对了目标。眼前这看似平凡的老者,正是"黑灵"的继承者,也正是他,将古老残忍的刑罚仪式变成了高效恐怖的现代化概念兵器。

面对着冰冷的墙壁,自知无处逃遁的杨光辉解脱似的长出了一口气,调整了一下呼吸与心境,慢慢地转过了身来:

"你们算是逮到我了,年轻人。"

首先回话的,倒还不是冷冰,而是始终跟在他身后、穿着黑色连衣裙的窈窕少女：

“既然您已经放弃抵抗，杨先生，请交出另一本研究笔记吧。”

是标准到让人觉得有些别扭的汉语——这位微微含笑的娇俏少女，虽然套着纯黑的假发，戴着纯黑的美瞳，但那棱角分明的脸庞和高傲英武的气质，还是暴露了她“并非东方女性”的本质。

“我交出了笔记本，”杨光辉不卑不亢地问道，“你们就会放我一条生路吗？”

“杨先生，我们完全可以从你的尸体上搜走笔记本，”女孩依旧是微微笑着，“这对我们来说并没有任何区别。”

“但你们也并没有这样做……”杨光辉揭开上衣的领口，缓缓地从内袋中掏出一本巴掌大小、黑色封皮的笔记本，“因此我猜，你们一定还有话要对我说。”

女孩上前接过笔记本，又退回到冷冰身后，随意地翻看起来。

“不要看，阿尔托蕾，”冷冰头也不回地轻声道，“里面说不定画了‘黑灵’，或者别的什么陷阱。”

“放心，我接受过‘钢铁意志’的训练。”

“我叫你不要看。”冷冰顿了顿，稍稍别过脸，用法语问道，“你是不是听不懂？”

女孩这才收起笑容，忙将手里的笔记本用力合上，发出“啪”的一声闷响。

“我确实有不少疑惑要找你当面问清，”冷冰又转向杨光辉，“但都与‘黑灵’无关，有了你的研究笔记，我们的研究人员自然会解开它所有的谜。”

作为一个老牌特工，杨光辉早已习惯了从对方的话中筛选出对自己有价值的信息：

"'研究人员'？这么说，你们是为国效力的公务员啊。"他一声哼笑，"但你们不像是国家安全保卫局的人，也肯定不是CIA……俄罗斯？日本？还是摩萨德？我想我可以和你们的主子谈谈。"

对于一个从事情报工作的人来说，这段话的言下之意，基本上可以与"我打算变节"画等号了。

"很遗憾，我们的主子是上帝本人，"可那女孩似乎并不领情，"我猜你很难说服他呢。"

"'上帝本人'？"杨光辉一字一顿地重复着对方的回答，突然恍然大悟似地道，"你们难道是圣殿骑士团的人？"

"哦？"冷冰眼角微扬，"能报出'圣殿骑士团'的名号，在我的对手中，你还是第一个。"

"拜托，我好歹也曾在'谜团'里服役了几十年……"

确实，从某种意义上讲，"谜团"这个组织与"圣殿骑士团"算是老对手了，两者也往往会对同一类东西感兴趣——比如"黑灵"。

当然，在杨光辉刚刚的那句对白中，最重要的字眼并不是"谜团"，而是"曾"。

"你的机票是从上海转机去洛杉矶，"冷冰上前走了一小步，"如果我没记错的话，'谜团'的总部应该是在日本啊。"

"怎么说呢，"杨光辉咂了一下嘴巴，"你可以认为，他们给我提供的退休金不够合理。"

一个叛徒——对冷冰来说，无论对方的立场如何，背叛都是一种不可原谅的行为……至少，是一种需要谴责的罪恶。

"所以你就在这最后的任务里晚节不保？背叛了你的'谜团'？"

“拜托,我为他们所作的贡献已经够多了……”杨光辉一声轻叹,露出有些泄气似的表情,“另外,‘黑灵’也不是什么‘最后的任务’,它只是我误打误撞发现的‘神物’。我花了整整30年来研究它,从一些支离破碎的只言片语中梳理出完整的图案,不断改进,不断试验,在无数的失败之后,才达到了现在的水准。”

冷冰当然明白,对方所指的是什么:

“现在的水准,嗯,不错……”他点点头,“用一张画毁灭一个国家,你创造出了军事史上最便宜的大规模杀伤性武器——一颗‘精神原子弹’。”

“过奖,但它还不够完美。”杨光辉微微一笑,“我本来十天前就可以离开上海,但为了等待最终的试验成果,还是留了下来,不管怎么说,这是我毕生的心血所在,我想亲眼见证它的威力。”

“于是,你听话的学徒就准备在亿万人的面前展示‘黑灵’……”冷冰突然阴下脸道,“考虑过吗?杨光辉?你所谓的‘试验’,你所谓的‘威力’,将会造成怎样的后果?”

“当然,”杨光辉用力点了一下头,“按照我的计算,如果死亡人数超过六百万,那么就达到了美军‘荆棘花环’计划的基本要求,也就说明了我已经将‘黑灵’成功地‘武器化’——”他顿了顿,又强调了一遍,“‘weaponization’——就是这个词,可以让它身价百倍。”

“难怪你刚才那么肯定我们不是CIA的人,”冷冰若有所悟,“原来你早就和美国人联系好了,打算把‘黑灵’卖给他们。”

“没办法,”杨光辉嘴角微弯,耸了耸肩道,“虽然还有开价更高的买家,但思虑再三之后,我还是认为卖给美国人是对我来说最安全的选择……另外,就算我把‘黑灵’带回‘谜团’,也难保不被他们转手卖给美国人,既然结果都一样,那还不如让付出最多的我来背这个黑锅。”

“而且他们还能为你提供完全的政治庇护……嗯,不错,”冷冰一副称赞的口吻,“相当缜密的计划,不愧是谍报界的老前辈,您很有一套。”

在杨光辉听来,这句话却更像是讽刺,他叹了口气:

“可惜啊,千算万算,漏算了‘圣殿骑士团’……我实在没有想到,你们也在寻找‘黑灵’。”

“那确实是你的失误,”冷冰身旁的女孩突然插话道,“我们开始研究‘黑灵’的时间,比你要早得多,你的第一本笔记里,就有不少我们的研究成果。”

“那么现在呢?”杨光辉指了指女孩,“你们已经拿到了我的全部研究记录,能就这样放过我这可怜的老头子吗?”

“抱歉,你必须为自己的罪孽付出代价……”

仿佛变了一个人似的,温婉优雅的女孩突然面露凶光,紧蹙的眉宇之间,散出厉鬼般的浓烈煞气,不知何时,一柄银色的螺纹短匕已经被攥在了手里,她微微弯下腰,以准备刺杀的姿态向前踏出了一步——

“把他留给我,阿尔托蕾。”

就在这个时候,冷冰突然拉住了女孩的左肩,顺势向后一带,将她的身子扳了过来,与自己面对面:

“你的工作结束了,带着笔记本,到外面等我。”

几秒钟的沉默过后,女孩脸上的狰狞缓缓褪去,但眉头依然绷得老紧:

“不,还没有结束,”她尽力压低嗓音,听上去就像是女巫在喃喃念咒,“‘我们的工作’还有最后一步。”

“我说了,把他留给我。”同样是法语,冷冰的口音显然比女孩要生硬不少，“怎么？你担心我会放他走？”

“我只是不明白你为什么要把我支开？”

“我不想解释理由，”冷冰松开女孩的肩膀，转而用手背轻轻抚了一下她的侧脸，“但我向你保证，我决不会做出背叛骑士团的事情。”

“不用向我保证，”阿尔托蕾用力挡开他的手，冷冷地道，“主在看着你呢。”

说完，少女一步小退，朝冷冰微微欠身行礼，然后迈起款款莲步，走出厂房。直到确定她已经走远，冷冰才转而面对杨光辉。

“杨先生，我不想浪费你的时间，所以让我们开门见山——”他用右手递上半张封塑的照片，“这个人，你认识他吗？”

“哦？”杨光辉犹豫了片刻，将信将疑地接过照片——在一般的状况下，只有当两人的交际圈有交集时，才有可能出现“你认识他吗”这样的问题，可他与冷冰素未谋面——不，应该说，简直就是属于两个世界的人，怎么可能会……

“这是！”

可命运偏偏如此热衷于捉弄人类——印在这半张黑白照片上、穿着中山装的年轻男子，杨光辉不只是认识，而且可以说是十分熟悉。

“你……”杨光辉抬起头，一脸茫然，“你怎么会有他的照片？”

“现在是我在提问。”

“……朱志杰，我……我认识他，他 1983 年的时候就退休了，1999 年去世，可你怎么会有……有他年轻时的照片？”

冷冰突然张开左手五指，呈扇形摁压在杨光辉的胸口，那力量之大，仿佛能将胸架整个儿压垮：

"我问，你答，明白了吗？"

连呼吸都有些困难的杨光辉挣扎着伸出双手，一边抠着冷冰钢筋般坚实的手腕，一边用力地点着头："明、明白了！明白了啊！"

冷冰稍稍放松了左手上的力道："现在告诉我，你对他了解多少。"

"他是……是我以前的上司，是……组织的元老，1949 年离开大陆，1950 年创立了'谜团'，一直干到 8……1983 年，隐退为止……"

虽然是早已预料到的答案，却因为得到了确信无疑的实证而让冷冰沮丧不已，他缓缓撤回左臂，从大衣的口袋里又掏出了另外半张封塑的相片——其中的男子，正是与朱志杰合影的另外一人。

将两张照片沿着裂口严丝合缝地叠在一起，还原出它最初的面貌——完成这个动作的冷冰，露出一丝微微的苦笑。

"终于……最后一块拼图也被找到了……"他抬起头，与捂着胸口连声咳嗽的杨光辉四目交投，"如果这只是平凡的犯罪，那么现在就可以结案了，因为我已经知晓了全部的原委。"

"你……"杨光辉被看得有些不自在起来，"你不可能认识朱志杰……'谜团'……我们从来就没有暴露过，就连 CIA 和 KGB 也不知道我们管理层的情况。"

"我不认识朱志杰，"冷冰面无表情地举起另一张照片，轻轻一晃，"我认识的，是他的朋友陈卓然——中华人民共和国国家安全保卫局第七特勤处的第一任处长，也就是……"他顿了顿，"'我'曾经的上司。"

"国家安全保卫局？"杨光辉一惊，"你是中国的特工？"

“没有什么中国，也没有什么‘谜团’，”冷冰有些苦涩地笑道，“利用我们的，其实是同一个机构。”

“我……”杨光辉摇摇头，“我不明白。”

“这张合影拍摄于 1949 年 5 月 5 日，当时陈卓然与朱志杰同属于中统第十四行动小组，北京解放后，他摇身一变，成为了地下工作者，也就是……共和国的英雄。”

“哦，一个‘地下党’啊，”杨光辉哼笑道，“你们不是一直很擅长塑造这种‘英雄’吗？”

冷冰欲言又止，那冷漠平静的表情之下，却是相当纠结的思绪——他在犹豫，到底要不要对眼前这位初次见面的陌生人说实话？到底要不要将一些连圣殿骑士团都不曾知晓的秘密和盘托出？

最终，想与人分享心中秘密的倾诉欲战胜了理智——

“我查过陈卓然的档案，他 1948 年 11 月份才加入的共产党，那时候辽沈会战已经接近尾声，南京政府的大势已去……因此他根本就不能算是什么‘潜伏多年的地下党员’，倒更像是一名投机分子。”

“用现代一点的话说……”杨光辉点点头道，“这叫‘双重间谍’。”

“我关心的不是立场，而是动机——”冷冰眉头紧锁，“他为什么要叛变？陈卓然与朱志杰同样是中统的青年干部，不仅在一个部门里合作，而且私交也甚好，为什么会作出截然不同的选择？一个逃离大陆？一个投奔了共产党？”

“人各有志呗，”杨光辉摇摇头，“那年头，一个师一个军临阵倒戈投靠你们共产党都不算是稀奇事，更何况一个小小的情报员？”

“不，你错了。”冷冰咽了咽喉咙，“他们正是为了同一个目标，才选择分道扬镳，完成之前在中统时未尽的任务。”

杨光辉一惊：“什么意思？莫非朱志杰也是……你们的人？”

“不……”冷冰顿了顿，“中统局第十四行动组，朱志杰有向你们提过这个机构吗？”

“闻所未闻。”

“所有与这个机构相关的情报都被人为地销毁了，陈卓然也从没有向我们解释过他以前的工作……”冷冰摇摇头，嘴角带着一丝苦笑，“但是今天，向你确认了合影者的身份之后，我才终于知晓了他刻意隐瞒的全部秘密。”

“秘密？”

“在延绵五千年的中华文明里，这个‘秘密’换过许多名字，”冷冰面色凝重地道，“‘赤羽’、‘东凄’、‘灼焰’……80 年前，它叫做‘十四组’，而在今天，它一分为二，成为了你们口中的‘谜团’，以及类似现在的——”他顿了顿，“‘特勤七处’。”

“你越讲越玄乎了，年轻人，”杨光辉满腹狐疑地道，“至少给我发工资的那个‘谜团’，和什么上下五千年没有任何关系。”

“倒也是。”冷冰撇了撇嘴巴，“我猜，你也和以前的我一样，始终被上级蒙在鼓里，单纯地认为只需要执行好安排下来的任务，就算是对国家和人民尽忠了。”

“我从没想过什么‘尽忠’，混口饭吃而已……”杨光辉冷冷地道，“适合我们这种人的工作，其实并不多。”

冷冰的嘴角微微抽动了一下——显然，他并不喜欢对方的这种说辞，甚至可以说，被一个为了钱而不择手段的无国籍间谍视为“同行”，简直就是莫大的侮辱。

带着些许不耐烦的神态，他低头看了一下腕表：

“……最后一个问题，杨光辉，你为‘谜团’工作了这么多年,有听说过'业火'吗?"

"'业火'?你是指'业火计划'?"杨光辉突然显出讶异的神情,"你连这个都知道?!"

"'业火'……计划?"冷冰眉头紧锁,"还有'计划'这两个字?"

"对,'业火计划',那是我们在1999年研究出台的机密预案,专门应对大规模网络袭击时产生的情报泄露,它可以保护我们在海外的……"

话才听到一半,冷冰便横起左掌,一个手刀砍在了杨光辉的胸口,那力道之大,连老人背后的砖墙上都出现了一丝裂纹。

"一无所知的蠢货!"冷冰收回手刀,站正,恶狠狠地道,"知道我为什么必须要杀你吗?"

虽然没有当场毙命,但杨光辉的五脏六腑都在刚刚那一击之下遭到重创,鲜血从口鼻中喷涌而出,哗啦哗啦地淌到手里,又滴落在地。

"还记得吗?10年前你在内蒙古打开的那个墓穴?"冷冰看着跪在脚边、苦苦呻吟的老人,"在探索'黑灵'的时候,你无意中打破了一个'四水迷阵',从而开启了新的轮回,让无数人的努力与牺牲都化为了泡影……"他摇着头,轻轻叹了口气,"假如有一天,人类的文明因为'业火'而最终坠入地狱,某个哀号的灵魂质问苍天,这一切的灾难与绝望究竟是从何处开始——那答案就是你啊,杨光辉,是你——是'你'解开了'业火'的封印,是'你'放出了灭世的恶鬼。"

冷冰转过身的时候,杨光辉刚好吐出了最后一口气,这也让他接下来的话,变成了一句咬牙切齿的独白:

"所以,如果我不杀你,又怎么对得起这个世界?"

(故事未完,且看第三部)